문학의 미적 담론과 시학

문학의 미적 담론과 시학

인쇄 · 2021년 2월 20일 | 발행 · 2021년 2월 27일

지은이 · 조병무
펴낸이 · 김화정
펴낸곳 · 푸른생각

편집 · 지순이 | 교정 · 김수란, 노현정 | 마케팅 · 한정규
등록 · 제310-2004-00019호
주소 · 서울시 마포구 토정로 222 한국출판콘텐츠 402호
대표전화 · 02) 2268-8707
이메일 · prun21c@hanmail.net / prunsasang@naver.com
홈페이지 · http://www.prun21c.com

ISBN 978-89-91918-90-0   03800
값 35,000원

문학의 미적 담론과 시학

조병무

Aesthetic Discourse in Literature and Poetics

ㄹㅎ

책머리에

문학에 입문한 지 어언 육십을 바라보며 문학평론집의 서문을 기술하면서 벅차오는 감정에 마음이 이루 말할 수 없이 먹먹해짐을 어쩔 수 없다. 왜 그럴까? 나 자신이 남겨놓은 많은 글들이 과연 나를 대변할 수 있느냐 하는 질문을 해본다. 그렇다와 그렇지 않다의 비율이 반반임을 어쩌랴.

세월의 흐름에 따라 이번 문학평론집의 책제를 『문학의 미적 담론과 시학』을 정하면서, 그동안 표제의 단어로 사용해온 가설, 존재, 소유, 사고, 표현, 환경, 변화, 담론, 시학 등 일반적이며 널리 통념되는 단어임을 생각할 때 특별하지는 않았구나 하고 자위를 하여본다.

이 책은 총 4부로 나누어져 있다. 1부에서 중점을 둔 것은 우리 한국문학의 원로이신 문학평론가 석재 조연현 선생. 수필가 수주 변영로 선생, 소설가 정비석, 조흔파 선생의 작품과 그분들이 한국문학에 미친 영향이다. 특히 석재 선생이 일생 동안 한국문학을 위하여 심혈을 기울인 점에 대해 여러 차례 평론과 강연을 한 바 있어 이 책에서도 한국 문단사와 문학잡지 발간에 관한 석재 선생의 치적을 크게 다루었다. 『현대문학』이 금년 1월호까지 통권 793호가 발행되어 사람으로 보면 종심의 나이에 이르렀으니 이는 석재 선생이 이루어놓은 큰 공적이다. 그리고 이 문예지를 통해 문단 활동을 하고 있는 오늘날 원로 중진들의 활동도 한국문학 발전을 이룬 공이라 할 것이다.

2부에서는 각 문학 장르에 관련된 문제점을, 3, 4부에서는 우리 문학에서 다각도로 작품의 질적 향상을 이끌어온 문인들에 대한 평설을 다루었다.

앞으로 문학의 변화도 무궁무진할 것이다. 오늘날 우리가 볼 수 있는 시 창작의 형식도 수없이 다양해지고 있다. 디카시, 민조시, 3행시, 풍시조, 디지털시, 하이퍼시 등 새로운 형식과 독특한 시적 발상이 변화를 보여주고 있다. 이러한 점을 고려하다 보면 시를 분석할 때도 그 변화된 형식에 초점을 맞추어야 한다는 까다로운 문제에 얽매이게 된다. 이러한 문제에서 이젠 벗어나려는데 과연 그러한 의도가 실현될 수 있을지 한 편의 숙제로 남겨질 뿐이다.

이번 평론집 출판을 맡아주신 푸른생각 편집진에게 감사의 인사를 올리는 바이다.

수리산 자락 사무실에서
평리 조병무

차례

책머리에 • 4

제1부

불교문학이 포교에 미친 영향   13

서울, 삶을 끌어가는 공존의 도시   24

이 시대 인물의 표정 그리기   39

소설가 정비석의 작품 세계   45

전후 폐허 속에 피어난 조흔파의 명랑소설   54

변영로의 시와 수필의 정신   58

조연현이 한국 문단에 남긴 것   66

가야국 혼백의 소리   85

제2부

문학작품 창작에 따른 환경 문제 99

미디어 속의 언어 파괴 112

문학작품 속의 아버지상 119

수필문학의 변화와 개혁 130

녹색문학상의 주제의식 138

이형기, 파토스적인 언어 감동과 새로운 도전 143

함혜련, 공존의 법칙 149

이야기로 풀어가는 시 165

한국전쟁의 고통과 비무장지대 171

·

제3부

자연의 해석, 인간 욕구와 문명의 충돌　　　　　　177

인생의 가치와 진면목　　　　　　188

소부리의 영원한 기도와 향수　　　　　　193

역사의 흐름에 대한 고뇌와 고발　　　　　　204

교감과 소통의 깊은 사랑　　　　　　213

원초적 우주의 환상적 언어감각　　　　　　224

우리말 방언의 억양과 음고의 효용성　　　　　　231

시인의 시적 영감과 믿음의 세계　　　　　　240

순수한 사랑에 대한 명상의 세계　　　　　　247

꽃과 자연, 생명력의 조화　　　　　　255

시와 그림을 통한 영감의 미적 감성　　　　　　263

시인과 수리산의 일체감　　　　　　270

소망과 간절한 기도의 마음　　　　　　279

사랑과 삶에 대한 긍정적인 열정　　　　　　289

삶의 의지와 집념의 화두　　　　　　296

'나'에 대한 일상의 사랑과 열정　　　　　　301

미망과 은자의 땅을 넘나드는 명상의 세계　　　　　　309

문학의 미적 담론과 시학

제4부

시곡(時曲)이 흐르는 시대의 강물   323

일상의 삶에서 교감되는 행복   329

기도하는 서정의 심상   337

감성 언어의 생명력   344

삶의 현장에서의 기다림과 비움   356

긍정적 언어 기법의 새로운 화두   365

폭넓은 교감의 세계 접근법   372

순수한 정감과 삶의 이상향   381

생명력의 사계와 현실적 고뇌   391

역사와 전통이 깃든 순례 현장   398

감성적인 언어 감각과 자연 친화   411

■ 찾아보기 • 419

제1부

불교문학이 포교에 미친 영향

1. 불교와 신앙

문학작품이 불교 포교에 어떤 영향을 미쳤을까. 현대문학 작품에서 불교 교리에 입각하거나 불교와 관련되는 작품은 그 수를 헤아리기 어려울 정도로 많다. 그렇다면 먼저 불교문학 작품의 흐름을 살펴봄으로써 자연스럽게 불교 포교와 관련된 양상에 접근할 수 있다고 본다. 불교를 소재로 한 작품은 그 자체가 독자들로 하여금 불교를 이해하고 불교에 대한 교리에 안착할 수 있는 계기를 만들어준다. 포교라는 입지에서 볼 때, 불교 소재의 문학작품은 간접적으로 불교에 대한 관심을 불러올 수 있다.

시인 조지훈은 「한국사상사의 기저」란 논문에서 다음과 같이 논급하고 있다.

한국 고유 신앙의 바탕 위에 최초로 들어온 외래 종교는 불교이다. 그러므로 한국의 일반, 민중 신앙에 가장 강력한 영향을 준 것이 불교요, 고유 신앙과 가장 두드러지게 습합(褶合)하여 새로운 국민 신앙을 이룬

것도 불교며, 우리 민족 고유의 신앙과 사고방식으로 전체 불교 교리사상의 빛나는 발전을 성취한 것도 불교이다.

이 글에서 "우리 민족 고유의 신앙과 사고방식"이란 문제에 부딪쳤을 때 과연 얼마만큼 우리의 사고방식에 불교가 어떻게 받아들여지고 있는가 하는 문제는 의문을 품어보아야 할 것이다. 불교가 우리 민족에 뿌리 내려진 깊은 연고가 어디에 있든지 간에 역사나 그 사고에 이르기까지 영향은 지대한 것이다.

사실 불교의 새로운 혁신을 창시한 이는 바로 원효(元曉)일 것이다. 그는 종합불교 및 환원불교를 갈파했고 대승, 소승은 물론 모든 종교의 융합을 부르짖는 대비 사상을 내세운 분이시다. 그뿐인가, 행동으로 행하는 불교, 대중불교의 선두에 나선 이가 원효가 아닌가.

2. 불교와 문학

불교문학 역시 이러한 사고와 상통한다고 볼 수 있다. 우리의 고대시가 문학이나 여러 문학의 업적에서 불교사상을 내세우지 않은 것이 없다.

일연선사(一然禪師)의 『삼국유사』에 실려 있는 14수의 향가와 『균여전(均如傳)』의 「보현십원가」 등은 불교적 사상의 효시라고 할 것이다. 특히 『균여전』의 「보현십원가」의 화엄경보현행원품(華嚴經普賢行願品)은 보현보살의 열 가지 원을 노래로 풀어놓은 보시문학의 일면목이다.

현대문학에 이르러 많은 문학인들이 불교적 암시와 은유, 그리고 사상적 일면을 문학작품으로 형상화시키는 데 노력하였다. 다만 신문학으로 전환되는 개화기에는 불교적 암시성에 의한 외적 영향은 보여졌으나 내적 표현은 찾아보기 어렵다. 그것이 개화기에 외래 종교에 의해 서구적 사고가 새로운 개화라는 면목으로 우리에게 도래했기 때문이다.

3. 현대 불교문학

1) 초기 불교문학 작가

현대문학에 와서 불교적 문학관에 관련된 작품을 꾸준히 시도한 작가로는 육당(六堂) 최남선을 비롯하여 만해 한용운, 춘원 이광수, 월탄 박종화, 미당 서정주, 조지훈, 김동리, 이원섭, 김어수, 조종현 이외에 중견 신인 작가들을 들 수 있을 것이다.

이들은 대부분 불교적인 사고와 그 은유에 의해 문학의 본질적인 사상에 접근하였고, 불교적 신앙의 신비성과 불법에 함유하고 있는 깊은 상징성을 작품에 보이려 하였다.

2) 불교문학 작품

종교문학이란 대체로 두 가지로 볼 수 있다. 첫째는 종교에 대한 포교나 전체 교리를 서술, 인식시키기 위한 목적으로 쓰여지는 경우이고, 둘째는 종교의 교리에 정신적 영향을 얻어 그것이 작품으로 승화되어 나타나는 경우이다.

대체로 이 두 가지 의미가 있다 하더라도 그것이 어느 쪽이든 작품으로의 가치만 잃지 않는다면 종교문학으로 좋은 결실을 얻을 수 있으리라 생각한다.

현재훈의 『대석가』와 같은 작품은 석가모니의 일대기를 소설화한 것으로 그 구성이나 석가모니의 교리에 의한 정신적 표현은 두드러지게 나타난 수작이라고 할 수 있을 것이다. 비록 석가모니의 일대기를 그렸다 하더라도 일대기에 의한 석가모니의 불교적 사상이 포함되어 그 감동은 한층 가속화되기도 하는 것이다.

정한숙의 「금당벽화」와 같은 작품에서 금당벽화로 그려지는 관음상의 이야기나 금당벽화를 그리기 위한 담징의 기원은 불교적 사고의 일면모를 보여주는 훌륭한 기법이 아니고 무엇인가.

박종화의 「석굴암대불」 같은 작품에서는 석굴암대불의 대자대비한 미소에 암시된 불교적인 자비 정신이 나타나 있다.

(1) 육당 최남선의 시조집 『백팔번뇌』

육당(六堂) 최남선(崔南善)의 『백팔번뇌(百八煩惱)』는 백여덟 종의 번뇌를 불교적 사상에 의해 접근 시도한 시조집이다. 108번뇌와 눈, 코, 귀, 입, 몸, 뜻의 육근(六根)에 각각 고(苦) 낙(樂) 불고불락(不苦不樂)의 3수(受)에 의해 또다시 18번뇌를 낳아 탐(貪) 무탐(無貪)의 둘로 나누어 36번뇌를 낳게 된다. 이러한 것이 과거, 현재, 미래의 3세(世)에 걸치게 되므로 108번뇌가 되는 것이다.

육당은 이러한 108번뇌를 조국과 님의 사랑으로 민족적 사상과 님의 염원을 조용한 관조에 의해 노래하고 있는 것이다.

『백팔번뇌』는 3부로 나누어진 시조집으로 모두 111수의 작품이 실려 있다. 이 작품이 반드시 불교의 108번뇌에 국한시켜 체계적으로 노래한 것은 아니다. 다만 그것이 불교의 108번뇌와 결부됨으로써 민족주의에 입각한 고뇌와 애수, 갈등을 불교적 사고관에 의해 노래하고 있다고 하겠다.

육당은 이 작품집에서 현실의 고통이 무엇이며 그것이 민족과 결부될 때 국가관에 의한 조국, 자연은 무엇을 의미하는가 하는 의문에서 비롯하여 이를 님으로 표현하고 있는 것이다.

그래서 육당은 이 시집 서문에서 "나에게도 조그마한 이 세계가 있습니다. 그런데 나는 이것을 남에게 헤쳐 보이지도 아니하는 동시에 그렇다고 가슴속에 깊이 감추어두지만도 아니하였습니다."라고 하였다. 이에 춘원 이광수는 이 시조집 발문(跋文)에서 "가정인으로의 번뇌, 조선인으로의 번뇌, 시대인으로의 번뇌, 인생으로의 번뇌, 중생으로의 번뇌, 누구나가 번뇌가 없으리마는 육당은 강렬한 성격의 사람인만큼, 자존적 성격의 사람인만큼, 그 번뇌도 남보다 크다. 작은 고통에 태연한 사람일수록 큰 고통이 있는 셈으로 작은 번뇌에 초연한 듯한 그에게는 큰 번뇌의 압통이 있는 것"이라고 하였다.

이렇게 볼 때 육당의 시조에 나타나는 불교적 세계관은 호국에 바탕을 둔 체험적인 인간 고통을 표현하고 중생의 번뇌를 나타내려 하였다.

(2) 만해 한용운의 시집 『님의 침묵』

불교문학에서 역시 가장 불교적 색채가 뚜렷한 시인으로 만해 힌용운 시인을 들 수 있다. 『님의 침묵』『조선불교유신론』『유심(惟心)』지의 발간은 만해와 불교와의 관계에서 크나큰 업적으로 들 수 있다.

만해의 문학은 원효의 대승적 경지에서 진아(眞我)의 세계를 추구하고 본체(本体)의 실상(實相)을 찾는 자세에서 비롯되고 있다. 즉, 『반야심경』에서 보여지는 공사상(空思想)에 근거하여 그가 추구하는 일체는 공(空) 개념의 일체 지혜에서 비롯되고 있다.

원효는 대승(大乘)의 세 가지에 대하여 이르기를 체대(体大), 상대(相大), 용대(用大)가 대승에 이르는 마음길이라 했다. 즉, 마음이란 대승은 본체(本体)가 크고, 모양이 크며, 능력이 크다고 보는 견해다. 원효의 『대승기신론(大乘起信論)』에서 마음의 중요성을 말하고 있다. 색즉시공(色卽是空), 공즉시색(空卽是色), 수상행식(受想行識), 역부여시(亦復如是)라 한 것도 심적 진리를 이야기한 것이 아니고 무엇인가.

최대 능력자로서의 자신, 잊혀진 것을 찾는 자로서의 자신, 초월자로서의 자신, 행함으로서의 자신에 가장 가깝게 여겨 진아(眞我)의 세계에서 진여(眞如)로 행하는 길을 모색하고 탐색한 불교적 시인이 만해라 할 것이다.

만해에게 있어서 부처님, 애인, 조국, 민족, 국가 모든 중생들이 모두 '님'이란 개념으로 표현된다. 이것은 만물의 일체가 불법의 바탕에서 비롯되는 법신(法身)이요, 법어(法語)인 셈이다. 불타의 세계관에 의해 그것이 진리의 경지에까지 도달하는 것이다.

만해는 『조선불교유신론』에서 법신(法身)의 사상을 아미타불을 신봉하는 자에게만 극락세가 있는 것이 아니라고 보았다. 부처님의 현상은 모든 말씀을 숭상하는 속에 가득한 것이며, 부처에 불법(仏法)이나 부처가 없는 곳이 없다 하였다.

이러한 만해의 사상은 시집 『님의 침묵』에 나타나 있으며 특히 그의 시 「심(心)」에서 보면 대승적 견지에 이른 일체 공(空)의 사상이 그대로 깃들어 있는 것이다.

> 心은 心이니라.
> 心만이 心이 아니라 非心도 心이니
> 心外에는 何無도 無하니라
> 生도 心이오 死도 心이니라
> 무궁화도 心이오 장미화도 心이니라
> 奸漢도 心이오 賤丈夫도 心이니라

이 시에서는 절대적 무한에의 경지에 이르러선 최대의 마음을 노래하고 있다. 일체는 마음에 이른다는 불교적 가치관에 입각해 있다고 할 것이다.

문학의 미적 담론과 시학

(3) 춘원 이광수의 소설 『원효대사』

춘원(春園)의 작품은 불교문학으로선 최대의 수확이라 할 것이다. 물론 그에게는 기독교적 세계관에 입각한 작품도 있으나 『이차돈의 사(死)』『원효대사』 등 많은 작품에서는 대승적 견지에서 일체의 선하고 악함이 유심(唯心)이라 보고 호국적인 정신을 나타내 보이고 있다. 『이차돈의 사』는 순교정신이 조국에 대한 사랑과 일치하는 호국적 영역이 엿보이는 작품이며 『원효대사』는 불교적 정신관을 일깨워준 작품이라고 하겠다. 춘원은 『원효대사』를 쓰게 된 내력에 대해 "원효대사는 우리 민족이 낳은 세계적 위인 중에서도 머리로 가는 한 사람이다. 그는 처음으로 『화엄경소(華嚴経疏)』『대승기신론소(大乘起信論疏)』『금강삼매경소(金剛三昧経疏)』를 지어서 인류문화에 불교로 더불어 멸할 수 없는 큰 업적을 남긴 학자일 뿐 아니라, 그가 몸으로 보인 무애행(無礙行)은 우리나라 불교도에게 산 교훈을 주었다. 내가 원효대사를 내 소설의 주인공으로 택한 까닭은 그가 내 마음을 끄는 사람이기 때문이다. 그의 장처(長處) 속에서 나를 발견하고 그의 단처(短處) 속에서도 나를 발견한다"고 말하고 있다. 이러한 마음은 춘원의 마음속에 잠재하여 있는 불심을 엿보게 되는 경우라고 하겠다.

춘원은 불심에 입각한 문학적 견지를 보여주었다는 점에서 하나의 맥을 이을 수 있다고 하겠다.

(4) 미당 서정주의 선적 시세계

미당(未堂)의 불교관은 인연을 주축으로 하는 연기관(緣起觀)에서 찾아야 할 것이다. 미당의 시작품 중 많은 부분이 인연을 바탕으로 하여 인간 본래의 인과관계에 초점을 맞추고 있다. 그것이 다시 윤회적(輪廻的)인 사상에까지 이른다. 그는 인간의 생(生)이란 영원한 것으로 그 영원성은 자연이나 정신적 바탕에 기본을 두면서 영생(永生)을 찾게 된다고 보는 견해다.

그는 「동천(冬天)」 「선운사 동구」 「질마재 신화」 「신라초」 같은 대부분의 시에서 불교적 인연정신, 귀의사상, 윤회법칙 그리고 선적인 사상에 이르기까지 불교적 사상에 침전된 모습을 보여주는 시인이다.

(5) 동탁 조지훈의 시 「승무」

동탁 조지훈 역시 불교적 관조와 선적(禪的) 견지에 몰입된 시인이다. 그는 동양적 정신 바탕에서 선비정신을 일깨우면서 선적 관조에 의해 새로운 시적 세계를 보여준 시인이다. 그의 선적 관조는 자연이나 물량의 세계도 모두가 선적 정관(禪的靜觀)에 입각하여 쓰여지고 있다. 시작품 「승무」는 대표적인 불교문학이다.

(6) 김동리의 소설 「등신불(等身佛)」

김동리의 불교관을 살펴보려면 그의 소설 「등신불」에 특히 주목해야 할 것이다. 「등신불」은 소신공양(燒身供養)의 불교적 세계관에 의한 고도의 인간 정적 관념을 나타내주는 작품이다. 자신을 불태울 수 있는 공양의 세계가 무엇인가를 보여주고 있다.

(7) 김성동의 소설 「만다라」

십 대의 나이에 출가했다가 후일 승적을 박탈당한 김성동의 『만다라』라는 소설은 발표하였을 때 불교 입장에서 비판이 제기되었던 작품이다. 처음에는 중편소설로 『한국문학』에 발표되었고, 장편으로 개작되어 1979년 한국문학사에서 출간되어 베스트셀러가 되었으며, 2005년 도서출판 청년사에서 다시 출간하였다. 초판에서는 주인공이 법계를 떠나는 것으로 마무리되었으나 개정판에서는 법계로 입선하는 내용으로 수정되었다.

[초판]

도시는 부옇게 밝아오고 있었다. 아직 새벽이었는데도 길 위로는 많은 사람들이 바쁘게 오가고 있었다. 나는 정거장 쪽을 잠깐 바라보다가, 차표를 찢어버렸다. 그리고 사람들 속으로 힘껏 달려갔다.

[개정판]

도시는 부옇게 밝아오고 있었다. 아직 새벽이었는데도 길 위로는 많은 사람들이 바쁘게 오가고 있었다. 나는 삶들 쪽을 잠깐 바라보다가, 차표를 들여다보았다. '피안'이라고 찍혀 있었다. 입선을 알리는 죽비소리가 들려오고 있었다. 부모미생지전(父母未生之前)에 미심마(是甚摩)오? 나는 정거장 쪽으로 힘껏 달려갔다.

개정판의 수정에 대해 문학평론가 방민호 교수는 해설을 통해, "전자의 결말과 후자의 결말이 지닌 뜻의 차이는 실로 판이하다. 사람들 속으로 달려간다 함은 법계를 떠남인데 어찌하여 새로운 『만다라』는 '병 속의 새'라는 화두 대신에 '부모미생지전(父母未生之前)에 미심마(是甚摩)오?'라는 새로운 화두를 내건 새로운 입선에의 의지를 표명하는 것으로 '돌변'했단 말인가."라고 말했다.

이러한 글에서 보면, 김성동 작가는 법계를 떠나는 것과 입선의 견지 중 스스로가 살아온 무한한 고민에서 자신을 찾아 나서는 수행길을 택한 것으로 보인다. 일반 독자들에게는 그러한 심오한 선적 경지가 어려웠던 것이다. 김동리의 「등신불」에서도 왜 등신불이 되어야 하는가라는 의문 속에서 새로운 화두를 풀어가는 인간적인 고뇌가 독자에게 좀처럼 풀리지 않는 것이다.

4. 불교문학과 포교

불교의 세계를 소재로 한 작품에서 많은 독자들은 불교가 지닌 무한한 교리에 매료되어 불교란 무엇인가라는 화두 속에서 불교에 접근한다. 불교가 지닌 교리와 자신의 세계관에서 접근하는 빠른 길일 수도 있다. 그래서 불교적 상징이나 은유에만 머물러서도 안 된다. 불교적 교리에 의한 사색과 고통과 탐색이 필요하다.

불교문학 작품으로 많이 알려진 「등신불」「만다라」「대석가」 등은 그런대로 불교에 대한 새로운 방향을 모색해준 작품이라고 할 수 있다. 소설적인 것과는 거리가 있지만 김정빈의 『도(道)』『단(丹)』 등이 불교적 구도 행각을 일깨워주는 새로운 시도라면 시도라 할 것이다.

필자는 1978년도에 불교의 『자타카경(jataka)』(본생담)을 주 테마로 하여 『니그로오다 황금사슴 이야기』를 발간한 적이 있다. 『자타카경』은 부처님 전생 인연설화 547편을 기술한 경전이다. 시대를 초월한 인과법을 교훈으로 불교의 중요한 교리가 대중과 함께 쉽고 깊이 있게 불교의 역사를 이끌어온 경전으로 많은 사람에게 지혜와 깨달음을 얻을 수 있는 설화 경전이다. 이솝우화보다 앞선 설화임을 알아야 한다.

그렇다면 본격적인 불교문학이 좀 더 불교적인 것이 되려면 불교 경전이 하루 속히 일반에게 보급되어야 하고 그것을 포교해야 한다. 불교의 심오한 진리를 쉽게 풀이하면 인생과 자연이 모두가 불교적이지만, 그러나 하나의 정신과 교리의 근본을 알려주는 데는 보다 깊은 성찰과 노력이 문학가나 불교계가 합심하지 않고는 어려워진다. 불교문학이란 내적 표현수단으로 서서히 외적으로 나아가야 하기 때문이다. 불교문학이 안고 있는 고민은 많은 계층에 안겨지는 교리에 대한 접근방법의 모색이라고 보아진다. 불교문학 작품에서 불교의 인식과 불교에 입문하는 마음 자세를 얻을 수 있다는 점은 위에서 본 많은 문학작품이 말해주고 있다.

　이상에서 몇 사람의 작가들의 불교문학의 면모를 간략하게 살펴보았다. 다만 여기서 우리가 한 번 생각해보아야 할 것은 불교의 경전이 너무 어렵다는 것과 아직 대중화하지 못했다는 점이다. 불교의 교리에 어느 정도 몰입되어야 그 작품과의 합일점을 모색할 수 있을 것이다.

서울, 삶을 끌어가는 공존의 도시

— 문학작품 속의 서울

1

대한민국의 수도 서울은 인구밀도는 물론 경제적으로, 문화적으로 항상 만원이다. 다양한 직업을 가진 군상들이 살아가는 곳이고, 세계 각처에서 피부색이 다른 민족들이 찾아와 삶을 이루고자 하는 곳이다. 그뿐만 아니라 우리나라 행정의 중심지로 경제 · 문화 · 사회의 중심축을 형성하는 곳이다. 서울은 통일신라를 거쳐 고려시대 이후 1394년 조선의 건국과 더불어 한반도의 수도로 오늘에 이르기까지 역사의 큰 맥을 이어오고 있다.

세계적인 도시 서울은 문학작품의 좋은 소재가 될 수밖에 없다. 우리 문학작품에 나타난 서울은 작가에 의해 그려진 한 폭의 방대한 도시이며 거대한 인간군의 집합체이다. 역사 속에서 숨 쉬며 살아온 왕족들의 반목과 질시, 그리고 사랑을 이야기한 역사소설에서부터 근현대사에 일어난 파란과 질곡은 물론 서민들의 삶의 흔적 속에서 애정과 미움의 현장을 그려준 소설작품 등에서 서울이 지나쳐온 길고 긴 여정의 일면을 읽을 수 있다.

박종화, 김동인, 염상섭, 이태준 등이 집필한 역사소설은 당시 서울에

문학의 미적 담론과 시학

근거한 왕조를 배경으로 서울의 특정 지역의 삶과 권력 암투를 그려주었다. 현대소설에서는 유진오의 「서울의 이방인」, 박태원의 「소설가 구보씨의 일일」 『천변풍경』, 이봉구의 실명소설 『그리운 이름 따라－명동 20년』, 이상의 「날개」, 이병주의 「서울은 천국」, 강신재의 「서울의 지붕 밑」, 이호철의 「서울은 만원이다」, 최일남의 「서울 사람들」, 김승옥의 「서울, 1964년 겨울」, 한수산의 「서울의 꿈」, 김성종의 「서울의 황혼」, 조해일의 「왕십리」, 윤정모의 「광화문통 아이」, 장정일의 「서울에서 보낸 3주일」 등 많은 작품이 서울의 인상적인 삶을 그려주고 있다. 이봉구의 수필집 『명동백작』은 서울을 중심으로 살아가는 예술인의 일상을 자상하게 그리고 있다. 최근엔 서울을 테마로 한 소설집 『서울, 어느 날 소설이 되다』에 이혜경, 하성란, 권여선, 김숨, 강영숙, 이신조, 윤성희, 편혜영, 김애란 등이 단편을 수록했고, 『서울, 밤의 산책자들』에는 전경린, 김미월, 황정은, 윤이형, 이흥, 기준영 등이 서울을 무대로 각 계층이 살아가는 모습을 그린 단편소설을 발표했다.

　서울을 다룬 많은 소설작품들은, 삶의 근거지가 서울이고 그 서울이라는 현장 속에서 발생하는 삶의 애증을 그리고 있다. 현대라는 위치에서 본 서울의 상황을 『서울, 밤의 산책자들』 해설로 실린 문학평론가 이경재의 글이 잘 대변해주고 있다.

　　서울은 한국의 수도로 '수많은 인파' '다양한 공간' '편안한 익명성'을 제공하는 공간이다. 이러한 특성은 조선의 한양과 일제시대의 경성을 거쳐 오늘의 서울에 이르기까지 600년의 전통과 역사가 축적되었기 때문에 가능한 것이다. 현재도 서울에는 국내 인구 중 4분의 1이 살고 있으며, 대한민국의 자본과 핵심적인 기술이 집약되어 있다고 해도 과언이 아니다. 이러한 서울을 하나의 통일된 인상이나 의미로 규정하는 것은 불가능하다. 그것은 이제 한국을 넘어 세계의 메트로폴리스가 되어 버린 도시가 갖게 마련인 복잡성 때문이기도 하지만, 서울만이 지닌 혼종성 때문이기도 하다. 이러한 혼종성은 식민지, 분단, 전쟁, 산업화로 이어지는 과정에서 서울이 겪은 엄청난 속도의 변화 때문이라고 할 수 있다. 그리하여 단일한 모습의 서울은 어디에도 존재하지 않는다. 강남과 강북, 북촌과 이태원, 홍대와 로데오 거리 등 다양성까지 아우르는 것이 서울이라고 한다면, 서울은 그야말로 거대한 잡종이라고 밖에는 달리 표현할 길이 없다. 서울은 수없이 많은 얼굴을 지니고 있다.

—— 이경재, 「우리 시대의 서울을 위하여」

서울이라는 공간이 단일하지 않다는 지적과 같이 서울은 해방 전후사와 현대의 새로운 도약의 시기에 걸쳐 많은 도시적인 변화를 거듭한 것이 사실이다. 해방 전후사에서는 북촌, 천변 주변, 남대문 주변, 이태원, 명동 등 삶의 흔적이 그려지고 있으며, 현대의 도약 시기에는 강남과 강북, 북촌과 이태원, 홍대와 로데오 거리, 혜화동 대학로 거리, 남대문과 동대문 시장, 명동 그리고 서울 변두리를 거점으로 한 서민의 삶의 일상 등이 그려지고 있다.

일제 식민지 시대에는 일제의 억압을 피해 고난과 고통을 이겨내는 하층민의 슬픈 삶의 흔적들이 작품 속에 나타나며, 해방 공간에서는 일제의 수탈에서 벗어난 상하층민의 삶에서 이웃과 가족 간의 갈등과 사랑은 물론 좌우익 간의 반목과 질시 속에서 무너져가는 시간과 공간의 어두운 모습이 그려지고 있다. 동족의 전쟁은 황폐화된 서울에서의 어렵고 힘든 삶에서 오는 공포를 이겨내려는 서민들의 전후 모습을 많은 작품에서 읽을 수 있다. 혁명과 민주화 과정의 서울은, 투쟁과 구호 등 서울이라는 수도의 또 다른 일상이 교차하는 힘든 서울이었다. 세계인의 주목 대상이 되는 힘든 역사의 사실들이 작품에 나타나고 있다.

서울의 현상이 문학작품에서 다루어지는 현장은 실로 많고 넓다. 서울이라는 특수한 특성 때문이라고 할 것이다. 이경재의 "서울을 대상으로 한 작품은 한 지역적 특수성을 드러내기에 지역문학으로 볼 수도 있다. 그러나 서울을 소재로 한 작품들은 지역문학인 동시에 한국문학으로서의 특징을 지닐 수밖에 없다. 서울의 특수성은 이미 한국적 보편성을 지닐 수밖에 없을 정도로 서울이 차지하는 역할과 위상은 절대적이기 때문이다. 우리 문학에서 서울의 얼굴은 실로 다양하게 나타났다."(위의 책)라는 지적과 같이 서울의 지역적인 특성에 대한 이야기는 한국적인 이야기와 서로 상보적인 관계를 나타낸다.

그렇다면 문학작품 소설 속에 그려진 너무 넓고 큰 서울의 공간과 시간은 어떠한가. 그래서 1940년 무렵의 서울 속에 나타난 사람들의 삶의 행적과 오늘날 서울에서 살아가는 다양한 사람들의 삶을 추적해봄으로써 서울에서 시대에 따른 삶의 풍속도를 찾아보려 한다. 1940년 무렵의 서울을 가장 섬세하게 그려준 작품으로 박태원의 『천변풍경』과 이봉구의 실명소설 『그리운 이름 따라―명동 20년』에서 삶을 어렵게 살아가는 서민의 생활에서부터 문화예술인과 함께한 서울의 삶의 풍속도를 찾아가 보자.

2

박태원의 『천변풍경』은 『조광』에 1936년 8월부터 10월까지 장편으로 발표되었고, 이후 같은 잡지에 1937년 1월부터 9월까지 속편이 발표되었다. 박태원은 그 이전인 1934년에 소설 「소설가 구보씨의 일일」을 『조선중앙일보』에 발표한 바 있다. 서울을 기점으로 한 작품이다.

『천변풍경』은 천변 주변에 삶의 터전을 마련한 이발소 주인, 한약국집, 카페, 여관(신전), 당구장, 천변 빨래터, 그리고 종로통의 술집들, 전차, 관철동, 계동, 수표교, 화신상회, 우미관, 광교, 종각 주변, 금은방 주인, 기생, 첩, 카페 여급, 당구장 보이, 아이스케이크 장수, 공장 노동자 등 당시의 청계천 주변과 서울 속의 삶의 모습이 어떠한가를 현장감 있게 그려준 작품이다.

그러면서 서울로 수입되는 근대 외래 문명을 받아들이는 사람들의 흥미로운 모습을 작품에 등장시킴으로써 그들의 행동과 언어가 그 시대에 어떤 모습으로 살아왔는가를 보여준다. 그 당시 서울 시내를 관통하며 흐르는 청계천 주변의 자연스러운 경관들이 오늘날 새롭게 단장한 청계천에 인파가 몰려드는 것과 같은 현상이었을까. 그 몇 가지 장면을 살펴보면 당시의 모습을 알 수 있다.

천변의 빨래터 장면은 '제1절 청계천 빨래터'에서 다음과 같이 그 서두를 장식하고 있다.

정이월에 대독 터진다는 말이 있다. 딴은, 간간이 부는 천변 바람이 제법 쌀쌀하기는 하다. 그래도 이곳, 빨래터에는, 대낮에 볕도 잘 들어, 물 속에 잠근 빨래꾼들의 손도 과히 시리지는 않은 모양이다.

"아니, 요새, 웬 비웃(청어)이 그리 비싸우?"

주근깨투성이 얼굴에, 눈, 코, 입이 그의 몸매나 한가지로 모두 조그맣게 생긴 이쁜이 어머니가, 왜목(광목) 옷잇을 물에 흔들며, 옆에 앉은 빨래꾼들을 둘러보았다.

"아니, 얼마 주셨게요?"

그보다는 한 십 년이나 젊은 듯, 갓 서른이나 그밖에는 더 안되어 보이는 한약국집 귀돌어멈이 빨랫돌 위에 놓인 자회색 바지를 기운차게 방망이로 두드리며 되물었다. 왼편 목에 연주창 앓은 자국이 있는 그는, 언제고, 고개를 약간 왼편으로 갸우뚱한다.

"글세, 요만밖에 안 되는걸, 십삼 전을 줬구료. 거두 첨엔 어마허게 십오 전을 달라지? 아, 일만 전만 더 깎재두 막무가내로군."

지금 생각해 보아도 어이가 없는 듯이, 빨래 흔들던 손을 멈춘 채, 입

문학의 미적 담론과 시학

을 딱 벌리고 옆에 앉은 이의 얼굴을 쳐다보려니까, 그의 건너편으로 서너 사람째 앉은 얼금뱅이 칠성어멈이,

"그 웬걸 그렇게 비싸게 주구 사셨어요? 어제 우리 안댁에서두 사셨는데 아마 한 마리에 팔 전꼴두 채 못 된다나 보던데……"

천변 빨래터에 모인 여인네들의 수다와 함께 그 무렵 생활의 일면을 보여주는 대목이다. 청어 한 마리를 화제에 올려 그들의 일상생활의 면모는 물론 당시의 물건의 가격까지 들여다볼 수 있는 장면이다. 빨래터를 찾아 빨래를 해야 하는 당시의 천변 모습을 재현한다. 여인네들의 얼굴 생김새를 구체화시킨 것도 당시 여인들의 모습을 구체적으로 보여준다. '주근깨투성이'의 이쁜이 어멈. '왼편 목에 연주창 앓은 자국'의 한약국집 귀돌어멈, '얼금뱅이'의 칠성어멈 등 한결같이 얼굴에 흉이 있는 여인네들의 모습이 당시의 어려웠던 상황을 보여준다.

사람들이 천변 곁에 모여 즐겼던 놀이의 장면에서는 당시의 놀이터와 놀이문화의 단면을 볼 수 있다.

그곳에는 스물 안팎으로 대여섯까지의 젊은이들이 칠팔 명이나 동저고리 바람으로 모여들 앉아, 모래판에 깔아놓은 한 장 거적 위에서 윷들을 놀기에 정신이 팔려 있다. 한 달 정초의, 그 기분이 아직도 완전히 가시지 않은 그들은, 제각기 가진 약간의 볼일은 결코 마음에 키우지 않는다.

진작부터 그곳에 윷판이 벌어져 있는 것은 짐작하고 있었으나, 이때까지 빨래꾼들 하고 객담만 하느라 그 속에서 점룡이 찾을 생각은 못 하고 있었던 그 수다스러운 마누라쟁이는, 부리나케 노름판 벌어진 바로 위천변으로 걸음을 옮겨 아래를 굽어보고, 금세 표정을 험상궂게 꾸미고,

"아니, 이 녀석, 그래 갔다 오란 심부름은 아주 제쳐두구 그저 똑 노름에만 팔렸으니, 그래 저런 죽일 녀석이……"

당시 윷놀이가 주된 여가문화였고, 서울이라는 공간에서 그 놀이 장소

로는 천변이 가장 적당한 곳이었다. 그들이 살아가는 천변은 서민들의 초라한 주택의 안마당이자, 즐길 수 있는 허물없는 곳이기도 했다. 이웃한 종로 주변과 보신각, 화신상회 등에서는 자정이 지난 무렵의 모습에서 "기생을 태운 인력거가 지나고, 술 취한 이의 비틀걸음이 주위 정적을 깨뜨릴 뿐, 이미 늦은 길거리에, 집집이 문들은 굳게 잠겨 있다."('제12절 소년의 애수'에서)라든가. "종각 뒤 어느 카페에서, 그가 바로 취안이 몽롱해 가지고 나와, 보는 이의 마음을 놀랜 일이 요 며칠 전에 있었는데……"(위의 글)라는 글에서 보듯 당시의 주당들의 모습이나 현재의 모습이 별반 다를 것이 없다는 점을 보여준다. 다만 '인력거를 탄 기생'의 형태는 당시의 시대적 현상의 다른 모습일 뿐이다.

오늘날에도 우리의 결혼 문화는 웨딩홀에서만 치러지지 않고 전통 혼례 방식으로 치르는 경우도 있지만 박태원은 '제5절 경사'에서 천변에 사는 이쁜이의 혼례 장면을 구체화시키고 있다.

> 식은, 간단히, 또 아무 별일 없이 진행되었다. 마당에 병풍 치고 자리 깔아놓은 그 위에, 다홍 보자기를 펴놓은 소반 앞에서, 기러기 아범이 지휘하는 대로, 그보다는 두어 살 아래인 신랑이, 이쁜이와의 '백년회로'를 하늘에 맹세해 세 번 절한 뒤, 마루로 올라와서, 수모 대신 저의 아주머니에게 부축을 받아 안방에서 나온 신부와 독자를 하고, 그리고 임시 수모가 명색만으로 따라준 술을, 역시 명색만으로 신랑이 받아 먹고, 다음에, 가운데 다방골 요릿집에서 차려온 오 원짜리 상을 큰 상이라 신랑이 받고 나자, 이제 남은 일이라고는 신부가 신랑을 따라 그의 시집으로 들어가는 것뿐이었다.

이러한 혼례의 모습은 크게 변한 것이 없다는 점을 볼 수 있다. 다만 오늘날 우리의 혼례의식이 서구화되면서 전통의 모습은 찾아보기 어렵게 되었지만, 이 작품에서 혼례 장면이 구체화되고 있다는 점도 반세기 전의 서울의 모습에서 볼 수 있는 장면이라고 할 것이다.

박태원의 소설 『천변풍경』은 몽타주식 구성법과 고정된 장소에서 천변을 관찰하는 파노라마 형식의 기법으로 그려진 1930년 후반의 시간과 공간이 곁들여진 작품으로, 중인층과 상인 출신의 부르주아들을 내세우기도 하고, 가난하지만 열심히 살아가는 하층민들의 삶의 욕망의 모습을 구체적으로 기술한다. 때로는 풍자적 장면을 묘사하기도 하고, 각 계층의 인물이 서울이라는 도시 공간에서 살아가는 열정을 보여주기도 한다. 작가의 세밀한 묘사 기법이 당 시대의 세태를 정밀하게 보여주고 있는 점도 서울 천변의 구체적 수확이라고 할 것이다.

3

박태원의 소설 『천변풍경』에서 서울의 천변을 중심으로 살아가는 여러 부류의 사람들의 삶의 모습을 보여주었다면, 이봉구의 실명소설 『그리운 이름 따라-명동 20년』에서는 서울 명동을 기점으로 소공동, 충무로 일대를 살아가는 문화예술인들의 옛 모습을 바라볼 수 있다. 이 작품은 1966년 유신문화사에서 발간한, 명동을 중심으로 구성한 실명소설이다. 서울 명동을 무대로 한 이봉구의 수필집 『명동백작』 역시 무대와 기술된 인물들이 실명으로 기술된 점은 위의 소설과 유사하다.

이봉구는 문화예술인들이 서울의 명동과 소공동, 충무로를 드나들면서 서로 어울리며 친교를 나누고 문화예술에 대한 담론을 펼치며 살아가는 모습을 구체적이고 사실적인 바탕에서 기술하고 있다. 이러한 명동에서의 생활을 이봉구는 작품 속에 실명으로 등장하는 인물들을 통해 사실적인 감동에 더욱 가깝게 접근할 수 있도록 기술하고 있다. 당시의 문화예술인들의 생활상을 읽을 수 있는 자료적인 가치도 크다고 할 것이다.

한국 문단 초창기 인물인 월탄 박종화, 공초 오상순, 서정주, 김광주, 조지훈, 김동리, 구상, 임긍재, 김초향, 김양춘, 심영, 임서하, 김중희, 최봉식, 김진수, 김병욱, 김수영, 임호권, 조연현 등이 '무궁원'을 드나들었고, '명동장'에는 김창수, 고병순, 고흥상, 김종윤, 조덕송, 최기덕, 임광빈, 최금동, 김정한, 최병욱, 김진기, 박고석, 손응성, 정종여, 조병화, 이진섭 등이 어울렸다(「명동장 시절」). '마돈나다방'에는 손소희, 전숙희, 김동리, 조연현, 김송, 김광주, 이용악 등이 모였으며(「오랑캐꽃과 남궁연」), 소공동에서 다방 '비엔나'와 출판사 '산호장'을 운영한 장만영과 김기림, 조병화, 김용호, 김경린, 선우휘, 승정균, 김광균, 김병욱 등이 모였고, 다방 '제비'를 운영한 이상을 중심으로 오장환, 조경희, 박인환 등, '문예싸롱'에는 김동리, 황순원, 박용구, 박기원, 정한숙, 정한모, 김구용, 김광식, 서정주, 오영수(「모나리자의 실종」에서) 등 기라성 같은 문인, 화가, 기자, 영화인 등이 매일같이 모여들었다. 작품은 이러한 명동을 중심으로 소공동, 충무로, 관훈동 일대를 보여준다.

명동에 대하여 이봉구는 이렇게 기술하고 있다. "일천구백사십오년 팔월 십오일, 조국 광복 속에 명동 거리는 해방되었고 해방과 더불어 새로운 명동의 역사가 시작되었다. 이름부터는 일정 때의 메이지마찌(明治町)가 아니고 우리들의 옛 이름 그대로 명동이라 부르게 된 것이다."(「다방 봉선화」)에서 볼 때, 명동 일대는 오랜 세월 동안 새로운 문화의 산실이었다.

이 소설에 나타나는 유명한 명소만 하여도 지금 유네스코 건물 자리에 있었던 중국요리집 '중화루' '동순루' '동해루' 등과, '명동장' '무궁원' '백화점' '담담'이 있었으며, 다방으로는 '마돈나' '남강' '미네르바' '오아시스' '고향' '코롬방' '에덴' '라아뿌름' '돌체' '휘가로' '낙랑' '문예싸롱' '모나리자'와 함께, '명동극장' '국립극장' '문예서림'도 문화예술과 함께한 역사적인 명소였다. 이 소설의 다음과 같은 장면에서 그 시대의 일면을 조감해볼 수 있다.

> 다방이 넓고 커서 해방 후 웬만한 출판기념회는 대부분 이 집에서 열리고 성황을 이루었다. 김동리의 『황토기』, 서정주의 『귀촉도』, 조병화의 『버리고 싶은 유산』을 비롯해 많은 모임이 있었는데, 그중에도 홍효민의 『인조반정』 출판기념회는 싸움이 터져나는 소동이 벌어졌다. '효민의 밤'이라고 이름을 붙여 그를 한번 봐주자는 데서 열린 모양인데, 술에 취해 늦게 온 정지용이 들이닥치자마자 그 특유의 입담이 홍효민의 비위를 거슬르고야 말았다. "효민의 밤은 뭐고, '인조반정'은 다 뭐야. 뭐, 역사소설을 쓴다구. 그 얼굴, 그 수염, 참 가관이다. 효민의 밤을 열어준 당신네들도 참…" 이건 축사가 아니고 노골적인 무시오. 비방이었다.
>
> — 「낙랑. 휘가로. 미락 부근」에서

출판기념회 자리의 모습에서 보듯 당시 문화예술의 본거지인 명동을 중심으로 한 일대에서 작가들은 그들만의 또 다른 세상을 만들어가고 있었다. 그리고 해방 이후 정부 수립기의 명동 풍경을 다음 글에서 볼 수 있다.

> 여름철엔 몽양 여운형 선생이 혜화동 로터리에서 피살당하고 이래서 일천구백사십칠년은 어수선하고 긴장된 분위기가 명동 거리에 흘렀다 (…) 이런 공기를 안고 이해가 저물어 다시 새해(1948년)를 맞이하면서부터 명동 거리는 새로운 활기가 떠돌기 시작했다. 양품점이 셋, 구둣방이 셋, 보석상이 두 군데 이밖엔 찻집과 술집으로 형성되어 있던 시절이었다. 이채롭게도 악기점과 레코오드 회사와 화구점이 있었고 장안탕이라는 목욕탕이 하나 있어 명동 친구들의 땀을 씻어주고 있는가 하면 책 가게는 예나 지금이나 명동 거리에선 푸대접을 받고 있었다. 일정 때 이 거리에서 일본 사람이 경영하던 고본상인 금강당 서점을 그대로 해방 후 물려받아 문을 열었다가 6 · 25 때 문을 닫고 이보다 조금 전에 명동 초입에 문예서림이라는 신간 서적상이 문을 열어 오늘에 이르기까지 명동 거

리의 유일무이한 서점으로 이 거리의 체통을 지켜주고 있다.

　　　　　　　　　　　　　　　　　　　　　　　　—「청춘 무성」에서

　당시 명동을 중심으로 한 주변 풍경에서 찻집과 술집은 물론 서점과 목욕탕까지 서로 어울려 살아가는 중심 도시의 모습을 엿볼 수 있다. 당시에 활동한 많은 문화예술인들의 모습이 사라져버린 오늘날, 이봉구의 실명소설이라는 한 편의 화두에서 이들이 살아간 흔적과 많은 지나간 역사의 문화 자취를 찾을 수 있다.

　6 · 25전쟁으로 참상을 겪은 후 적에게 빼앗긴 서울을 인천상륙작전으로 다시 찾았을 때의 명동의 모습 역시 작가는 놓치지 않고 기술하고 있다.

　　서울은 황폐화하여 무표정으로 상처도 애처로운 수도가 되어 버렸다. 벅찬 슬픔과 반가움 속에서 땅 치며 흐느껴 우는 잔류 시민들, 불빛도 없고 쥐와 고양이도 볼 수 없는 서울 명동 거리는 명동 초입 시계포에서 국립극장에 이르는 쪽만 남고 건너편 명동 본고장의 거리는 옛 모습조차 찾을 길이 없도록 타버리고 허물어져 마치 대규모의 연극의 무대장치를 대하는 것 같았다.

　　　　　　　　　　　　　　　　　　　　　　　　—「폐허의 달」에서

　　명동은 포화 속에 타버리고 무너져 반 조각이 되어버렸다. 명동 입구에서부터 '문예서점' '명동극장' '국립극장' 쪽만 남고 건너편 '동순루'를 비롯해 많은 건물이 허물어졌고, '마돈나' '코롬방' 충무로로 통하는 명동 거리가 충무로 쪽으로 절반이 타버려 '명동장' '무궁원' '돌체' '휘가로'가 빈터만 남아 있었다.

　　　　　　　　　　　　　　　　　　　　　　　　—「1950년 봄」에서

　'문'다방 건너편 타버린 빈터에 지붕, 판자도 없이 벽돌을 주워다 담을 둘러싼 복판에 돌팍을 의자 삼고 돌팍을 술상으로 한 대폿집이 생겨나 술집이 귀하던 그 시절에 손님들이 찾아 들었다. 비가 오는 날, 비를 맞

　　　　　　　　　　　　　　　　　문학의 미적 담론과 시학

으며 술을 마시고, 달밤이면 무슨 고원지대에 앉아 마시고 있는 듯한 정
취가 도는 집이었다.

—「포엠」에서

전쟁의 공포가 휩쓸고 간 서울의 거리는 참담함 그 자체였다. 많은 전후
소설 작품에서 이러한 문제를 다루고 있다. 특히 부산이나 대구를 기점으
로 하여 살아온 피난살이의 고통과 전쟁의 두려움 속에서 살아가는 서민
들의 참상은 전후소설의 핵심적인 소재였다.

이봉구의 전후 서울 명동의 풍경은 절망을 넘어서 그래도 새로운 삶을
꾸려가려는 서민들의 모습은 물론 문화예술인들의 만남과 새로운 각오를
보여주고 있다. 이 작품이 해방 전후의 서울 명동의 이야기와 전쟁의 참화
속에서 침몰된 명동의 생활상을 그대로 보여줌으로 역사의 질곡에서 살아
오는 동안 서울의 중심 공간인 명동의 실상을 감지할 수 있는 사실적인 작
품으로 우리에게 와닿는다고 할 것이다.

4

1960년대 이후의 소설 속에 나타난 서울의 모습에는 다양한 표정과 인
간이 힘들게 살아가는 하나의 표징적인 요소가 많았다. 해방 공간에서의
서울은 오랜 식민지 생활의 환멸 속에서 자식을 낳으면 서울로 보내라는
인식에 따라 많은 사람들이 터전으로 삼아 삶을 이루어가는 곳이었다. 모
든 생활의 근거이며 행정수도라는 원칙에 매료되는 상황이었다. 전쟁 후
의 서울은 특히 청계천 주변의 판잣집과 수상가옥들의 판도와 동대문·남
대문 시장이라는 거대한 삶의 터전이 많은 사람들에게 새로운 호기심의
대상이 되었다. 이호철의 소설 『서울은 만원이다』가 시골에서 무작정 상

경한 처녀 길녀가 일식집 여급에서 다방 레지, 서린동 직업여성 등 파란만장한 서울 생활을 하다가 다시 낙향한다는, 어두운 서울에서 힘들게 살아가는 사람들의 이야기로부터 많은 소재를 취하고 있는 것도 이러한 연유에서라 할 것이다.

김승옥의 「서울, 1964년 겨울」에서는 현실에서 소외된 세 사람이 서울이라는 도시 공간 선술집에서 만나면서 파란만장한 생활이 시작된다. 이 작품의 서두는 "1964년 겨울 서울에서 지냈던 사람이라면 누구나 알고 있겠지만, 밤이 되면 거리에 나타나는 선술집―오뎅과 군참새와 세 가지 종류의 술 등을 팔고 있고, 얼어붙은 거리를 휩쓸며 부는 차가운 바람이 펄럭거리게 하는 포장을 들치고 안으로 들어서게 되어 있고, 그 안에 들어서면 카바이드 불의 길쭉한 불꽃이 바람에 흔들리고 있고, 염색한 군용 잠바를 입고 있는 중년 사내가 술을 따르고 안주를 구워주고 있는 그러한 선술집에서, 그날 밤, 우리 셋은 우연히 만났다."라는 대목으로 시작된다. 이러한 장면 묘사에서 당시의 서울 중심의 풍광을 엿볼 수 있다. 그리고 서울이라는 공간에서 생면부지의 세 사람이 만나면서부터 도시적인 황폐성과 개인주의가 주어지는 수도 서울의 인간관계가 더러는 무력감으로 비화한다.

오늘날 서울을 테마로 한 소설은 서울이라는 특수한 공간 속에서 야기되는 스토리가 진행될 뿐 그 이야기의 구성이나 전개는 다른 지역의 무대와 별반 다르지 않다. 작품의 무대로 서울이라는 공간을 택한 것일 뿐, 이야기의 전개는 다른 지역에서 일어나는 삶의 이야기와 다를 바 없는 것이다. 서울이라는 특수한 공간에 관련된 사건이나 삶의 특수한 방법은 보이지 않는다. 박태원의 천변을 중심으로 한 이야기나 이봉구의 명동을 기점으로 전개되는 이야기 형식의 작품과 같은 전개는 희박한 편이다.

최근 서울의 삶을 또 다른 차원에서 보여준 테마소설집 『서울, 밤의 산책자들』과 『서울, 어느 날 소설이 되다』가 발간됨으로써 '서울'이라는 하나의 공간을 주된 테마로 하여 작가들이 창작한 작품집을 읽을 수 있게 되었다. 김미월의 소설 「프라자 호텔」에서 작가는 "내가 서울에서 살기 시작한 것도 올해로 장장 십칠 년째가 된다. 내 나이의 절반 세월을 이곳에서 살았으니 고향이나 다름없다고 해야 할 텐데, 이상하게도 서울에서 나는 늘 이방인이다."라고 했다. 작가 자신이 이방인으로서 생활하는 서울의 모습은 작품 속에서도 다를 바가 없다.

> "난 여기가 싫어. 사람도 너무 많고 너무 시끄러워. 거리에는 똑같이 생긴 아파트들밖에 없고 공기가 탁하고. 밤에도 너무 밝아 잠을 잘 수가 없어."
>
> ― 김미월, 「프라자 호텔」에서

> 아무리 보고 또 보아도 서로의 증인이 되지 못하는 사람들, 그녀들과 우리, 서로가 무채색 배경에 지나지 않는 타인들이었지요. 서로 심판하지 않기 위해 더욱더 무관심해진 타인들, 그것이 이웃이었어요.
>
> ― 전경린, 「백합과 공룡의 벼랑길」에서

> 강이 어두워지고 있었다. 그녀는 고개를 돌려 H오피스텔을 올려다보았다. 엘리베이터 라인에 조명이 들어오자 오피스텔 건물은 색을 일변하여 은은한 옥색이 되었다. 수정산처럼 거대한 건물이 그녀와 한강을 내려다보며 우뚝 서 있었다. 그녀는 무엇 때문에 망설이는지 모른 채 오랫동안 망설이고만 있었다. 알 수 없는 초조가 호흡을 불규칙하게 했다.
>
> ―권여선, 「빈 찻잔 놓기」에서

> 우리집은 빌라 뒤편에 있는 낭떠러지와 바로 연결되어 있다. 절벽의 높이는 십 미터가량 된다. 하지만 내가 사는 사층에선 더 까마득해 보인다. 절벽 아래에는 낡은 주택들이 다닥다닥 붙어 있다. 대부분 단층 건물로 붉은 기와를 얹은, 삼십 년도 더 된 집들이다.
>
> ― 김애란, 「벌레들」에서

오늘날 도시 공간 서울에서의 삶의 결격이 무엇인지를 보여주는 장면이다. 서울의 환경과 서울의 인심을 적절하게 묘사한 장면에서 서울이라는 공간이 주는 삶의 두려움이 교차하는 일면을 작가들은 그려주고 있다. 그뿐인가, 삶의 주거 공간이 각박한 환경이나마 그곳에서 삶을 유지해야 하는 서울 시민들의 두려움도 그려주고 있다.

도시 문명이 활발하게 발전하고, 화려해진 주택과 환경과 거리에서 살아가는 오늘이라는 공간과 시간에서 많은 사람들이 살아가는 서울은 어쩌면 비슷한 삶의 환경을 공유한다. 동일하거나 비슷한 주거환경에서 생활하다 보니 아파트, 빌라, 다세대주택, 연립주택, 오피스텔, 다가구 주택(옥탑방, 지하방), 단독주택이라는 공간 속의 서울 생활은 새로운 형태의 삶의 전쟁터나 다름없었다. 서로의 무관심과 타인이라는 존재감만 더욱 현실화되어 가는 서울의 산실이라 할 것이다.

박태원의 『천변풍경』에서 보여준 서민들의 삶의 애달픈 모습과 그 배경들, 이봉구의 실명소설 『그리운 이름 따라―명동 20년』에서 보여준 강렬한 삶의 모습과 특정 지역이 보여준 문화예술인들의 환경만이 아니다. 어쩌면 이러한 소설 속의 장면들과 스토리는 모든 삶을 살아가는 서울이라는 환경 조건 속에서 사는 사람들의 욕망과 애정인지도 모를 것이다.

한국소설 속에 나타난 서울의 삶은 어쩌면 영원한 이방인의 행적인지 모를 것이며, 거대한 서울 속의 거울에 비친 자신의 위대한 초상이거나 초라한 모습의 일면인지도 모른다. 다만 서울이라는 공간과 시간의 연속은 많은 작가나 그 삶을 유지하는 모든 사람에게 공감이나 실망의 대상이 될 수 있다는 것만은 부인할 수 없다.

(2011년 11월 1일 한국문협 심포지엄 발표문)

문학의 미적 담론과 시학

이 시대 인물의 표정 그리기

　오늘날 사람이 사는 방법과 모습은 다양하고 퍽 인상적입니다. 어쩌면 이런 군상들이 모여서 사는 것이 인생인지도 모릅니다. 특히 요즘 텔레비전이라는 매체를 통하여 보도되고 보여지는 인간 군상들의 철면피와 얼굴의 생김과 그들이 행동하는 모습을 볼 때면 아하, 그래서 소설가들은 부지런히 많은 군상의 인물을 만들어내는구나, 새삼스럽게 감탄을 할 때가 많습니다.

　소설 속에 그려진 인물들을 찾아다니다 보면 재미있는 현실적인 실존 인물을 만나게 될 때가 있습니다. 세상은 그런 인물을 만들고, 소설가는 그런 인물을 그려냅니다.

　소설가들은 작중 사건을 형성해가며 이야기를 끌어내고, 전체적인 주제와 함께 작가의 의도를 읽을 수 있는 작중 인물을 만들어냅니다. 작중 인물 중에는 주인공과 함께 조연급인 부수적인 인물도 작품에서는 중요한 위치를 확보합니다.

　마치 체감으로 느끼는 우리 사회가 주연급과 조연급을 공존의 법칙에 얽혀매게 하여 묘한 인간 군상을 새롭게 만들어 나가는 것도 하나의 현실입니다.

그래서 작가는 자신의 작품에서 인물을 만들어내는 것은 이 세상에 새로운 한 인간을 탄생시키는 것이라는 책임감을 지니면서 사람을 만들어냅니다. 세계적인 문호들이 탄생시킨 인물이 얼마나 많습니까. 돈키호테가 있고, 햄릿, 맥베스가 있습니다. 우리의 고전에서는 심청과 춘향, 그리고 장화홍련이 있고, 홍길동과 임꺽정이 있습니다. 놀부와 같은 인물을 만들어내기도 합니다.

이들은 모두가 작가가 탄생시킨 소설 속의 인물이며 이 지구상에서 중요한 위치를 확보하여 살아가고 있습니다. 그들은 인간 세상에서 하나의 전형적인 성격을 지닌 영원한 인물로 지구인이 되고 있는 것입니다.

오늘날 우리 사회는 사회구조와 사회의 형성 요인이 다양하다는 핑계로 정치적으로나 경제적으로 불필요한 인물이 사회 질서를 문란케 하고, 사회적 정상 구조를 혼란으로 만들어놓는 비소설적 인물이 사회 도처에 이중잣대로 얼굴 모습을 들이밀며 그들의 존재를 확인시키고 있으니, 이 아니 한심스러운 일입니까. 그래도 작중 인물은 허구의 인물이지만 작품이 인식되는 강도에 따라 살아 있는 인물로 느끼고 기억되는 상황에서 중요한 위치를 확보하게 됩니다.

작가들은 이러한 인물을 탄생시키면서 그 인물을 잉태할 때 그 인물에 알맞은 외양과 용모를 만들어냅니다. 이것은 중요합니다. 그 외양과 용모가 때로는 작품의 구성과 성격을 가름하는 경우가 허다하기 때문입니다. 작가는 작품의 스토리에 의해 특정한 인물의 전형을 만들고 있습니다. 외양의 골격과 체격의 생김에서부터 용모의 생김이 이목구비의 구체적 모양까지 그려내어 작품의 주제와 방향을 설정하고 끌어가려는 의도를 나타내기도 합니다.

문학의 미적 담론과 시학

최근 우리 사회의 일면에서는 수억 대의 뇌물수수 사건에 얽혀 있는 정치인들이 심심찮게 화면에 나타나는 모습을 볼 수 있습니다. 대부분 그들의 용모와 외양에는 수억 대를 착복했다는 양심적인 수치는 없고, 그들이 얼마나 중요한 위치에 서 있었는가를 잊은 채, 일견 얼굴에 웃음을 담뿍 머금고 의기양양한 투사인 양 그려지고 있는 것은 어떻게 해석하고 이해해야 할 것인지 하나의 과제로 남겨둘 수밖에 없겠습니다.

　　그러나 우리의 고대 소설에서 춘향은 정절을 나타내고, 심청은 효심을 표현하며, 홍길동은 의협심을 나타내는 인물로 묘사되어 굳어진 하나의 성격을 형성하고, 가상적인 이러한 인물이 실제 인물화되고 있음은 오히려 야비한 정치 군상보다 작품이 보여준 작가의 무게가 큰 것을 알 수 있습니다.

　　그렇기 때문에 작가는 작품에서 외양과 용모를 보다 구체화시키는 것은 그러한 인물이 작중에서 차지하는 비중이 크고 작품의 전체적인 윤곽을 뚜렷하게 인상 지어주는 위치와 맞물려 있기 때문입니다. 일반적으로 작가가 그리는 외양과 용모를 보면, 과격한 성격을 나타낼 때 용모를 우락부락하게 설정하여 외형적으로 강하게 그려내기도 합니다. 내성적인 성격은 연약하고 순박한 이미지를 나타내게 함으로써 가련한 인상을 심어주려는 의도가 일반적입니다.

　　그러나 현실에 나타난 범죄적인 정치 군상들의 인물들이 펼쳐 보이는 가공적인 표정과 용모와 야비한 웃음은 도무지 소설가들의 묘사 기능으로는 적절치 못한 것일까요. 어쩌면 소설가들의 인물 묘사 기능을 능가하는 그들의 외양 묘사 표현은 너무나 부적절한 소설 외적 요인이 될 수밖에 없을 것입니다.

　　그렇지만 최근의 신예 작가들이 인물의 용모나 외양을 그려낼 때 다소 달라진 것은 인상적인 핵심을 들추어내려는 시도가 강하다는 점입니다.

인물의 골격이나 생김새에서 어떤 성격적인 요인을 나타내려는 것보다 표정이나 태도, 강한 이미지의 윤곽을 더 부각시키려는 의도가 보이기도 합니다. 소설의 인물은 성격과 함께 그 외양과 용모의 설정이 동일한 기술이 필요하기 때문입니다.

소설가 주요섭은 작품 「추물」에서 언년이의 추물 모습을 자상하고 구체적인 구석구석까지의 형상을 들추어내어 묘사하고 있습니다. 특이한 묘사 방법은 어떤 다른 사물에 빗대어 비교하고 있는 점입니다.

특히 "붉거진 이마 = 떡을 두말 치리만큼 넓은 데" "툭 불거진 두 알의 왕방울 눈=금붕어" 등으로 묘사하고, 그 형상을 비교함으로 더욱 인상을 구체화시키고 있습니다. 추물의 형상을 "꺼꺼대 상판" "개발코가 벌룩벌룩" "윗입술은 언청이" "아랫니는 뻐드렁니" 등 그 상판의 모습을 가장 추한 대상을 다 들추어 묘사함으로 인물의 추함이 어떤지 가늠될 수 있게 묘사되고 있으니 뉴스 화면에 나타나는 인물은 어느 공식에 적용해야 맞을까요.

비평가 워런(R.P. Warren)은 이러한 묘사 방법을 지배적 인상이라고 말하면서 "세부의 생동성은 그것이 없이는 상상 속에 그 대상을 실제로 파악할 수 없으므로 중요하다. 그러나 그 세부의 생동성만으로는 좋은 묘사를 보증하기에는 충분하지 못하다. 그러므로 그것이 기억할 만한 것이 되게 하기 위해서는 감정의 기본적 계열, 통일된 관념이 있어야 한다."라고 말하고 있습니다. 세부적인 부분의 묘사는 단명할 상을 지칭해주기 위한 구체적이고 세부적인 인상의 단서를 주기 위한 것이라 할 것입니다.

오늘날 상존해 있는 많은 불합리한 군상들의 인물은 사실 사회적인 구성 요소를 적절하게 이용하고 그 사회에 공존하는 동일한 부문에 침투하여 그들의 불합리한 많은 위선을 그들이 만들어내는 그들만의 인물의 상판을 합리화하는 절차 속에 감금되어 있는지도 모르는 일입니다. 그들의 얼굴은 한결같이 수백억을 착복하거나 잘못되었다라는 묘사 기능은 상실했으니 말입니다.

사실 소설가들이 그려내는 작중 인물은 외양에서 바라보는 인상과 분위기를 구체화시킴으로써 그 인물의 위치와 근엄성, 교양과 풍채 등을 그려주는 중요한 묘사 방법이 되기도 합니다. 작가는 인물을 그리기 위해 다양한 용모의 묘사도 중요하지만 인물이 풍기는 외양의 분위기에 대한 핵심적인 모양을 그려줌으로 작품 속에 활동하는 인물의 위상을 독자에게 짐작케 하기도 합니다. 만일 위와 같은 정치 군상을 후일의 작가들은 어떻게 그 인물을 그려낼까 기다려지는 일입니다.

좀 다른 이야기입니다마는 최인호의 「돌의 초상」이라는 작품에서는 인물의 외양 모양을 날카롭게 그려냄으로써 노인이라는 인물의 강한 인상과 분위기를 잘 나타내려고 했습니다.

> 노인은 정물처럼 앉아 있었다. 새 한복의 깃은 하얗게 빛나고 한복 단추가 햇빛에 번득이었다. 모자와 흰 고무신은 먼지 하나 묻지 않았다. 정갈한 성미를 가진 노인네가 애써 깨끗이 복장에 신경을 썼다기보다는 어딘지 자연스럽지 못한 분위기가 있었다. 마치 녹을 갑자기 벗겨내고 새로 도금을 한 것과 같은 인위적인 느낌이었다. 과장해서 말한다면 갓 죽은 시체에 다린 옷을 입히고 억지로 화장을 한 것 같은 기묘한 성장이었다. 시체의 부패한 냄새를 방지하기 위해서 기름을 바르고 향수를 뿌린 것처럼 노인네의 모습에선 본인의 의사가 아닌 타인에 의해서 곱게 꾸며진 듯한 이상스런 분위기가 있었다.

여기서 소설가 최인호는 "노인은 정물처럼 앉아 있었다"라는 초점이 되는 인상을 하나 잡아내어 강한 지배적 인상을 노인의 "이상스런 분위기"에 맞추어가고 있습니다. 작가는 정물처럼 앉아 있는 노인에 포인트를 맞추어 가면서 묘사의 핵심이 부정적인 측면을 더욱 강조하고 있습니다. 노인의 행색에서 긍정적인 표현보다 부정적인 표현을 나타내어 노인이 정물처럼 앉아 있어야 되는 인물로 강하게 부각되어 나타납니다.

작가가 노인을 정물화시키기 위해 선택한 인물 설정의 구체적 방법은 새 한복과 모자와 흰 고무신의 모습을 "자연스럽지 못한 분위기" "인위적인 느낌" "기묘한 성장" "이상스런 분위기" 등 부정적인 어법으로 치장되어 있습니다. 이러한 부정 어법은 정물화시키는 강한 인상으로 유도되고, 그렇게 인물이 설정되는 것입니다.

이와 같이 인물의 외양 용모를 그려내는 작가는 소설 속의 인물을 창조해내고 그 인물을 소설이라는 허구의 가상적인 인물을 만들어낸다고 하더라도 소설 속에 살아 있는 인물로 전환되어 실제적인 인물과 같은 동등의 인식으로 살아 있는 것입니다. 이러한 인물의 외양과 용모에 중심을 두고 작가가 그려내는 것은, 그 인물의 강한 인상과 외양의 묘사로 인해 그 작가의 특수한 창작 방법이 되고 있습니다. 그렇다면 뉴스 화면에 점철되는 그러한 인물의 이중성은 어떤 설정이 필요할까요.

우리가 소설을 읽으면서 인물의 외양 용모 묘사는 어디까지나 성격적 구성과 관계가 설정되어 있음을 알고 상호 관계를 이해하려 함입니다. 떨어져 생각할 수 없는 상보적 관계가 있기 때문입니다. 인물이란 성격이 구성됨으로 그 용모와 외양이 나타나는 것이고 그 외양과 용모에 의해서 성격이 구성되는 것입니다.

분명히 우리 사회는 소설 속의 인물보다 덜된 정치적인 인간 군상들이 판을 치는 사회 현상을 외면해서는 안 됩니다. 지금 우리가 살아가는 사회는 소수의 잘못된 인물을 수정하고 교정하는 새로운 인물 묘사의 소설가가 필요한 시대입니다.

소설가 정비석의 작품 세계

1

한국 현대문학사의 여정은 길고 긴 많은 우여곡절과 논쟁의 연속 속에서 성숙되어왔다. 특히 일제 식민지라는 기나긴 고난에서 문학작품 창작에 전념한 문학인들은 오늘날까지 논란과 파란을 겪어오고 있다. 해방 공간에서 좌우익의 이념 문제는 문학작품의 창작에 주어진 문제보다 사상적 우위에 관한 문제로 실권을 우선시하는 투쟁으로 나타났다. 6·25라는 전쟁은 또다시 민족의 고통은 물론 문학작품의 고통을 동반하게 되었다. 전후 세대에 나타난 사회적 혼란상과 도덕적 문제는 물론 삶의 문제에 이르기까지 고난과 고통의 연속이었다.

소설가 정비석의 일대기는 이러한 한국 현대사의 축소판으로 보아도 되리라. 특히 정비석은 일제 식민지하에서 집필한 작품과 전후의 혼란과 사회적 도덕성 문제와 사랑을 다루어온 작품, 그리고 우리 민족의 역사적 문제를 다룬 역사소설을 통해 한 시대가 안고 있는 고난의 연속과 역사의 흐름에 주어진 현실의 문제점을 말해주고 있다.

정비석은 1911년 평안북도 의주에서 출생하여 1932년 일본 니혼대학 문과를 중퇴한다. 본명은 서죽(瑞竹)으로 스승인 김동인이 비석(飛石)으로 필명을 지어준다. 귀국 후 『매일신보』 기자로 근무하다 1935년 시 「도회인에게」, 「어린 것을 잃고」, 소설 「여자」 「소나무와 단풍나무」 등을 발표한다. 그후 『동아일보』 신춘문예에 소설 「졸곡제(卒哭祭)」가 입선되고, 1937년 『조선일보』 신춘문예에 「성황당(城隍堂)」이 당선됨으로 소설가로서 본격적인 활동을 시작한다.

　정비석은 수필 「나의 참회록」(『독서신문』, 1976.1.18)에서 소년기의 회고를 다음과 같이 기술하고 있다. "사실 나는 중학생이던 열네 살 때에 문학가가 되겠다고 결심한 이후로 육십을 넘어선 오늘까지도 문학 이외의 길에는 별로 발을 들여놓아본 일이 없었다. 군이 있었다고 하면 해방 직전에 5년가량 신문기자 생활을 한 일이 있었고, 해방 후에는 대학 강사로 이태가량 재직한 일이 있었으나, 그것도 타의에 의한 임시방편이었을 뿐이지, 나 자신의 의사로서 그런 일에 종사했던 것은 아니었다."라고 술회한다. 말하자면 일생을 작품 창작에만 전념하여 1991년 숙환으로 80세의 생애를 마감하였으나, 소설가의 문학작품은 영원하다.

　정비석은 현대와 역사적 스토리를 다룬 장편소설 『자유부인』 등 38편, 단편소설 「성황당」 등 2편, 콩트집 『색지풍경』 1권, 사화집 『이조여인사』 등 2권, 전기 『퇴계소전』 1권, 수상집 『살아가며 생각하며』 1권, 연구서 『소설작법』 1권 등 46편의 작품집을 발간하였다. 그중에는 전작 장편도 있고, 신문에 연재한 작품도 많으며, 장편에 있어서 한 권으로 끝나지 않고 5권에서부터 6권, 10권으로 전질을 이루는 작품집도 많다.

2

정비석의 등단 작품인 「성황당」이 창작된 시기는 1937년 일제 침탈이 본격화된 식민지 시대였다. 어쩌면 작가는 나라 잃은 혼탁한 도시적인 환경보다는 오염되지 않은 깊은 산골에서 생기 넘치는 발랄한 기원을 그림으로써 성황당의 기도가 이루어지기를 갈망하는 소원의 메시지를 창작했다고 볼 수 있다.

소설 속의 순이는 남편과 함께 숯가마에 불을 지펴놓고 산나물을 캐며 살아가는 청순한 여인이다. 작가는 순이의 남편 현보와 이웃 남성 칠성, 순이를 노리는 산림간수 김 주사 등 한 여인과 세 남자의 위험한 애정 관계를 그려가면서 더욱 악처가 되지 못하는 하나의 가련한 자연 속의 인간형을 만들어나가고 있다. 당시 우리는 대부분 도시적 환경이나 기능보다 농촌의 그 풍광 속에서 터전을 잡고 자연을 일구며 살아왔다. 「성황당」은 역시 깊디깊은 산속 자연이라는 품 안에서 살아가는 한 인간의 순박한 실상을 그려주고 있다.

줄거리는 다음과 같다. '순이는 어느 날 숯가마에 불을 때다가 더위 때문에 옷을 홀랑 벗고 개울물 속으로 뛰어든다. 그리고 이 자리를 몰래 지켜보고 있던 산림감독 김 주사와 아슬아슬한 다툼이 벌어진다. 그 후에도 김 주사는 순이에게 집요하게 접근하다가 실패하고 현보를 고발해서 경찰에 잡혀가게 만들어버리는 것이다. 그리고 한편으로 그녀는 현보가 잡혀간 뒤에 칠성이와 가까워지고 함께 도망을 치게 된다. 그가 사다 준 분홍 항라 적삼과 수박색 목메린스 치마에 현혹된 것이다. 그렇지만 순이는 도망치던 도중에 다시 현보를 생각하고 되돌아오게 된다.'(김우종, 『정비석론』, 범우사, 2003)

이 작품에서는 순이의 철없는 애정 행각보다 성황당이 나타내는 의미가 크다. 성황당은 우리의 고유한 민속 신앙으로 마을의 수호신인 성황을 모신 사당이다. 사람들은 마을을 드나들 때마다 성황당에 치성을 드려야 하루의 뜻을 이룰 수 있다고 믿었다.

　어쩌면 작가는 성황이라는 마을의 수호신에 대한 믿음과 순이라는 산골의 청순한 여인이 다시 현보에게로 돌아오지 않으면 안 된다는 절대적인 애정의 스토리를 절묘하게 결합하여 전개시키고 있다. 현보와 살아가는 숯가마 터와 산나물을 캐며 성황당께 치성드려야 한다는 믿음이 강렬하고 순수한 정감으로 문명의 도시를 떠나와 있는 현실의 자연 품으로 돌아가는 순이의 부르짖음, "아. 성황님! 성황님!" 순이는 접동새와 부흥새가 우는 느티나무 밑으로 현보에게 달려간다. 순이의 순수한 심성에서 오는 절박한 감정과 더러는 이탈하려는 마음의 동요가 오히려 자연이라는 절묘한 환경에 얽매이고 파묻히고 만다.

　정비석의 초기 작품 「졸곡제」와 「성황당」 「제신제」는 우리의 고유한 설화와 함께 우리 풍토가 안고 있는 토착적인 미풍을 그려 보임으로써 한 생명을 안고 있는 끈질긴 인간의 면모를 보여주고 있다.

3

　정비석의 많은 작품 중에서 한 시대의 사회적 문제의식을 던져준 작품이 『자유부인』이다. 정비석이 1950년대 많은 독자층을 확보하고 사회적인 논쟁의 대상이 되었던 작품 『자유부인』을 『서울신문』에 연재한 1954년의 우리 사회는 격변의 소용돌이 속에서 전후의 참담함이 아우러지는 시대였다.

　『자유부인』이 발표될 무렵의 시대적인 상황을 서울대 우한용 교수는

「전후문학의 양상과 연구과제」(『한국전후문학연구』, 삼지사, 1995)에서 다음과 같이 지적하고 있다.

> '전시'로 불릴 수 있는 한국전쟁이 진행된 3년 동안은 혼란과 파괴의 시기이다. 이 시기에 유엔군 측을 포함하여 213만 명에 이르는 생명이 희생되었고, 전쟁비용 150억 불이라는 엄청난 물적 손실을 초래하게 되었다. 국토가 파괴되었고 경제적 궁핍은 극에 달하게 되어 이른바 구호물자에 의존하지 않고는 국가경제를 지탱할 수 없는 사태에 이르게 되었다. 또한 정치적인 혼란이 야기된 것은 물론 윤리의 파탄과 모랄의 부재 등 폐허화된 시대상을 보이게 된다. 살육과 파괴로 대변되는 시대, 그 결과 모든 출발을 불모의 땅에서 하지 않으면 안되는 이른바 '화전민의식'이 지배하는 시대가 된다. …(중략)… 상황의 동질성으로 인해 외국 풍조가 비판할 겨를 없이 수용되어 유행하는 현상을 보이게 되는 것과 함께 외국문화가 대거 유입하는데, 상층문화보다는 하층문화가 압도적인 영향을 행사함으로써 자국문화의 정통성을 혼란으로 몰고 간다. 예컨대 미국의 참전과 더불어 유입된 GI문화가 기존의 윤리를 어떻게 흔들어 놓았는가 하는 점은 당시 소설들에 약여하게 드러난다.

전쟁의 후유증은 모든 인간과 사회를 혼란시키고 있음이다. 이러한 사회적 혼란기에 정비석의 『자유부인』은 『서울신문』에 1954년 1월 1일부터 8월 9일까지 215회 연재되며 격렬하게 논쟁을 일으킨 작품으로 사회의 이목을 끌었다.

작품의 줄거리를 보면 한글학 교수 장태연은 물론 부인 오선영이 가정을 벗어나 자유롭게 탈선의 길로 빠지는 파격적인 스토리로 설정되어 있다. 당시의 시대적 상황으로 보아 비윤리적인 행각을 비난하면서 실제 당시 사회에 만연되어 있는 풍조에 대한 적절한 고발로 받아들여져 많은 독자층을 확보했다.

우한용 교수의 지적과 같이 전후의 시대적인 양상을 살피면 사교계에

댄스바람이 일기 시작했고, 계 소동으로 사회적 혼란이 극에 달할 때였다. 『신동아』(1965년 8월호)의 기사가 당시의 계 소동이 어느 정도인가를 짐작하게 한다. "1954년 12월 25일 현재 전국 계 소동 고소사건이 3,406건이며, 1,719명의 계주가 2억 9,290만 환의 피해를 입었다"는 통계에서 나타났듯이 퇴폐 풍조와 허영과 향락이 주조를 이루면서 가정의 성도덕이 무너져 내리는 상황이었다. 전후에 급속히 확산된 미국 문화의 유입이 사치와 향락은 물론 도덕적 타락을 범람하게 한 원인으로 지목되고 있다. 특히 전후에 전쟁미망인의 급증과 양춤, 양담배, 양주의 홍수 속에서 생활의 어려움을 극복하려는 단층적 삶의 연속이라고 할 것이다.

이러한 사회적인 풍토 속에서 『자유부인』은 한글학을 전공하는 교수를 등장시키고 있다. 1954년 당시, 문교부 장관이 한글 간소화를 발표하여 문화계와 교육계는 물론 언론계의 맹렬한 반대와 비판에 직면하게 되었다. 『자유부인』에 한글학자가 등장한 것과 맞물려 작품 속에도 이 문제가 다루어지고 있다.

교수의 부인 오선영이 화교회라는 동창 모임에서 선후배 간의 대화를 나누는 과정에서 작품은 당시의 사회적인 모순과 거리감을 지적한다. 오선영과 대학생 신춘호의 댄스로 도덕적 불감증을 야기시킨다든지 파리양행 주인마담 이월선의 남편 한태석과의 관계 등 소위 댄스바람에 현혹된 교수 부인 이야기가 주조를 이루면서 장태연 교수 역시 여제자 박은미와의 연애담을 전개하고 있다.

『자유부인』 연재 3개월이 될 무렵 『대학신문』에 서울법대 황산덕 교수의 「자유부인 작가에게 드리는 말」이라는 제목의 공개적인 비난의 글이 게재된다. 대학 교수를 모독했다는 요지의 글이었다. 대학 교수에 대한 모독이라는 측과 표현의 자유를 옹호하는 측과의 격렬한 논쟁은 사회의 관심의 대상이 되면서 『자유부인』의 독자층은 늘어만 갔다.

이어 정비석의 반박문으로 『서울신문』 3월 11일자에 「탈선적 시비를 말함」이 게재되면서 작가의 표현의 자유와 작가로서의 신념에 따라 냉정하고 성실히 작품을 대해줄 것을 밝힌다. 이에 홍순엽 변호사가 가세하여 작가의 표현의 자유를 강조하는 변호문을 발표하고, 문학평론가 백철이 3월 29일자 『대학신문』에 「문학과 사회와의 관계」라는 제목으로 과도기적 사회현상을 묘사한 작품에 대하여 작가의 자유는 물론 인물 설정에 대학교수만 제외될 수 없다는 요지의 글을 발표한다.

『자유부인』이 사회의 이목을 집중시키게 된 이러한 논쟁은 전후 시대의 변화와 함께 참혹한 한 시대의 모습을 제시해주는 좋은 계기가 되었으며, 작가가 살아온 한 시대의 불감증에 대한 고발이기도 하다.

이러한 문제에 대하여 후일 소설가 정한숙은 『한국현대문학사』(1977)에서 다음과 같이 작품과 시대적 상황을 기술하고 있다.

> 『자유부인』이 공격의 대상이 되고 있음은 그 스토리상의 표면적 흥미 요소가 되는 대학교수의 연애 감각과 교수 부인의 심리적 변화에만 독자의 눈이 머물러 있었던 까닭이다. 말하자면 빈곤의 문제와 그로 인한 세상사의 문제만을 사회적 고민으로 알고 즐겨 쓰던 우리나라 문단엔 대게 애정의 문제가 나타나면, 훨씬 독자들의 흥미를 집중시키면서도 한편으로 통속으로 인정받거나 멸시 당하는 일이 많았다. 우리 사회의 특이한 현상이다. 그러나 한편 『자유부인』은 이처럼 하나의 시대적 인물을 뚜렷이 창조해 냄과 동시에 그 문장이나 구성의 독특함을 알아야 한다. …(중략)… 『자유부인』의 인물은 다만 성격의 변화만 있을 뿐, 유형적 인물은 아니다. 『자유부인』이 지닌 훌륭한 문학성이다. 자유주의 물결이 범람하는 거리에서 안에서만 살아온 여인의 눈에 비친 세태풍속을 호기심과 선망의 눈으로 바꿔 가는 그것은 훌륭한 시대적 산물이었다.

소설 『자유부인』은 베스트셀러가 되면서 많은 독자층을 확보함은 물론 영화로 제작되기도 하였으며 당시의 시대상이나 그 이후에 닥쳐올 시대상을 미리 짐작하게 해준 작품이기도 하다. 당시의 사회적인 문제가 된 춤바람과 함께 계로 인한 가정파탄이 도처에 만연하여 사회가 치유의 기능을 잃고 있을 때, 『자유부인』은 이러한 사회문제를 고발함으로써 더욱 부각되기도 했다.

4

소설가 정비석은 1970년대 후반으로 오면서 역사에 대한 관심을 나타낸다. 1977년 사화집 『이조여인사화』로 역사 속의 여인과 관계되는 사화를 발표하면서 연달아 『명성황후』 『손자병법』 『초한지』 『김삿갓 풍류기행』 『현부열전』 『소설 민비전』 『미인별곡』 등을 발표한다.

정비석의 역사소설에 대한 기본 정신은 국가관에 대한 절대적인 인식에 있다. 이러한 작가의 기본 정신을 파악할 수 있는 한 편의 글이 있다. 그는 수필 「역사의 교훈」(1975)에서 "우리 역사상 임진왜란 직전처럼 당쟁이 격심했던 때가 없었다. 처음에는 조정의 중신들이 사소한 의견대립으로 동인파와 서인파로 갈려서 무슨 원수처럼 으르렁대다가, 그 후에는 그것만으로도 부족해서 남인과 북인으로 갈리며 마치 박테리아가 분열되어 나가듯이 당파가 무한히 분열되어 나가며 국정은 돌보지 아니하고 오로지 당쟁으로 영일이 없었으나, 그쯤 되면 나라 꼴이 말이 아니었을 것은 새삼스레 말할 것도 없으리라. 이를테면 국리민복만을 생각하기에 여념이 없어야 할 조정의 중신들이 나라 같은 것은 염두에도 없고 오로지 사리사욕에만 머리를 쓰고 있었으니, 백성들이 도탄에 빠지게 될 것은 어쩔 수 없는 일이었다. …(중략)… 임진왜란이 발생한 것은 우리네의 국론이 통일되지 못해 국정이 어지러웠기 때문이었고, 국론이 통일되지 못한 원인은 지도층이 국가 관념을 망각하고 당리당욕과 사리사욕에만 눈이 어두웠기 때문이다."라는 논리는 정비석의 역사소설의 기본 핵심이 되고 있음을 볼 수 있다. 지나간 역사의 실상을 토대로 한 작품은 하나의 사실을 근원으로 하기 때문에 그 역사적 사건을 다루면서 후세에 대한 경종을 울릴 수도 있다. 위의 글 「역사의 교훈」에서 어쩌면 소설가 정비석이 현대 대한민국이 안고 있는 고뇌를 바라본 것 같아 착잡한 마음을 가눌 수 없는 것은 무엇 때문일까.

한국 현대문학의 초기에 소설문학의 틀을 이룩한 작가의 초기 작품과는 달리 후일 우리 현대문학의 또 다른 일면이 되는 순수문학과 대중문학의 논쟁 역시 묵과할 수 없는 상황이었다. 당시의 많은 작가 중 방인근, 조흔파, 김내성, 정비석 등 많은 작가들이 문학사에서 거론되지 않는 이유는 이러한 논쟁의 후속물일까.

작가는 문학작품이 남겨놓은 대상 자체에서 하나의 역사적인 존재로 남을 뿐이다.

전후 폐허 속에 피어난 조흔파의 명랑소설

　소설가 조흔파의 『얄개전』은 6·25의 폐허 속 피난지 대구에서 1954년
에 출판된 청소년 잡지 『학원』 5월호부터 인기리에 연재된 명랑소설이다.
인민군의 남하에 밀려 남쪽으로 피난을 떠나게 된 가족이나 학교의 참상
은 말로 표현키 어려웠다. 피난학교는 부산, 대구 등지 논이나 산마루에
천막으로 혹은 판자로 교실을 만들어 노천 수업을 하는 상황이었고, 지역
의 학교는 교실이 군병원으로 임시 사용되면서 역시 판잣집이나 천막에서
수업하며 고난을 겪고 있었다.

　전후 황폐한 환경과 삶의 참혹한 실상을 이겨내려는 이 무렵 나온 조흔
파의 『얄개전』은 청소년들에게 한 편의 복음서였다. 잡지가 나오길 기대
하며, 얄개의 재치와 기지 넘치는 행동을 보는 것은 청소년들에게 즐거움
이고 삶의 희망으로 여겨질 정도였다.

　명랑소설 『얄개전』의 주인공은 나두수(羅斗秀)이다. 그의 별명 얄개는
악도리, 야살이, 장난꾸러기, 안달뱅이 등의 뜻을 지닌 지방 사투리이다.
"KK중학교 1천여 명 학생 중에서 두수를 모르는 학생이라곤 거의 없을 지

경으로 그는 전교 내에 명성(?)을 떨치고 있는 것이다. 그러기에 KK중학교의 교표를 달고 다니는 가짜 학생을 잡아낼 양이면, 그들이 가지고 있는 신분증명서를 조사하기보다는 얄개를 아느냐고 물어보아서, 잘 알고만 있으면 진짜 학생으로 믿어도 틀림이 없으리라고까지 일러오는 터이다." 라는 서두에서 보듯이 나두수는 얄개라는 별명으로 불리며 장난꾸러기로 명성을 얻는 인물로 설정되어 있다. 두수가 백 선생에게 하는 익살과 장난은 두수의 재치와 함께 두수가 생각해내고 꾸미는 일들이 하나의 장난일 뿐, 다른 의도를 두지 않고 있다는 점이 이 소설에 내포된 작자의 의도이다.

조흔파는 이러한 얄개 두수의 행동과 어투와 익살스러운 말과 행동을 통하여 당시 시대적으로 전쟁의 후유증을 앓고 있는 청소년들에게 삶의 위안을 주었을 뿐 아니라, 학교와 가정에 한편의 웃음을 만들어내는 데 일조를 했다고 할 것이다. 특히나 이 작품을 통하여 명랑소설이라는 새로운 소설 기법을 만들어냄으로 독자들의 호응이 컸다고 하겠다.

명랑소설이란 사실 유머소설, 해학소설, 익살소설, 골계소설로 더 알려져 있는데, 조흔파는 소년소설에 걸맞는 '명랑'이라는 용어를 사용함으로 어쩌면 『얄개전』 하면 명랑소설, 명랑소설 하면 『얄개전』이 통용되었고, 조흔파 하면 얄개, 얄개 하면 조흔파라는 문명의 인상이 짙다고 하겠다.

소설가 자신이 쓴 글에서 "일찍이 세상을 떠나신 어머니께서 나를 '얄개'라 부르시던 것을 생각하면, 나는 어렸을 때 몹시 개구쟁이였던 모양입니다. 그렇다고 해서 이 작품을 제 자신을 모델로 삼은 것은 아닙니다. 간혹 어떤 분께서는 자서전이 아니냐고 묻기도 합니다만, 다만 경험을 토대로 했을 뿐 창작임을 생각할 때, 나는 우쭐해지는 동시에 이 작품이 마냥 귀여워집니다."(1975년 판 작가의 말 중에서)라는 글에서 보듯이 조흔파 자신이 얄개다운 개구쟁이였음을 알 수 있다.

시인 구상 역시 "우리는 9·28수복 때까지 대구의 후퇴한 문인합숙소에서 같이 생활을 하게 되었는데 흔파는 신참으로서의 어색함은 커녕 곧 우리들의 중심인물이 되었다. …(중략)… 더구나 그 아마추어를 능가하는 노래솜씨 등이 전원을 매료케 하였을 뿐만 아니라 그 절망 속에서의 암울한 심정을 크게 위로하고 달래주었다. 좀 더 자세히 말하자면 우리를 폭소를 터뜨리게도 하고 슬픔 속으로 몰아넣기도 했다. 그는 마치 개그맨처럼 우리를 웃기며 즐겁게 하면서 가끔씩은 두고 온 가족 생각이 나서 찔끔거리면 아니라도 고향 생각이 복바치든 우리 모두를 울리기도 했다. 연기자라면 참으로 명연기자였다."(소설『대성서』)라고 말한 바 있다. 이 글에서도 역시 작가 조흔파와 얄개 나두수가 비슷하다는 것을 볼 수 있다.

조흔파의 이력을 살피면 경성방송국 아나운서, 경기여고 교사, 숙명여대 강사, 잡지 주간, 신문사 논설위원, 공보실 공보국장, 중앙방송국 국장 등 두루 거치면서『에너지 선생』『부라보 청춘』『청춘유죄』 등의 명랑소설 이외에도『대한백년』『만주국』『소설국사』『주유천하』『천하태평가』『협도 임꺽정』『소설성서』 등 역사와 종교의 영역에까지 작품 활동을 보여주고 있으며,『미운맛에 산다』『순설록』 등 많은 수필집도 발표하였다.

특히 역사소설에서는 지난 역사의 흐름의 맥을 짚어 사실적인 인물을 통한 사건과 함께 우리 역사의 장대한 문제점에서 새로운 역사 흐름의 줄기를 보여주고 있다. 소설『대한백년』과『소설국사』에서 우리 민족의 흘러온 역사의 거대한 파노라마를 역사와 함께 소설이라는 스토리 전개로 많은 인물과 사건을 재조명하고 있음은 조흔파의 또 다른 일면으로 부각되고 있다.

수필 분야에서도 수필집『미운맛에 산다』『순설록』 이외에 많은 작품을 발표하였다. 이러한 수필 작품을 1999년에『조흔파 문학 선집』 전5권으로 묶어 간행하기도 했다. 수필집『미운맛에 산다』의 자필 서문에서 "내게는 운 좋게도 붓대가 있으니까 삿대질 대신에 붓대질을 해가면서 유음(溜飮)을 달래려 했다. 견비통을 앓는 가냘픈 팔뚝으로야 주먹질은 언감생심(言敢甛心) …… 이 글은 필주(筆誅)가 아니라 흘겨본 해태눈의 독백일 뿐이다."라는 조흔파 특유의 익살스러움을 나타낸 수필의 묘미를 보여준다. 또한 수필집『순설록』에 실린 언론인 오종식의 서문에서 "흔파의 순설의 기식(氣息)을 체감할 수 있어서 유쾌하고 통쾌하다. 읽어가면서 허허치고 웃다가도 읽고 나서는 되씹히는 자위가 있어, 또한 쓴맛도 남아나니 근래에 드물게 보는 문장이다."라는 글을 보면 수필의 위트와 재치의 문장으로 또한 새로운 감동이 살아 있음을 알 수 있다.

조흔파의 문학은 작가의 작품 집필에 대한 강한 폭을 지녔음을 알 수 있다. 한국 역사에 대한 방대한 조명은 역사라는 관점에서 작가의 상상 세계를 접목시킴으로 또 다른 역사소설의 면모를 보여주고 있다.

작가의 수필의 세계 역시 수필이 지니는 작가 자신의 세계를 보다 넓은 안목과 관조로 그려냈음은 물론 많은 수필에서 해학과 기지의 문장을 보여줌으로 "허허 웃다가도 읽고 되씹는 자위"가 가득 찬 또 다른 수필의 영역을 제공하고 있으며, 수필에 짧고 익살스러운 대화체를 사용함으로 수필 작품에서 명랑한 웃음을 만들어내고 있다.

이와 같이 조흔파의 문학은 장르를 초월하여 다양한 부문에서 문학적 사관을 제시하고 있지만 무엇보다도 소설『알개전』이 보여준 성과는 워낙 어려운 시대적 상황에서 새로운 삶의 교훈을 독자들이 스스로 선택하도록 웃음과 재치를 심어 주었다는 점이 소설가 조흔파의 수확이라고 할 것이다.

『PEN문학』(2011년 9,10월호/통권104호)

변영로의 시와 수필의 정신

1

암울했던 시절 1920년, '폐허' 동인으로 활동한 수주(樹州) 변영로(卞榮魯) 는 시인이며 수필가, 영문학자, 그리고 번역문학자이며 교육자로서 많은 활동을 하였다. 1955년 국제펜클럽 한국본부의 초대 회장으로 한국문학의 세계화에 열정을 다하였다.

변영로는 1898년 서울에서 출생하였으며, 1913년 『청춘』지에 영시 「코스모스」, 1921년 『신천지』에 「소곡 5수」, 『신생활』 『동명』 등에 많은 작품을 발표하면서 본격적인 창작 활동을 시작하였다. 1918년 중앙학교 영어 교사로 부임했고, 다음 해 1919년 YMCA에서 독립선언서를 영문으로 번역하여 세계에 알리는 일을 했다.

1924년 첫 시집 『조선의 마음』(평문관)을 출간하고 1948년 영시집 『Grove of Azalea(진달래 동산)』을 출간, 1953년 수필집 『명정사십년』(서울신문사) 출간, 1959년 『수주시문선』(경문사)을 출간한 이후 1961년 3월 14일 향년 63세로 타계한다. 수주 타계 20주기를 맞아 1981년 3월 『수주 변영로 문선집』이 출간되기도 했다.

변영로는 초기에 서정적이면서 낭만적인 작품에 강한 민족적 정기를 상기시키는 작품을 보여줌으로 당시의 시대적인 상황 인식이 돋보이고 있다. 수필집 『명정사십년』에서는 해학적이면서 수필의 기본인 풍자와 기지가 넘쳐나는 웃음의 미학을 보여주기도 했다.

어려웠던 식민지 시대에 민족의 근간을 지켜내려는 정신적인 골격을 이루면서 작품에 민족혼을 주입시켜 내면의 저항정신을 일깨우려는 강한 의지가 엿보이는 정신 자세를 읽을 수 있다.

2

변영로의 시작품 중 시집 『조선의 마음』에 수록된 「논개」는 수주의 정신을 나타내는 작품으로 평가받고 있다. 이 작품은 1923년 『신생활』에 처음 발표한 후 시집에 수록된 작품이다.

이 작품은 1592년 임진왜란으로 인해 "진주성이 왜군에 의해 함락되고 왜장들의 주연이 촉석루에서 베풀어졌을 때, 술에 취한 왜장 게타니(毛谷六助)를 벽류의 바위까지 유인하여 그를 낀 채 남강에 투신하여 죽음을 택했다"(『세계문예대사전』 참조)는 논개의 순국의 정신을 소재로 창작된 시 작품이다.

논개의 순국 정신을 자연스러운 강물의 흐름과 함께 상징적인 비유를 들어 강한 인상을 나타낸다. 민족정신을 일깨우면서 저항적인 인식을 내면으로 함축하여 반복적인 강한 톤을 주입시키고 있다.

    거룩한 분노는

종교보다도 깊고
불붙는 정열은
사랑보다도 강하다.
아, 강낭콩꽃보다도 더 푸른
그 물결 위에
양귀비꽃보다도 더 붉은
그 마음 흘러라.

아리땁던 그 아미(蛾眉)
높게 흔들리우며
그 석류 속 같은 입술
죽음을 입맞추었네.
아, 강낭콩꽃보다도 더 푸른
그 물결 위에
양귀비꽃보다도 더 붉은
그 마음 흘러라.

흐르는 강물은
길이길이 푸르리니
그대의 꽃다운 혼(魂)
어이 아니 붉으랴.
아, 강낭콩꽃보다도 더 푸른
그 물결 위에
양귀비꽃보다도 더 붉은
그 마음 흘러라.

— 「논개」 전문

　　3연으로 구성되어 있으면서 각 연에 후렴구가 반복적으로 기술됨으로
시인이 나타내고자 하는 강한 인식과 의지를 나타낸다. 이 작품의 첫 연에
서 "거룩한 분노는/종교보다도 깊고/불붙는 정열은/사랑보다도 강하다."

둘째 연에서 "아리땁던 그 아미(蛾眉)/높게 흔들리우며/그 석류 속 같은 입술/죽음을 입맞추었네." 셋째 연에서 "흐르는 강물은/길이길이 푸르리니/그대의 꽃다운 혼(魂)/어이 아니 붉으랴." 국운이 어려운 분노의 틀 속에 묻혀 헤어나지 못할 때, 논개의 거룩한 순국 정신이 종교보다 깊고 사랑보다 강하게 죽음에 입맞추어 스스로 왜장을 안고 푸른 물결로 뛰어든 논개 정신이 민족정신임을 보여주고 있다. 그리고 후렴구의 강한 이미지는 시인의 정신적인 자세의 주장이기도 하다. "아, 강낭콩꽃보다도 더 푸른/그 물결 위에/양귀비꽃보다도 더 붉은/그 마음 흘러라." 마르지 않고 푸르게 흐르는 논개의 강한 지조와 조국을 위해 바친 헛되지 않는 마음이 영원하기를 기원하는 것이다.

시인 조남익은 첫 연에 대하여 "'불붙는 정열'의 원관념은 '불타는 애국심'이고, '푸른 물결'의 원관념은 '역사'다. 애국심이나 역사는 우리의 눈으로 볼 수 없는 것이니 추상적인 말이다. 그리고 '푸른 그 물결'은 '역사'를 상징하면서 논개가 순국한 그 남강 물이 되고 있는데, 그 다음의 '붉은 그 마음(충성심)'과는 색깔의 대조를 이루어 선명한 인상을 주는 대구법을 썼다."(『한국 현대시 해설』)라고 해설하고 있다.

"석류 속 같은 입술" "죽음을 입맞추었네"에서 죽음을 초월하는 숭고의 정신에서 죽음을 두려워하지 않는 강한 비유의 기법을 활용하고 있다. "흐르는 강물" "길이길이 푸르리니"에서 논개의 영원한 정신적 기상을 깨워주고 있다. 이와 같이 작품 「논개」는 변영로의 강한 민족정신과 애국정신을 보여준 작품으로 평가받고 있다.

시인의 시작품 「조선의 마음」에서도 조국을 빼앗길 수 없는 마음의 절규를 강하게 표현하고 있다.

조선의 마음을 어디 가서 찾을까.

조선의 마음을 어디 가서 찾을까.

굴 속을 엿볼까, 바다 밑을 뒤져 볼까.

빽빽한 버들가지 틈을 헤쳐 볼까.

아득한 하늘가나 바라다볼까.

아, 조선의 마음을 어디 가서 찾아볼까.

조선의 마음은 지향할 수 없는 마음,

설운 마음!

—「조선의 마음」 전문

시인의 애절한 절규를 느낄 수 있다. 일제에 유린당하고 있는 우리의 땅, 그러나 여기에 민족이 간직한 '조선의 마음'이 강하게 합심함으로 그 마음의 위상을 찾으려는 시인의 고뇌를 노래하고 있다. 일제의 유린 속에서 잃어가는 조선의 마음을 간직해야 하는 강한 의지의 내면을 '찾을까' '볼까' '바라다볼까' '찾아볼까'라는 현재와 미래의 균형 속에서 고뇌하는 시대의 한 단면을 이 작품에서 볼 수 있다.

시인 변영로가 민족정신은 물론 애국적인 실상과 고뇌에서 몸부림쳤던 한 시대의 정신을 엿볼 수 있는 작품으로 많은 평가를 받고 있는 이유도 이러한 맥락에서 찾을 수 있다.

3

다음으로 변영로의 수필 작품에서 나타나는 몇 가지 관점을 살펴보겠다. 수필집 『명정사십년』에 대하여 김열규 교수는 범우사판 서두의 「변영로 론—글로써 이루어진 한바탕 호쾌한 술자리」에서 "수주의 『명정사십년』은 우리를 그토록 웃게 한다. 꺾인 허리에 배꼽을 빼다가, 드디어는 눈물 머금고 뒹굴게 하는 웃음이 그 속에 있다. 그것은 유례없는 웃음 보따리다. '난센스 코메디'라 불러도 좋고 '파스극(笑劇)'이라 불러도 좋을 만한 장면과 장면이 이어지면서 명정기(酩酊記)는 엮어져 있다. 엎치락 뒤치락의 소극거리 같은 애기의 만화경이 이 명정기다."라고 했다. 명정(酩酊)은 정신을 차릴 수 없을 정도로 술에 몹시 취한다는 뜻인데, 『명정사십년』은 바로 수주 변영로의 실록이다.

> 나의 선친은 한말(韓末) 굴지의 이름이 계시도록 시를 좋아 하시고 특히 술을 사랑하시던 분으로 뇌락불기(磊落不羈)가 그 기상이었다. 공무(公務)의 구애(拘碍)가 없으실 때는 주이계야(晝以繼夜) 야이계주(夜以繼晝) 하시던 풍격이었다.
> 집에서 술을 잡수신 때는 반드시 막내아들인 나에게 두서너 잔 주시었는데 이런 파격의 은총은 위로 두 분 형님들한테는 절대로 미치지 않았다. 인근 사람들은 수군수군 애를 저렇게 기르면 어쩌나 기우(杞憂)들을 하였으나 나의 선친은 청이불문(聽而不聞), 술상만 대하시면 영복(─나의 아명)이를 불러 앉히시고,
> "애 영복아, 술이란 먹어야 하는 것이고 과한 것만은 좋지 않다"는, 무슨 장성한 사람한테나 말씀하듯이 하시며 술을 부어 주시는 것이었다.
> 아, 새삼스레 뫼시고 싶은 나의 선친, '음주의 악습을 조장' 시켜 주신 비길 데 없는 나의 선친이시여!

수필 「부자대작(父子對酌)」의 전문이다. 선친에게서 음주를 배우게 되고 그 음주가 사십 년을 넘기면서 두주불사의 명주가가 되는 자신의 실상을 고백한 음주 고백서다. 당시 주변에 변영로의 주량을 당할 이가 없을 정도로 그의 술 실력은 대단했다고 한다. 인간이 살아가면서 마셔야 할 술, 그 술에 대한 인생의 많은 면을 솔직하게 기술했다는 점에서 변영로의 수필집 『명정사십년』은 자신의 음주 고백서가 되고 있다. 변영로에게는 술이 자신의 삶을 구원하는 구실을 했는지도 모른다.

자신이 술을 몰래 먹는 장면을 그린 수필 「등옹도주(登甕盜酒)」의 "하여간 나이 몇 살 때부터 시작하였는지 아득한 중 이제도 뚜렷이 기억이 나는 것은 5, 6세 되던 때의 일이다. 술은 먹고 싶고 어른한테 청했자 별무신통이고 빚어 넣은 술독이 어디 있는지는 아는지라 상서롭지 못하게 조숙한 나는 도음(盜飮)하기로 결의하고 술독 앞에를 다다르니 아, 그 술독 천야만야 높기도 높을사 !……책상 궤짝 할 것 없이 포개어 놓고 기어오르다가 알프스 눈사태를 만나듯이 중도 실족, 와르르 쾅하며 쓰러져 아이고 아이고 나 죽는다고 호곡하는 바람에 가중이 모여들었다."라는 글에서 변영로는 5, 6세 때 이미 술과 가까워졌다는 점을 짐작할 수 있다. 술에서 자신의 또 다른 인간 형성을 찾게 되는 변영로의 명정기야말로 오늘날 많은 사람들이 웃음으로 해학과 기지를 찾아 숨김없이 스스로를 돌이켜볼 수 있는 새로운 수필 작품의 진정성을 지녔다고 할 것이다.

『명정사십년』의 여러 곳에서 변영로는 술과의 관련된 자신의 이야기를 솔직하게 기술하고 있으며, 당시 문학인들과의 우정과 삶의 모습 또한 수필 작품의 곳곳에 그려지고 있다.

> 그런데 그 후 일은 나 역시 모를 지경으로 대취 만취하였던 모양이었다. 얼마 만인지 눈을 번쩍 뜨고 주위를 둘러보니 휑뎅그레한 큰 방 탁자 위에서 일야를 지냈던 모양으로 구석구석에는 탁자들이 쌓여 있는데 난로에 불이 꺼지게 하지 않으려고 옆에 젊은 사람 하나가 부단히 장작을 지피는 것이었다.
>
> ― 「실모기 일절(失帽記一節)」에서

이러한 그의 주벽에는 수주가 활동하였던 시대적인 인식도 고려의 폭이 될 것이다. 그 당시나 그 이전의 세대들이 술과의 인생 고락의 일 방편으로 서로가 서로를 이해할 수 있는 가장 친근한 방법이 술이라는 도락이 오늘날도 비견한 예화가 많다.

변영로가 남긴 많은 작품이 우리 문학사의 일면을 장식하는 것도 그의 인생과 그가 남겨놓은 철학적 사고의 영역은 물론 민족적인 혼백을 불러 놓은 시작품의 정신도 후세들에게 많은 공감을 불러줄 수 있으리라 본다.

(『펜문학』, 2013년 3,4월호)

조연현이 한국 문단에 남긴 것

1. 문학의 동기와 추진력

오늘날 한국 현대문학사에서 중추적인 역할을 한 석재 조연현 선생님의 일대기는 바로 우리 문학사이며, 문단사이기도 합니다. 석재 조연현 선생님에 대한 평가는 여러 측면에서 살펴볼 수 있습니다. 해방 전후사에 걸친 한국문학의 정립과 문단적 공과에 대한 평가는 선생님이 이루어놓은 몇 가지 업적을 중심으로 살펴보아야 합니다. 오늘은 해방 공간에 이루어놓은 한국 전통 문단의 공과에 중점을 두고자 합니다. 선생님께서 살아온 문단적 측면은 한국 문단의 과도기적 현상과 이념적 공간의 영역을 어떻게 정리했느냐 하는 점에 초점이 맞추어질 것입니다.

석재 조연현 선생님은 문학적 측면에서나 문단적 측면에서, 우리 문학사에 길이 남을 인물로 기록되고 있습니다. 현대문학사에 남겨진 여러 권의 문학평론집에서 보여준 학문적 가치와 특히 『한국현대문학사』에 나타난 현대문학의 사료에 입각한 면밀한 분석은 문학적 평가를 받을 수 있습니다. 문단적으로는 민족문학의 전통성과 순수성 옹립은 물론 현대문학사에 큰 족적을 남긴 양대 문학지 『문예』 『현대문학』 등 문예지를 발간하여 한국 현대문학의 질적 우수성을 확보하고 문학인을 배출하는 제도적 장치를 이루어낸 공적은 큽니다. 뿐만 아니라 한국 문단의 단체를 유지·운영하는 지도력도 선생님의 문단적 공적이라고 할 것입니다.

석재 선생님의 연보에는 "1920년 9월 8일(음력 7월 26일) 경상남도 함안군 함안면 봉성동 1202번지 1호에서 출생"하였다고 기록하고 있습니다. 선생님이 고향에 대해 회고한 「내가 고향에서 살 무렵」이라는 수필에서 "이웃은 거의 전부가 친척이거나 함안 조씨들로서 골목을 지나가면 조씨의 문패만 보이는 마을이었고 할아버지는 이 마을의 유지며 재산가였다. 항상 야망에 불타고 있으면서도 자녀들만 국외로 유학시키고 자신은 마을의 왕자로서 지내고 계신 할아버지의 슬하에서 나는 자랐다."고 기술하였듯이, 함안 조씨들의 집성촌에서 살게 됩니다. 그리고 "50평 내외의 사랑채의 넓은 마루에는 언제나 할아버지의 친구들 아니면 마을 사람들이 모여들었다. 바둑을 두거나 시작을 하거나 하며 소일하는 사랑방의 그 풍습이 어린 마음에도 웬일인지 늘 흡족했다."고 함으로 할아버지와 같이 생활하였던 사랑채의 분위기를 기술하고 있습니다.

선생님이 받은 문학적 영향에는 아버지보다 할아버지의 역할이 컸음을 이렇게 적고 있습니다. "지금 내가 문단의 한구석에 이름을 끼워놓고 있는 것도 사랑방에 모여 시작을 즐기던 그때의 시골 선비들의 풍류에도 조금은 영향을 받은 것"으로 보고 있습니다. 지방의 무명시인이나 풍수들이 한두 달씩 묵고 가는 사랑방에 선생님의 공부방이 있었고 그 공부방에 이웃의 또래들이 놀기 위해 모여들었습니다. 그들은 연극을 흉내 내고 영화를 흉내 내기도 하고 탐정소설을 읽기도 하면서 밤을 새우기도 했습니다. 선생님의 문학적 자질은 이러한 환경 속에서 중심을 키워갔습니다.

선생님의 문학적·문단적 교우 역시 고향을 중심으로 시작됩니다. 동향의 소설가 조진대(趙眞大), 강학중(姜鶴中)을 비롯하여 마산의 이원수(李元壽), 진주의 정태용(鄭泰瑢), 설창수(薛昌洙), 이경순(李敬純), 통영의 김성욱(金聖旭), 김상옥(金相沃), 의령의 이정호(李正鎬), 다솔사의 김동리(金東里), 이후 고향 함안에 온 최정희(崔貞熙) 등과 문학적 교류를 넓혀갑니다. 이와 같이 고향을 중심으로 한 문학적 교우는 후일 문단적 활동을 하는 데 선생님에게 있어서 하나의 예감의 과정으로 보여집니다.

선생님은 1933년 함안공립보통학교를 졸업하고 보성고등보통학교에 입학한 후 학업을 중단하고, 다음 해 중동학교 2학년에 입학하여 시인 김광섭의 담임 학급에 편입되어 문학적 관심을 갖게 됩니다. 1935년에 중동학교를 그만두고 배재중학 3학년에 편입하여 신문 잡지에 시, 평론, 수필 등을 투고하여 학생란에 발표를 하기 시작합니다. 1937년에는 정태용 등과 함께 중학생의 신분으로 동인지 『아(芽)』를 발간합니다. 선생님은 당시의 상황을 다음과 같이 말하고 있습니다.

> 내가 주동이 되어 만든 동인잡지는 『아(芽)』라는 것이었는데, 배재의 동기생 몇 명과 타교의 학생들이 중심이 되었다. 중학교 학생으로서 동인잡지를 만든다는 것은 어느 나라에서도 별로 볼 수 없는 일이었을 것이다. 그것도 프린트가 아니라 활자 인쇄로 된 국판 50면 내외의 의젓한 잡지였다. 학교 선생님들이나 주위의 선배들이 모두 놀랐지만 나는 이것을 세 번이나 발행했고, 그 때문에 경찰서에도 여러 번 불려 다녔다. 우리 글의 사용이 금지된 그 때에 있어서 국문 잡지를 중학생의 신분으로서 만들었다는 이 대담한 행동은 오랫동안 나를 스스로 감동케 했다. 이것이 계기가 되어 나는 내 장래의 목표를 어느 사이엔가 문학에다 두게 되었다. 지금 문단에서 활동하게 된 것도 모두가 그때의 그 일 때문이라고 믿어지며, 그것이 나의 배재 생활에서 이루어졌다는 것은 내가 모교를 잊을 수 없는 가장 중요한 원인인지도 모르겠다.
>
> ― 「나의 중학시절」에서

중학생인 선생님이 주동이 된 동인잡지의 면수가 50면이고 인쇄로 제책했다는 것은 놀라울 일이었습니다. 당시의 여러 가지 정황으로 미루어 본다면 중학생이 동인지를 만든다는 자체에서부터 50면의 분량과 활자로 인쇄를 했다는 사실이 석재 조연현 선생님을 문학적 · 문단적으로 높게 평가하는 원인이 되기도 하고 후일 『문예』『현대문학』을 주관하는 중심인물이 되는 계기가 아닌가 합니다.

이러한 일면이 선생님의 추진력이 돋보이게 되는 원인이 되고 문단적 활동이나 문학적 업적이 부각되는 요인이기도 합니다. 해방 전후사에서나 작고하기 전까지의 선생님의 스타일은 완벽한 문학적 · 문단적 질서의 모색이었습니다. 유동준은 "석재 형은 글을 쓰든지 문학과 발표에 관계되는 어떤 일을 하지 않고서는 잠시도 견딜 수 없는 그런 천품을 타고났다."(『현대문학』, 1982.1)고 평가했고, 백철은 "문단의 일을 행하는 데 있어서 전체의 질서를 앞에 세운 것이다."(위의 책)라고 선생님의 행동을 평가하고 있습니다. 이러한 평가에서 보듯 선생님의 추진력과 결단력은 논리적이고 집약적인 평소의 신념에서 나온다고 보아야겠습니다.

선생님의 문학적 출발은 1938년 최초로 『조광』 기성시란에 발표된 시「하나의 향락(享樂)」에서부터였습니다. 이에 대하여 다음과 같이 기술하고 있습니다.

중학을 졸업할 무렵, 나는 조선일보의 신춘현상문예에 시를 응모했다. 보기 좋게 낙선이 되어 약간 실망을 하고 있는데 뜻밖에도 그 해 3월호의 『조광』에 그 작품이 독자란이 아니라 기성란에 발표되어 있었다. 영문을 알 수 없는 기쁨 속에 잠겨있는 어느 날, 나는 그때 조선일보의 학예부장으로 있던 평론가 이원조씨의 연락을 받고 신문사로 찾아갔다. 이원조씨는 『조광』의 편집을 맡고 있는 노자영씨와 함께 나를 반가이 맞아 주었다. 신춘문예에는 떨어졌으나 작품이 아까와 기성대우를 해서 『조광』에

실었으니 양해해 달라는 것이었다. 신춘문예에 떨어진 것은 서운한 일이
었지만 기성대우를 받아 『조광』에 발표되었다는 것은 나로서는 의외의
즐거움이어서 양해고 뭐고 있을 리 없었다. 제목은 「하나의 향락」이란
것으로서 산문시처럼 쓰여진 것이었다. 1938(?) 3월의 일이다. 내가 문단
적으로 공인된 무대에 글을 발표한 최초의 일이라고나 할까.

　　　　　　　　　　　　　　　　　　—「내가 처음 시를 썼을 때」에서

　그러니까 선생님은 1938년 『조광』의 시 발표로 기성의 대우를 받았고 공
인된 문단 활동을 사실상 시작한 셈입니다. 이전의 모든 문학 활동으로 보
아 선생님은 문학적 활동뿐만 아니라 50면에 달하는 동인지의 발간 등으
로 미루어 이미 문단적 영역도 확보했다고 해도 과언이 아닙니다. 이러한
선생님의 출발은 중학생으로서 동인지 활동을 하고 동인지를 3호까지 발
간하는 등의 적극적인 자세와 학생란에 투고하고 발표하는 추진력이 함
께 어우러진 결과라고 할 것입니다. 문학의 출발은 이러한 문학적 관심과
문학에의 애정에 그 원인을 둘 수 있습니다. 선생님의 문학단체의 활동과
문학잡지 그리고 학문적 업적을 평가하는 원인도 문학에 대한 관심과 그
애정의 소산이라고 할 때, 그것은 선생님의 인간적인 전체를 파악하는 요
인이 되기도 할 것입니다. 선생님은 작고하는 순간까지 문학에 대한 높은
애정을 보여주었습니다. 그것은 『문예』와 『현대문학』이라는 잡지가 존재
하기 때문입니다.

2. 문학단체의 결성과 활동 배경

　선생님의 문단 활동은 해방 무렵의 문단으로 거슬러 가야 합니다. '청
년문학가협회'의 결성은 선생님의 문단적 활동의 큰 획이기 때문입니다.
8·15해방 이후 한반도에는 좌익 세력과 우익 세력의 다툼이 세력의 주도

권과 지배권을 장악하려는 음모와 투쟁의 장으로 변모하여갔습니다. 우리 문단의 흐름 역시 좌우익의 세력을 누가 쟁취하느냐에 성패가 갈리는 판국으로 흘렀습니다. 선생님은 「해방문단 20년 개관」이라는 글에서 '8 · 15 해방이 오자, 어떠한 사회단체나 정치단체보다도 제일 먼저 간판을 내건 것이 문화단체였다.'고 술회하고 있습니다. 당시의 정국은 군정으로 혼미한 상태가 계속되어 해방 공간을 활용하는 세력은 물론 문학에도 좌익과 우익의 세력의 움직임은 치열했습니다.

선생님의 「해방문단 20년 개관」에서 해방 이후 문단의 이념적 대립에 대하여 다음과 같이 기술하고 있습니다.

좌우익 문단의 이념적 방향이나 서로의 주장이 상치되는 점을 요약해 보면,

첫째, 좌익 측이 민족문학이라고 했을 때, 그것을 두 가지의 의미를 갖는 것이었다. 하나는 우리 민족의 8할이 노동자 농민이니까 우리의 민족문학은 그러한 계급을 위한 문학이라야 한다는 것이고, 또 하나는 문학의 내용에 있어서는 보편적이지만 형식에 있어서는 민족적이어야 한다는 것이었다. 이에 대해서 우익 측의 견해는 민족 계급을 초월하는 것이며, 그보다는 우위에 있다. 그러므로 8할이 노동자 농민이라고 해서, 우리의 민족문학이 계급문학이 될 수는 없다. 또한 문학이 민족적인 것은 그 형식적 조건은 물론이지만 내용적인 조건에까지 파급된다는 것이었다.

둘째는 좌익 측은 늘 문학에 있어서의 생활의 중요성을 강조했고, 그 생활의 기초나 개념은 주로 물질적 경제적인 것을 의미했다. 이에 대해서 우익 측은 문학에 있어서 생활의 중요한 것은 말할 필요조차도 없는 문제이며, 다만 인간의 생활은 물질적 경제적인 조건만이 그 전부가 아니다. 그보다도 근본적으로 중요한 것은 인간의 정신적 조건임을 강조했다.

셋째는 좌익 측은 늘 사회성을 강조한 데 비해서 우익 측은 인간성을

강조했다.

이러한 판단은 당시의 사회적 판도에 이념적 방향이 어떠한가를 지적한 좋은 판단이라고 볼 수 있습니다.

공산당의 예술적 목표를 추종하는 임화에 의해 단독으로 추진된 '문화건설본부'가 제일 먼저 8월 17일에 서울 한청빌딩에 간판을 내건 것입니다. 이어 음악, 미술, 영화건설본부가 자리를 같이하게 됩니다. 임화가 단독으로 나선 문제에 대하여 선생님은 "임화가 전 예술계의 지배권을 장악하려고 한 이면에는 그의 개인적인 야심도 작용되어 있었지만 한국의 전 예술계를 공산당에 예속시키기 위한 정치적 복선이 있었던 때문이다. 그가 처음부터 공산주의를 표면에 내세우지 않은 것은 그렇게 하면 대다수의 예술인이 이탈해 갈 것을 예상한 때문이다."라고 했습니다. 사실 임화는 해방문단의 지배권을 장악하고 싶었던 것입니다. 임화의 야심은 결국 각종 총본부를 통합하여 '문화건설중앙협의회'(약칭: 문건)의 연합체를 만들게 되고 자신이 서기장으로 취임하게 됩니다.

임화의 이러한 단독적인 행동은 공산주의 열성분자에 의해 또 다른 단체가 형성됩니다. 프롤레타리아 예술건설을 목표로 하는 세력에 의해 '프롤레타리아문학동맹' '미술동맹' '음악동맹' 등이 집결되고 급기야 '전국프롤레타리아 예술동맹'(약칭: 예맹)이 결성되고 임화의 '문건'과 대립을 보이게 됩니다. 이에 당시 공산주의 정당인 남로당은 두 개의 단체에 대하여 통합의 지령이 내려지고 전국문학가대회를 열고 문화건설본부와 프롤레타리아문학동맹이 결합하는 '전국문학가동맹'을 결성함과 동시 좌익 계열의 단일 단체인 '문화단체총연맹'(약칭: 문연)을 결성합니다. 소위 좌익 계열의 문단적·문화적 조직의 주도권을 앞세우려 한 것입니다.

좌익 계열의 문학단체는 그들의 정치적 복선을 내건 사회적 활동이 치

문학의 미적 담론과 시학

열해지자 우익계인 민족주의적 문학계의 위기는 눈앞에 오게 됩니다. 이에 좌익 계열의 조직과 체계에 반발하여 온 민족주의, 자유주의계의 우익 문화인들은 조직을 재정비하여 중앙청 근처 성업회관에 '중앙문화협회'의 간판을 걸고 박종화, 이헌구, 김광섭, 오종식이 중심이 되어 발족함과 동시 문학가의 중심 단체인 '전국문필가협회'를 결성합니다. 그러나 1946년 '문연'의 활동은 활발하게 진행되고 있었으나 '문필가협회'의 활동은 쇠퇴해 있었습니다.

문필가협회의 활동이 활발하지 않자 당시의 20~30대의 혈기왕성한 청년 문학가인 김동리, 서정주, 조지훈, 박목월, 곽종원, 김윤성, 최태응과 석재 조연현이 중심이 되어 1946년 '청년문학가협회'를 조직합니다. 그들은 소장 문학단체로서 좌익단체가 공산주의를 목표로 하는 데 대항하여 순수문학을 주장 표방하였습니다. 우익민족 진영의 문학단체가 두 개로 나누어지자 이를 다시 통합하기로 하고 '청년문학가협회'와 '전국문필가협회'의 문학부 회원이 합동으로 '한국문학가협회'(약칭: 문협)을 결성합니다. 이 단체가 오늘의 '한국문인협회'인 것입니다. 이 단체를 기초로 하여 비공산주의 계열의 예술단체를 재편성하여 '전국문화단체총연합회'(약칭: 문총)을 발족하게 됩니다. 이때의 상황을 선생님의 글 「문학적 산보」에서 다음과 같이 기록하고 있습니다.

해방직후 여성문화사에서 최태응을 만났고 얼마 후 재동 네거리에서 서정주, 김동리 양씨를 만났다. 거리에는 인민공화국 깃발이 나부끼고 문학가동맹의 간판이 종로 네거리에 내 걸리고, 혼란과 동요가 천지를 휩쓸고 있을 때 조금도 회의하거나 방황한 빛이 보이지 않는 이러한 선배들을 다시 만나게 되었다는 것은 나에게 커다란 힘이 되었다. 곽종원 형이 관계하던 생활문화사에서 젊은 동지들이 몇 번 회합을 거듭하는 사이에 우리들은 청년문학가협회를 준비하였고, 얼마 후 전국문화단체총

연합회까지 갖게 되었던 것이다.

　문학을 정치의 도구로 삼으려는 것이 강력히 요구되고 있었던 그 당시에서 문학을 정치의 예속에서 해방시키고 진정한 문학정신을 옹호하려는 우리들의 진영은 이렇게 차츰차츰 그 힘을 단합해 갔던 것이다. 문학을 정치의 이름 아래 파괴하려는 일군의 정치적인 문학자들이 단결과 조직의 힘으로 이 땅에서 문학을 말살하려고 할 때 문학을 지키기 위하여 우리들도 조직과 단결로써 이에 항거하지 않을 수 없다는 것은 우리들의 본의 아닌 일종의 문학적인 외도이기도 하였던 것이다.

　당시의 사회적 분위기와 민족진영이 대응해 가야 할 의도를 적절하게 기술한 대목입니다. 이에 시인 박양균이 「우리 문학과 문단을 키워온 주역」(『현대문학』, 1982.1)에서 "좌우가 갈라져 그 피비린내 나는 해방의 긴장 속에 조연현 씨는 청년문학가협회 결성의 주동이었으며, 문필가협회의 임자 구실을 했고 예술원의 산파역을 맡았다."고 한 점을 미루어 보면 대부분의 어려운 시기에 선생님은 앞장서서 문단적 일을 하였던 것으로 나타나고 있습니다.

　선생님은 '청년문학가협회'를 결성하는 일에 중심 역할을 하였고 조직의 필요성과 그 방법을 구체화하는 산파역을 하였음을 알 수 있습니다. 선생님의 논리성과 조직력은 문학비평 및 문학단체, 그리고 문학잡지의 운영과 그 체재에서 뚜렷하게 나타나 있습니다. 선생님께서 민족문학의 전통성과 순수성을 옹호한 것은 하나의 신념이기도 하였습니다. 선생님은 그 후 1971년 한국문인협회 부이사장에 피선되고 1973년에 한국문인협회 이사장에 피선됩니다. 그리고 1979년에 한국문인협회 이사장 3선으로 한국문인협회를 이끌어가는 주역이 됩니다. 이는 선생님이 주동이 된 청년문학가협회 이후 40여 년 만에 민족문학의 전통 단체의 장으로 한국 문협의 본궤도에 진입하는 계기를 마련합니다. 선생님은 그 후 예술원의 설립에 있어 산파역을 맡음으로 건국 이후 예술 활동의 근원을 마련하는 데 중요한 영역을 이루어내기도 했습니다.

3. 문예잡지의 발간과 성과

선생님과 문예잡지와의 관련성은 우리 한국문학의 중추적인 영역을 조성하는 데 큰 공헌을 하였습니다. 「나와 광복 30년」이라는 글에서 문학잡지와의 관계에 대하여 다음과 같이 기술하고 있습니다. "내가 문학잡지에 손을 댄 것도 해방부터의 일이었다. 해방 직후 나는 『예술부락』이라는 조그만 동인지를 냈고, 계속해서 『문학정신』, 『문화창조』 그 밖에 몇 개의 문예지를 직접 간접으로 손대왔었지만 내가 본격적으로 순문예지를 주관하기 시작한 것은 1949년의 『문예』의 창간호에서부터였다. 이 잡지가 우리 문단에 끼친 감동에 대해서 내가 그것을 말할 처지는 못되지마는 모윤숙 여사와 함께 나는 5, 6년 동안을 이 잡지를 위해 몸바쳐왔다. 『문예』가 휴간할 수밖에 없게 된 1955년의 그 슬픈 상황 속에서 나는 현대문학사를 발족시켜 『현대문학』을 오늘까지 20년이 넘도록 지속시켜 가고 있다."(1977년경에 집필)고 회고한 바와 같이 선생님의 문단적 사건은 문예지의 발간에 중추적 역할을 하였다는 점입니다.

조연현 선생님이 관여한 문학잡지 『문예』와 『현대문학』이 지니는 한국 현대문학사의 영역은 실로 지대한 역사였고 문학사와 문단사를 아우르는 일대 경사라 할 것입니다.

1) 『문예』와 석재

순문예지 『문예』는 1949년 8월에 창간호를 발간하였습니다. 정부 수립 이후의 문단적 창작 욕구를 구체화한 것입니다. 모윤숙, 김동리, 홍구범, 조연현 등이 스태프가 된 잡지로 해방 이후 처음으로 신인 추천제를 도입하여 많은 신인을 발굴하고 새로운 문학인을 배출했습니다. 그리고 해방 이후 좌우익의 문단적 혼란기에서 좌익으로 오해받은 작가들의 작품을 집필하도록 함으로 그 오해를 씻어준 순문예지였다는 것입니다. 선생님은 『문예』의 창간을 '감격적 사건'으로 받아들이고 있습니다. 8·15해방 이후 정부 수립까지 문단적으로 전술한 바와 같이 격변의 시기이기 때문에 석재의 감격은 실로 큰 것이었습니다. 그래서 「『문예』지의 창간과 폐간·창간 전야의 문단적 상황」이란 글에서 "첫째는 정부의 수립으로써 해방 직후의 혼란과 좌우익의 격렬한 대립과 투쟁이 일단락되어 안정된 방향과 자세가 갖추어지기 시작한 것. 둘째는 이 때문에 그 이전까지의 구호적인 문학운동의 시기로부터 벗어나 구체적인 창작 활동의 시기에 접어들고 있는 것. 셋째는 이상과 같은 안정된 시기에 접어들었지만 본격적인 순문예지는 하나도 없었다는 점 등이다"라고 하며 안정된 방향과 자세가 갖추어진 시대와 구체적 창작 활동의 시기, 그리고 순문예지의 필요성을 들고 있습니다. 당시의 정치적 혼란으로 인하여 문학가동맹계의 잡지 『문학』이나 우익 계열에 속했던 『예술조선』 『백민』 『문화』 『해동공론』 등의 문예지에서는 정치적 논평이나 이념적 주장이 순문학적 창작보다 더욱 우세한 상태에서 본격적인 문학 창작의 요구에 부응하는 순문학지가 창간되었다는 것은 "모두가 작품을 쓰고 싶어했다"는 욕구를 충족하는 계기가 되었습니다.

　정부 수립 이후의 문화적 욕구는 순수 창작에 전념하는 문학인의 절실한 바람이 순수문예지의 필요성이었습니다. 이러한 정황에서 『문예』를 창간하는 구체적 기술을 「『문예』지의 창간과 문단의 반영」이라는 글에서 다음과 같이 기술하고 있습니다.

　　　　　　　　　　　　　　문학의 미적 담론과 시학

1949년의 5월이 아니면 6월쯤 되는 어느 날이었을까. 김동리 씨와 나는 모윤숙 여사의 연락을 받고 만나게 되었다. 그 자리에서 모여서는 순문예지를 발간할 모든 준비가 갖추어졌음을 밝히고 그 일을 맡아달라는 것이었다. 모여사가 준비되었다는 구체적인 내용은 첫째 사무실로 사용할 수 있는 큰 빌딩을 얻었다는 것. 둘째는 미국공보원으로부터 용지를 무상원조 받을 수 있게 양해되었다는 것. 셋째 기타의 운영경비는 자기가 부담하겠다는 것 등이었다. 이 세 가지 조건의 구비는 모여사가 해방 직후부터 각종의 정치무대에서 활동해옴으로써 이루어진 정치적 배경의 힘에 의한 것이라고 볼 수도 있지만 중요한 것은 역시 모여사의 순문예지에 대한 욕구와 그 활동력이었다고 볼 것이었다.

　상기한 기술에서 보듯이 모윤숙의 순문예지에 대한 열정은 물론 조연현 선생님의 문예지에 대한 열정이 결합된 결과입니다. 발행인 모윤숙, 주간에 김동리, 편집책임에 조연현이었다가 2권 5호부터 김동리는 『서울신문』의 『신천지』 출판국 차장으로 가게 되고 주간을 조연현 선생님이 맡아 책임편집을 하게 됩니다. 그다음 해 6·25 전쟁이 나고 『문예』는 수난을 겪게 되었습니다. 문예사에서는 즉각적으로 비상국민선전대를 문인 중심으로 구성하고, 『문예』 전시판을 만들었습니다. 선생님은 피난을 가지 못하고 어려움을 겪게 됩니다. 도강파와 잔류파라는 낱말이 생겨나고 많은 문학인이 고초를 겪습니다.

　『문예』의 책임편집 실무를 맡은 선생님의 목표는 문학의 전통성 확립과 정치적 이념에서 벗어나는 순수문학의 정착, 한국문학을 계승해 갈 신인 문학인의 배출, 문학인의 정체성 도모에 있었음을 알 수 있습니다. 김동리가 쓴 『문예』지의 창간사에서 "일부 정치문학 청년들이 오신하는 바와 같이 칩거도 아니요, 도피도 아니다. 붓대를 던지고 당파싸움이나 정치 행렬에만 가담하는 것이 현실을 알고 문화를 건설하는 방법이라 생각하는 것은 세상에 흔히 있는 거짓의 하나다. 우리는 이러한 거짓을 거절해야 한다. …

(중략)… 우리는 이러한 진정한 민족문학의 건설을 향하여 붓을 놓지 말아야 한다. 그리하여 우리의 생명을 문학에 새겨야 한다."는 요지는 바로 『문예』가 지향할 문학적 목적이며 당시의 순문예를 옹호하는 많은 문학인의 바람직한 방향이었습니다. 이러한 관점에서 『문예』지는 몇 가지의 문학적 성과를 우리 문학사에 남겼습니다. 첫째 문단적 질서와 문학적 권위, 둘째 추천제를 통하여 처음으로 문단의 공인을 받게 된 신인 작가, 셋째 순문예지의 순수 창작의 의욕으로 볼 수 있습니다. 『문예』는 결국 석재의 책임편집으로 해방 이후 문단에 적극적으로 활동할 수 있는 우수한 공간을 제공하고 문학의 순수성을 유지한 순문예 잡지로 자리매김합니다. 선생님의 문학적·문단적 개성이 부각되는 계기가 되고 순수문학의 본격적 지면이 형성됩니다. 이러한 것은 석재의 목표이며 신념임을 그 후 전후의 행적과 기록으로 읽을 수 있습니다. 참고로 『문예』는 1949년 8월에 창간호를 낸 후 1954년 3월까지 통권 21호를 내고 햇수로는 5년여 동안 다음과 같이 발행하였습니다.

- 1949년 8월호, 9월호, 10월호, 11월호, 12월호(5권)
- 1950년 1월호, 2월호 3월호, 4월호, 5월호, 6월호, 전시판(7권)
- 1952년 1월호, 5·6월 합병호(2권)
- 1953년 신춘호, 초하호, 9월호, 11월호, 송년호(5권)
- 1954년 신춘호, 3월호(2권)

  5년여 동안 발행되는 동안 신인 추천제에 의해 등단한 추천작가는 다음과 같습니다.

- 소설 – 강신재, 이상필, 정지삼, 권선권, 임상순, 장용학, 서근배, 손

창섭, 곽학송(9명)

- 평론－천상병(1명)

최종 추천을 남기고 있는 작가는 다음과 같습니다.

- 시－이수복, 황금찬, 박재삼, 한성기, 정석아, 송영택, 이종학, 박양, 최해운, 김대규, 김윤기(11명)
- 소설－박신오, 박상지, 권처세, 최일남, 정병우(5명)
- 희곡－노능걸(1명)
- 평론－김양수(1명)

시에 24명, 소설에 14명, 평론에 2명, 희곡에 1명, 총 41명의 신인이 과정을 마쳤거나 진행 중에 있습니다. 그러나 이들 대부분은 오늘날 한국 문단의 중추적 인물로 활동하고 있습니다.

2) 『현대문학』과 석재

1955년 창간하여 2001년 5월 현재 47권 5호까지 557권을 발간한 우리나라 최장수 순문예잡지 『현대문학』은 1954년 7, 8월경 석재 조연현 선생님과 오영수 선생님의 만남에서 비롯됩니다. 선생님은 「내가 살아온 한국문단」에서 다음과 같이 당시의 경위를 말하고 있습니다.

> 1954년의 7, 8월경이었을까. 부산에서 교편을 잡고 있던 오영수 형이 하기방학을 이용하여 서울에 놀러왔었다. 오형은 동향의 대 선배인 김기오 선생이 월간지를 발간할 의사를 표명하고 있는데 같이 가서 한 번 만나보지 않겠느냐고 말해왔다. 김기오 선생은 아직 나와 면식은 없었으나

그분이 대한교과서주식회사와 문화당의 사장으로서 8·15 이후『조선교육』과『소년』이란 두 월간지를 발행해온 분이라는 것을 알고 있었다.

이때『문예』지를 중단하고 나서 문학적 의욕이나 창작적 욕구를 충족할 수 있는 문예지가 없었고, 전후에 사회적·문학적으로 많은 문제를 안고 있었던 시기인지라 김기오 사장의 만남은 선생님에게 그의 포부와 평소의 각오를 실현할 수 있는 계기를 갖게 되었을 것입니다. 잡지 발간에 대한 타진을 얻게 된 선생님은 우리나라의 잡지의 문제점과 순문예지의 경영 문제에 있어 실패의 원인을 두 가지로 지적합니다. "하나는 장기적인 결손을 지탱할 만한 출자가가 없을 것이며, 다른 또 하나의 이유는 그러한 출자자가 있다고 해도 문학적 가치와 상품적 가치를 동시에 얻을 수 있게 하는 순문예지의 편집자나 경영자가 없었다. 이 두 가지 결함이 순문예지가 예외 없이 이 나라에서 실패하게 된 원인이다. 이 두 가지 결함을 해결할 수 있다면 순문예지도 성공할 수 있다. 만일 선생께서 잡지를 하고자 하는 희망이나 의욕이 있다면 저로서는 지난 50년 동안 누구도 실패했고, 앞으로도 누구도 성공하기 어려운 순문예지를 해보실 것을 바란다."라는 요지의 이야기를 합니다. 이러한 문예지의 실패와 성공에 대한 분석은 선생님의 경험적·신념적 표현이라고 할 것이며『문예』실무에서 얻어진 결과이며 평소의 소신이기도 했습니다. 이러한 소신을 피력한 결과 김기오 사장의 결심을 얻게 됩니다.

선생님은『현대문학』의 창간 계획을 수립하고 일을 착수하면서 몇 가지의 운영 문제의 핵심을 정리하게 됩니다. 첫째는『현대문학』을 어떻게 기업화시키느냐 하는 문제, 둘째 기업적으로 성공시킬 수 있는 문제는 문학적 권위를 확립하는 일인데 일조일석에 될 수 없는 일이라는 것, 셋째 잡지의 기본적 성격, 주조 등을 어떤 방향으로 지향시킬 것인가 하는 문제, 넷째

위의 세 가지 문제를 어떤 구체적 형태로 표현할 것인가의 문제, 즉 잡지의 판형과 면수, 잡지의 분위기, 지가 등 수입 면에서의 조절 문제, 다섯째 신인추천제의 심사위원 구성 문제(「내가 살아온 한국문단」) 등에 대한 구체적이고 합리적인 판단과 근본적인 기획을 세워 나갑니다. 이러한 계획은 선생님의 치밀하고 조직적인 판단과 실천으로 지속성을 갖게 됩니다.

『현대문학』 창간사에서 특히 "아무리 빛난 문학적 유산이라 할지라도 본지는 아무 반성 없이 이에 추종함을 조심할 것이며 아무리 눈부신 새로운 문학적 경향이라 할지라도 아무 비판 없이 함부로 이에 맹종함을 경계할 것이다." "무정견한 백만인의 박수보다도 문학에 대한 깊은 애정과 옳은 식견을 가진 단 한 사람의 지지를 본지는 오히려 영광스럽게 생각할 것이다."라는 요지의 창간사는 『현대문학』의 기본 성격과 그 주조를 파악할 수 있는 명문장이었습니다. 이러한 소신은 평소 석재의 삶을 지탱하는 근본이었고 문학적 판단에서 구성되는 철학이었다고 할 것입니다.

『현대문학』 발간의 중심적 토대를 문화적 유산에 대한 무반성적 추종을 불허하는 문제입니다. 역사의 판단과 반성에 중심을 두고 그 문화유산이 우리 문학의 현재, 미래에 어떠한 영향을 끼칠 것인가 하는 평가와 적절한 방법을 모색하는 데 두고 있습니다. 이러한 문제와 병행하여 『현대문학』의 편집 운영에 고전적 작품의 발굴과 소개를 꾸준하게 지속했습니다. 문학에 대한 진정한 애정을 편집 전반에 나타냈고, 한국 현대문학의 계파나 사조를 초월하여 문학 본연의 문제에 적합하고 합당한 방향모색에 적극적으로 동참하였습니다. 그래서 『현대문학』은 오랜 세월 동안 한국 현대문학의 얼굴이고 현주소였습니다. 그것은 선생님이 추구한 문예지 발간의 기본 정신이기도 하였습니다. 문학적 · 문단적 · 초월적 자세이며 한국문학의 전통성 유지의 표준이기도 했습니다.

선생님은 당시에 발간되었던 다른 문학지와의 기본 성격과 방향을 『현대문학』의 경우 다음과 같이 분석하고 평가했습니다. 첫째 기성에 더 중심을 두고 있었으며, 둘째 우리나라의 고전에 더 중심을 두는 것 같고, 셋째 문과 교수에 중심을 둔 것 같다. 넷째 신인추천 작품의 심사위원이 거의 서로 다르다. 다섯째 문학적 고집과 방향은 전통적·주체적 방향에 더 많은 의욕을 보이고 있다(「내가 살아온 한국문단」). 이러한 다섯 항목의 평가는 『현대문학』이 유지해온 성격이며 정신이었습니다. 선생님이 주장한 창간사의 골격을 그대로 나타낸 것이며 『현대문학』이 지닌 문학적 성격이 될 것입니다.

사실 선생님이 창간한 『현대문학』은 기적을 이루어놓았습니다. 1969년에 발간한 『내가 살아온 한국문단』(1966, 217~227쪽)에서 『현대문학』의 기적을 다음과 같이 진단하고 있습니다.

> 첫째, 10년 이상 존속한 순문예지가 지난 60년 동안 이 나라에는 없었다는 사실.
> 둘째, 창간 이래 한 호도 결간하지 않았다는 사실.
> 셋째, 문단적·문학적 공적.
> 넷째, 실력있는 다수의 신인을 문단에 등장시킨 사실과 매년 신인 문학상(현재는 현대문학상)을 시상한 사실.
> 다섯째, 월간 평균 판매 부수가 1만 부 최고 판매 부수가 1만5천 부.
> 여섯째, 소설의 본격적 방향이 단편보다는 장편 속에 있다는 것을 행동을 통해 시사 및 실천한 사실.
> 일곱째, 우리나라 고전에 대한 관심과 연구를 촉진시키고 고전에 대한 현대적 해석을 촉구하는 편집의 방침을 보여준 점.
> 여덟째, 별책부록을 기회가 있을 때마다 간행해온 사실.
> 아홉째, 거의 매년 문예강연회 또는 문예창작 실기 강좌 등을 서울 및 각 지방 도시에서 개최한 사실. 작고 문인의 문학기념비를 세운 사실.
> 열 번째, 잡지 재판을 발행한 사실. 통권 28호가 일주일 안에 매진되어 재판 발간.

이상 열 가지로 요약된 석재의 진단은 그 사실이 그대로 증명되고 있습니다. 오늘날 한국 문단의 중견 이상의 작가가 『문예』와 『현대문학』의 출신이라는 사실은 이를 입증하고 있습니다. 이러한 구체적 진단과 분석은 객관적 판단과 평가가 되고 있습니다. 그 판단은 선생님이 스스로가 내리고 있지만 『현대문학』이 남기고 있는 47년의 연륜과 함께 한국 현대문학사 그대로인 것입니다. 진단 자체가 『현대문학』이라는 순문예지의 문학적·문단적 공적을 인정하고 객관화시켰다는 점은 그만큼 『현대문학』이 지닌 공신력이 될 것입니다. 35,000여 편의 창작 작품과 550여 명의 문학인을 등단시킨 것 자체가 한국문학의 지속적인 계승과 발전을 유지시키고 있습니다. 선생님은 문예지 『현대문학』을 통하여 한국문학의 확고한 방향 설정을 이루어 놓았으며, 현대문학의 면모와 전통성을 반석에 올려놓은 점은 선생님이 집필한 창간사에 잘 나타나고 있습니다.

> 본지는 본지의 제호가 암시하는 바와 같이 한국의 현대문학을 건설하자는 것이 그 목표이며 사명이다. 그러나 본지는 이 현대라는 개념을 순간적인 시류나 지엽적인 첨단의식과는 엄격히 구별할 것이다. 본지는 현대라는 이 역사상의 한순간과 공간을 언제나 전통의 주체성을 통해서만 이해하고 인식할 것이다. 즉 과거는 언제나 새로이 해석되어야 하며, 미래는 항상 전통의 결론임을 잊어버리지 않겠다는 것이 그것이다.

선생님의 문학적·문단적 인식과 사명은 이러한 전통의 주체성에 입각하고 있다는 점이며 이러한 맥락이 창간사에 그대로 표현되어 있습니다.

4. 마무리

조연현 선생님의 문학적 평가는 바로 문단적 평가로 이어집니다. 선생님의 문학은 문단과 함께 이어져왔습니다. 「내가 살아온 한국문단」의 결어에서 아직 남기지 못한 것 중에 6·25 때와 부산 피난 시절의 여러 가지 이야기, 문총 파동에 관련된 또 다른 사상(事象)들, 4·19 때의 숱한 희비애락, 편집에 관련된 심각한 고충 등에 대한 집필을 뒤로 미루었다는 점입니다. 선생님의 문단적 관심과 관련은 문예지의 발행과 관련이 있습니다. 문예지의 편집인은 문학과 문단이 함께 공유하기 때문입니다. 그러나 선생님의 경우 단순한 문학과 문단적인 것에만 있는 것이 아니고 평소 석재의 지론과 소신이 한국문단을 전통적 한국문학의 방향으로 끌어들이려는 절대적 판단에 기인한 것입니다. 그것은 청년문학가협회에 대한 진술과 『현대문학』에 쓰여진 창간사의 문맥에서 "현대라는 공간과 전통의 주체성"이라는 말이 함축하고 있습니다. 선생님의 명확하고 예리한 판단과 논리적 사고의 일상은 한국 문단에 이러한 뿌리를 내리고 있습니다.

결국 조연현 선생님이 8·15 이후 한국 문단의 모든 축을 민족문학의 전통성에 바탕을 두고 그 축을 흩트리지 않고 바르게 끌어 온 살아있는 한국 현대문학사였다는 데 이의를 달 사람은 없을 것이라고 봅니다. 선생님의 삶이 바로 한국 현대문학사의 축을 움직이는 큰 힘의 바탕이었고 문학사의 기록이라 할 것입니다.

선생님의 살아온 과정에서 출발과 청년문학가협회의 발족, 그리고 『문예』와 『현대문학』을 중심으로 살펴보았습니다. 주로 이의 근거는 「내가 살아온 한국문단」, 「해방문단 20년 개관」을 주축으로 하였음을 밝힙니다.

가야국 혼백의 소리

— 박재릉, 『가야의 혼』

1

현대시의 유일한 무속 세계를 찾아 나서는 무속시인 박재릉의 신들림은
가야 시대 순장자들의 한 맺힌 소리를 시집 『가야의 혼』으로 찾아 나서고
있다. 현대 무속의 신령 세계를 넘나들다 오랜 우리 역사의 과거 속에 숨
겨진 신들림의 소리를 찾아 나서는 시인의 정감은 단호하다. 특히 우리들
의 삶의 과거 행적에서 살아온 민초들의 생활 속에 많은 부분이 보이지 않
는 혼령들과 대화와 담론을 나눔으로 자신의 생활의 안위를 위안받아왔던
것이다. 시인 박재릉은 많은 작품에서 현세와 내세를 이어주는 혼령의 소
리 속에서 시적 언어 발상을 무가(巫歌)로 보여주었다. 왜 가야의 혼을 찾아
나서는가에 대하여 시인은 스스로 가야시대에 순장한 16세 시녀의 작은 체
구를 봄으로 신령의 소리와 접했음을 '가야의 혼 시작 과정'에서 밝히고 있
다.

2008년 7월부터 2009년 10월까지 12개월간 1500년 전 가야 창녕고분에

서 4기의 순장자를 발굴하였는데 그중 16세 시녀의 순장 인골을 복원해 전시한다는 소식을 듣고 서울에 있는 경복궁 국립고궁박물관에 가보았다. 복원된 인골은 키 152cm의 작은 체구로 유난히 팔이 짧은 팔등신 체구라고 하는데 가야시대 어느 귀족 상류층의 시녀일 것이라는 안내자의 설명이 있었다.

시인은 16세 소녀의 순장자 모습에서 평소에 지녔던 가야의 혼백의 소리를 들을 수 있었고 그 혼백 속에서 떠도는 보이지 않는 측은한 소리에 접해야 했던 것이다. 가야는 백제와 신라 사이에 위치한 국가로서 육가야를 건국하는 초기부터 신령들의 소리와 교접했음을 『삼국유사』「가락국기」에서 건국신화와 관련되는 소리의 영험을 들을 수 있었다.

그곳 북쪽 구지에서 무엇을 부르는 수상한 소리가 났다. 마을 사람 2, 3백 명이 이곳에 모이니 사람의 소리는 나는 듯 하되 그 형상은 보이지 않고 소리만 났다.
"여기에 사람이 있느냐?" 구간들이 대답했다.
"우리들이 여기에 있습니다."
"내가 있는 곳이 어딘가?"
"구지(龜旨)입니다."
"황천(皇天)이 나에게 명하기를 이곳에 와서 나라를 새롭게 하여 임금이 되라 하였으므로 이곳에 내려왔으니 너희들은 마땅히 산봉우리에서 흙을 파면서 '거북아 거북아. 머리를 내밀어라 내밀지 않으면 구워 먹으리라.'하고 노래하며 춤을 추면 대왕을 맞이하여 기뻐서 날뛸 것이다."
구간 등이 그 말대로 모두 즐겁게 노래하며 춤추다가 얼마 아니하여 쳐다보니 자색 줄이 하늘에서 내려와 땅에 닿는지라 줄 끝을 찾아보니 붉은 폭에 금합이 싸여 있었다. 열어보니 해와 같이 둥근 여섯 개의 황금 알이 있었다. …(중략)… 12시를 지나 이튿날 아침 무리가 다시 모여 함을 열어보니 여섯 알이 화하여 동자가 되었는데 용모가 매우 깨끗하므로 상에 앉히고 여럿이 배하(拜賀)하고 극진히 위하였다.

문학의 미적 담론과 시학

가야국의 수로왕과 오가야의 임금이 탄생한 신화이다. 형상은 보이지 않고 들리는 소리에 혼백으로 주고받는 소리와 소리에서 교감되는 마음으로 인해 황천의 소리가 탄생하는 것이다. 시집 『가야의 혼』에서 이러한 가야의 건국과 함께 모든 곳에 잠재한 혼백의 소리를 시인 박재릉은 찾아 나서고 있다. 시인은 위의 글에서 "들려오는 소리의 후렴을 잡고 소리를 쓰기 시작했던바 그것은 자아의 마음속에 잠재된 유성음군의 울림소리 같은 것이었습니다. 그 소리를 기록하는 수단은 전기한 (픽션Σ)입니다. 그 소리의 내용은 율조에 맞게 바닥에 깔린 정감들이 갖는 의미의 말이었습니다. 그 의미들은 수없이 바닥에서 울려 퍼져 전달해 오는 옛 가야민의 혼백의 소리라고 여겼습니다."라고 함으로 시인의 신령은 가야의 혼백 속에서 가야민의 한 많은 유민의 유형을 찾아 그 소리의 흔적 속으로 새로운 삶을 찾아 나서고 있다.

박재릉 시인은 가야에 잠복해 있는 많은 역사적인 사실은 물론 가야 건국신화에서부터 잠재한 신비의 소리에서 시인 자신이 일생을 통하여 무당이 혼령으로 부르짖는 영험의 소리에 들어가고 가야의 혼백을 불러내어 또다시 현대에 접목시키고 있음은 오늘날 현대시의 또 다른 영역을 창출하는 계기를 만들어낸다.

2

시인 박재릉은 시집 『가야의 혼』 전반부에서 가야국의 신령의 소리를 접하기 위해 가야 성터와 가야 고분을 찾아가 그들의 흔적이 남긴 발자취를 더듬고, 떠돌아다닌 유민들의 한이 서린 목소리를 청취하면서 새로운 무가 기행시를 여섯 항목으로 나누어 작품을 구성하고 있다.

① '순장자의 말'에서 가야 순장제도로 상전의 죽음과 함께 내세에서도 상전을 모셔야 하여 순장을 당한 혼령들의 소리를 듣는다.
② '가야 성터'에서 육가야를 지켜내었던 그 많은 성터에 잠든 혼령들의 소리를 듣는다.
③ '가야 고분'에서 고분에 안식한 이들의 손놀림이 머문 곳, 그들의 소리를 듣는다.
④ '님의 한'에서 혼백의 사랑과 정감을 가야로부터 들려오고 있음을 보게 된다.
⑤ '가야 유민의 노래'에서 유민들이 살아가야 했던 고통과 정감들의 소리를 들을 수 있다.
⑥ '가야민의 부활'에서 가야민들이 무엇을 갈구하고 소원했던가를 시인은 찾아 그 소리에서 이상향을 바라본다.

  박재릉 시인이 찾아 나서는 것은 가야의 역사가 아니다. 가야국이 지나간 오랜 역사의 흔적에서 가야민이 살았던 그들의 영적인 교감을 찾아가 숨겨진 영성 속에서 끌어내어 그 교감 속에 숨어 있는 그들의 혼의 소리를 시인의 신령으로 들을 수 있다.

> 바람 바람아 불어라
> 영 너머 우리 님은 바람소리 타고 오는데
> 이내 목숨 어느 상전 아래서 숨진다냐.
>
> 네눈박이 박힌 주름살 진 얼굴에
> 수심 찬 금잔화 피어오른다.
>
> 찬 이슬 젖는 고운 이마에

꽃술이 피고 지고 이내 슬픔도 뜨고 진다.

바람 바람아 불어라
청산 먹구름 속에 벌새가 날면
우짖는 촉새 울음 천상에 눈물난다.

우리 님 삭발하고 어느 귀천에 계신고.

뜬 구름 잡는 이내 신세 허황타.
어느 둥지 속으로 내 갈 곳을 찾을까.

바람 바람아 불어라.
내 자리할 곳 어드멘고

저 높은 용마루에 갈 길이 걸렸다.
차라리 이내 눈물 황산강에 뿌려다오.
바람 바람아 불어라. 바람 바람아 불어라.

— 「바람 바람아 불어라」 전문

가야 시대의 순장은 망자의 지위에 따라 현세에서 내세로 통하는 길이 있음을 인정하고 현세의 죽음이 다시 내세에까지 그대로 보존되고 유지되는 일상의 생활에서 믿음으로 가고 있음을 따른다. 지배계급에 있던 망자가 부렸던 많은 시녀와 노비, 그리고 소실들이 죽음의 세계인 저승에서도 망자를 시중한다는 뜻에 따라 아무 저항 없이 택했던 죽음은 그들의 한과 함께 오랜 세월의 흐름 속에서도 미라로 소생하는 망자의 환영을 박재릉 시인은 "바람 바람아 불어라. 바람 바람아 불어라."고 신단 굿을 소리 높여 그 넋을 위로하고 불러들이는 것이다.

시인은 반복어로 "바람 바람아 불어라"라고 굿의 장단을 맞추면서 신령의 하강과 소생과 영생의 환영이 떠오르게 함으로 생전의 하고픈 소리를 찾아 나서고 있는 것이다. 그래서 시인은 순장자를 위한 한 판의 굿 소리를 마음속에 잠재된 유성음군의 울림소리로, 픽션으로 보여준다.

이 작품에서 시인이 "비화가야 창녕고분 순장자의 말"이라는 부제를 제시함으로 죽은 망자는 상전을 모신 순장자임을 알 수 있다. 시녀의 한스러운 소리 한마당 "영 너머 우리 님은 바람소리 타고 오는데/이내 목숨 어느 상전 아래서 숨진다냐."고 호소함으로 시녀를 만난다. 혼백이 떠도는 혼령은 "우리 님 삭발하고 어느 귀천에 계시고.//뜬 구름 잡는 이내 신세 허황타./어느 둥지 속으로 내 갈 곳을 찾을까."고 후세의 허황된 자신의 입지를 향해 울부짖는다.

무속시인의 발상은 망자의 내면에서 오랜 세월 동안 머물러 있었던 그들의 한이 신의 음성으로 찾아 나서서 그 한을 발상하는 아픔의 소리가 시인의 영감으로 다시 조형되는 영적인 소리로 부활시키는 것이다. 박재릉 시인의 무속적인 영감이 바로 신령이 되는 것이다.

순장자의 소리 이외에 '가야 성터'와 '가야 고분' '님의 한' '가야 유민의 노래' '가야민의 부활'에서 육가야를 지켜내었던 그 많은 성터에 잠든 혼령들의 소리와 유민들이 살아가야 했던 고통과 정감들의 소리와 가야민들이 무엇을 갈구하고 소원했던가를 시인은 영감으로 받아들여 강렬한 영적인 소리를 통해 발상하고 있다.

> 화왕산 환장고개를 넘어가지 마라.
> 환장고개 가야 귀신들이 나돌고 있다.
> 고개 위 서낭당 터에
> 돌담 쌓고 붉은 띠 머리에 두르고
> 젊은 귀신들 애기 날 적 울음을 곡하고 있다.
> ─「화왕산 환장고개를 넘어가지 마라」 부분

지산동 안개 속이 답답하다.
흙벽 아래 썩은 무덤을 뒤지지 마라.
상전 따라간 시녀들이 묻혀 있다.

— 「지산동 고분에서」 부분

울어라 울어라 세월아
떠난 내 님 혼백 안고
사라지는 세월아 울어라

— 「느티나무 잎새마다」 부분

나는 그쪽 삼도행락 구만리 장강을 넘었냐.
나는 외로이 이쪽 나락을 떠다니는
가랑잎 같은 신세.
불혹을 홀로 넘는 팔자가 아니더냐.
이히하배 히히하배히

— 「이히하배 히히하배히」 부분

굽이 굽이 흐느끼는 꿈길 속에서
꽃 피는 이 강산에 새봄이 찾아오면
네 따라 웃는 길로 함께 내려와
이 강산 한 많은 숨은 이야기를 들려주마.
내 가여운 가야의 돌이 막쇠야.

— 「나비야 청산 가자」 부분

　박재릉 시인은 『가야의 혼』 전반부 여섯 항목에서 가야의 기행 행적을
찾아 많은 가야인이 열망하고 그들이 겪었던 생각과 삶의 행적 속으로 들
어 가서 그들의 전생의 소리를 복원했다. 죽음에서 신령이 복원되면서 시
인은 그들이 무엇을 소원하고 무엇을 기원하는가를 찾아 나서서 혼령을
달래는 것이다. "화왕산 환장고개를 넘어가지 마라./환장고개 가야 귀신

들이 나돌고 있다." "흙벽 아래 썩은 무덤을 뒤지지 마라./상전 따라간 시녀들이 묻혀 있다." "사라지는 세월아 울어라" "불혹을 홀로 넘는 팔자가 아니더냐./이히하배 히히하배히" "이 강산 한 많은 숨은 이야기를 들려주마./내 가여운 가야의 돌이 막쇠야."라고 시인은 오히려 신 잡힌 언어의 단말마를 새로운 영적인 미감을 통해 옛 가야의 언저리에서 맴돌며 굿 한마당을 펼쳐 보여준다.

시인이 만나는 가야의 귀신은 '젊은 귀신'을 만나고, '상전 따라간 시녀 귀신'을 만나고, '내 님 혼백 안고' 가는 세월을 만난다. 그 혼백들과 귀신들이 현대라는 시대적인 상황에 머물면서 박재릉 시인에 의해 다시 재생되고 그 영령의 한과 사랑과 소망의 소리를 신들린 듯 부르며 영적인 세계에 머물고 싶어한다. 시인은 이를 대신하는 것이다.

바라옵건대 저희 무리들에게 방황하는 마음을 잠재우는 울타리를 치게 하시고 굶주림에 쪼들린 삶에게 긍휼을 주시고 수수알 곡식과 잠자리를 주소서. 저희 바닥에 깔린 나락의 미생들이 뻗어 오를 가지와 보금자리의 삶을 누릴 높은 언덕을 주소서. 가까이는 버려진 저희 군주들을 끌어 모으시어 꿈과 희망과 용기를 갖게 하시고 낮은 하품의 자리로라도 입궐을 허락하시고 흩날리는 서라벌의 모진 바람과 풍상으로부터 피해 암흑의 버림받음으로부터 살아나게 하시옵고 머리는 북으로 서로 무수히 쳐들어오는 여제의 사나운 갈기들이 저희 가야국의 가냘프고도 여린 성루들을 마구 짓밟고 할켜와 가녀린 뼈들이 즐비하니 이를 살피소서. 바라옵건대 흩으러진 이들 혼백들의 난무를 어루만져 주시고 저희 유민들의 길고 긴 행로를 붙들어 주시어 탄탄대로가 되도록 어루만져 주소서. 긴 긴 유민생활은 서럽고 그지없이 싸늘한 거친 나날이나이다. 속물로 전락하는 어둠과 피리 울음 우는 병든 초토로부터 버림을 받는 슬픔으로부터 구하여 주시길 엎드려 기원하나이다. 모년 모월 모일 가야유민 일동 배.

— 「복망」 전문

문학의 미적 담론과 시학

찬란했던 가야 문명은 화려한 반면 여러 부족의 앙금으로 인해 결국 패망한다. 주변국인 신라와 백제에 의해 패망한 가야국은 모든 흔적들이 사라지고 만다. "가야의 패망 후 가야인들은 신라 사회에 편입되면서 성공과 좌절을 경험하며 정치와 군사, 문화에서 활약하였다. 금관가야의 왕족인 김씨 일족은 신라의 진골귀족으로 편입되지만 경원시되고 있었다. 이를 극복하기 위해 금관가야의 마지막 왕이었던 김구해의 손자 김무력은 관산성 전투에 참전하는 등 신라 장군으로 활약하였고 그 아들 김서현을 거쳐서 김유신과 김흥순 대에는 신라의 삼국통일에 기여하면서 왕실과 혼인 관계를 맺는 등 두각을 나타내었다."라는 백과사전 기록에서 보듯이 가야국은 멸망하고 그 왕실의 후손들은 신라의 귀족으로, 장군으로 흩어졌던 것이다. 나라 잃은 통한은 또 다른 형태로 나타났고, 많은 백성들은 유민으로 흩어져 그 아픔을 절규해야 했다.

박재릉 시인의 『가야의 혼』은 작품 「복망」에서 기원하듯 나라 잃고 방황하는 유민들의 "버려진 저희 군주들을 끌어 모으시어" 꿈과 희망과 용기를 갖게 할 것을 기원하면서 "방황하는 마음"을 잠재우고, "굶주림에 쪼들린 삶"에 곡식을 주시고, "보금자리의 삶"을 누릴 수 있는 언덕을 주기를 갈망하는 가야인의 혼백의 소리를 시인은 그들의 진혼을 달래는 복망의 기원으로 삼으면서 현대에 삶을 살아가는 많은 국가나 민족에게 경종의 소리를 보여주고 있다.

시인이 망자의 내면의 소리를 찾아 그들의 숨겨진 소리를 복원하는 탐색은 무한하다. 시인의 영상은 비화가야의 창녕고분을 돌아봄으로 그 속에서 순장자를 대면하는 신령의 부름을 듣는다. 필자는 박재릉론인 「현상학적 환원과 신령적 귀신의 세계」에서 "이러한 일련의 한국적인 샤머니즘의 세계, 무속에서 무당과 어울리는 귀신은 물론 신령적인 혼백을 좌지우지하는 영험적인 세계와 이승과 저승을 오르내리기도 하고, 전생은 물론 현세와 후세를 통달하는 삼계의 세계 속에 존재하는 초인적이고, 초능력적인 인간의 언어와 그 세계를 꿰뚫어 보는 언어를 생산하는 시인 박재릉 시인이다. 무당만이 신 잡히는 세계 속에서 그들이 혼백으로 일구어내는 세계에 접근하여 작품의 새로운 경지를 보여주고 있다.”라고 함으로 영적인 것과의 소통을, 순장자의 정신의 일말을 심령의 목소리로 들려주고 있음을 말한 바 있다.

『가야의 혼』에서 박재릉 시인은 신령이 부르짖고 염원하는 반복적인 혼백 소리 “오랑오랑오호야”“아리 스리 님아 님아 … 아리 스리 님아 님아…”“이히하배 히히하배히”를 복원하여 가야민이 울림으로 남기는 소리를 찾아 “기행하면서” 옛 가야의 혼백이 절규하는 원혼들의 호소가 무엇인가를 남기고 있다. 시인의 영감으로, 그들의 신령의 환영으로, 몰입되면서 우리의 선조들이 남겨 놓고 숨겨진 소리가 무엇인가를 들려주고 있다.

3

현대시가 추적하는 시의 세계는 앞으로 진척될수록 다양하다. 박재릉 시인의 무속시 역시 현대시의 언어 미학을 통한 새로운 교감을 찾는 지름길이 될 수 있다. 시작품이 심상의 문제에 있어 시각적인 문제는 물론 감각적인 체험이나 지각적인 요인을 기억하면서 이를 재생시키기도 하고, 정적으로나 동적으로 한 편의 윤곽을 조형시키려 한다.

문학은 한편으로는 인간의 영원성을 찾아 복원하는 작업도 중요하다. 사라져가는 무속의 내면을 복원하는 것도 그러한 일맥으로 보아야 한다. 특히 무속의 세계를 시작품으로 복원하는 시인 박재릉의 작업은 현대시

문학의 미적 담론과 시학

문학사의 일맥을 장식하는 절대적인 요청임을 부인할 수 없다. 과거 우리 민속에서 판소리를 복원하고 찾아 나서듯 그 민족이 지닌 심령의 소리의 복원은 장대하고 큰 것으로 무속의 세계를 탐닉하는 무속시의 세계 역시 장대하다.

결론적으로 시인이 "무속시"에 대한 이론에서 "나의 무속시가 공감을 일으킨다면 귀신의 귀(鬼)적 존재가 누구에게도 있다는 결론을 얻는다. 인간이 사멸하면 정신적 세계(무의식의 세계)에 잔재한 한의 요소는 남는다. 한의 요소를 귀적 존재라고 한다. 이 귀적 존재가 동하면 귀신이 된다. 이 귀적 존재는 생존한 우리 일상에서도 얼마든지 볼 수 있다. 가령 미친 사람이 지껄이는 소리, 헛소리, 잠꼬대, 취중언 등이 그것이다. 이는 우리 이성이 허약하거나 마비되었을 때 무의식의 관념들이 마구 나오는 것이다."(박재릉, 「나의 무속시 이론」에서)라고 귀적 존재에서 오는 무의식의 세계로 인한 관념들의 소리가 내세, 외세, 현세와 후세를 찾아내는 소리의 잠재가 무가의 음성임을 증명한다.

그러면서 시집 『가야의 혼』의 "시작 과정"을 풀이한 글에서 "어찌 보면 사라진 옛 역사에서 우리들 모두 다 같이 찾아가 만나야 할 본향의 세계는 거기 있지 아니할까고 생각합니다. 우리의 민족이 걸어온 파란 많은 역사의 시련이 쌓인 그 세계에서 말입니다. 우리 민족의 주체적 정서의식을 찾고 애련한 본령의 정서를 달리 어느 곳에서 찾을 곳이 있을까 여겨집니다. 우리가 갈구하는 본향의 향수는 평화가 깃들인 자연 속으로 수많은 조상들이 갈구하던 그 옛 곳이 아닌가 합니다. 그 넋들이 동경하는 세계로 다가가는 것이 우리들 본연의 사명이라고 생각도 해봅니다."라고 함으로 우리 민족이 지닌 많은 역사적인 설화와 신화에서 그 가능성을 찾아야 함을 강조한다.

박재릉 시인의 무속은 "선험적 요인으로 필요한 상황을 인지하고 외적 경험 세계의 소박하면서 실재성을 설정하는 오늘의 현상학적 환원으로 진행되고 있으며, 영원성의 시간의 연속과 순수한 의식세계로의 다가가는 아이온(Aion)의 시간"을 통해 과거 미래를 왕복하는 초인적인 선험의 탐색인지도 모른다. 긴 역사 속에서 가야국의 터널을 찾아 나선 시인 박재릉의 무속 여행은 길고 아름다운 또 다른 문학의 여정이면서 역사의 재생이기도 하다.

제2부

문학작품 창작에 따른 환경 문제

1

사실 '문학과 환경'이라는 주제에 대하여 저 자신 많은 글을 발표한 바 있습니다. 작품을 창작하는 작가들은 특수한 경우를 제외하고 의식적으로 환경의 문제에 대하여 깊이 통찰하지 않습니다.

"문학은 환경의 지배를 받는가"라는 질문을 받았을 때 여러분들은 무어라고 답할 수 있을까요. 분명히 "그렇다"라는 대답이 나와야 될 것입니다. 일상적으로 창작에 몰두하는 작가들은 이러한 환경의 문제에 대해서 구체적으로 어려움을 느끼지 않고 창작에 몰두하는 경우가 허다합니다.

사실 문학적 환경이란 문학작품을 창작하는 작가에게 주어진 직접적이거나 간접적인 여건과 분위기, 그리고 주위의 사물과 사정을 말합니다. 문학작품의 창작 행위는 작가의 개인적인 영역일 수 있지만 그 범주 속에 있거나 이를 벗어난 다른 외부적 환경에 따라 작가의 창작 정신을 활성화시키거나 위축시키는 사례를 문학사에서 많이 보아왔습니다.

"어떠한 예술의 창작이나 그 행위에 있어서 보이지 않는 주위의 사물이

나 사정에 의한 '환경'의 요인을 반드시 적용받거나 따르게 마련입니다. 이러한 환경이라는 문제에 대하여 대부분의 작가는 구체적으로 제시하거나 실감하지 못하고 느끼지 않을 뿐입니다. 왜냐하면 작가는 작품 창작이라는 일념에만 몰두하기 때문입니다. 그러나 작가가 작가 자신 일상의 문제에 근접하여 작품과 생활, 작품과 사회, 작가와 작품의 위상 등 어떠한 문제가 발생하거나 부딪칠 때, 작가에게 주어진 문학적 환경은 작가에게는 중요한 요인이 될 수 있다는 것을 문학인은 실제로 체감할 수도 있습니다. 오늘날 우리 한국문학은 물론 세계문학에 있어서 실질적인 환경 평가는 좋은 점수를 따기 어려운 실정입니다."(필자의 「문학적 환경은 무엇인가」)

그렇다면 우리 문학사에서 문학적 환경을 다음과 같이 네 가지로 나누어 살펴보겠습니다. 첫째 사회적·역사적·정치적 환경, 둘째 단체나 문학적 행위를 위한 집합체의 환경, 셋째 문명, 문화의 급속한 발전에 의한 창작 환경, 넷째 자연적 환경에서 얻어진 작가의 창작 발상의 문제 등으로 나누어 볼 수 있겠습니다.

첫째 사회적·역사적·정치적 환경은 문학인으로 하여금 창작할 수 있는 사회적 여건과 정부 당국의 정책적 입안에 있습니다. 이를 두 가지 측면에서 살펴보면, 사회적 여건으로 오늘날 우리 사회에서는 인문학의 위기라든가 문학의 위기라는 말을 자주 듣게 됩니다. 오늘날 문명, 문화의 다변화와 경제 논리에 의한 물질적인 이득이 팽배한 사회 구성 속에서 살아가고 있습니다. 이러한 상황 속에서 지혜와 철학에 대한 기본적인 체계와 환경이 고갈되는 기형적인 구조 속에서 인문학은 위기를 맞고 있는 것입니다. 이러한 인문학의 위기는 어느 날 갑자기 나타난 것은 아닙니다. 금세기라는 시대적인 변화에 민감하게 대처하는 새로운 인문학을 위한 학자나 당국의 연구와 배려와 검토라는 환경 조성을 이루어야 했습니다. 말하자면 사회적 가속도의 변화에 새로운 인문학의 환경을 서두르지 못한 것도 큰 원인이 될 수 있습니다. 문학도 예외는 아닙니다.

1960년대에 우리나라에서는 순수문학과 대중문학의 논쟁이 치열하였습니다. 그러나 오늘날 현대문학에서 순수니 대중이니 하는 논쟁은 하지 않습니다. 오히려 보다 대중에 접근하는 상상과 언어로 구체적인 묘사와 비어로 치장되고 있는 현실입니다. 소설뿐만 아니라 시에서도 서정이니 순수니 하는 논리는 문학의 본질에서 빗나가고 있습니다. 소설에서는 판타지니 괴물 이야기에 치중하고 역사적인 스토리에 환상의 운명을 접목하여 새로운 작가 자신의 역사를 그려나가고 있습니다. 시에서는 언어의 마술에 도취되어 황당하고 분방한 상상력과 비어 · 속어의 난발, 시적 문장의 짧고 괴팍스러운 담론으로 이야기를 만들어 가고 있습니다.

이러한 문학적 시도는 분명히 사회와 문명의 가시적 변화에 문학작품의 창작 여건과 실상이 그대로 반영되고 있는지를 살펴보아야 합니다. 그리고 사회적 · 문명적 현실화에 대한 적나라하고 구체적인 새로운 세기를 넘겨볼 수 있는 환경인지를 검토해 볼 필요도 있습니다. 과거에 윤리적으로나 도덕적 판단에 의해 유보되는 언어적인 표현은 현실 사회가 그러하듯 더욱 감각적 · 육감적 · 원색적이라는 표현이 알맞을 상황으로 진전되고 노골화되고 있습니다. 다만 이러한 문학적 환경이 얼마나 지속할 것이냐 혹은 수정될 것이냐 하는 점은 의문이면서 문학인의 과제로 남습니다.

둘째로 단체나 문학적 행위를 위한 집합체(단체)에 대한 환경 평가는 문학인 스스로의 문제이기 때문에 민감한 사항입니다. 우리나라의 문학단체는 오래전부터 가장 민주주의에 바탕을 두고 운영과 활동을 해왔습니다. 그러나 최근에는 문학단체의 장을 선출하는 선거의 치열한 경쟁으로 인해 반목과 질시를 거듭하면서 문학단체에 대한 문학인의 분열은 사회적 인지도에 무척 안타까움을 더하고 있다는 사실을 필자의 「문학적 환경은 무엇인가」에서 이미 지적한 바 있습니다.

그리고 일부 문예지의 등단 제도에서 오는 불건전한 관계 형성도 문학환경의 우려되는 점입니다. 단체 이외에 일부 문학지가 행하고 있는 신인 등용제나 문학의 등용을 바라는 예비 작가와의 관계에서 불건전하게 이루어지고 있는 점, 또한 오염된 문학 환경입니다.

셋째, 문명, 문화의 급속한 발전에 의한 작가의 창작 여건에 관한 문제입니다. 현대를 살아가는 많은 사람들도 체감하고 있는 사실입니다만, 급속도로 발전하는 우리의 현실에 주어진 인터넷이나 핸드폰은 물론, 최근엔 경쟁적으로 성장하는 스마트폰이 우리 인간들의 생활환경에 미치는 영향은 편리성과 두려움이 교차하는 문명과 문화 발전의 과잉현상에서 오는 창작 여건의 문제점은 실로 미래를 예측하기 어렵게 하고 있습니다.

넷째, 자연적 환경에서 주어지는 작가의 상상과 서정의 문제에 대한 영감과 사고의 문제입니다. 문학은 과거나 현재의 자연에서 그 소재를 찾아 작품으로 창작되는 경우가 많습니다. 문학인은 자연에서 그 소재를 얻고, 체험하거나 상상의 영감으로 받아들여 작품의 창작 여건이 형성되기 때문에 자연이 품고 있는 외형적이거나 내면적인 환경의 지배를 받지 않을 수 없습니다.

이러한 몇 가지 문학과 환경에서 풀어야 할 상호 문제는 위에 열거한 네 가지 문제를 떠나 찾아보면 더욱 많은 관계 형성이 되어 있다고 보아야 합니다. 그래서 오늘 제가 말씀드리고자 하는 문제에 대하여 그 핵심 요소를 구체적으로 살펴보고자 합니다.

2

첫째 사회적 · 역사적 · 정치적 환경에 대하여 역사적인 접근을 시도해

문학의 미적 담론과 시학

보고자 합니다. 우리 민족이 생존해온 역사적인 형성과 함께 문학은 어떤 상보적인 관계를 형성하고 있을까. 우리 문학작품에서 이러한 사회적 · 정치적 사건을 다룬 작품은 있습니다만, 역사의 거대한 굴곡에 비하여 아직 찾아야 할 대하소설의 잠재력이 잠자고 있지 않은지 풀어보아야 할 과제라고 봅니다. 역사적 사건을 다루고 있는 문학작품은 특수한 경우를 제외하고는 역사의식과 민족의식, 때로는 저항적 정신이 강하게 나타나는 경우가 많습니다. 그것은 역사라는 개념 속에 포괄적으로 귀속되는 국가 속의 민족이라는 공동체가 무엇을 문제시하고 무엇을 찾아야 하는가를 고민해야 하기 때문입니다.

그래서 역사는 삶을 둘러싼 전쟁과 내전이 끊이지 않았고, 어느 나라이건 그 흔적이 남아 있는 것입니다. 거대한 성벽을 쌓아 적들을 막아낸 흔적과 그 성벽조차 모자라 지하 요새를 만들어 그들 민족의 우월성과 자긍심으로 남겨지기도 합니다. 그러한 전쟁과 투쟁과 갈등으로 얼룩진 역사적 흔적의 실상은 묻혀버렸지만 문학은 이를 외면하지 않고 작품으로 작가에 의해 환원되고 있습니다.

역사 속에서 민족의 운명적 관계와 함께 발생하는 역사적 실상이 다시 문학이라는 장대한 모습으로 영원하게 남겨져야 하는 이유도 이러한 상관관계에서 오는 운명적인 것이 아니겠습니까. 이와 같이 역사의식에서 그 인간의 삶을 다룬 많은 문학작품은 상보적인 형성 관계는 물론 동일한 공존의 인식에서 그려지고 있다는 점에 유의할 필요가 있습니다. 문학작품의 소재나 무대로서의 역사는 그곳에서 형성된 집단인 인간 삶의 근거지이며 활동 영역이기도 합니다. 역사적 사실과 문학과의 공존을 바라보는 창작 환경이기도 합니다.

그러나 우리 국토는 불행하게도 일제에 의해 식민지라는 오명 속에서 서른여섯 해 동안 치욕의 역사를 안고 살아왔습니다. 2차 세계대전의 종식과 함께 찾아온 것은 남북분단이라는 국토의 분열뿐만이 아니라 민족이 이념으로 갈라서 있는 고통의 연속이 진행되고 있습니다. 이러한 고통과 반목이 6·25라는 동족 간의 전쟁으로 비화되어 많은 생명을 앗아간 비극적인 역사를 읽을 수 있으며, 현재도 하나의 동일한 국토를 두고 남과 북은 이념의 대치 속에 있다는 사실은 가슴 아픈 통곡이 아닐 수 없습니다.

문학은 이러한 역사적인 상황 인식을 놓칠 수가 없는 것입니다. 민족이 살아가는 과정에서 파생되는 갈등과 분쟁과 삶의 형태를 작가가 문학작품으로 남겨야 하는 소명이 되기도 합니다.

그렇다면 우리의 현대문학 작품에서 역사적 사건에 대한 인식과 그 인식 속에 요동치는 민족의 맥박의 흐름은 어떤 양상으로 나타나고 있을까요.

첫째, 일제로 인한 36년간의 치욕과 식민지에 대한 역사 인식입니다.

둘째, 조국 광복을 기점으로 하는 민족의식의 양상과 국가 통치에 대한 인식입니다.

셋째, 남북 간의 이념 분단에서 온 민족 감정입니다.

넷째, 민주화 개념에서 오는 소위 좌우갈등 및 보수 진보에 대한 국민적 혼돈입니다.

이러한 분류는 우리 민족이 오늘이라는 시점까지 대한민국이라는 법적 바탕에서 살아오고 있는 일반적인 문제에 불과합니다. 현대사에서 역사적 사건의 기술은 창작 여건의 환경이기 때문에 문학작품의 핵심적 주제에서 그 과정과 실상을 다루어 온 것입니다.

과거 일제 식민지를 다룬 작품에서 일제에 합방되어 빼앗긴 주권에 대한 강한 반항과 통탄의 감정으로 일괄된 치욕의 역사를 문학작품에서 보여주고 있습니다. 조국 광복의 기점에서는 서른여섯 해 동안의 국토 상실 이후 되찾은 주권에 대한 환희의 극치를 보여주면서 공산 계열과 민족 계열간 좌우 정쟁의 역사적 실상 역시 문학작품에서 외면하지 않았습니다.

남북분단 이후 남과 북은 이념이라는 극단적인 형성에 대한 주입과 상호 비판적인 사상에 대한 방법이 다른 양상으로 나타나기도 했습니다. 북은 주체사상이라는 사상 주입에 문학의 형식을 활용하고 있으며, 남은 남북이 대치하고 전쟁의 참화에서 고통 받는 민족이 처한 역사적 사실 규명과 내부의 정치적 굴곡 속에서 인간의 존엄성의 문제와 사회 구성 요소에 대한 민주적 요건을 주장하는 많은 작품을 보여주고 있습니다. 그러나 이러한 역사적 사실 규명에 있어서도 아직 남북분단이라는 이념의 차이 때문에 문학 창작에 여러 가지 법적 규제를 받지 않을 수 없다는 현실이 아쉬울 뿐입니다.

사실 우리의 역사적 흐름은 수난과 굴곡과 전진의 역사를 지녔음에도 거대한 역사를 조명하는 문학작품은 광복 60년이 훨씬 넘어가는 역사적인 관점에서 볼 때, 그래도 무언가 부족하다는 느낌을 지울 수 없는 것은 필자만의 기우인지 모르겠습니다.

다음으로 정치적인 환경은 우리 근대사에서 많은 정치적 변화를 가져온 것은 사실입니다. 최근 우리나라에서 창작 여건에 대하여 정치적으로 당국의 제재를 받지 않고 있음은 다행입니다.

과거 우리 문학사를 돌아보면, 시인 김지하가 『사상계』 1970년 5월호에 발표한 담시 「오적(五賊)」으로 인해 구속되고 잡지가 폐간되었습니다. 그리고 소설가 남정현은 『현대문학』 1965년 3월호에 발표한 단편소설 「분지(糞地)」가 반미 용공작품으로 문제되어 구속되었습니다. 시인 마광수는 『즐거운 사라』로 인해 음란문서 제작 혐의로 1992년 10월 구속되었고, 조정래는 대하소설 『태백산맥』 1부가 1986년 발행되었을 때부터 끊임없는 협박을 받아왔고 모 단체에 의해 고소당하기도 했습니다. 이러한 일련의 사건은 당시의 정치적 환경에 의해 작가들이 창작한 작품에 대한 억압과 일반적인 간섭과 판단에 의해 이루어진 어두운 시절의 문학적 환경으로 규정되고 있습니다.

그리고 한국 현대문학 100년을 넘어서고 있는 시점에서 역사적 소용돌이 속에서 동족 전쟁, 좌우 대립의 이념적인 상황, 독재에 맞서 민주화를 위한 국민적 저항 등 많은 사건에서 이를 들추어낼 수 있는 작품은 심훈의 『상록수』, 박경리의 『토지』, 조정래의 『태백산맥』 『아리랑』 『한강』, 선우휘의 『불꽃』을 비롯한 몇 편의 작품, 남정현의 『분지』, 김원일의 『노을』, 윤동주, 이육사, 이상화 시인의 작품, 강인섭 시인의 『녹슨 경의선』, 김지하의 『오적』, 최남선, 이광수, 황순원, 김동리, 이문열, 그리고 조지훈, 김춘수, 신동엽 등의 작품입니다. 이들 문학인들은 그 시대의 역사적 환경에 대한 작가의 열망과 인식에서 더러는 갈망의 대상으로 저항정신의 심각성을 작품으로 보여주기도 했습니다.

둘째, 단체나 문학적 집합체 그리고 문예지의 범람으로 인해 문학의 활성화가 이루어지는 것 같으나 많은 문제점을 안고 있는 것은 시정되어야 합니다. 그것은 일부 문예지에서 문학인을 등단시키는 제도나 모집의 남발에서 오는 문제점입니다. 수십 종류의 문예지는 물론 심지어 지역의 문학 지부나 단체에서 그들의 기관지를 계간이나 연간으로 발간하면서 신인 등단 제도를 신설하여 신인을 당선시켜 작품성이 부족한 문학인이 등단하고 또다시 문학단체의 식구를 늘리는 일들입니다. 이러한 선거의 분열과 반목된 문학단체나 양산하는 문예지, 혹은 여러 중앙, 지방의 문학단체에서 발행하는 기관지까지 신인을 등단시키는 문학적 환경은 분명히 오염된 다른 차원의 잘못된 환경인 것은 사실일 것입니다.

지금은 숙연한 자세를 보이고 있습니다만 우리나라의 중앙 형성의 문학단체는 한국문인협회와 한국작가회의(민족작가회의), 그리고 국제적인 규모의 국제펜클럽 한국본부 단체가 있습니다. 과거 이들 단체는 이념이라는 문제와 문학인 권익이라는 문제로 다소 대립적 관계를 보였으나 오늘날에는 이러한 요인은 보이지 않고, 문학인 스스로의 창작을 지원하고 환경을 조성하고 있다고 할 것입니다. 어디까지나 문학인 스스로가 타결하고 조성해야 할 문학적 환경의 첫 단계에 불과합니다. 작가에게 외형적인 고통을 형성하는 요소도 버림으로써 보다 앞서가는 문학적 환경이 모든 문학인에게 펼쳐지도록 노력해야 할 것입니다.

셋째, 오늘의 시대는 역사 이래 보기 드문 문명과 문화에 의한 변혁의 시대에 들어서고 있습니다. 나라 밖으로는 온 세계가 문명적 질서의 대변혁기를 맞은 듯한 느낌이고, 나라 안으로는 양극화된 변혁의 급변기를 맞고 있습니다. 변혁은 많은 사람에게 안전보다는 불안으로 내비칠 수 있으나 분명한 것은 새로움에 대한 도전이라는 것은 명확합니다. 오늘 본인은 이러한 요인을 문학작품의 변혁보다 문학과 사회적 환경에서 초래되는 변혁의 문제점을 제기하고자 합니다.

변혁은 개혁과 유사하고, 혁명과도 유사합니다. 새삼스럽게 다 알고 있는 이 단어의 풀이를 덧붙이고 싶은 것은 오늘날 우리가 살고 있는 시대에 너무나 큰 충격으로 와 있다는 사실 때문입니다. 변혁이 큰 덩어리로 발전할 경우 그것이 혁명이라는 단어로 바뀌어지는 경우를 허다하게 보아왔습니다. 그래서 변혁이라는 것은 새로워질 수도 있지만 급격한 변동으로 종래의 권위나 방식을 단번에 뒤집어엎는 쿠데타라는 급진적 형태로 나타나는 수도 여러 차례 보아온 사실입니다. 미국의 미래학자인 앨빈 토플러(Alvin Toffler)가 1970년에 출간한 『미래의 충격』에서 인간에게 미치는 영향과 변화에 대하여 질문하고 답을 내리고 있습니다.

더욱 심각한 양상은 급속한 문명, 문화의 소용돌이에서 일부 선진국은 물론 많은 국가에서 인간의 가치관의 분열과 가족관계의 붕괴 등이 대변혁의 물결을 예보하는 것으로 본다는 사실입니다. 이러한 가치관의 분열과 가족관계의 붕괴 현상은 이미 우리 한국 사회에서도 나타나고 있는 현실로 다가왔으며 문학의 여러 장르 매체에서도 작품화하고 있습니다. 그리고 사회의 많은 분야에서도 일반화되고 있다는 것은 그러한 변혁의 실상이 급속하게 만연되고 있는 증후입니다.

우리는 인터넷과 핸드폰, 그리고 최근의 스마트폰 등과 같이 사회적 변혁 못지않게 사회적 문제와 인간의 삶의 문제는 물론 미래에 대한 만족과 불안이 교차하는 상황에 처해 있음을 볼 수 있습니다. 앱(App, Applications)을 다운로드할 수 있는 스마트폰은 트위터(Twitter), 페이스북(Face book) 등 소셜 네트워크 서비스(SNS, Social Networking service)와 e-메일, 인터넷 댓글에 의해 관계 기반의 의사소통을 서비스 받아 활발한 토론 문화와 실시간 소통의 문화가 직접적으로 전달되기 때문에 많은 혜택이 있지만, 더러는 상대의 비방이 여과 없이 바로 전달되기 때문에 기계문명이 주는 소통에 따른 환경 영역에 큰 문제점이 되기도 합니다.

넷째, 우리 민족에게는 고통의 현장이면서 역사적 흐름에 따라서는 자손 후대에 대한 복락의 땅이 될 수 있는 환경을 말하고자 합니다. 자연적 생태 보고에서 생각할 수 있는 문제는 반세기 이상 침묵의 땅으로 지칭하는 DMZ, 비무장지대라는 전쟁의 상처가 남겨진 현장을 보고자 합니다. DMZ로 인해 국민이 반세기 이상 세계사의 흐름 속에서 겪어 온 비극의 역사를 견뎌온 대한민국입니다. 불행을 견뎌내고 있는 시점에서 우리 경제 규모가 세계 12위가 된 국가가 후세에 또 다른 차원으로 무한한 복락을 누릴 수 있는 계기를 가진 나라가 될 수 있다는 희망적인 메시지를 말씀드리고자 합니다.

오늘날 세계 환경론자들은 DMZ가 잘 운영된다면 지구의 환경생태 문제를 완화하여 세계적으로 지구온난화로 인한 공포를 이겨낼 수 있는 곳이 될 수 있다는 사실을 지적하고 있습니다. 뿐만 아니라 문학작품 속에

문학의 미적 담론과 시학

나타난 다양한 상상과 감성이 어느 나라도 겪어보지 못한 "비극적인 현상을 복락으로 전환"시킬 수 있다는 DMZ에 대한 작가들의 관심은 또한 놀랄 만합니다. 반세기라는 긴 세월 동안 우리 민족에게 고통을 준 땅이 역설적으로 복락을 후손들에게 줄 수 있는 생명을 잉태한 땅이며, 생태환경의 보고로 남겨진 현장이라는 것입니다. 그 현장은 문학작품으로 창작되어 역사를 외면하지 않고 그러한 환경의 모든 점을 그려주고 있습니다.

반세기가 넘게 비무장지대(Demilitarized Zone)라는 희귀한 경계를 사이하며 사는 대한민국입니다. 비무장지대는 교전국 쌍방이 협정에 따라 군사시설이나 인원을 배치해 놓지 않고 충돌을 방지하는 구실을 하는 곳, 일러서 DMZ라는 영문 약칭으로 우리를 슬프게 하는 곳입니다. 필자가 지난해 펜클럽의 어느 심포지엄에서도 이미 발표한 바와 같이 "이 한 맺힌 땅은 인간은 소외되고 희귀 동식물들만의 서식지가 되었으며, 자생적인 생태 보전과 원시적인 환경으로 변한 59년의 긴 침묵과 함께 사람의 발자국은 지워지고 사라진 땅으로 남아 있습니다. 오늘날 지구 환경은 심각할 정도로 도전을 받고 있습니다. 지구온난화(global warming) 또는 온난화의 문제가 생태계는 물론 지구상의 생물의 존재 위협이 되고 있다는 사실은 대한민국에서 발생한 환경의 위험도 역시 무서운 환경의 현장입니다. 이러한 자연환경 평화 정착의 땅, 비무장지대에 대한 작가들의 관심은 무척 높은 편입니다.

1957년 박봉우 시인은 시집 『휴전선』(정음사)을 발표함으로 고통과 번민의 첫 장을 열었다고 할 것입니다. 지령 458호 40여 년의 햇수를 가진 시 전문잡지 『시문학』지에 1996년 5월호부터 1999년 8월호까지 4년간 '비무장지대'를 작품화시키는 특집 편집을 기획하여 시 65편, 수필 14편, 평론 17편, 총 96편의 비무장지대를 주제로 한 창작시 작품을 발표한 바 있습니다. 소설가 이호철은 단편소설 「판문점」으로 1961년 현대문학상을 수상하였으며, 2000년 소설가 박청호는 장편소설 『갱스터스 파라다이스』(문학과지성사)를 발표하여 "작가의 발칙한 상상력"으로 비무장지대를 배경으로 참혹한 삶의 경계를 넘나드는 질곡의 파라다이스를 보여주어서 2003년에는 국립극장에서 연극으로 관객을 사로잡기도 하였습니다. 중국 동포 작가 김철의 『휴전선은 말이 없다』(2006)에서는 "침묵의 땅 휴전선에 얽힌 환경 문제의 지속성 여부로 애환을 담고 있음을 볼 수 있습니다."라고 발표한 바 있습니다. 불행을 후손들에게 남겨줄 수 있는 유일한 보고에 대한 문학적 환경은 작가들 스스로 작품의 좋은 소재로 환원되고 있는 슬픈 현실이 우리에게 있습니다.

이러한 작품은 휴전선, 비무장지대가 안고 있는 특수한 환경을 모티브로 인간과 자연, 그리고 역사적 굴곡을 뭉쳐 한 편의 작품으로 보여주는 문학적 환경을 망라한 것입니다.

3

결론으로 지금까지 살펴본 문학과 환경의 문제는 사실 문학인 스스로의 창작 여건을 형성하는 것이라고 봅니다. 특히 사회적 · 역사적 · 정치적 환경 평가와 자연적인 환경의 문제에서 우리는 오랜 시간 동안 분단이라는 국가적인 어려움에 당면해 있습니다. 남북은 이데올로기의 최극단으로 대립해 있고 그 대립을 풀려는 남한의 의도를 다른 차원으로 끌어들이려는 북한의 의도와 대립된 상태입니다. 대립이 풀리지 않은 상태에서 이러한 남북 문학의 이질화 현상에 대한 접근법이 새로운 변혁을 맞이할 때 어떠한 대응 관계를 정립할 것인가라는 문제 역시 변혁의 대상에서 풀어야 하는지 검토되어야 합니다. 역사적 굴곡에서 풀리지 않은 친일문학의 문제,

문학의 미적 담론과 시학

그리고 월북이나 납북 문학인의 문제 등도 기존의 일반적 인식에서 새로운 판단으로 풀어야 합니다. 민족과 사회적 판단과 식민지라는 상황 논리에 접근하는 문학적·문단적 변혁의 차원에서 풀어야 할 과제이며 거대한 창작 여건의 환경 조성이라고 생각합니다.

이상 문학과 환경의 문제점과 문학인 스스로 적응해야 할 문제점을 살펴보았습니다. 어디까지나 이러한 문제의 실마리를 풀고 적응해야 할 장본인은 문학작품을 창작하는 문학인임을 스스로 인식해야 할 것입니다.

미디어 속의 언어 파괴

1. 사이버 문화

사이버코쿤족(cybercocoon)이란 말이 있다. 인터넷 사용에 능숙하고 사이버 세계에 통달하여 사이버 공간에서 여러 정보를 접촉하는 차원을 넘어서 그곳에서 정서적으로 만족과 희열을 느끼는 새로운 세대를 뜻한다. 이러한 세대들이 많아지면서 언어나 문자 생활에서 나타나는 문제점이 실로 심각해지고 있다. 신문, 텔레비전, 퍼스널 컴퓨터, 휴대전화에 의한 미디어 문화가 폭발하면서 그 반동으로 인간이 지녀야 할 기본적인 문제가 한계점에 도달할 정도로 정서가 메말라가고 파괴되고 있다.

한때, 우리나라의 신문에는 제법 큰 지면으로 "오프라인 서점 강타한 10대들의 코드"라는 제목을 달고, 온라인 인기를 이어가는 18세(2003년 기준) 작가 귀여니를 소개하고 있었다. 10대들의 코드를 이해하지 못하면 읽어도 무슨 말인지 모를 소설이 서점가에 돌풍을 일으키고 있다는 기사다. 발매 한 달도 채 되지 않은 시점에서 30만 부 이상 팔려 나갈 정도로 인기는 폭발적이었다고 한다.

이 소설은 인터넷 채팅에서 사용하는 언어와 수수께끼 같은 기호로 쓰여 온라인 시장을 넘어 오프라인 시장을 점령한 것으로 보도 경쟁을 하고 있는 실정이다. 그리고 우리 소설의 영역에 새로운 도전장을 던졌다고 말한다. 물론 과거에도 온라인 소설이 오프라인 시장으로 뛰어든 경우가 많았다. 그러나 귀여니의 경우는 달랐다. 온라인에 올랐던 그 언어와 기호인 이모티콘(emoticon)을 그대로 노출하고 사용하는 그야말로 사이버 소설이기 때문이다.

사이버코쿤족이 사용하는 언어는 흔히들 통신언어, 채팅언어, 사이버 언어 등 여러 명칭으로 사용되고 있다. 대체로 소리 나는 대로 적기, 음절 줄이기, 이어 적기, 의도적인 단어의 변형, 이모티콘이라는 감정을 표현하는 기호 등을 활용하면서 10대들은 인터넷을 즐기고 있다고 하겠다.

2. 인터넷 언어

어떤 학자는 '인터넷 언어 사용 실태와 문제점'이라는 주제로 열린 세미나에서 "통신언어는 일종의 사회 방언으로 나름대로 존재 의의를 가지고 있으나, 통신공간의 익명성, 현실 규범에 기초를 두지 않은 어문 규범 일탈형의 표기 관행과 비속어, 은어, 외래어, 각종 기호문자 등의 범람을 특징으로 하기 때문에 청소년에 대한 국어교육이나 국민들의 실제 언어생활에 심각한 부작용을 가지고 있다."라고 지적하면서 그 폐단의 실제를 "대화방 언어는 대화 분위기를 재미있게 하기 위해 줄임말이나 변이형의 단어를 몇 개 사용하는 수준이 아니라 맞춤법이나 문법에 맞지 않은 언어가 표준인 것처럼 인식되고, 나아가 실제 글쓰기, 심지어 일상 언어 사용에까지 퍼져 나가고 있을 정도로 광범위하게 일탈 현상이 나타나고 있다."라고 언어 사용의 심각성을 지적하고 있다.

"야이 얍삽아! 재섭고 살까게 야거지 말고 짜져버려!"라는 말이 "야 얌체야 재수 없고 무섭게 째려보지 말고 사라져 버려라"라는 뜻임을 이해할 수 있는 세대는 얼마나 될까.

3. 여러 가지 신조어들

1) "얘"로 통한다

텔레비전을 보다가 놀랄 때가 많다. 특히 공영방송에서 오히려 앞서고 있는 느낌이다. 예컨대 요리 프로그램에서 요리 강사가 식재료를 앞에 놓고 그 명칭을 알려준다. 배추, 버섯, 양배추, 파, 생선 등 많은 재료를 놓아 두고 "얘를 넣고, 얘도 넣고, 또 얘도 넣어요. 그리고 얘는 나중에 넣으면 돼요." 하면서 그 재료를 냄비에 넣는 장면을 보여주는 것이다.

"이 배추를 넣고…… 이 버섯을 넣고…… 양배추를 넣고……"라고 재료의 명칭을 정확하게 불러야 할 것인데 모두 '얘'라고 지칭한다. 그러면 보조 출연자가 옆에 있는 다른 재료를 만지면서 "얘는 어떻게 해요?"라는 질문까지 하면서 한몫 거든다.

요리 프로그램만이 아니다. 다른 프로그램에서도 물건이나 동물이나 식물이나 상관없이 "얘"라는 단어를 함부로 사용하고 있다. 사회자가 이를 시정하려는 기색도 없다. 이러다 보니 어느새 많은 사람들에게 이러한 말투가 일반화되고 유행이 되고 있는 현상이다. 식당이나 옷가게, 구멍가게에서까지 일반화되고 심지어는 일반 가정에서 가족 간에도 어떤 물건 가릴 것 없이 '얘'로 지칭되고 있다. 여러분은 어떻게 생각하십니까.

문학의 미적 담론과 시학

2) 통신언어

인터넷 언어와 통신언어가 청소년층을 넘어 중년층에게까지 확대되고 있다. 일상 언어를 해체하고, 탈락과 축약, 생략과 첨가의 과정을 거치며 그들만이 일상으로 사용하는 공용어가 되다시피 하면서 유행을 거듭하고 있다. 그들이 사용하는 몇 가지 언어를 보면

샘 → 선생님   본좌 → 본인의 높인 말
얼짱 → 얼굴이 잘생긴 사람   얼꽝 → 못생긴 사람
주장미 → 주요 장면 미리 보기   글구 → 그리고
엄빠 → 엄마와 아빠 통합 지칭   완소남 → 완전히 소중한 남자
찌질이 → 한심한 사람

등등 그 수를 헤아리기 어려울 정도로 많은 숫자이다. 이러한 언어가 일상 생활에까지 통용되는 언어로 둔갑하고 있다.

3) 홍보용 언어

여기서 한 가지 더 당혹스러운 것은 이러한 통신언어를 공용기관의 홍보용이나 상업적 홍보물에도 사용되고 있다는 점이다. 홍보물에 '축하'를 의미하는 '추카'라는 단어를 부끄럼 없이 사용하는 실례를 볼 수 있다. 물론 홍보 대상으로서 청소년을 염두에 둔 것이기 때문에 효과를 나타낼 수 있을지 모르겠으나 우리 국어를 오염시키는 데 한몫했다는 부끄러움을 알까. 특히 광고 매체에서 이렇게 조립하는 언어 표현은 말할 수 없이 많다. 한글과 영어, 그리고 한자어까지 음운 표현을 조작하여 사용하는 것이다.

4) 축약 언어, 기타

언론매체에서 신문기사의 제목이나 소제목 등에서 단어의 축약 현상을 볼 수 있다. 정부 산하기관에서 사용하는 축약은 나름대로 의미는 있다. '대통령직인수위원회'를 '인수위'라 하고, '방송통신위원회'를 '방통위'라 하는 등 줄임말로 표현하여 보도용으로 사용하기도 한다.

그러나 얼마 전 신문에서 '돌아온 싱글'을 '돌싱'으로, 어떤 제목에서는 '웃으면서 슬픈'이라는 언어를 '웃픈'으로 쓴 후 그 아래에 작은 글씨로 원뜻을 기술한 것을 보았다. 이러한 사례는 많은 예를 들 수 있다. '시金치' '金문어' '사랑愛' 등 한자와 겸용하여 물가가 올랐음을 암시하는 비유는 그래도 미소를 자아내게 한다.

최근에는 직장인들 사이에 통용되는 신조어들이 있다. '월급 루팡 → 하는 일 없이 월급만 축내는 사람' '코피스 족 → 커피 전문점에서 핸드폰이나 노트북으로 업무를 보고 있는 사람' 등이다.

5) "내 자식처럼 기른 소"

가끔 텔레비전에서 농촌 생활을 보도하면서 소, 닭, 염소, 돼지 등을 사육하는 장면을 보여준다. 농민이 피땀 흘러 길러낸 가축을 취재하는 도중 농민의 말인즉 "자식처럼 애지중지 기른 소" "저놈은 작은 자식이고, 저쪽 놈은 큰 자식이야"라는 말을 주고받고 한다. 그만큼 힘들여 기른다는 말이 끝나기가 무섭게 잡은 소와 닭을 상 위에 올려놓고 웃으면서 입이 찢어져라 먹는다.

귀하게 기른다는 말의 의미는 이해가 가지만 이를 반드시 "자식"에다 비유하고, 그 비유가 끝나기 무섭게 잡아먹는 장면은 앞뒤가 맞지 않는다. 마치 자식을 잡아먹는단 말 같지 않은가.

4. 통신 언어의 몇 가지 문제

1) 통신언어 사용의 특징

   ① 소리나는 대로 적기   ② 음절 줄이기

   ③ 이어 적기   ④ 의미 변이

   ⑤ 형태변이   ⑥ 문자 해체

   ⑦ 의도적 단어 변이 및 합성 ⑧ 품사가 바뀌는 통사변이

   ⑨ 이모티콘, 즉 감정 표현을 기호로 함

2) 통신언어 사용의 동기

   ① 타자하는 타수를 줄여 빠르고 편리하게 글자 적기 형태

   ② 새로운 감각적 쾌감, 세대적 공감대 형성 - 일상 언어에서 형태 파괴

   ③ 익명성의 통신 공간 - 규범에서의 해방감

   ④ 친숙함의 분위기를 재미로 몰아감 - 일상적 언어로는 왕따

3) 통신언어의 문제점

   ① 한글의 기본 어법, 문법 파괴

   ② 언어의 표준 인식 상실 - 대화방 분위기 조성 목적

     - 변이형 맞춤법, 문법으로 인해

   ③ 비속어, 은어, 욕설, 외래어, 각종 기호문자(이모티콘)

     - 언어 본질 왜곡

   ④ 청소년 글쓰기, 말하기 등 실제 언어 생활 - 심각한 부작용 초래

   ⑤ 청소년의 통신언어의 사용 - 일시적 유행으로 판단은 오산을 초래

4) 앞으로의 처방

① 컴퓨터 교육 시간 활용－통신언어의 남용에 따른 문제점 상기
② 학부모의 적극적 관심－컴퓨터 조기 교육에 따른 폐단 오류 수습
③ 통신언어의 남용을 방치할 때는 언어장애 요인이 된다는 인식 필요
④ 교육부, 단체 등의 계몽과 선도－당국의 절대적 대책 수립 요구

국립국어원에서도 신조어 조사 사업 등 우리말 다듬기에 대한 많은 검토와 연구를 하고 있다고 한다. 이러한 문제에 어떻게 대처해야 할 것인지를 생각하면서 우리 글 '한글'을 자랑스럽게 생각하는 마음으로 임해야 할 것이다.

문학작품 속의 아버지상

우리 문학작품 속의 아버지는 항상 가족이라는 테두리 속에서 그려지고 있다. 아버지와 어머니 그리고 아들이나 딸이 함께하는 자리에 서 있다. 특히 소설 속의 아버지는 독립적으로 그려지지 못했다. 가족이 형성되면서 그 가족의 일원으로서 자리매김을 하는 것이다.

특히 한국의 아버지는 유교적인 가족관에 의해서 가부장적인 위엄과 권위는 절대적이었다. 아버지의 위상은 가족 간의 군주요 절대적인 명령권자이며 결정자였다. 그 대신 어머니의 위상은 아버지의 명령이나 결정에 대하여 절대복종을 하여야 하며 나아가 순종을 하여야 했다. 거역이란 있을 수 없었다.

특히 삼종지의(三從之義)에 따라야 하는 여성의 인종은 남성 본위 사회에 있어서 아버지의 권능을 하늘같이 높여버렸다. 봉건적인 잔재가 아직 상존해 있는 오늘날에도 예외는 아니다. 봉건시대에 여자가 지켜야 할 세 가지의 도에서 미가종부(未嫁從父)라 하여 어려서는 아버지를 좇고, 개가종부(慨家從夫)라 하여 시집 가서는 남편을 좇고, 부사종자(夫死從子)라 하여 남편이 죽은 뒤에는 아들을 쫓아야 한다는 것으로 되어 있다. 아버지, 남편, 아들이라는 남성 위주의 절대 권능은 어머니란 남성의 예속적인 위치에 얽어놓음으로써 상대적으로 아버지의 권능과 위상을 절대화시켰던 것이다.

아버지의 권능을 더욱 높이고 있는 것은 유교 도덕에서 아내를 내쫓을 수 있는 이유로서의 일곱 가지 조건을 만든 소위 칠거지악(七去之惡)을 들 수 있다. 부모에게 순종하지 않는 불순구고(不順舅姑), 자식을 못 낳는 무자(無子), 행실이 음탕한 음행(淫行), 질투하는 질투(嫉妬), 나쁜 병이 있는 악질(惡疾), 말썽이 많은 구설(口舌), 도적질하는 도절(盜竊) 등을 들면서 이 중에서 한 가지만 해당되면 내쫓을 수 있게 함으로 여성에 대한 불합리한 조건을 만들어 상대적으로 남성의 위상은 상승되었고 가부장적인 절대 권위가 아버지 편에 서게 하였다.

이런 역사적인 지속성이 갑오경장을 전후하여 폐기되고 수정되어야 하는 과정으로 흘렀지만 역사의 관습과 오랜 인습은 규정의 판단에 의해 쉽게 없어지지 않는 것이다. 오히려 현실적으로 아버지의 위상과 권능은 가족 단위에서 더욱 확고한 위치로 더욱 공고하게 되어갔다.

문학작품에서 아버지의 모습은 두 가지 측면을 볼 수 있다. 하나는 엄하고 무서운 아버지 모습이며, 다른 면은 자상하고 부드러운 아버지 모습이다. 대체로 소설문학 작품에서 현대문학 초기에는 엄하고 무서우면서 가부장적인 인품을 드러내는 아버지의 모습으로 아버지는 가정에서 호령하고 어머니나 자식을 매질하는 것은 예사이며 술을 마시고 놀음으로 일관하는 모습이 많이 그려지고 있다. 최근에 와서는 이러한 양상이 달라지고 있다. 자상하고 부드러우면서 고뇌하는 아버지의 모습으로 변하고 있다. 가정적이면서 가족에 대한 책임감에 고민하고 활동하는 아버지의 모습이 그려지고 있다.

그러나 이러한 작품 표현에 있어 소설문학은 전후자의 표현 방법을 많이 택하는 데 비해서 수필문학은 후자를 표현하는 방법이 많다. 이것은 수필이 지닌 문학적인 특성상의 문제이다. 수필은 작자의 개인적·인격적 품위가 따라야 하고 개인적 얘기를 허구로 쓰는 것이 아닌 진실을 바탕으로 하기 때문에 더욱 그러하다.

과거 아버지에 대한 인식이 엄하고 무서운 때문인지 수필의 소재로 많이 쓰이지 않는 반면 어머니에 대한 아련한 연민과 사랑은 많이 그려지고 있다. 박연구 수필집 『바보네 가게』(범우사, 1973)은 위독한 아버지에 대한 애잔한 연민의 정을 그리고 있으며, 박재삼 수필집 『시 쓰듯 연애하듯』(세명서관, 1989)은 묵묵히 일에만 몰두하고 허울을 모르면서 살아온 아버지의 모습을 그렸다. 유혜자 대표 에세이 작품 「아버지의 풍경소리」에서는 아버지의 젊은 시절 애틋하게 와닿는 혈육에 대한 깊은 정감이 아련하게 회상으로 접어들고 있다. 강석호 수필집 『평촌일기』(교음사, 1993)는 근면과 모범을 보이면서 남에게 도움을 주려는 아버지의 모습을 그리고 있다. 공숙자의 「아버님의 술」은 술 자시는 아버님에 대한 긍정적인 측면의 이야기로 "생애에서 언제나 고마운 역할을 해온 것이 술이라고 술회하시는 아버님을 대하면서" 아버님에 대한 배려를 아끼지 않는 모습을 그리고 있다. 권남희는 작품 「자전거」 「아버지의 땅 '시지프스의 신화'」에서 아버지의 일상사에서 느끼는 사랑과 애정, 그리고 아버님의 영원한 사랑으로서의 잊을 수 없는 애정을 그리고 있다.

수필의 표현은 이와 같이 개인의 진실된 체험의 진술을 토대로 하고 있으며 그렇기 때문에 개인을 떠난 여하한 사설도 허구로 꾸밀 수 없다. 수필은 어디까지나 나의 일이며 나의 생활이고 나의 진실된 개인의 일과이기도 하기 때문이다. 수필에서 진술된 이러한 일면은 결국 개인적인 체험과 품위라는 테두리를 염두에 두고 있기 때문에 부정적인 면이나 알리고 싶지 않는 부분은 서술을 피하고 싶어한다. 더러는 미사여구의 문체가 동원될 수 있다는 문제의 제기는 주의해야 될 소지라고 본다. 개인의 품위는 결국 개인의 미화된 가공과는 별개의 개념임을 인식해야 한다.

수필 전문 격월간지 『수필과 비평』 1997년 3·4월호에 은옥진은 「아버지의 향」에서 집에 심은 태산목에 얽힌 아버지의 마음을, 전애희는 「나의 아버지」에서 아버지와 나누던 재미있는 이야기와 정을 정감 있게 서술하고 있으며, 신현태는 「아버지와 함께 벌초를 하며」에서 어머니의 산소에 벌초하면서 묘비를 끌어안고 앉은 채 일어날 줄 모르는 아버지의 기도 모습을 서술하고 있다. 이들 작품이 한결같이 정감을 그리고 있으며 애잔한 감동을 위주로 하고 있다.

월간 수필 전문지 『수필문학』 1996년 5월호에서는 공동제 수필 '아버지의 초상'을 기획하고 있다. 이 기획에 작품을 발표하고 있는 일곱 명 필자의 작품의 주제가 아버지의 긍정적인 아름다움과 정을 택하고 있다. 이 기획에서 편집자는 편집 의도에서 "어버이날은 오건만 이맘때가 되면 오히려 아버지들은 외롭다. 자녀들은 잔잔한 인자로운 모정만을 찾는다. 어머니에 대한 효심이 곧 자신에 대한 효심이라고 자위도 했지만 언제부터인지 아버지는 점점 소외되고 있다. …(중략)… 직장에서는 물론 가정에서도 아내나 자녀들의 눈치를 보며 살아야 하는가 하면, 가족들의 생계를 짊어지고 허우적거리는 것이 오늘날 아버지들의 위상이다."고 전제하고 "엄부자친(嚴父慈親), 아버지의 위엄과 권위는 어디로 사라지고 오히려 아버지의 그것은 증오의 대상이 되고 있다."고 기획 의도를 내세웠다.

이러한 기획 의도가 현실에 임해 있는 아버지의 실상이라면 수필문학 작품에 나타난 아버지의 서술이나 주제는 아버지에 대한 사랑과 정, 그리고 품위와 근엄성을 주로 다루고 있다. 수필은 격을 나타내는 문학이며 그 격은 수필의 내용과 그 내용에 걸맞은 용어의 선택, 인격적인 관계 정립이 독자와의 사이에 이루어지고 있기 때문이다. 그러므로 수필에서 향유할 수 있는 지은이의 인생관, 자연관은 물론 인간성의 천착까지 가능한 것이다. 그래서 수필에 있어서의 진실이란 중요한 것이고 소설의 허구와 다른 것이다.

그러나 소설에서의 아버지상은 어떠한가. 소설 속의 아버지상은 허구의 기술이기 때문에 수필의 진솔성과는 다른 면의 아버지상의 창조 행위로 보아야 한다. 수필의 아버지상은 수필가에 내재된 진실의 아버지상이며 소설의 아버지상은 가공된 아버지일 뿐이다.

우리의 소설문학 작품에서 아버지의 권능은 어머니와 함께 이해되었고 어머니는 따로 이해되기도 했지만 아버지는 그러지 못한 경우가 많았다. 아버지는 엄한 아버지, 난폭한 아버지, 술 먹고 주정 부리는 아버지의 상으로 많이 그려지고 있다. 그러면서 가부장적인 위엄과 권위에는 가족 누구도 도전이나 근접할 수 없는 위치에 자리매김하고 있다. 아버지의 명령은 절대적인 규범이기 때문에 이를 어긴다는 것은 상상할 수 없는 것이다.

월탄 박종화의 단편소설 「아버지와 아들」(『개벽』, 1924.6)은 개화기의 격동기를 겪는 젊은이의 복잡한 모럴을 추구한 작품이기는 하나 아버지와 아들의 부자 간의 세대 갈등을 주제로 하고 있으며 아버지의 절대 권능이 어느 정도인가를 잘 말해주고 있다. 대대로 약국을 해오는 원 주부네 가문의 아버지와 아들이 주인공이다. 아들 태훈이 의업을 억지로 이어주려는 아버지 원 주부와 끝끝내 맞서면서 갈등은 고조된다. 태훈이 아버지에게 말하려는 대목에서 아버지의 위상이 어느 정도인가를 다음과 같이 쓰고 있다.

태훈의 눈과 아버지의 날카로운 시선이 부딪쳤을 때 태훈의 가슴은 뭉

클하고 주저앉았다. 그의 마음은 마치 바람에 흔들거리는 풀잎 같았다. 며칠을 두고 벼르고 생각하던 일이 화살과 같이 날카로운 아버지의 시선을 맞아 어느 곳으로 스러져 버리는 것 같았다. 입안에 미끄럽게 고였던 침은 어느 틈에 바싹 말라 버리고 부드럽게 돌던 혀는 피가 굳은 것 같이 잘 돌지 않았다.

태훈이 아버지에게 의업이 아닌 미술에 뜻을 두고 공부를 하겠다는 뜻을 전달하자 아버지의 분노는 극도에 도달한다. 아마 우리 아버지상의 일면이 이러한 표현에서 잘 드러나고 있다고 할 것이다.

아버지의 얼굴은 보기에 무섭도록 흉악하게 변하였다. 그의 얼굴에는 영독한 야수에게서 볼 수 있는 그러한 처절한 빛이 나타났다. 역증은 하늘을 찌를 듯하였다. 아버지는 자기 앞에 있는 모든 물건—요강, 재떨이, 타구, 담뱃대를 아들을 향하여 어즈러히 던졌다.

우리의 아버지는 가문의 대를 이어가야 한다는 책임을 지니고 있었기에 씨족의 대를 이어야 한다는 책임은 물론 가업을 계승해야 한다는 책임 또한 컸다. 그래서 집안의 장자는 그 집안의 모든 행위의 계승자이고 책임자라 여겼다. 그것이 아버지로 하여금 권위와 위엄을 갖지 않으면 안 되게 한 요인이다.

대체로 우리의 근대 소설문학에서의 아버지는 위엄과 권위의 존엄을 유지하고 어느 누구도 도전이나 근접을 용서하지 아니하는 상으로 정착되어 있다.

이효석의 단편소설 「메밀꽃 필 무렵」에서는 장돌뱅이 허 생원에게 동이라는 아들이 있음을 암시하는 장면에서 애련한 부자의 정을 느낄 수 있다. 그에게 과거에 물레방앗간에서 만났던 성 서방네 처녀와의 일이 잊혀지지 아니하던 차에 동이와의 장길에서 우연하게도 부자지간이라는 사실을 알

문학의 미적 담론과 시학

게 된다. 이때의 허 생원의 아버지상은 순수하고 순박한 아버지의 기대치가 그대로 나타나 있다.

> '봉평, 그래 그 아비 성은 무엇이구 ?'
> '알 수 있나요. 도무지 듣지를 못했으니까.'
> '그 그렇겠지.' 하고 중얼거리며 흐려지는 눈을 까물까물하다가 허생원은 경망하게도 발을 빗디디었다. 앞으로 고꾸라지기가 바쁘게 몸째 풍덩 빠져버렸다. 허위적 거릴수록 몸을 걷잡을 수 없어 동이가 소리를 치며 가까이 왔을 때에는 벌써 퍽이나 흘렀었다. …(중략)…
> '아무렴, 기특한 생각이야. 가을이랬다?'
> 동이의 탐탁한 등어리가 뼈에 사무쳐 따뜻하다. 물을 다 건넜을 때에는 도리어 서글픈 생각에 좀 더 업혔으면도 하였다.

동이의 아버지로 전환되는 순간의 표현이지만 허 생원의 아버지로서의 강한 욕망은 소위 핏줄에 대한 집착으로 부자의 정감을 표현하고 있다. 동이의 등에 좀 더 업혔으면 하는 장면의 처리는 동이에게서 느끼는 핏줄에의 집착이다. 그래서 이러한 순박하고 순수한 아버지상으로 보일 수밖에 없을 것이다. 이 시대의 아버지는 아버지의 위상을 유지하지 아니하고는 살아남을 수 없는 시대적인 상황이 존재하여 있었다.

우리나라가 공업화된 건 사실 그리 먼 과거의 일이 아니었다. 8·15 해방의 무렵만 하더라도 우리의 공업은 열악하기 짝이 없었다. 대부분 농경사회의 일반적인 틀에서 벗어나지 못했었다. 남녀의 평등이라 하더라도 말뿐이었고 실제적으로는 뿌리 깊은 남녀 차별의 골을 좁히기가 어려웠다. 가족의 구성은 자연 아버지의 권위 밑에서 이루어질 수밖에 없었다. 사회는 여성의 참여가 이루어지기 어려웠고 남성 본위의 사회가 존속되다 보니 아버지의 위상은 과거의 답습대로 권위와 위엄으로 일관할 수밖에 없었다. 적어도 우리나라 아버지의 봉건적인 권위의 형태는 제5공화국 이

전까지는 그 뿌리가 살아 있었다고 할 것이다.

아버지에 대한 통념상의 가부장적인 권위상은 현대에 접어들면서 달라지기 시작하였다. 사회구조와 제도의 개선으로 여성의 사회적 참여도가 다양해지고 여성의 사회적 발언이 강화되면서 여성 지위가 향상되었다. 과거의 삼종지의나 칠거지악의 망령은 여성의 사회적 위상의 정립과 함께 서구적 사고의 유입으로 잔존했던 의식을 근본적으로 달라지게 만들었다.

여성의 사회적 위상의 고취와 함께 남녀동등에 대한 사회적 욕구가 일반화되기 시작했다. 이러한 사회적인 변화로 남성이 여성보다 우월적인 위치에 있다는 과거의 습성이 바꾸어지기 시작했다. 다시 말하자면 남성의 할 일과 여성이 할 일이 구분되는 시대에서 차츰 남녀의 일이 동일하다는 개념으로 바꾸어지기 시작했다.

특히 5, 6공 시기에 경제적 세계 진출이 이루어지며 한국인 의식도 세계화되는 방향으로 급진전되기 시작하였다. 그러한 가운데 우리 경제수준은 날로 향상되어 세계여행의 자유화는 물론 경제 개방정책으로 인하여 세계 경제가 바로 우리의 파트너로 행보를 같이했던 것이다. 지구 뒤편의 사회적 구조나 경제구조는 발달한 통신에 의해 시간의 개념을 초월하여 전달되고 있다. 인공위성을 통하여 전달되는 세계의 소식과 정보는 일상적인 생활의 영역 속에 깊숙하게 뿌리 내리고 말았다.

한국의 아버지는 달라지기 시작한다. 과거의 권위와 위엄의 아버지에서 사랑과 화합의 가족적인 아버지상으로 전환된다. 그리고 엄한 아버지상에서 사랑할 줄 아는 아버지상으로 나타나고, 난폭한 아버지에서 자상한 아버지상으로 달라지고, 술 먹는 주정뱅이 아버지에서 가족과 함께 고민하는 아버지상으로 달라지고 있다. 그뿐인가 아내의 일 따로, 남편의 일 따로라는 인식에서 공동의 일이라는 인식으로 변화하고 있다. 이러한 변화

문학의 미적 담론과 시학

는 고무적인 측면으로 받아들일 수 있다.

　그러나 이러한 인식의 변화는 좋은 일로만 나타나는 것은 아니다. 각종 전파매체의 위력과 함께 삶의 여건의 변화가 큰 변화의 요인이 되면서 사회적 인식도가 세계화의 추세는 물론 우리 사회의 적극적인 개방에서 오는 부작용도 간과할 수 없다고 할 것이다. 윤영수의 소설『사랑하라, 희망 없이』(민음사)에서는 비정상적인 가족관계를 그리고 있다. 가족과 가정의 파탄, 부모와 자식 간의 갈등과 부부 간의 비정상적 관계, 비뚤어진 아버지와 어머니 그리고 자식을 그려내고 있다. 윤영수는 또 다른 소설 「바람의 눈」에서는 무능력하면서 이기적인, 그러면서도 과거 군장교 시절의 권위주의를 벗어나지 못하는 아버지를 그리면서 그러한 아버지에게 칼을 들고 덤벼들다 정신병원으로 가는 아들 등 새로운 사회구조 형태의 가족사와 아버지상을 그리고 있다.

　이러한 변화는, 과거 우리가 한정된 테두리에서 어렵게 살았던 시대에는 아버지의 위상에 도전하는 것 자체가 불가능했지만 시대의 개방과 서구 가치관의 난립으로 오히려 우리의 가치체계가 혼돈의 와중으로 빠져들면서 위상체계가 무너져버렸기 때문이다. 아버지 중심의 가족 체계가 무너짐으로 중심체계가 없어져 모두가 중심이 되는 혼돈의 가족이 도래되어 질서는 파괴된다. 아버지가 지녔던 위상은 사라지고 가족의 눈치를 보게 됨은 물론 가족 상호 간의 각각의 고독으로 접어들고 만다.

　최근 우리 사회에 많은 독자의 입에 회자케 한 김정현 장편소설『아버지』에서 췌장암을 선고받고 5개월의 시한으로 살아가는 한 아버지의 행적이 눈물을 자아내고 있다고 한다. 중앙 부처에 근무하는 한정수는 고급공무원으로 소화불량, 식욕부진, 체중감소, 무기력, 위경련 같은 복부통증으로 대수롭지 않게 살아간다. 소주 한잔할 요량으로 친구인 남 박사를 찾아갔다가 강권에 밀려 검사를 받은 것이 사건의 계기가 된다.

한정수는 검진 결과를 가족 모두에게 숨긴 채 남은 생애를 조심스레 정리하려고 한다. 그는 가족에게 알리지 않는 이유를 "이대로 지내다 가자. 마누라에게 구박받고 자식놈들에게 따돌림 당해도, 난 지금 이대로가 좋아. 내가 무슨 별난 동물이라도 되는 양 이상한 눈빛으로 보는 건 정말 싫어. 갑자기 절절한 애정이 생긴 양, 하늘이 무너지듯 안타까운 양, 마치 내가 없으면 하루도 못 살 것처럼 그렇게 말도 안 되는 눈빛과 표정을 대하는 건 우선 내 자신이 싫어. 아직은 지금 이대로가 좋아. 자네와 술에 취해 이렇게 할께, 예전처럼 밤늦게 집으로 쳐들어갈 수 있다는 게 좋다구. 알아? …… 알아?"라며 생의 마지막을 평상시의 생활을 그대로 유지하면서 어떤 멸시에서 벗어나려고 한다. 남 박사와의 만남에서 매일같이 취해 들어오는 한정수, 즉 아버지의 아픔을 모르는 가족은 아버지에 대한 미움과 증오를 나타낸다. 사랑하는 딸로부터 미움에 찬 편지를 받고 그는 아버지의 마음을 토로한다.

> "어찌 네가 감히 그 아비 앞에서 가족을 말하느냐. 세상의 어느 아비인들 한날 한시 한순간이라도 제 가족을 잊겠느냐만, 그래도 네 아비는 더욱 남달랐다. 세상의 어느 누구보다도 너를, 너희 가족을 사랑했고, 고달픈 세상살이가 힘겨워 술에라도 취한 날이면, 언제나 너와 가족에 대한 미안함을 토로했다. 특별히 성공한 인생은 아니었다 해도 비굴하지 않은 떳떳함으로 그만하면 부끄럽지 않았고, 호화로운 영화는 아니어도 그만한 성실함이면 술취한 객기에 호통이라도 한번 치련만, 무엇이 그토록 미안하고 안타까웠는지 허구한 날 제 무능만을 자책했다."

이 작품은 오늘날 아버지의 고통과 일상에 얽힌 현대 아버지의 면모를 알려준 작품으로 공감의 대상이 되고 있다. 직장에서 힘든 아버지의 면모, 그리고 죽음을 앞에 두고 가족의 눈총에서 피하고 싶은 오늘의 힘없는 아버지의 모습이다. 한정수 그는 현대 아버지의 삶의 지친 표상이다. 사회의 일원으로 일하면서 그 대가는커녕 고통의 연속으로 인간의 허망에 몸부림치는 현대인의 초상이다. 사실 한정수 한 사람만의 췌장암이 아니다. 길거리에 방황하는 모든 사람의 축소판이 이 한정수 한 사람이다. 이것은 현대 아버지가 겪는 위기의식이다. 경제성장이라는 고도의 목표에 혹사당하는 인간의 처량한 몰골이 바로 오늘의 아버지상이다. 한정수가 겪는 죽음은 오늘의 아버지가 겪는 죽음의 기다림이라 할 것이다.

현대 한국의 아버지는 너무나 많이 변한 상황의 안쪽에서 몸부림치는 위기의 남자로 바뀌진 지 오래다. 경제성장의 여파에 삶의 질을 찾던 아버지들은 경제의 몸부림에 또한 흔들리고 있다. 어려워지는 경제와 새로운 경제 질서 속에서 아주 다른 삶의 길과 방향을 전환해야 하는 기로에 서 있는 것이 오늘의 아버지상이다. 그래서 '고개 숙인 아버지'가 흔들리고 있는지 모른다.

오늘의 문학작품 속 아버지는 과거의 힘 있고 엄하고 난폭하면서 애정을 지닌 아버지상이 아니다. 버림받고 고개 숙인 아버지의 표상이 허망을 향해 몸부림치고 있을 뿐이다.

그러나 이것은 사회의 정상적인 가동을 위해서라도 위험한 일이다. 아버지의 정상적인 위상을 회복하는 것이야말로 인간 생활에 있어 한 단위인 가족의 위상을 회복하는 길이라고 본다

수필문학의 변화와 개혁

오늘 우리들이 모여 다루고자 하는 주제는 '수필문학의 변화와 개혁'이라는 실로 엄청난 과제입니다. 정치적·경제적 변화와 개혁이라는 말은 많이 해왔고 들어왔습니다마는 문학적 영역에서는 이러한 말은 잘 사용하지 않습니다.

그런데 저는 최근에 이러한 문제의 제의를 한 번 받은 바 있습니다. 지난 4월 문인협회의 심포지엄에서 변화 대신 변혁이라는 문제를 다루었다는 것입니다. 변화와 변혁은 유사성이 있습니다마는 그 실제적인 관점에서는 대단한 차이가 있습니다. 좀 더 강한 인상과 급진적인 쪽은 변혁입니다.

이러한 문제에 접근하기 위하여 우리는 두 권의 국어사전에 의존하여 그 뜻을 알아봅시다. '변화'에 대해서는 "사물의 형상, 성질 같은 것이 달라짐. 또는 다르게 함"(이희승, 『국어대사전』, 민중서관, 1961)과 "사물의 형태와 모양, 바탕, 성질 같은 것이 변하여 달라지는 일"(신기철·신용철, 『새 우리말 사전』, 삼성출판사, 1974)이라고 설명하고 있습니다. '변혁'에 대하여는 "바꾸어 새롭게 함. 바뀌어 새로워짐"(이희승)과 "한 사실의 형태나 사태가 급격히 변하거나 전환을 일으킴. 어떠한 사물을 전과 아주 다르게 함. 뜯어 고침"(신기철 · 신용철)이라고 풀이하고 있습니다. 변화는 달라지는 유연성이 있지만 변혁은 바뀌어지고 뜯어 고쳐야 하는 강성이 있습니다.

여기에 개혁은 하나의 소용돌이를 인내해야 하는 체제적인 고침을 말합니다. 두 분의 사전에서 개혁을 찾아봅시다. "합법적 절차를 밟아 정치적, 사회상의 묵은 체제를 고치고 새 체제로 바꿈"(이희승)과 "새롭게 뜯어 고침, 묵은 제도나 기구 따위를 헌법에 저촉되지 않는 범위 안에서 폭력적이 아닌 방법으로 합법적으로 하는 변혁이나 개조"(신기철 · 신용철)라고 풀이합니다. 개혁은 합법이라는 절차가 필요한 변화의 하나입니다. 일종의 새로운 체제로의 의미를 내포하고 있는 것입니다.

제가 이 단어에 대하여 길게 말하지 않으면 안 되는 이유는 이 세 단어에 포함된 너무나 큰 변수를 말하고자 하는 것입니다. 결국 문학이라는 영역에까지 이러한 단어가 오게 되었는가라는 문제입니다.

최근 우리 사회는 개혁이니 변화라는 단어들이 일반적으로 그리고 모든 분야에 이르기까지 공통적으로 거론되고 유행어처럼 번지고 있습니다. 그러나 이 단어에 내포되어 있고, 닥쳐올 많은 체감 형태는 대부분이 생각하지 않습니다. 진정으로 올바르게 합리적인 방법의 문제에 접근하면 모든 것이 이로운 형태이며 절대 필요 요인이 됩니다. 그러나 반대로 이를 편향적인 불순 목적으로 행하게 될 때는 국민적 저항과 복종이 따르게 되고 위기가 올 수도 있습니다. 요즘 우리 사회에 일고 있는 극단적인 반목과 무질서의 형태가 문제의 핵심을 짚어야 할 대목입니다. 정치적 · 사회적 영역에서 부르짖는 변화나 개혁이 있다고 하여 문학의 영역에서 이를 받아들일 필요가 있는가라는 질문입니다. 그 답은 이렇습니다. 문학의 영역에서 변화는 수용하되 개혁은 없다는 말씀이고, 다만 문학단체의 경우 변화나 개혁을 수용할 수 있다는 정리가 되겠습니다.

그렇다면 오늘 우리들이 토의할 주제인 우리의 문학, 그 가운데서 수필 문학의 변화와 개혁이 필요한 문제인가라는 것입니다. 먼저 말씀드릴 점은 수필문학에서는 개혁이라는 용어는 합당한 용어가 아니라는 점을 제시하고, 변화는 모색할 수 있다는 점입니다. 그러나 수필문학 단체의 경우 변화나 개혁은 상황에 따라 그들 구성원들이 추진할 문제라고 생각합니다.

수필문학의 변화는 어떻게 보아야 할 것인가. 이 역시 수필문학이라는 본질의 변화는 어렵다는 것입니다. 흔히들 문학개론에서 논의되는 수필의 정의나 어원 등의 문제는 논외로 하고 수필 작가에 관한 문제나 작품, 그리고 사회적 인식과 태도 등이 이 시대의 변화적 요인과 함께 검토의 대상은 된다고 봅니다.

필자는 「변혁의 시대, 문학의 문제점」이라는 글에서 이렇게 말한 바 있습니다. "인류의 고도로 발전하는 과학 기술 축적으로 정보화 사회는 지식과 정보가 권력의 핵심이 되는 사회, 그리고 기호적인 데이터와 정보 교환에 의존하여 지식을 상호 교환하지 않고는 새로운 부를 만들어 내지 못하는 시대로 보고 있다는 사실입니다. 그리고 더욱 심각한 양상은 일부 선진국에서 나타나는 인간의 가치관 분열과 가족관계의 붕괴 등이 대 변혁의 물결을 예보하고 있다는 사실입니다."라고 지적하고 "특히 아르파넷(Arpanet)에서 시작된 세계 최대 규모의 컴퓨터 통신망에서 비롯된 인터넷에 의한 정보의 바다라는 '괴물'은 인류의 모든 구조와 인간의 가치관과 생활이라는 패턴을 엄청나게 큰 변화의 우주로 바꾸어놓았다."라는 논리인데 이는 인터넷이 몰고 올 사회적 · 경제적 · 문화적 파장을 진단한 바 있습니다.

세상은 인터넷이라는 거대한 사이버 공세가 펼쳐지고 있습니다. 지구의 모든 매체는 인터넷의 영역에서 스스로의 자구책을 찾아 나서고 있습니다. 이러한 상황은 분명히 변화이며, 개혁적 요소입니다. 외면할 수 없는 인간과의 밀접한 관계를 형성하고 정립하고 있습니다. 문학의 영역도 예외가 아니라는 것은 사실이고 많은 문학인은 사이버 세계에서 살아가고 있습니다. 살지 않으면 살기 어려운 세상이 되고 있습니다.

여러분도 알다시피 오늘의 시대는 인터넷에 의한 정보의 홍수를 이루는 시대입니다. 이러한 정보의 홍수 속에 무한한 정보를 거쳐 인터넷에 떠도는 문학의 영역과 범위는 실로 놀라울 정도로 방대합니다. 인터넷 이용자자들은 기존 독자들이 종이책을 읽듯이 자연스러운 상태에서 인터넷에 흘러다니는 정보에 몰두하고 있습니다. 이들의 글쓰기를 눈여겨보아야 합니다. 이들의 글쓰기는 무척 짧고 간결한 글쓰기이며, 개인의 문제를 글쓰기의 주 대상으로 하고 있으며, 때로는 그 글쓰기를 단독이 아닌 공유의 형식을 갖고 있습니다. 그리고 즉각적인 평가가 게시판을 통하여 이루어지고 있습니다.

이들은 특정 작가군을 생각하지 않습니다. 이미 인터넷을 통하여 문명(文名)을 나타내고 있는 작가군이 많고, 이들의 저서는 장안의 화제가 된 바 있습니다. 인터넷을 통하여 작품이 발표되고 문학 강의가 시작되어 이를 청강하는 독자의 수가 날로 늘어가고 있다는 점은 기존의 종이책을 고수하는 세대에게 위협이 되고 있습니다.

지난번에 일어났던 미국과 이라크와의 전쟁에서 무서운 과학에 의한 전쟁을 보았습니다. 목표물을 정확하게 강타하는 전쟁, 보병의 역할이 무산되는 전쟁을 보았습니다. 분명히 기존의 전쟁은 보병이 맡았습니다. 정보기술이 전쟁이라는 상황에 하나의 변수가 되고 있다는 것이 이로써 입증되었습니다.

다시 수필문학이라는 문제로 눈을 돌립시다. 인터넷에 의한 글쓰기는 어쩌면 수필의 영역과 유사성이 있습니다. 수필문학이 인터넷을 활용한 사이버 시대의 글쓰기에 가장 근접한 문학이 되고 있다는 의미입니다. 모든 문학이나 문학인이 인터넷이라는 사이버 공간과 유대를 지니듯이 수필문학의 이점은 이에 근접한 문학 행위라는 데 있습니다. 수필이 간결하고 짧은 문장과 작가 개인과 관련된 문제에 치중하고 있다는 데 역점을 두고자 합니다. 물론 인터넷에 떠오르고 있는 많은 문장은 분명히 엄청난 문제를 안고 있다는 점은 인정합니다.

이러한 변화의 시대에 적응하고 부응하기 위하여 서두에서 몇 가지 검토 대상을 말한 바와 같이 작가, 작품, 사회환경이라는 문제에 접근하고자 합니다.

작가는 작가 정신의 새로움을 정보혁신과 사회적 변화의 틀로 스스로의 변화에 접근해야 합니다. 이는 의식의 변화를 말하기도 합니다. 작가가 무엇을 말하고 작품으로 나타내든 그것은 작가 자신의 몫입니다. 그러나 작품이라는 덩어리를 독자에게 던져준다면 독자에게 책임을 통감하는 작가가 되어야 한다는 사실입니다. 그 책임의 통감은 작가정신입니다. 나만 발표하고 독자를 인식하지 않아도 된다는 사고방식이라면 발표라는 매체를 멀리해야 합니다. 일단 독자에게 작품을 보였다면 작가는 독자를 끌어들이려는 정신적 책임을 필요로 해야 한다고 봅니다. 이를 위해서 과감한 체험과 작가의식의 변화를 추구하고 새로운 철학적 상황에 익숙해지는 자기 성찰을 도모하는 과감성이 요구된다고 봅니다.

흔히들 수필은 자기의 느낌, 기분, 정서를 표현하는 양식이라는 등식에 젖어 그 이상을 탈출하지 않으려는 고수파가 있습니다마는 그것만을 표현해서는 그야말로 신변잡기가 됩니다. 이젠 우리의 수필문학에서 수필의 정의를 내리는 용어를 '신변잡기'라는 언어와 '붓 가는 대로'라는 막연한 어투는 버려야 합니다. 이는 수필의 초기에 다른 장르의 문학과 차별화하기 위한 비유적 형태의 표현이었습니다만 이젠 그 정의를 바로잡아야 할 때라고 생각합니다. 작가 정신의 투철함과 철학적 인식이 점철되는 자기 변화를 도모해야 할 것입니다. 말하자면 수필의 개성적·관조적·인간적이라는 평자들의 용어에 깊이 통찰할 필요가 요구됩니다. 정신적 낡음에서 정신적 새로움으로 시대 변화를 인식하는 전환이 요구되기 때문입니다.

　다음으로 수필작품의 표현 기법과 형식과 소재 선택에 새로움을 부여할 수 있는 방향의 모색과 변화가 절실합니다. 우리는 흔히들 네티즌들의 글쓰기를 흠잡을 때가 많습니다마는 그들에게는 무한한 가능성을 발견할 때가 많습니다. 실험정신입니다. 더러는 그 실험의 졸렬성 때문에 많은 비판을 받고 있는 것은 사실입니다. 네티즌들의 언어 선택과 문장 기법은 분명히 새로운 것입니다. 그리고 문장의 배열이나 사고의 영역 역시 다릅니다. 물론 문제를 안고 있는 것은 사실입니다. 그들이 사용하는 언어는 더러는 기존의 법칙을 어긋나는 행위로 염려의 대상이 되고 있습니다마는 이를 검토하고 연구한다면 그 글쓰기의 새로운 방법을 창출할 수 있습니다. 기존 문법에 어긋나고 있지만 또 다른 차원의 어법이 창출되고 있습니다. 수필문학은 그 표현 양식이 다양한 문학에 속합니다. 기행문, 서간문, 일기문, 보고문, 짧은 소설 형식의 문학, 시적 표현, 희곡적 표현 등 모든 표현 양식을 다 수용할 수 있는 문학이 수필문학입니다.

　수필의 문장 기법이나 기술 방법, 형태에도 새로운 변화는 가능하고 모색할 필요가 있습니다. 우리가 알다시피 김소운 선생의 문장 기법과 피천득 선생의 문장 기법이 다르고 윤모촌 선생과 박연구 선생의 문장 기법이 다릅니다. 이미 이들에게는 소재에서부터 표현의 긴장까지 다르게 인식됩니다. 이는 수필문학이 지닌 최대의 장점이고 독자에게 강한 인상을 제공해줍니다.

오늘의 수필의 변화는 엄청난 혁신을 가지자는 뜻이 아니고, 다만 새로운 정보 시대의 긴밀성과 인터넷 시대의 네티즌이라는 독자와의 호응 관계를 무시할 수 없다는 차원에서 문제에 접근하려는 것입니다. 네티즌은 결국 인터넷상의 사이버 독자로만 있지 않습니다. 무한 독자라는 사실입니다. 그렇다면 문학 형식에서 짧고 간결한 표현과 대체로 원고지 10~20장 분량의 양식에서 어떻게 새로운 기술 방법을 모색하느냐 하는 점은 수필문학의 과제라 하겠습니다. 수필 문장은 짧은 분량에서 인간의 삶과 무한한 철학을 내포한 문학 양식이기 때문에 오늘날 인터넷상 사이버 시대의 글쓰기의 접목은 하나의 실험 대상이 됩니다.

이러한 모든 모체는 사회의 변화 인식을 어떻게 읽을 것인가라는 물음에서 시작됩니다. 문학은 사회적 환경과 가장 가까운 틀 속에 존재합니다. 사회적 환경의 변화에 접근할 때 작가는 민감하게 이를 받아들이고 대처하는 능력을 스스로 양성하고 배양해야 합니다.

수필의 영역은 모든 문학 가운데서 정보문화 시대에 가장 근접해 있습니다. 문장에서 그렇고, 소재에서 그러하고, 기법에서 그러합니다. 그리고 내용에서도 무한한 세계를 넘나들고 어떠한 곳에도 접근할 수 있으며, 근접 문학의 어떤 형식과 부문에도 자유자재로 넘나들 수 있는 문학이 수필입니다. 이러한 이점을 어떻게 수필의 유용성으로 변화시킬 수 있느냐 하는 문제의 풀이는 많은 수필가 여러분의 능력의 찾아감에서 기다리고 있습니다.

끝으로 한 가지 부언하고자 하는 점은 수필문학의 시장경제를 등한시할 수 없다는 점입니다. 작품의 교류나 수필집의 유통은 많은 독자의 확보 없이는 이루어질 수 없습니다. 수필문학이 문학의 시장경제의 통로를 뚫어 놓을 수 있는 계기는 수필문학을 활성화시킬 수 있는 변화 요인과 함수관계를 유지한다고 할 것입니다. 오늘의 시대는 변화라는 새로움을 강구하

문학의 미적 담론과 시학

는 기지에서 많은 문제점이 해결될 것입니다.

수필문학의 변화와 개혁이라는 주제에서 결론으로 말씀드릴 수 있는 것
은 수필문학의 변화는 결국 작가와 작품, 그리고 사회 환경과 시대적 변화
요인에 근접하는 일이며, 이를 작가 정신의 점진적 인식과 작품 기술 기법
의 모색을 찾아 나서는 적극적 노력이 요구되는 점이라고 하겠습니다.

녹색문학상의 주제의식

1. 우리나라의 문학상

우리나라에서는 문학작품의 우수성을 알리고 한국 현대문학의 전통을 계승하기 위한 문학상, 그리고 일생을 창작 활동하다 작고한 문학인을 기리기 위한 문학상 등 여러 형태의 문학상이 운영되고 있다. 각종 문학상이 어림잡아 3백여 종류를 넘고 있다는 통계를 찾아볼 수 있다. 상을 운영하는 주최도 다양하다. 신문사, 대학, 각종 문학단체, 지방자치단체, 출판사, 문예지, 원로 문인의 업적을 기려 문인의 이름으로 운영하는 문학상, 각 지역 명칭으로 운영하는 문학상 등 그 종류도 각양각색이다.

문학상의 장르도 시, 소설, 시조, 수필, 평론, 아동문학, 번역 등 장르별로 수상하는 경우와 모든 장르를 종합한 상으로 구분할 수 있다.

우리나라에서 가장 오랜 연륜을 지닌 문학상으로 월간 문예지 『현대문학』에서 작가들의 창작 의욕을 고취시키고 한국문학의 질적 발전을 도모하기 위해 제정한 '현대문학상'과(1956년에 제1회 수상자를 선정하였다), 955년 소설가 김동인(金東仁)의 문학적 유지를 기념하여 사상계사에서 제정하여 운영하다가 1987년부터 조선일보사에서 시상하고 있는 '동인문학 상'을 들 수 있다.

이러한 각종 문학상은 당해 연도를 전후하여 발표된 작품 중 가장 우수한 작품으로 인정하는 상이므로 주목의 대상이 된다. 각 문학상의 심사기준이 다르다 보니 발표된 수상자에 대한 여러 가지 작품의 평가도 달라지기 마련이다.

다만 대부분의 문학상이 특수한 주제나 특별한 문제 제기를 요구하지 않기 때문에 그 작품에 대한 작품성의 평가 기준이 다를 뿐이다. 가령 문학인의 이름으로 운영되는 문학상의 경우도 그 문학인의 작품 경향이나 사상을 주목적으로 심사 기준에 적용하지 않고, 당해 연도를 전후하여 활발하게 활동한 수준급의 문제성을 지닌 작품이 수상 대상이 되고 있다.

그렇다면 우리나라에서 운영되고 있는 많은 문학상 중에서 수상작품에 대한 뚜렷한 주제를 제시하여 그 주제에 합당한 작품을 심사의 대상으로 시상하는 녹색문학상은 어떠한가.

2. 녹색문학상의 주제

(사)한국산림문학회에서 주관하는 '녹색문학상'(2012.1.10 신설)은 창작 작품의 주제 설정이 명확해야 심사 대상이 될 수 있다. 정관 제7장 제29조 작품 주제에서 녹색문학상은 숲을 주제로 하여 숲 사랑 · 생명존중 · 자연 환경보전의 가치를 고양함으로써 국민의 삶의 질 향상과 정서 녹화에 기여한 작품을 명시하여 녹색환경 보전을 심사의 기준이 되고 있음은 많은 문학상의 취지와 다른 면을 가지고 있다고 하겠다.

지구온난화라는 대재앙으로 인해 우주의 형성 이래 무서운 상황으로 이

동해가는 자연을 살려내기 위해 인간이 해야 할 일은 무엇인가. 우주에 존재하는 본래의 자연을 자연 그대로 보존하는 일이 아니겠는가. 그러나 인간은 문명이라는 이유를 내세워 지구에 존속하는 자연을 마구 훼손하고 또 다른 죽음의 길목으로 다가가게 하는 지름길을 만들고 있다.

오늘날 인간이 스스로 자초하고 있는 자연재해는 자연환경 보존의 원칙을 벗어나 인간이 만들어낸 재앙 속에서 숨쉬기조차 어려운 자연 재앙이 닥치고 있음을 체감하고 있지 않은가. 우리나라만 하여도 중국이나 몽골 지역에서 발생하는 황사와 미세먼지, 스모그가 연초엔 전국적으로 문제점을 돌출하고 있다.

새해 벽두에 미세먼지에 의해 전국적으로 연일 기상청의 경고 방송을 들어야 했고, 많은 사람들의 생활에 지장을 주고 있다. 그뿐인가, 황사가 들이닥친다는 보도가 연일 계속됨으로 삶의 공간을 형성하는 데 두려움을 지니면서 생명을 위협받는 공포에서 벗어날 수 없게 되었다.

3. 녹색문학상 수상작

자연파괴에 대한 경각심을 일깨우면서 한국문학의 숲 사랑·생명존중·자연환경 보전의 가치를 고양함으로 삶의 질을 향상시킴을 주제로 하여 시상하는 녹색문학상은 이러한 자연환경의 재앙을 막아내는 데 큰 힘이 되고 있다. 제2회까지 수상한 작품이 이를 입증해주고 있다.

2012년도 제1회 녹색문학상에는 일명 소나무 시인으로 알려진 박희진 시인의 시집 『산·폭포·정자·소나무』에 수록된 작품 「낙산사 의상대 노송 일출」 「거연정(居然亭)」이 수상작으로 선정되었다.

심사평에서 "박희진 시인은 일찍이 인간 중심에서 벗어나 자연 중심의 삶을 보여주는 시작품을 일관되게 보여온 바 있음"을 밝히면서 "오랜 세월 동안 우리나라의 산과 폭포, 정자와 소나무를 일일이 직접 찾아다님으로써 자연과 인간의 영성적 교감을 이루어내고, 나아가 자연의 아름다움과 그 궁극적 가치를 문학적으로 형상화한 점이 놀랍고 뛰어나다"고 밝히고 있다.

박희진 시인의 자연 사랑은 바로 자신이 자연이기 때문이다. 시인이 수상 소감에서 "원래 하늘, 땅 즉 자연에서 인간이 나왔고, 인간에서 문명과 문화가 나왔습니다. 하늘, 땅, 사람은 하나의 뿌리에서 나온 것이므로 밀접불가분의 연관이 있음을 망각해선 안 됩니다. 따라서 인간은 자연과의 균형과 조화를 깨지 않는 한도 내에서 지속적 발전을 도모해야 합니다. 우리가 그토록 자랑해 마지않는 문명도 실은 자연의 산물이 아닐 수 없거든요. 그 문명이 인간의 탐욕으로 위기에 빠졌을 땐, 즉 자연과의 엄청난 괴리를 메우지 못하고 어떤 종말적 징후를 보일 때엔, 역사적으로 보아 이미 여러 차례 우려와 경고의 소리가 나왔었죠."라고 말한 데서 보듯 한국산림문학회가 주관하는 녹색문학상의 평가는 수상작품으로 이미 모든 것을 말해주고 있다고 할 것이다.

그리고 2013년도 제2회 녹색문학상에서는 현길언의 장편소설『숲의 왕국』이 수상작품으로 선정되었다. 숲을 이루는 나무들을 의인화하여 숲은 자유와 평등, 그리고 예술과 평화의 계시를 동반하여 하나의 왕국의 세계를 조성하는 것이다.

심사평에서 "숲을 통하여 인간 사회의 이상을 실현하고자 하는 뜻을 우화적으로 서술하고 있음"을 지적하고 "이 우화는 숲의 생태적 건전성과 숲의 자정력에 대한 신뢰를 바탕으로 한다. 그런 바탕에서 숲의 평화와 조화가 바로 숲의 이상임을 드러낸다. 그것은 곧 인간들의 이상과 다르지 않다. 그런 점에서 숲의 생태적 특성은 인간들이 본받아야 할 규범으로서의 교훈적 성격이 되기도 한다. …(중략)… 이 작품이 녹색문학상이 지향하는 바, 숲 사랑, 생명존중, 녹색환경보존의 가치를 잘 드러내고 있다고 평가했다. 동시에 환경의 파괴로 지구의 생태적 위기가 심각한 시기에 독자들에게 환경에 대한 경각심을 환기하는 데 크게 기여할 것으로 보았다."고 밝히고 있다.

이러한 기준으로 볼 때 녹색문학상은 우리나라 많은 문학상 가운데서 뚜렷한 주제를 설정하여 그 주제에 일치하는 작품을 수상작으로 선정한다는 목적의식이 명확하다고 하겠다.

위의 수상작품에서 보듯 인간과 자연과의 교감 속에서 녹색환경이 가져다주는 우주의 기본적인 틀 속에서 생명의 존엄성을 위한 인간이 해야 할 새로운 가치를 일깨우는 길임을 제시하고 있다.

우리나라의 많은 문학상의 원천적인 가치를 더욱 높여준 녹색문학상의 위상은 영원할 것이다.

(『산림문학』, 2014년 봄 · 여름호)

이형기, 파토스적인 언어 감동과 새로운 도전

동국대학교 불교학과를 졸업한 이형기 시인은 우리 한국 문단의 최연소 등단 시인으로 기록되고 있다. 진주 농림학교 5학년, 16세의 나이로 진주 개천예술제 백일장에서 장원으로 당선되자, 미당 서정주 시인의 추천으로 당시 문학 지망생들에게 선망의 대상인 문예지 『문예』에 시 「비오는 날」이 첫 회 추천을 받고, 17세인 다음 해에 「코스모스」 「강가에서」로 추천 완료 되어 시인으로 등단하게 된다.

이형기가 농림학교에서 영어 교사인 소설가 이병주를 만난 것이 문학에 의 뜻을 품게 된 계기가 된다. 그러나 제자인 이형기가 1942년을 기점으로 시인으로 추천을 받아 등단한 데 비해 이병주는 세월이 훌쩍 지난 1965년 에 소설가로 등단하였다는 것은 문단 야사의 한 페이지를 장식한다.

김시철 시인의 야심작인 『그때 그 사람 · 4』 이형기 편에 다음과 같은 일 화가 기록되어 있다. "동국대학을 진학한 그는, 이미 당당한 기성 시인으 로 여기저기서 대우를 받는 처지가 되었는데, 대학의 동년배 혹은 선배들 보다도 한발 앞서 문단에 나왔다는 사실을 가지고, 그의 기세는 꺾일 줄 모르고 등등했다." 여기에서 당시의 상황을 짐작 할 수 있다.

이형기의 서정시는 사물에 대한 강한 집착과 그 사물이 지닌 내면의 깊이를 파고들어가 자신만이 생각할 수 있는 세계를 찾아 나선다. 시인의 등단 작품인 「강가에서」에 나타난 그의 서정은 짧으면서 함축된 내면이 퍽 아름다움과 시인의 정신의 면모를 나타낸다.

> 물을 따라
> 자꾸 흘르라치면
>
> 네가 사는 바닷말에
> 이르리라고
>
> 풀잎 따서
> 작은 그리움 하나
>
> 편지하듯 이렇게
> 띄워 본다
>
> —「강가에서」 전문

은은한 향수가 깃든 시행에서 이형기 시인의 당시의 면모를 느낄 수 있다. 이러한 시인의 정신 자세는 시인이 지녔던 그의 소망과 가까워진다. "물을 따라/자꾸 흘르라치면//네가 사는 바닷말에/이르리라고"라고 한 것은 시인이 이르고 싶은 많은 욕망을 갖고 싶었던 것이 아닐까. 다음과 같은 글과 비교하면 어떨까.

> 이형기는 어릴 적부터 꿈이 많았다. 가수가 노래하는 것을 보면 가수가 되고 싶었고, 운동경기를 보면 운동선수가 되고 싶었고, 서커스 공연을 보면 그 단원이 되고 싶었다. 발명가가 되고 싶어 화공약품을 사다가

이런저런 실험을 해 본 적도 있었다.

― 정규웅, 「문단 뒤안길(43)」

이런 기록에서 보면 이형기 시인의 최연소 문단 등단의 욕구는 우연이
아니라는 걸 알 수 있다. 위의 시작품에서 흐르는 물이 닿을 곳을 그리움
으로 나타낸 시인의 편지는 무한한 향수이며 시인이 바라는 영광이 되기
도 한다. 1955년도에는 이상로와 김관식과 함께 3인 시집인『해 넘어가기
전의 기도』를 발간하여 한국문학가협회상을 받는 기쁨을 가졌는데, 그의
나이 23세였다.

이형기는 제1시집『적막강산(寂寞江山)』(1963), 제2시집『돌베개의 시』
(1963), 제3시집『꿈꾸는 한발(旱魃)』(1976), 제4시집『풍선심장』(1981), 제
5시집『보물섬의 지도』(1985), 시선집『그해 겨울의 눈』(1985)을 상재하여
많은 시작품에서 문학적 논의의 대상이 되고 한국시 문학사에 공헌하였
다. 시작품에 대한 평가는 많은 논문에서 지적되고 있다. 문예대사전에서
짧으나마 단편적으로 그의 작품을 함축한 논평을 보면 다음과 같다.

『세계문예대사전』(성문각, 1975) 『한국시대사전』(을지출판공사, 2002)
　일련의 시에서 사상(事象)을 연합하는 착상의 묘가 신선하고 기발하며
딕션(diction)이 산문시적인 가락으로 변해가고 있다. 초기의 전통적 · 서
정적 · 유미적 경향은 후기에 와 즉물적(卽物的)이며 날카로운 감각과 격
정의 표현으로 변모했다.
　시의 난해와 모호성을 옹호하는 입장에 섰으며, 60년대의 참여 논쟁에
서는 예술가의 개성적 자유를 옹호, 순수문학의 예술 지상주의적 경향을
강조하였다. 70년대에 그의 시의 확고한 방향을 잡는다. 전통적 · 주정적
미학을 거부하고 새로운 충격의 미학, 또는 파괴의 미학의 구축이 그것
이다. 상식적 세계나 정상적 질서의 눈으로 볼 때 그것은 일종의 독이 아
닐 수 없다. 그래서 그는 자신의 문학을 보들레르의 영향을 받은 유독성

의 문학이라고 규정했는지 모른다.

이형기는 문학적 입지가 성숙해지면서 당시 우리 문단에 많은 논쟁을 불러일으켰던 순수와 참여의 문학 논쟁에서 스스로 앞서 나서면서 자신의 주장을 펴기도 했고, 문학평론가 조연현의 문단 권력을 세우는 데 앞장서기도 했다.

이형기의 시작품에서 '전통적·주정적 미학을 거부하고 새로운 충격의 미학, 또는 파괴의 미학의 구축'을 지향하는 문학작품이라는 평가는 제3시집인 『꿈꾸는 한발(旱魃)』 이후의 시집에서 잘 나타나고 있다. 이 시집에서 몇 가지 작품의 제목을 보면 위의 작품에 대한 평가를 수긍할 것이다.

충격과 파괴의 미학을 잘 나타낸 작품인 「엑스레이 사진」 「랑겔한스 섬의 가문 날의 꿈」 「루시의 죽음」 「천년의 독」 「사막의 소리」 「식인종의 이빨」(이상 제3시집), 「암세포」 「슬로비디오」 「수직의 언어」 「자전거와 맥주가 있는 풍경」(이상 제4시집), 「보물섬의 지도」 「절망아 너는 요새」 「무명의 사자에게」(이상 제5시집), 「고압선」 「비행접시」 「징깽맨이의 편지」 「사해」(이상 제5시집) 등은 제목에서부터 과거 우리 시작품에서 보았던 전통적인 미학을 벗어나고 있다. 그러면서 충격과 파괴의 언어미학을 보여준다. 이것은 이형기가 당시 추구했던 새로운 시의 시도였다고 볼 수 있다. 다음과 같은 시행을 보면 이전의 언어미학과 다름을 직감할 수 있다.

> 폐허의 풍경을 잡은
> 이 사진은 앵글이 기막히다.
> 뼈대만 남은 고층건물
> 앙상한 늑골 새로
> 죽어서 납덩이가 된 도시를 보여 준다.
>
> —「엑스레이 사진」 부분

쥐약 먹고 죽은 쥐를 먹은
빈사(瀕死)의 루시
어두컴컴한 마루 밑에 숨어서
루시는 주인인 나를 보고도 이를 갈았다.
기억하라
반드시 갚고야 말리라
눈에는 눈 이빨에는 이빨을
루시는 이미 개가 아니다.

　　　　　　　　　　　　　　　—「루시의 죽음」 부분

진창에 박힌 식인종의 이빨
한 오백년 벼르고 벼른
나의 정사는 몽정(夢精)으로 끝난다.

　　　　　　　　　　　　　　　—「식인종의 이발」 부분

　위의 몇 편의 인용 시작품에서 보듯 충격과 파괴의 언어미학이 읽는 이로 하여금 어리둥절하게 한다. "뼈대만 남은 고층건물/앙상한 늑골 새로/죽어서 납덩이가 된 도시", "기억하라/반드시 갚고야 말리라/눈에는 눈 이빨에는 이빨", "진창에 박힌 식인종의 이빨/한 오백년 벼르고 벼른 /나의 정사는 몽정(夢精)" 등에서 보듯 70년대 후반기부터 이형기의 작품에서 강한 충격을 감지할 수 있는 시어의 억양은 일상으로 보아온 시어와는 다른, 전통적인 미학에서 벗어나 있음을 볼 수 있다. 그의 시어의 격정과 감격은 파토스(pathos)적인 언어 감동으로 새로운 도전의 역설을 인지할 수 있다.

　이형기의 후반기 작품 세계에 대한 "그는 자기 해체의 엄청난 자학과 고통을 감수하면서 삶의 진리와 꿈을 획득하려 했다. 그의 꿈은 현실에 조금도 종속화되지 않는 자립적이고 절대적인 그 자체였다. 그것은 터무니없는 부조리의 꿈이었다. 이 꿈은 현실의 부조리와 허구에 대결하는 의의를 가졌다. 그리고 무엇보다도 그의 꿈은 시였다. 그는 거부의 몸짓을 자신의 시법으로 채용하면서 인습의 틀에 매몰된 진실을 들추어내고 허구의 현실과는 무관한 절대주의적 꿈을 리얼리티로 정립하려 했다."(김준오, 「입사적(入社的) 상상력과 꿈의 시학」에서)라는 지적이 시인 이형기의 후반기 시의 세계에 대한 감출 수 없는 결론이라고 할 것이다.

시인은 이러한 견해를 공감이라도 하는 듯 시선집 『그해 겨울의 눈』(1985)의 자서에서 "나에게 있어서의 시는 측량과 등기를 이미 끝내 소유권을 확보한 토지가 아니라 언제나 빈손으로 새롭게 탐색을 시작해야 할 미지의 영역이다."라는 자신의 시작 태도를 밝히고 있다. 이와 같이 이형기는 한국 현대시의 일방통행적인 형식에서 벗어나 새로운 탐색과 도전에서 물러서지 않았음을 이러한 논증에서 입증되고 있다.

이상에서 이형기의 작품을 찾아 시인이 살아온 일편을 돌아봄으로써 일상으로 알고 있는 또 다른 세계를 열어볼 수 있었다는 것은 현대시사의 맥락에서 이형기가 지닌 위상을 정립하는 계기가 될 것이다.

시적 대상은 상상을 넘어 미지의 세계에 대한 시인의 갈구이며 추상이 되기도 한다. 이러한 세계를 구사하기 위해서 시인은 추상적인 우주의 세계를 찾아 인간이 알지 못하는 추상적인 세계를 열어 보이려는 강한 집착이 있음을 알 수 있다.

문학의 미적 담론과 시학

함혜련, 공존의 법칙

1. 서론

함혜련 시인이 한 생애 동안 이루어놓은 시적 업적은 한국문학사의 새로운 영역을 기록한다. 시인은 1931년 양양에서 태어나 강릉에서 성장하였다. 1952년 강릉의 '청포도' 동인 창간 멤버로 시작품을 발표하였으며, 1952년 『문예』지를 통해 등단했다. 2005년 타계하기까지의 국내외에서 많은 활동을 한 문학 경력과 업적은 시인이 남겨놓은 24권의 작품집을 통해 입증할 수 있다.

시집 『문안에서』(1969) 『아침』(1973) 『아침파도』(1976) 『그리워하는 일은 너무 힘든 노동 같아』(1990) 『바다를 낳는 여자』(1993) 『아침 무지개』(1994) 『물을 나르는 여인들』(1997) 『향기가 나는 시간』(1999), 『12월이 지나면』(2002) 등 9권, 시선집 『화려한 소문』(1994) 『함혜련시선집』(2001) 『함혜련 시 99선』(2004) 등 3권, 시전집 『함혜련시전집』(1992) 1권, 연작시집 『강물이 되어 바다가 되어』(1977) 『불이 타는 강』(1979) 『열대어』(1984) 『바람과 야생조』(1986) 『웅녀의 겨울편지』(1988) 등 5권, 수필 『날마다 축제』(2004)

1권, 시와 그림이 있는 미국여행 산문집 『열 하루 동안에』(2001) 1권, 스케치가 있는 미국기행 산문집 『하나뿐인 사랑 위해』(1989) 1권, 영역 시집 『YET WILL I LOVE YOU』(1988) 1권, 일역 시집 『가이멘노 샤까이(해면사회)』(1997) 1권, 한영 대역시집 『BODY LANGUAGE』(1996) 1권 등 24권의 작품집에서 보듯 시인의 문학적 행적은 놀라울 정도임을 알 수 있다.

국외 활동으로 1991년에 미국 아이오와대학교의 'International Writing Program'에 한국문예진흥원 후원으로 참가한 바 있다. 1993년에는 '함혜련 시낭독의 밤'이 미국 캘리포니아 UCSB 산타바바라대학 Multicultural Center와 Woman's Center에서 열렸으며, 1998년에 미국 캘리포니아 산타바바라 시내 'BORDERS' 서점과 'EARTHRING' 서점에서 '함혜련 시낭독의 밤'과 저서 『BODY LANGUAGE』 사인회, 2001년 4월에 미국 시애틀에 있는 'ELLIOTT BAY BOOKCOMPANY' 초청으로 '함혜련 시낭독의 밤'과 저서 『BODY LANGUAGE』 사인회, 2001년 8월에 뉴욕 'The Korea Society' 초청으로 '함혜련 시낭독의 밤'과 저서 『BODY LANGUAGE』 사인회를 가졌다. 또한 일본 잡지의 한국여성시인 대표특집 등에 수차례 시가 발표되기도 했다.

2. 함혜련의 작품 세계

함혜련은 단순한 일반적인 서정시나 서사적 형식의 작품과는 그 발상 자체부터 다른 세계를 찾아 나서고 있다. 심상적인 서정에서 벗어나 넓고 담대한 발상과 시적 이미지를 스토리, 혹은 담화체 형식의 이야기가 깃든 작품의 특징을 볼 수 있다.

그리고 우주라는 거대한 미지의 세계를 자신만의 특유한 화법과 언어에 의해 새로운 시적 영상미를 보여주기도 한다. 이러한 우주 공간에 물질적 상상력의 작품을 보여준 함혜련 시인을 일러 '4원소 시인'이라고 불린다. 시인은 4원소에 대한 작품에서 물, 공기, 불, 흙이라는 무한한 소재에 대한 상상력은 이미지의 확대라는 새로운 면을 보여주기도 한다. 그리고 시인에게는 시인 자신만이 심성으로 안고 있는 절대자인 '당신'이라는 신령적인 존재에 대한 강한 집착을 모든 작품에서 또 다른 영감의 모형을 보여주고 있다.

1) 담화체, 스토리 기법

함혜련의 작품에서 첫 번째 감지할 수 있는 것은 담대한 열정과 야성적인 매력이라고 할 것이다. 많은 작품에서 담화체 기법과 서사체의 스토리에 접촉하게 된다. 필자는 오래전에 시인의 작품을 평하면서 "담소하듯 때로는 작게, 때로는 크게 소리 내듯 어떤 이야기를 그려내듯 담화체 형식의 작품이 풍부하게 가슴에 와 닿는다. 이야기가 있고, 배경이 있고, 무대가 있으며 또 깊은 사상이 있다. 이것은 함혜련의 독특한 테크닉이다. 영미시에서 느낄 수 있는 이러한 담화체 호흡의 긴 시가 우리나라의 시에서도 가능하다는 것을 본다. 담화체 형식의 산문시의 형태를 일상적인 것에서 이야기 중심적인 것으로 전환시킨 일이 주목할 일이다."(조병무, 『새로운 명제』, 1990)라고 쓴 바 있다. 시인의 언어 표현의 잠재된 응집력은 거대한 스토리 뱅크에서 쏟아져 나오는 폭포 같은 담대한 언어와 거침없는 열정에 대한 도전정신을 느낄 수 있다.

그뿐인가. 극적인 표현과 영상적인 구성력에서 야성적인 언어 구사는 시인의 또 다른 매력 포인트가 될 것이다. 특히 담화체 시어가 지니는 간절함에서 오는 호소력은 심리적인 현상에 사로잡혀 시인의 설화에 몰입되

어 가는 자신을 발견할 수 있으며, 심령적인 독심술에 자신도 모르게 끌려
가는 마력에 취하게 된다.

　다음에 인용한 작품은 「각인」의 전문이다. 함혜련 시인이 살아가고 바라
보고 부딪치는 시인의 우주의 신비를 캐고 있다. 만물에 존재한다고 스스
로 믿음의 세계를 지닌 시인은 자신만의 비밀 통로에 안주하고 있는 당신
만의 세계를 찾아 의문과 화답의 담소를 나누고 있다.

　　　대지는 한 마디의 언어
　　　무궁한 뜻이 깃든 당신의 우주

　　　나는 언어를 해석하기 위한 나무
　　　그 속에 깊숙이 뿌리를 묻었다
　　　용출하는 우주의 무한 내밀(內密)을 놓침 없이 모두 파악하려고
　　　곧은 자세로 뻗어나간 가지 끝이 하늘에 늠름히 닿아 있다
　　　가늠할 길 없는 신비의 언어가
　　　때로는 안개로 빙빙 돌고
　　　때로는 향기로운 꽃송이로 만발하여
　　　꿈 벌 나비 떼 날아드는 봄철이면 사람들은 입을 모아
　　　"당신은 아름다운 꽃나무!"라고 했다
　　　그러나
　　　어느덧 낙화한 빈 가지 가득히 우거진 초록빛 잎사귀를 달고, 내가 지
　　지귀는 새떼 바람 떼를 불러들여 햇빛이 그늘을 땅위에 짙게 문지르는
　　여름철이 되면
　　　꽃을 잊어버린 사람들은 감탄하듯
　　　"당신은 풍성한 녹음!"이라고 했다
　　　그러나
　　　설레고 들끓던 연모의 밤은 가고
　　　애환으로 얼룩진 단풍잎이 즐비하니 떨어진 고뇌의 땅, 푸른 잎의 자
　　국만 홀로 남아 적막할 때

사람들은 새삼 또 깨달은 듯
"당신은 엄숙한 고독!"이라고 했다
그러나
내 모든 시도가 눈 속에 파묻히고 날개 끝이 얼어붙어 자유로이 꿈의
공간을 비상할 수 없는 겨울, 빙벽에 부딪혀 종소리도 멎어버린 내 몸에
서/태양이 그의 열을 몰수할 때
고독은 사치라고 지워버린 사람들은
"당신은 냉혹한 인고(忍苦)!"라고 했다

한 마디의 언어 위에 뿌리를 박고
한 평생 온 몸으로 풀고 또 풀어내 보아도
한번도
'이것이다!'
바로 해석할 수 없는 대지에 수직으로 서 있는 나는
오늘 바람을 안고 가지 끝에 힘을 다 몰아
하늘 한복판에
'사랑'을 각인했다
최후의
최초로 만개한 의지의 과원(果園)같은
내 행동에 도취한 사람들은 비로소
"아, 당신은 무궁한 뜻의 샘!"이라고 했다.

바싹 마른 대지 위에 사랑을 심기 위한
나는
사철 온 몸을
남김없이 탕진하는 싱싱한 나무

「각인」은 한 편의 서사형식으로 대지와 우주의 무대에서 '나'라는 화자
와 함께 구성되는 사랑을 각인하는 스토리를 지닌다.

자신이 각인하고자 하는 세계, 살아가는 '대지'는 시인에게는 "한 마디

의 언어"이며, "무궁한 뜻이 담긴 당신의 우주"이다. 함혜련 시인의 많은 작품에 나타나는 하나의 삶의 터전은 우주라는 큰 덩어리로 뭉쳐진 자신만의 세계를 형성하고 있다. 그 속에서 상대적인 오묘한 진리를 찾아 자신만의 세계를 구성하려는 의도를 작품 「각인」에서 찾을 수 있다.

그러면서 화자인 자신은 "언어를 해석하기 위한 나무"임을 지칭한다. 그 나무에 만발하는 모든 생명체가 대지의 언어와 당신의 우주 속에 공유하고 공존하고 있음을 시인은 생존의 법칙이요 삶의 진리임을 알려준다. 우주의 사계(四季)에서 시인은 그 사계가 지닌 해석을 나누어놓는다. ① "당신은 아름다운 꽃나무!" ② "당신은 풍성한 녹음!" ③ "당신은 엄숙한 고독!" ④ "당신은 냉혹한 인고(忍苦)!"라 하여 봄 여름 가을 겨울, 사계의 정점을 "바싹 마른 대지 위에 사랑을 심기 위한/나는/사철 온 몸을/남김없이 탕진하는 싱싱한 나무"를 "사랑"으로 각인시켜준다.

사계를 넘나드는 우주의 생리 앞에 시인은 결국 어떠한 대지의 세계라도 "사랑"이라는 명제에는 다를 수가 없다는 하나의 언어미학을 남겨주고 있다.

이 작품에서 시인은 서정의 테두리를 넘나들면서 우주라는 대지의 세계에 나타나는 한 편의 이야기를 사계라는 특징으로 "꽃나무=녹음=고독=인고"라는 공식을 정립시킨다. 결국은 "사랑을 심기 위한"이라는 스토리와 담화체라는 함혜련 시인이 지닌 특징적인 구성력을 볼 수 있다. 이러한 작품은 『함혜련시선집』의 6부에서 「유다의 딸들」 「내게 날아든 슬픈 섬 하나」 「바디 랭귀지(Body Language)」 「고장난 아저씨」 등에서도 이러한 시인의 특징을 찾을 수 있다.

「구름의 향방」 첫 연에서는 다음과 같이 하늘과 땅이라는 우주의 한 형상을 주제로 삼으면서 혼과 육신이 지니는 새로운 형벌적인 세계를 그려 보여준다.

내 살을 초월하고
내 혼 안에 계신이여
이 분열을 통일하려
당신은 하늘
나는 땅
이 어이없는 모순을 소멸하려
땅바닥에 주저앉아 울고 있던 강물, 그 형벌의
슬픈 장력을 깨뜨리고 나는
연속적인 흐름의 속성을 떠난
꿈의 모체의
자유로운 구름 되어 공중을 날아간다
당신을 향해

　　　　　　　　　　　　　　　　　　　　―「구름의 향방」 부분

　시작품 속에 존재하는 화자인 '나'라는 존재는 결국 우주의 작은 피조물일 뿐이다. 혼과 자신의 육신을 분열에서 벗어나려는 시인의 절규에 가까운 한편의 형이상학적인 강한 이미지와 형이하학적 이미지의 혼합 형상에서 그 실상의 영감을 찾기가 어려움을 보여준다. 하늘과 땅이라는, 당신과 나라는 모순에서 벗어나려는 꿈의 모체가 주는 자유로움은 무엇일까. 시인의 잠재된 초능력적인 스토리는 많은 작품에서 볼 수 있고 주체가 되고 있음은 시인의 언어 구사의 또 다른 연구 과제가 될 수 있다.

　「아들의 편지」「부러운 엄마」 두 편 역시 담화로 이루어진 인상적인 작품이다. 부드럽게 일상의 이야기를 펼쳐 보이듯이 그려 나간 작품, 손녀의 한마디에 사실 엄청난 문명의 요소가 깃들어 있음에도 아무렇지 않게 웃음으로 넘어가는 일상의 세계가 어우러져 있다. 작품 「아들의 편지」에서는 그 핵심적인 시행으로 "…음, 그럼 난 햄버거 사람 될 거야. 그럼 엄마는 엄만 케참 될래요?"라는 다소 황당스러운 이야기에 초점이 간다. 대중적이면서 오늘날 시대의 선두적인 식품인 햄버거는 어쩌면 문명의 첨단일 수 있다. 이 문명의 첨단을 만드는 "햄버거 사람"이 된다는 것은 현대적인 관점에서 볼 때 기이한 일은 아니다. 그것이 "온 천지가 웃음이었다"로 문명 비판적인 알레고리가 아닐 수 없다. 작품 「부러운 엄마」에서는 현실적인 위치에서 과거의 삶의 흔적을 되씹으면서 오늘의 시점으로 끌어오고 싶은 강한 충동이 있다. 그 충동은 과거 우리 시대의 어려웠던 현실에 대한 연민과 사랑이 있다.

> 그땐 귀하던 바나나 망고 파인애플이니 씨없는 포도니… 더미 더미
> 쌓여 있는 슈퍼마켓에 들어가 보아도 —
> 이젠 한국도 제법 잘 살아
> 어린것들에 무엇이든지 다 해 줄 수 있을 것 같아
> 나는 새로 어린 것들을 낳아 키우는
> 풋 엄마가 되고 싶었다.

작품의 끝 연이다. 전체 작품을 짐작할 수 있는 연으로 현실의 만족에서 과거의 고통을 되돌려보고 싶은 마음을 읊고 있다. "어린것들에 무엇이든지 다 해 줄 수 있을 것 같아" 다시 "풋 엄마"가 되고 싶은 문제는 시에서 회상과 현실의 문제의식을 들추어 보는 기법이 좋다. 함혜련은 오랜 세월 동안 이러한 스토리적인 담화체에서 시적 영감의 새로운 미학적 세계를 돌출해 내고 있다.

시인의 이러한 시적 발산은 서사적인 의식과 기술 방법의 영향이 큰 것으로 보이며 정신적인 사고 영역은 동양적인 데 비해 영미시적인 기법으로 대체로 긴 호흡 속에서 이루어지고 있음을 볼 수 있다.

그래서 시인이 찾아 나서는 시적 발상은 인간이 통념적으로 인식하는 세계보다 그 통념을 넘어선 이상적이고 신령스러운 세계에 대한 초월적

대상을 한 편의 작품으로 담론하고자 하는 것이 함혜련 시인의 시적 이미지의 발상이다.

2) 우주적인 형상

또 다른 특징으로 우주적인 형상에 근접하여 인간의 원천을 탐구하려는 작품을 볼 수 있다. 인간의 원형을 규명하려는 자세로 우주 섭리에 접근하여 인간의 정신과 영혼이 우주의 일원임을 입증하려는 시인의 정신이 현실과 우주 형성의 동일성을 찾아 나선다. 「옛날 사진」에서 화성의 영상적 기법을 만날 수 있다.

> 화성의 적도 바로 북쪽에
> 언젠가
> 대변동으로 화산 폭발 때 분출한
> 용암의 광야가 널려 있다 이제는 식어 버린
>
> 그 사랑의 골짜기에 수많은 물고기들이 지금도 서로 앞뒤를 다투며 헤엄쳐 오르는
> 물줄기가 있다.
> 어디로 가는지? 화성을 벗어나 끝도 시작도 없는 곳 찾아? 목숨 걸고
> 왜 가는지?
> 작은 고기, 큰 고기, 입이 둥근 것, 뾰족한 것, 어떤 것은 알전등만 한 눈, 불빛도 환하게 꼭 내가 지난주에 남태평양 발리 앞바다 적도 부근 바다 속에서 함께 오래 헤엄치던, 그 무지개빛 꽃밭 같은 열대어들이
>
> 이 가슴에서
> 저 가슴으로 빛을 뿜으며 날아가다 죽어서도 살아있는 숨결의
> 한 번뿐인 우리의 사랑의
> 아름다운 정령들이

오늘 아침 화성 탐사선이 나사(NASA)로 보낸
화성 표면 사진 속에서 잡으면 금시 튀어 오를 듯 싱싱한 지느러밀 파
닥이고 있다.

　함혜련의 시에는 작은 우주적인 스토리가 잠재한다. 그러나 그 스토리
는 스토리를 위한 것이 아니라 시의 전체적인 감성과 메시지의 전달은 물
론 퍽 넓은 영상적 이미지를 내포하고 있다. 이를 감지해내는 일이 함혜련
의 시 독서법이다. 화성의 옛날 사진 속에서 만나는 생명의 물줄기를 본
다. 그 물줄기에서 "내가 지난주에 남태평양 발리 앞바다 적도 부근 바다
속에서 함께 오래 헤엄치던" "무지개빛 꽃밭 같은 열대어들"을 만난다. 이
러한 시적 이미지는 하나의 과거적 관점과 현대적 시인의 일상과의 접목
을 통하여 새로움을 만나는 환희로 변한다. 함혜련의 환희는 화성이라는
미지의 세계, 불모의 세계에 대한 의지에서 비롯되고 그 의지는 생명이라
는 새로움으로 눈뜨게 한다. 그래서 시인은 "한 번뿐인 우리의 사랑의/아
름다운 정령들이" 화성 탐사선이 보낸 사진으로 오버랩되어 전체로 구성
한다. 그것이 "싱싱한 지느러밀 파닥이고" 있는 자신으로 생동감을 퍼 담
으며 돌아온다. 함혜련 시인의 시적 감수성은 이러한 광활한 세계의 현재
와 과거적 이면을 바라보는 새로운 생명에 대한 강한 의지에서 시작하여
그 의지로 인해 눈을 뜨게 한다.
　자연 생성 형태를 인간의 정신적인 혼합에서 비롯되고 우주와 인간이
합일하는 정신적 감성에서 비롯되고 있으며, 무엇이 우주의 자연이고, 무
엇이 인간의 본질인가라는 문제를 제기하여 지수화풍의 기본 근간을 상호
접근의 방식에서 찾고 있다.
　특히 「옮겨 가는 성좌들」 「푸른 빛 합창」 「우주 시법(詩法)」 「우주인의 구
애(求愛)」 「아기 우주」 등 많은 작품에서 우주라는 공간 이미지를 묘사한다.

3) 4원소 시인

함혜련을 일러 '4원소 시인'이라고 한다. 함혜련의 시작품에서 시인이 일생 동안 언어의 마술적 정감에 민감하게 대처하여 끈질기게 추구한 영역이 4원소이며, 이러한 결과 함혜련은 "함혜련=4원소 시인"임을 한국시사에 남겨놓았다. 『강물이 되어 바다가 되어』(1977) 『불이 타는 강』(1979) 『열대어』(1984) 『바람과 야생조』(1986)에서 '물', '불', '땅', '바람'의 4원소의 연작시를 발표하고, 이러한 4원소의 작품은 2001년에 『함혜련시선집』에서 다시 하나의 우주를 형성하였다.

옛날 토정 이지함은 토정비결에서 인간이 살아가는 우주의 형성을 지(地), 수(水), 화(火), 풍(風)의 원리를 적용하여 인간의 운명을 다스리고 결정한다는 것과 같이, 물리학에서 4원소는 인간 생명의 근원이며, 우주 형성의 근본임을 인식하고 있다. 이처럼 함혜련의 4원소에서도 인간의 원천인 생명의 원리에 접근하여 우주의 생성과 인간의 생명을 동일한 차원에서 시인의 주관적인 영감을 내면에서 들추어냄과 동시 이를 시적 형상화에서 많은 영향을 끼치고 있음을 볼 수 있다. 이러한 4원소에 대한 시인의 정신적 일면을 볼 수 있는 『함혜련시선집』(2001)의 "시인의 말"에서 그 정답을 인지할 수 있다.

> 내게 신이 내린 적이 있었다. 그때 내 몸을 구성하던 물(오관의 육감에 뿌리내린 꿈을 키우던), 불(의식의 심연에서 죽음을 불태우던), 흙(생명의 농장에서 양식거리를 농사짓던)이 놀라 깨어 몸 밖으로 뿔뿔이 도망쳐 나가자 마지막에 하나 남은 바람(사랑의 대장간에서 기쁨을 풀무질하던)마저 나를 떠나 멀리 높이 불어가고 말았다. 나는 껍질로만 남고, 그래도 영혼은 살아남아서 나는 다시 내 집을 우주의 안방이 되게 하려고 기왕에 내린 신기를 도구 삼아 4원소를 불러들이는 말의 굿을 쳤다. 아침, 밤, 낮, 저녁에도, 바다, 들판, 산, 호수, 사막에서도 마을에서도, 길

과 저자바닥을 가리지 않고, 날뛰는 그들의 다양한 모양에 하나씩 이름을 붙여가면서 시의 굿판을 벌였다. (중략) 언제나 사생결단 내 몸 안에서 해방되려고 몸부림치는 4원소의 불가사의한 광기를 기도로 달래며, 나는 항상 詩, 神, 사랑의 3위1체인 당신의 후원에 힘입고 살아간다.

"내게 신이 내린 적이 있었다"라는 시인의 실토와 "시의 굿판을 벌였다"라는 현재 진행의 어감에서 보듯 함혜련의 시작품에는 그야말로 굿판의 화려한 신들림이 보이고 있다. "4원소를 불러들이는 말의 굿"과 더불어 "시(詩), 신(神), 사랑의 3위1체"가 역시 작품의 기본적인 골격을 이루면서 시인이 신들리고 있음을 많은 작품에서 볼 수 있다.

함혜련의 4원소에 대해 심재상 시인은 "'4원소'를 직접 겨냥했다는 것은 그가 자신의 삶과 현실을 역사적 관점이 아니라 우주적 · 인류학적 관점에서 바라보고 노래했다는 것을 의미한다. 실제로 그 때부터 그의 시편들은 불문곡직 우리를 광대한 우주적 삶의 지평으로 이끌어간다. —엄청난 스케일로 우리를 압도하면서"(심재상, 「함혜련, 영원한 낭만주의자의 노래」에서)라고 말했다. 이 글에서 보듯 함혜련 시인의 굿판은 우주적인 광대한 인류의 한계에 대한 도전이고 시어에 함축된 상상의 스케일에 압도되기도 한다.

　□ 물
　　당신을 향해 흘러가는 시냇물 나는
　　우연히 점화된 젖은 불이 되어 높이 치닫는
　　생과 사의 치열한 결투장이다
　　　　　　　　　　　　　　　　　—「시냇물」 부분

　□ 불
　　그대가 빛이 되어

심상의 표면을 녹여 태울 때
나는
그 내면으로 소낙지듯 맑게 가라앉아 내리는 열의 재가 된다.

—「배율」 부분

□ 땅/흙
　땅을 향해 내려간다
　맺힌 것 전혀 없어 말이 형성되지 않는 여기 뜻의
　방목(放牧)과
　완벽한 자유를 감당할 길 없는 나는
　별 밭
　구름 숲
　바람벽을 넘어
　당신의 소유권 내 인력 속에 든 순간 밤이 낮으로 돌변하여
　몸은 새 빨간 불덩이로 달았다
　법의 차의 충돌로
　불붙은 짐승처럼 땅 위에 떨어졌다

—「우주인의 구애」 부분

□ 바람
　우리의 자유시를 우주낭송하기까지, 그때까지
　모하비
　고비
　아라비아사막과
　사하라의 모래알을 운반하는 불바람아
　계속 불어가거라
　불바람이 따라 불어 돌아가는 기운으로
　그 분이 내 안에서 걸어 나오기까지
　그때까지, 아아
　그때까지

—「물바람 불바람」 부분

위에 예시한 작품에서 보듯 4원소는 시인의 모든 작품에서 신적 존재로 나타나는 '나' 아닌 '당신' '그대' '그분'이라는 긍정의 세계와 공존한다. 하나의 대지와 우주에서 동일한 원초와 순수라는 몽상적 의식 속에서 상호 인격적으로 결합을 유도한다. 이러한 문제가 프랑스의 철학자이며 시인 바슐라르가 찾아 나선 세계와 유사함을 본다.

4원소를 다룬 함혜련의 시세계와 프랑스 철학자이며 시인인 가스통 바슐라르(Gaston Bachelard)에 의해 주장된 물질적 상상력에서 물질의 이미지, 그리고 자연에 존재하는 원초적이고 본원적인 영원한 생명력이 자리 잡고 있는 4원소의 논리에 접할 수 있다. 바슐라르 역시 4원소에서 고대 우주론을 설파하면서 물, 공기, 불, 흙이란 존재에 대하여 많은 저서를 보여준 바 있다.

바슐라르는 우주의 보고에서 물질적 상상력을 찾아 몽상을 탐구하기 위한 여정 속에서 환상과 충동의 법칙을 우리의 감성과 인격에 의해 돌출하려 한다. 그의 많은 저서가 이러한 문제를 말해주고 있다.

바슐라르는 『물과 꿈』(1942), 『공기와 꿈』(1943), 『흙과 안식의 꿈』(1948), 『공간의 시학』(1957), 『촛불의 불꽃』(1961) 등 4원소에 대한 형식적 상상력과 물질적 상상력의 무한한 계도를 보여줌으로 물질 속에 내면적인 형식과 상상이 존재한다는 논리를 접할 때 함혜련 시인의 4원소와 맥락을 같이 한다고 볼 수 있다.

이러한 논리적인 맥락에서 볼 때 함혜련의 4원소의 세계에 몰입된 자체 역시 "내게 신이 내린 적이 있었다"라는 자신의 실토와 "시의 굿판을 벌였다"라는 몽상적이고 환상적인 고백에서 자신이 물질적인 변신을 거듭하고 있음을 보여준 예라 하겠다.

함혜련의 4원소에 나타난 작품의 광대한 몽상적인 이미지의 수평적인 요소와 바슐라르의 4원소의 몽상적인 방대한 영역은 그 맥락을 같이하고 있음을 알 수 있다.

4) '당신'이라는 절대자

그렇다면 결론으로 시인의 작품에 등장하는 '당신'의 존재는 무엇일까. 시인의 시적 세계에서 초월적인 절대자가 시인에게는 '당신'이라는 대상이 설정되었음을 많은 작품에서 보여준다. 여기서 함혜련의 시작품에 등장하는 '당신'에 대한 의구심은 "나는 항상 詩, 神, 사랑의 3위 1체인 당신의 후원에 힘입고 살아간다"라는 화답이라는 점이다. 다음 인용한 작품 「구름의 향방」의 몇 부분에서 당신의 폭넓은 의도를 짐작할 수 있다.

> 당신의 기를 꽂는 나는, 또
> 종(鐘)이다
> 황금 귀한 시간으로 다져진
> 시간이다
> 당신의 지금을 요란하게 두드리는
> 나는 언어
> 당신의 우주창조 그 첫 머릿자의
> 나는 배
> 당신의 엄한 질서 그득히 실은
> 나는 화가
> 당신의 표정을 마음대로 그려 넣는
> 나는 직녀
> 당신의 애환을 수시로 직조하는
> 새, 말, 뱀, 사슴, 사자, 코끼리, 너구리가 되어
> 신비의 원시림을 껑충 껑충 뛰어가는
> 나는 평화다
>
> ── 「구름의 향방」 부분

「구름의 향방」에서 보듯 '당신'은 '종' '시간' '언어' '배' '화가' '직녀'로 나타나며, 당신이야말로 '시, 신, 사랑의 3위 1체'라는 새로운 세계의 창조자이며, 추종자임을 시인 스스로 '당신'이라는 신령의 존재를 탄생시키고 있다. 그리고 '당신의 애환을 수시로 직조하는' '나는' '평화'라는 결론으로 나타난다. '당신'과 '나'의 관계는 우주의 뿌리임을 상호보완하며 상상의 확대를 배가시킨다. 절대적 존재로서의 '당신'은 시인에게 새로운 운명을 점지하는 대상으로 확인된다. 특히 작품 「3위 1체」 「입맞춤의 까닭」 「시냇물」 등에서 절대적 '당신'에 대한 시인의 공감을 찾을 수 있다.

3. 결론

이상에서 보아온 바와 같이 함혜련의 언어가 지니는 최대치의 담론은 확대된 이야기의 폭을 넓히고 담대한 세계관과 우주적인 인간관계가 동일하다는 과정 아래 그 진폭을 자유자재로 그려나가고 있음을 볼 수 있다. 시의 이미지 기술에 새로운 담화체 기법과 한 편의 짧은 이야기를 그려내듯 스토리를 구성하는 시인의 담대한 언어의 감각은 또 다른 시의 세계를 보여주고 있으며, 우주적인 형상에서 인간의 영혼과 정신을 추구하는 영상기법, 4원소라는 인류학적 관점에서 인간의 새로운 구원을 찾아 나선 시인의 세계를 엿볼 수 있었다.

함혜련이 보여준 '함혜련 시론'은 인간만이 존재하는 우주를 뛰어 넘어 그 우주 속에 존재하는 새로운 생명력에 대한 공존의 법칙을 찾아 나서고 있다고 하겠다. 이러한 공존의 법칙이 시인의 영감과 감성에 의해 또 하나의 거대한 우주의 역사를 우리 현대시사에 남겨주고 있다고 할 것이다.

(한국여성문학인회-2014년 작고여성문인 재조명)

　　　　　　　　　　　　　　　　문학의 미적 담론과 시학

이야기로 풀어가는 시

최근 시단에는 현대시의 여러 문제에 대하여 실험적인 이론을 제시하고 있다. 그중에서 "하이퍼시" "디카시" "공연시" 등의 실험적인 이론으로 활발하게 활동하는 추세이다.

"하이퍼시"에 대하여 심상운 시인은 "하이퍼시는 한국 현대시를 오랫동안 지배해온 단선구조의 틀을 다선구조의 틀로, 시인의 독백적 서술을 객관적 이미지로, 정적 이미지를 동적 이미지로, 시인을 시의 주체에서 이미지의 편집자로, 고정된 관념에서 다양하게 확산되는 상상으로, 읽고 생각하는 시에서 보고 감각하고 사유하는 시로 바꾸어 보려는 현대시의 개혁운동이다."(「21세기 젊은시 운동－'하이퍼시'」)라고 서술하고 있으며, "디카시"에 대하여 이상옥 시인은 "자연이나 사물에서 시적 형상을 디지털 카메라로 포착하고, 다시 문자로 재현하여 '영상＋문자'로 표현하는 디지털 시대의 새로운 시다"(「앙코르 디카시」)라고 함으로 다양한 문명의 혜택으로 인하여 시의 창작 방법도 많은 실험을 거듭하고 있다. 공연시는 시의 낭독 방법으로 역시 시와 공연의 형식을 접목하여 새로운 시운동으로 확산되고 있다.

현대시는 시대가 가져다주는 현대문명과 문화의 급속한 변화와 함께 시 표현의 형식은 물론 시로써 문자화하는 한편의 시 기법이 달라져가고 있음에 주목해야 한다. 지난날 개인적인 심상에서 얻어진 영감의 발상과 서정의 시 형식은 이젠 어쩌면 낡은 기법으로 치부되면서 여러 변모 과정을 거쳐 위와 같은 실험 방법은 물론 새로운 작시 형태의 작품을 보여준다.

그러한 방법 가운데 특히 주목을 받는 것은 이야기 형식을 도입한 상상과 환상의 실제를 접목시킨 시작품이 많은 비중을 차지하고 있다는 점이다. 이러한 시 쓰기 방법은 오늘날 디지털 시스템이 가져다준 삶의 요인에서 비롯된 새로운 변화의 과정이 아닐까 생각해볼 수 있다. 계간 문예지 봄호를 읽으면서 특히 이러한 형식의 작품이 의외로 많았다. 봄호에서 보여준 몇 편의 작품 중, 문효치 「노란줄점하늘소」, 강인한 「붉은 사막」, 윤기일 「지렁이일기 · 19」(『동리목월』), 박복조 「누렁개」, 김연종 「대규모 학살을 근거로 한 소규모 학살의 이분법적 고찰」(『미네르바』), 호영송 「그대와 나, 가 볼까나?」, 이혜선 「젖이 돌다」(『문학과 창작』), 김일경 「오동도」(『문학시대』), 김순일 「베잠뱅이」(『시와 산문』) 등의 작품을 들 수 있다.

위의 시작품에서 보면 화자가 스토리의 주인공이 될 수도 있고, 이야기의 전개에 따라 시간과 공간을 넘나들어 상상의 폭을 넓혀주는 세계를 함축하고 있다. 시인은 산문에서 말하는 한편의 콩트 같은 스토리를 기술함으로 시인 자신의 영상적인 감각을 지속시키려 한다.

윤기일의 「지렁이일기 · 19」(『동리목월』)는 지렁이의 삶과 행적을 따라 다른 차원의 일생을 들려준다. 시인의 작품에서 지렁이라는 생물체에서 일상으로 보아온 생명의 장중함과 함께 또 다른 살아 있음에 대한 꿈의 실현을 보여준다.

문학의 미적 담론과 시학

땅속에서 한 푼 땅힘을 내림받아 환생했어요 이제
아무도 앞질러 나갈 수가 없는 미로를 뚫고 있어요
뱃살 다 닳도록 밀고 당기면 설산인들 못 넘어가랴
숨 끊길 듯한 고난과 기갈을 수행으로 끌어안고
쇠약한 내 심장을 다시 힘차게 뛰게 하는 흙의 피가
맥박치고 있어요 내 원융한 몸속에 침잠한 허공이
먼동을 밝혀내는 어둠의 빛으로 차오르고 있어요
　　　　　　　　　　　　　── 윤기일, 「지렁이일기 · 19」 부분

　마디로 이루어진 환형동물의 하나인 지렁이에서 땅 힘으로 환생한 삶의
언저리를 시인은 끈질기게 살아가려는 힘의 발상으로 보면서 그 삶을 찾
아 들려준다. 인간의 눈으로 볼 때 가냘프게 보이는 지렁이의 생태에서 시
인은 보다 끈질기게 살아가는 힘을 찾아낸다. 지렁이가 살아가는 일생을
시에서 한 편의 짧은 스토리를 만들어 내면서 생명의 존귀함을 풀어주고
있다. "앞질러 나갈 수가 없는 미로를 뚫고 있어요" "밀고 당기면 설산인
들 못 넘어가랴" "고난과 기갈을 수행으로 끌어안고" 살아가는 지렁이에
서 시인은 인간 삶의 흔적과 방법을 찾아가고 있다.
　지렁이의 삶의 흔적을 따라 오늘날 사람이 살아가는 시대적인 공간과
그 시간의 실제에서 교차하는 지구의 현상을 미로와 고난과 기갈의 수행
으로 한 편의 길고 긴 이야기를 시로 보여주고 있다.
　박복조의 「누렁개」(『미네르바』)에서는 흔히들 개를 파는 시장에서 삶과
죽음이 교차되는 운명의 갈림길에 선 슬픈 얼굴을 보게 된다. 필자 역시
경기 성남 모란시장 장터에 진열된 개고기 판매점에서 살아 있는 개와 도
살한 개를 나란히 진열대에 놓아둔 걸 본 적이 있다. 인간의 잔인한 모습
을 박복조 시인이 보여주고 있다.

팔달시장 탕제원 철책 안 누렁개 한 마리 먼 데 하늘을 보고 서 있다
무표정 미동도 없다 불안도 갑갑증도 넘어 선 듯 디딘 두 발이 제법 크다
등판도 넓다 꼬리는 말아 두 다리 사이에 끼웠다 물기 서린 눈빛, 눈물도
비명도 없이 묵언, 죽음의 냄새에 뭉그러진 코도 무감각이다 맞은편 상
점 지붕꼭대기 구름 흐르는 조각하늘만 쳐다본다

이미 저승 무늬 지옥 맛을 보았으니 연옥을 바라는가, 하루종일 해를
물어뜯으며 이승 마지막 하늘을 잊지 않으려는 듯 물끄러미
— 박복조, 「누렁개」 부분

탕제원 철책 안에서 죽음의 냄새를 맡으며 죽음의 시간을 기다리는 한
마리의 누렁개 이야기다. 죽음과 삶이 교차하는 공간이며 시간의 차원에
서 그 누렁개는 이미 죽음이 있다는 상황에 처해 있음을 감지한다. 그래서
시인은 누렁개가 처한 극단의 상황을 "맞은편 상점 지붕꼭대기 구름 흐르
는 조각하늘만 쳐다"보는 심성으로 대체한다. 탕제원의 누렁개는 인간이
만들어내는 죽음의 공포 속에서 순간의 삶을 "물기 서린 눈빛, 눈물도 비
명도 없이 묵언"으로 바라보아야 하는 현실은 어쩌면 시인은 누렁개의 신
상에서 인간이 처해 있는 시대적인 현실과 극단으로 치닫고 있는 오늘날
의 상황을 암시하고 있는지 모른다.

오늘날 인간 사회는 인간과 인간의 소통 자체가 자신의 이익 추구에만
급급하고 타인에 대한 배려는 찾을 수 없이 구실만 있으면 타인을 궁지로
몰아가려는 일부 계층의 철책을 누렁개의 운명과 결부시켜 바라볼 수 있지
않을까. 시인은 운명의 한계란 "흐르는 조각하늘"인지도 모른다고 본다.

이혜선의 「젖이 돌다」(『문학과 창작』)는 어느 소시민의 삶의 고달픔이
젖어 있다. 지난날의 아픔이 한 톨의 밤에서 비롯되는 긴 여정이 시인의
감성을 흔들어놓는다. 그래서 시인은 난리통의 고통 속으로 스며들고 있
는 자신을 발견한다.

길동시장 어귀 머리 허연 할아버지 리어카에 밤을 싣고 다니며 판다.
'큰 되로 한되 주세요' 어렵사리 검은 비닐봉지 건네주는 손, 비어 있는
왼팔 소매를 바람이 후려치고 간다

애장터 돌무덤 언저리, 난리통에 어미 잃고
젖배 곯은 패랭이꽃 풀물 든 입술을 내민다
점박이 조막손이 허공을 휘젓는다

순식간에 젖이 돌아 앞섶이 다 젖었다
부스럼투성이 풀꽃들이 다 피었다.
　　　　　　　　　　　　　　— 이혜선, 「젖이 돌다」 부분

　시인은 길동시장 할아버지의 리어카에서 산 밤, "검은 비닐봉지 건네주
는 손, 비어 있는 왼팔 소매를 바람이 후려치고 간" 비어 있는 왼손의 암시
와 함께 "눈부신 속살"을 차마 입에 넣을 수 없는 아픔, "난리통에 어미 잃
고" "젖배 곯은 패랭이꽃 풀물 든 입술을 내민다"는 쓰라린 이야기를 풀어
준다. 시인은 우리가 오랜 지난날 아프게 겪었던 난리통 속에서 "젖배 곯
은" 시절의 절박했던 통증의 심상을 보여주는 마음 아픈 이야기로 할아버
지의 비어 있는 왼손과 "밤"과 "젖배"에서 한 편의 긴 역사의 한순간에 와
있음을 볼 수 있다.
　김순일 시인의 「베잠뱅이」(『시와 산문』)를 보자. 잠뱅이는 '가랑이가 무
릎까지 내려오게 지은 옷으로 여름철 농군들이 입는 짧은 홑고의'를 말한
다. 서울에 나타난 베잠뱅이의 일거수를 해학적으로, 단편적인 스토리를
한 편의 시작품으로 보여준다.

　헐렝이 베잠뱅이가 두리번 두리번 서울 구경을 나왔다 빈틈 한올 없이
꽉꽉 조이고 사는 서울이 킬킬댄다 서로 옆구리를 쿡 쿠욱 찔러가며 쑤
근쑤근 잿빛 웃음이라도 모처럼 신나게 웃는다 베잠뱅이를 따라 나온 아

들 며느리 우거지상이다 쥐구멍도 없다

베잠뱅이가 간다 두리번 두리번 보리방귀 풍 풍 날리며 간다 서울의
가슴팍을 쿵쿵 밟으며 서울의 허벅지를 쾅쾅 밟으며 헐렁헐렁 간다.
— 「베잠뱅이」 부분

이 작품에서 시인은 서울 구경 나온 베잠뱅이 인물을 등장시켜 그의 행
동을 중심으로 해학적인 드라마를 연출한다. 그래서 그들은 서울의 전경
을 바라보며 "서로 옆구리를 쿡 쿠욱 찔러가며 쑤근쑤근 잿빛 웃음"을 웃
으며 "보리방귀 풍 풍 날리며" "서울의 가슴팍을 쿵쿵 밟으며" "서울의 허
벅지를 쾅쾅 밟으며" 베잠뱅이 자신들을 내세운다.

베잠뱅이와 서울의 전경을 대비시켜 기죽지 않는 "빈틈 한 올 없이 꼭꼭
조이고 사는 서울"을 향해 킬킬대는 우울성을 나타내면서 시인은 오늘의
빈틈 한 올 없는 서울을 향해 무언가 자신의 목소리를 들려주고 있는지도
모른다.

이상에서 지면 관계로 몇 분 시인들의 작품만 찾아보았다. 이야기로 쓴
시작품에서 시라는 형식에 따라 한 편의 짧은 스토리를 전개하였음을 볼
수 있다. 다만 작품에서 그 화자가 시인 자신을 따르기도 하고 시의 전개
에 따라 새로운 인물이 설정되기도 했다. 다만 그 이야기가 시적 심상과
스토리의 전개상의 복합 형성이 따르기 때문에 구체적인 묘사는 은유의
형식에 따를 수밖에 없었다. 다만 이 글에서 '이야기시'라는 용어에 모순
이 따를 수 있으나 이 문제는 후일 다시 검토해볼 필요가 있다. 필자가 말
하고자 하는 것은 이러한 이야기 형식의 시작품이 현대시에서 차츰 늘어
가는 추세이며, 과거의 심상적 서정의 함축성은 차츰 멀어져가는 추세를
거론하고 싶어서이다.

한국전쟁의 고통과 비무장지대

6월을 넘기면서 잊을 수 없는 상처는 많다. 특히 6·25 한국전쟁의 한은 긴 세월이 흐른 지금까지 우리의 마음을 아프게 하고 있다. 우리 근대사에 남겨진 치욕적인 사건으로 일제 식민지라는 고난과 동족이 총을 겨눈 6·25 한국전쟁이라는 피눈물을 잊을 수 없다.

1950년 6월 25일 새벽 4시, 북한군의 남침으로 발생한 한국전쟁은 벌써 64년 전의 전쟁으로 역사에 기록되고 있다. 동족끼리 총을 겨누어야 했던 이 전쟁의 참혹상은 이루 말할 수 없는 치욕으로 남는다. 1953년 7월 27일 휴전이 되기까지 3년 1개월의 동족상잔으로 20만 명 이상의 전쟁미망인, 10만 명이 넘는 전쟁고아, 1천만 명 넘는 이산가족, 그뿐인가. 47만 4천여 명을 헤아리는 전사, 부상, 포로의 전쟁 후유증을 낳았고, 남북한을 초토화시켜버린 비통한 역사의 기록을 읽을 수 있음은 우리 국토의 불행일까.

"아, 아, 잊으랴. 어찌 우리 이날을…" 슬픈 노래 속에서 전쟁의 실제를 경험한 세대는, 이젠 노령기에 접어들어 역사의 뒤안길로 묻혀가는 오늘이라는 시점에서 지금의 세대들이 지니는 역사관에 볼 때, 참담한 마음을 지울 수가 없다.

우리의 자손들에게 6·25의 교훈을 철저히 알려주어야 한다. 언제부터 인가 초중고에서는 역사교육의 허실로 인해 반세기 전의 역사의 실상을 바르게 교육했느냐를 물어야 한다. 이 땅은 휴전이라는 명분 속에서 아직 남북이 대치되고 있는 적과 동지의 지구상에 남은 유일한 불운의 국토요 나라다.

오늘날 젊은이들이 지니는 국가관과 지도급에 있는 몇몇 인사들의 국가관에 문제가 있음을 많은 언론매체가 지적하고 있다. 우리나라가 세계 몇 위의 경제대국으로 성장한 것은 음으로 양으로 "우리도 한번 잘 살아보자"고 외치며 절약과 검소를 제일 덕목으로 살아왔던 지난 시대가 있었기 때문에 삶의 여유를 지니는 오늘이라는 시점에 와 있음을 알아야 한다. 과도기적인 양상에서 더러는 시행착오적인 사건도 많았음은 역사가 기록하고 있다.

분명한 것은 지금 현재도 휴전선을 경계로 하여 하나의 땅 위에서 젊은 이들은 적으로 총을 겨누고 있다는 실제 상황이다. 그리고 남북은 그 이념적 사상이 다르다. 언제부터인가 좌성향이라는 명분이 오히려 크게 함성을 질러도 저항받지 않는 법 질서를 무엇이라 해야 좋을까.

역사 속의 아픈 고통을 되풀이하지 말아야 하기 때문에 이 고통을 나라 사랑의 길로 되살려야 한다. 우리는 알고 있지 않은가. 1945년, 이 나라가 맞이하는 해방이라는 공간에서 벌어졌던 좌우익의 다툼을 겪는 사이에 한국전쟁이라는 피눈물을 흘려야 했던 그 시절을 기억해야 한다.

오늘의 시점에서 우리나라의 사정은 또다시 되풀이되고 있는 듯이 좌우 혹은 보수, 진보라는 사상 아닌 사상적 대립의 양상을 보는 국민은 불안한 심정을 숨길 수 없다. 설상가상으로 국내 사정은 물론 국제 사정, 역시 불안한 양상이고, 북한의 동태는 더욱 미묘한 상황을 계속 드러내고 있다.

문학의 미적 담론과 시학

이러할 때 지혜로운 국민적 단합이 필요하다. 자파 이익만을 위하여 투쟁이라는 극한적 상황을 버리고 이 나라 이 땅 위의 모든 국민이 단결하여 세계가 우러러볼 수 있는 애국심으로 뭉쳐 평화통일을 이루어야 한다. 특히 청소년은 물론 중년층이 지난날 선배들이 겪었던 나라 사랑의 길을 찾아 앞서 나가는 지혜로움이 절실할 때가 바로 현재다.

또 한 가지, 반세기를 넘기면서 고통으로 남겨진 비무장지대에 대한 관심이 높아지고 있다. 일부에서는 평화공원 조성이라는 테마를 흘리면서 새로운 시안을 발표하고 있다. 필자는 평화통일 이후 비무장지대는 어떠한 일이 있어도 인간의 손이 닿아 개발이나 개척을 해서는 안 된다고 본다. 그래서 필자는 어느 세미나에서 다음과 같이 주장한 바 있다.

DMZ, 비무장지대라는 전쟁의 상처가 남겨진 나라, DMZ로 인해 국민이 오랜 세계사의 흐름 속에서 겪어 온 비극의 역사를 견뎌온 대한민국입니다. 불행을 견뎌내고 있는 시점에서 우리 경제 규모가 세계 12위가 된 국가가 또 다른 차원으로 무한한 복락을 누릴 수 있는 계기를 가진 나라가 될 수 있다는 희망적인 메시지를 말씀드리고자 합니다. 오늘날 세계 환경론자들의 지적은 오히려 DMZ라는 운명을 잘 운영한다면 지구의 환경생태 문제를 완화하여 세계적으로 지구온난화로 인한 공포를 이겨낼 수 있는 곳이 DMZ라는 사실을 지적하고 있습니다. 뿐만 아니라 문학 작품 속에 나타난 다양한 상상과 감성이 어느 나라도 겪어 보지 못한 "비극적인 현상을 복락으로 전환"시킬 수 있다는 DMZ에 대한 작가들의 관심과 작품은 많이 남겨져 있습니다.

동서 길이 248km, 면적 297,200만 평이며, 군사분계선을 중심으로 남쪽 2km 지점을 남방한계선, 북쪽 2km 지점을 북방한계선으로 1953년 7월 27일 휴전협정 전문 제1조에 의거 설치된 비극의 땅, 이 한 맺힌 땅은 인간은 소외되고 희귀 동식물들만의 서식지가 되었으며, 자생적인 생태 보전과 원시적인 환경으로 변한 긴 침묵과 함께 사람의 발자국은 지워지고 사라진 땅으로 남아 있습니다. 남북은 총을 겨누며 적대적 관계로 있으며, 각 한계선 안에는 남쪽에서는 대성동 자유의 마을, 북쪽에서는 평화촌 민간인 거주 지역으로 형성된 형언하기 어려운 평화가 깃든 곳으로 운영되고 있습니다.

이러한 고통 속 역사의 흔적이 평화통일 이후 우리 대한민국을 세계가 바라보는 자연생태의 환경을 지닌 국가로 인정될 때, 오늘날 기후 변화로 자연 생태계가 멸종되어 가는 지구의 변화 속에서도 반세기 이상 인간의 발길이 닿지 않은 고통의 땅이 후손에게 물려줄 자연 그대로 복락의 땅임을 외칠 수 있으리라고 본다.

제3부

자연의 해석, 인간 욕구와 문명의 충돌

— 이운룡 신작시를 중심으로

1

　자연은 인간과 어떤 관계인가. 이 지구상에서 인간의 삶이 영속되는 한 동반자 관계를 유지할 수밖에 없을 것이다. 자연이 어떻게 변하든 인간의 삶은 그 변화에 적응하지 않을 수 없기 때문이다. 인간도 자연의 일부분이다. 자연의 한 종으로 존재하는 한 좋든 싫든 인간은 자연으로 돌아갈 수밖에 없는 운명이고, 인간 역시 자연이 드러내준 또 다른 영장에 불과할 뿐이다.

　시인이 자연의 거대 환경에 맡겨졌을 때, 그 신비롭고 위대한 자연에 비해 너무도 초라한 존재일 수밖에 없지만, 그러나 자연을 뛰어넘어 자연을 극복하고 초월의 경지를 소요할 수도 있는 존재이다. 더욱이 시인에게 있어서 시적 감성과 상상의 영역이랄 수 있는 시정신의 초월의식은 시인과 시만이 누릴 수 있는 특혜요 특성이기 때문에 시적 초월이야말로 그 어떤 절대자라 해도 감히 넘볼 수 없는 시의 위의가 아니겠는가.

2

이운룡 시인은 그러한 자연과의 대자적·즉물적 감성과 탐구적 담론에서 그 자신이 살아온 행적은 물론이요 인간 사회에 닥쳐올 미래 세계의 변화에 대한 암시를 통하여 새로운 질서와 세계정신을 발견하고 있다는 점에 주목할 필요가 있다. 동시에 시의 정체성 탐색과 확립 의지가 최근에 더욱 두드러져 보인다는 점도 관심의 대상이 된다. 그것은 현실에 부침하는 존재의 원형 또는 시의 원형을 재정립하고 승화시키려 노력하는 그의 의지 때문일 것이다.

먼저 그의 시 「이상한 가을」을 예로 들어보자. 이 시는 가을의 특성과 생의 종말론적 의식이 충돌하면서도 한편으로는 타협과 화해의 이미지를 동시에 보여주고 있다. 어두운 갈등의 심연을 탈출하여 자아 발견의 변증법적 시상으로 발전하는 모습도 관심의 대상이 된다. 「이상한 가을」을 살펴보자.

> 가을에는 좀 쓸쓸했으면 좋겠다.
> 과수원의 열매들이 햇살을 실컷 퍼 마시고
> 단물 한 모금씩 새김질하겠지.
>
> 먼 자갈길 돌아와 노을을 보니
> 나의 가을은 아득히 멀다.

가을은 결실과 완숙과 풍요의 계절임과 동시에 조락과 소멸과 무상함을 동반하는 계절이다. 이 시를 보면 '과수원의 열매들'이 '자갈길'의 고난과 대조되어 있고, '햇살'이 '노을'의 소멸과 대조되어 그 양자의 이미지가 충돌하고 있다. 이 같은 상충 이미지 때문에 가을이라는 계절의 특성이 더욱 선명하게 드러난다. 그리고 가을의 완성과 소멸의 이중적 속성을 인식하

　　　　　　　　　　　문학의 미적 담론과 시학

고 있는 이 시인은 '쓸쓸함'이 불러내준 '노을'을 보는 순간 '나의 가을'은 '아득히 멀다'고 느낀다. 그와 같은 시인의 심리적 반응은 가을에는 좀 쓸쓸했으면 좋겠다'고 하는 그 자신의 내적 성찰과 통찰, 그리고 심상을 통하여 생의 진실을 '자갈길'의 고난과 '노을'의 소멸에서 발견하고 있다. 그런 점에서 이 시는 가일층 눈부신 빛을 발산하고 있다. 이운룡 시인은 결실의 풍요로움 뒤에 숨어 있는 인간적인 연민, 허전함, 쓸쓸함 등을 불러내어 생의 진정성에 초점을 맞추고 있다. 그러한 시적 장치를 역설적 암시라 하거니와 이 시의 역사적 현재는 그래서 쓸쓸하고 슬픈 가을의 종말론적 이미지를 동반하고 있는 것이리라.

> 산 너머 저쪽
> 눈물 글썽거렸던 젊은 날은 가고
> 이제 말더듬이 목소리 잘 들리지 않아
> 다시 묻고 되묻고
> 큰소리로 말해야 알아듣는 가을
>
> 내 귀가 어두워서인가?
> 말소리가 무거워서인가?
> 세월에 먼지가 쌓여서인가?

시인은 나이와 더불어 세상과의 소통이 원만하지 않다는 단절 의식과 그 원인 행위에 대하여 '세월에 먼지가 쌓여서인가'라고 그 자신에게 질문을 던진다. 그처럼 오랜 세월의 흐름에 잇따른 시간적 명시가 "산 너머 저쪽/눈물 글썽거렸던 젊은 날은 가고"라는 과거 회상과 대비되어 현재의 신체적 정신세계와 언어의 색감을 더욱 진하게 살려내고 있다. 구체적으로 말해 가을과의 단절 의식은 "눈물 글썽거렸던 젊은 날은 가고/이제 말더듬이 목소리 잘 들리지 않아/다시 묻고 되묻고/큰소리로 말해야 알아듣는

가을"이라는 구절이 이를 확인시켜준다.

이 작품의 제재인 '가을'이라는 계절이 노년의 초입으로 대유되어 있음은 이미 밝혀진 바이지만, 그러한 정황을 표상한 구체적인 언어는 '세월'과 '먼지'가 종말론적 이미지로 암유되어 있기 때문이다.

가을이, 가을이 이상하다.
말랑말랑한 감동이 오래된 가래떡처럼
굳어 있다.

릴케의 '가을날'과 편지와 죽음
김현승의 '가을의 기도'와 '눈물'을
읽어도 그만, 안 읽어도 그만
나에겐 쓸쓸함도 아픔도 화려한 사치일까.

가을이 오든지 말든지
아무 상관도 없는 나는
이제 남부끄러운 사람이 되었나보다.

가을의 계절에서 시인은 생의 허무를 느끼면서 이를 극복하려고 자신에게 되물어 현재를 과거의 시공간으로 돌이키고 있다. 그러나 그 역시 허무의식으로 회귀하고 만다. "가을이 오든지 말든지/아무 상관도 없는 나"라고 하여 그 자신을 초월 의지 속에 암장시키려 하지만 그러한 태도 역시 숨길 수 없는 생의 업보로 인식하고 있기 때문이다.

그러면 이 작품이 주는 감동은 어디서 오는가? 가을의 단풍이나 낙화가 시인 자신과 동일선상에 있으면서 유심한 세월의 끝자락을 허무의 실존감성으로 인식하고 있는 데서 온다. 그러니까 유한한 생의 종말 의식에 의한 현실적 무상감을 동시적인 패턴으로 해석하면서 자신의 모습을 되돌아보는 데서 비롯되었다는 뜻이다. 결국은 생명체의 삶이란 모두 가을의 풍요와 소멸이라는 이중적 속성과 다름없이 자연의 질서체계로 귀납된다는 것을 의미하는 것이리라.

3

이운룡 시인의 시 「물이 되어」와 4편의 연작시 「물빛의 눈」은 '물'의 생명력과 '물빛'의 순수성을 투명한 이미지로 표상한 작품들이다. 물이라고 하는 H_2O는 모든 생명의 근원이면서 생명체가 살아가는 집(나)이기도 하다. 시인이 자기 자신을 '물'이라고 의물화한 시 「물이 되어」에서 그는 우주의 새로운 질서와 존재에 대한 근원적 깨달음을 얻어 우주론적 통합 의지를 보여준다. 다음 시를 보자.

나는 신경세포가 뒤엉킨 한 알갱이 물이다. 물방울이 가느다란 줄기로, 줄기와 줄기가 도랑으로 시냇가로 강바닥으로 흘러, 흘러 은하 별빛을 휘감아 바다가 되고 배를 띄운다. 바다는 어부를 먹여 살리고 유람을 향락의 선물로 실컷 대접한다.

나는 땅속에서 몸을 풀어 풀뿌리 나무뿌리로 이동하고 어떤 때는 구름이 되어 비행하지만 더 많은 신화를 만들면서 풀잎으로 나무껍질로 몸을 틀어 생명을 기르는 햇살의 성 위에 오르고, 빗물로 다시 풀잎으로 나무껍질로 죽지 않는 영원을 산다.

하늘과 땅이 나의 처소다. 나는 일천억 별들 하나하나의 뇌신경세포에 빛과 소리로 우주의 메시지를 전달하고, 별들과 내가 서로 다른 무한 시공에서 오직 나 하나로서 빛과 소리가 되어 우주가족 억만대를 이어간다. 그것이 나의 존재 이유이다.

— 「물이 되어」 전문

위의 작품은 3연의 산문시이다. 이를 요약하여 해석해보자.

첫째 연을 보면 "바다는 어부를 먹여 살리고 유람을 향락의 선물로 실컷 대접한다."고 하여 표면상으로는 바다와 인간의 삶을 통일된 공간으로 연결시켜놓고 있다. 그렇지만 표면과는 달리 자연과 인간의 공존 의식 그 조건반사를 자연의 섭리 사관으로 표상한 것이다. 근원에서 흘러내린 물이 시내와 강을 통과하여 비로소 바다에 도달한다. 그러한 발상을 시인이 의도한 대로 말해본다면 바다는 그 자체 완전한 세계이고, 궁극적으로는 하나의 운명이 자연으로 통합된 공간인 것이다. 덧붙이자면 바다는 그러한 통합의 정황을 환기시키는 흐름의 진행형임과 동시에 멈춤의 완성형 공간이라고 할 수 있다. 본질적 심상으로 보면 완전 합일의 세계정신과 인간적 친화력을 '물의 신경세포'로 전이한 대담성으로 그 의미를 확장시켜놓고 있다는 점으로 보아서도 그렇다.

둘째 연에서 '나'는 "생명을 기르는 햇살의 성 위에 오르고, 빗물로 다시 풀잎으로 나무껍질로 죽지 않는 영원을 산다."고 한다. 자연의 생명체와 그 생명체를 기르는 물이 얼마나 강한 순환 회귀의 역사를 동반한 호환의 법칙으로 자리 잡고 있는가를 천명하고 있는 구절이다. 나 곧 물은 다시 "땅속에서 몸을 풀어 풀뿌리 나무뿌리로 이동하고 어떤 때는 구름이 되어 비행"한다고 역설한다. 이처럼 시인은 새로운 생명의 역동성을 아무런 차별 없이 나와 자연을 공존의 대상으로 보여주고 있다.

셋째 연에서는 "별들과 내가 서로 다른 무한 시공에서 오직 나 하나로서 빛과 소리가 되어 우주가족 억만대를 이어간다."고 한다. 그러니까 이것은 나 곧 물이라는 유기체의 절대적인 존재의미를 강조하고 있다 하겠다. 생명이 붙어 있는 한 나 하나의 존재가 바로 우주인 것이다. 더불어 우주의 '빛'과 '소리'는 무한 시공과 '나'라고 하는 독존적 인격체와 무관하지 않다는 논리이다. 그래서 내가 곧 우주이고 우주가 곧 나라고 역설한 이 시인은 '그것이 나의 존재 이유'라고 선언한다. 이처럼 이운룡 시인은 물의 실체와 인간의 삶의 영역, 물과 생명체와의 절대관계, 우주 형성과 물과의 관계 등을 통하여 '나'라는 개체의 절대성과 만물만상의 상호 의존적 비의를 천명하는 데 역점을 두고 있는 것 같다. 그리하여 나와 물, 물과 나와의 세계인식을 보여줌으로써 이들 양자의 불가분의 관계와 모든 생명체의 필요충분조건을 강하게 깨우쳐 주고 있는 것이다.

이러한 관계 설정은 연작시 「물빛의 눈」으로 이어진다. 부제로 제시된 '깨끗한 사랑', '새들의 아파트', '바보 추기경', '굴뚝에 앉은 갈매기'에서 그들의 모든 행적을 '물빛' 이미지로 형상화하고 있음을 볼 수 있다. 순수한 물은 무색 투명체이고 빛이 없다. 그런데 시인은 아무런 빛도 되비칠수 없는 투명체에서 '물빛'을 발견한다. 물이 맑으면 맑은 대로 흐리면 흐린 대로 '물빛'을 감지하는 것이다. 따라서 출렁이는 물은 단순한 H_2O가 아니다. 암시성을 동반하고 있는 함축적인 사물이다. 그러한 비장의 감수성은 시인의 지적 투시안이 아니면 불가능할 것이다. 이운룡 시인은 '물빛'을 예민하게 감지하고 감각한다. 그리하여 물이 내뿜는 빛의 세계를 통찰, 흐림의 불명확성보다는 밝음의 미학으로 물의 속성이 무엇인가를 발견하고 있다. 긍정적인 미적 공감을 찾으려는 이 시인의 정신세계를 읽을수 있는 대목이다.

> 사랑은 눈 밖에서 마음으로 들어와
> 맑은 물빛이 된다.
> ─「물빛의 눈─깨끗한 사랑」 부분

> 물빛의 눈과 마음이 나와 너와의 경계를 허물고 생각을 열어준다.
> ─「물빛의 눈─새들의 아파트」 부분

저절로 웃음을 알고 터뜨린 바보가
진실로 이 세상 물빛웃음꾼이다.
　　　　　　　　　— 「물빛의 눈－바보 추기경」 부분

어린 장님들이랑 키 큰 벙어리들이
물빛의 눈을 뜨고 닫힌 입이 열린다.
　　　　　　　　— 「물빛의 눈－굴뚝에 앉은 갈매기」 부분

'물빛'은 밝고 깨끗한 마음과 사랑, 눈과 웃음 등을 보여준다. 그러한 서정적 이미지를 통하여 밝음이라는 미학적 암시성이 두드러지게 나타난다. 그 까닭은 사물의 내면세계를 투시하는 시정신의 고양된 모습을 연상하기에 충분한 에너지를 보유하고 있기 때문이다.

이제 이운룡 시인을 '물빛 시인'이라 불러도 좋으리라. 왜냐하면 아무도 발견하지 못한 '물'이라는 유기체 인자를 '빛'과 병치시킴으로써 최초로 '물빛'을 발견한 시인이기 때문에 '물빛 시인'이라 불러도 흠 잡힐 것이 없을 것이다. 다시 강조하거니와 '물'과 '빛'이 통합된 언어 즉 '물빛'이라는 언어 미학을 새롭게 발견하고 있다는 점은 주목의 대상이 되지 않을 수 없다.

　　　4

또 한 가지, 이운룡 시인은 오늘날 인류 앞에 실제 상황으로 부닥쳐 있는 문명의 위기와 한계상황을 심각하게 고민하고 있음에 공감하게 된다. 그의 시 「문명 트라우마」에서 인간의 무한 욕망과 그에 의하여 예상되는 지구촌 멸망의 심각성을 절실하게 속죄하고 있음을 보기 때문이다.

머리뼈 속 공기주머니가 빵빵해진다.
하늘의 눈물이 골수를 파고든다.

머잖아 터질 것이므로
모든 사고는 예정된 고통이다.

방구석 농짝 밑 줄지어 밀려드는 빗물
대책 없는 급습
싸우다 싸우다가
백기 들고 무릎 꿇고 엎드린

바다에서
땅위에서
하늘에서
과거와 현재와 미래의 뇌실(腦室)에서
목숨을 겨냥한 정조준, 그 차가운
금속성

인류의 재난이고 고통이다.
하늘을 거역하다 풀잎에 잡혀 넘어지는
첨단화된 무한욕구 탓이다.

잔혹한 점령군이여.
바다 속의 긴 숙박, 영혼의 용암 세례…
인류의 눈물이여, 하늘이여!

　　　　　　　　　　　　　— 「문명 트라우마」 전문

　　인간의 욕구와 문명의 발달이 지구촌 미래를 위기로 몰아넣어 정신적
충격을 안겨주고 있음은 누구나 느끼는 현실이다. 실로 심각하다고 아니
할 수 없다. 그래서 이 시인은 트라우마(trauma)라는 '비정상의 심리상태'

에 적용되는 시어를 제목으로 문명의 위기와 인간의 각성을 일깨워주고 있다.

오늘날 일상생활의 필수용품으로 사용되고 있는 스마트폰, 텔레비전, CCTV, 자동차의 내비게이션 등 문명에 의해 만들어진 기기의 활용도를 생각해보자. 삶의 질이나 가치를 상승시키는 것과는 반대로 삶의 트라우마에 빠져들고 있는 현실이지 않은가. 그러한 현실 모순과 인간의 무한 욕망을 고발함과 동시에 인간 정신의 문제의식을 지적한 점도 설득력이 매우 강하다.

이처럼 초고속 첨단 문명의 발달은 "머리뼈 속 공기주머니가 빵빵해진다./하늘의 눈물이 골수를 파고든다.//머잖아 터질 것이므로/모든 사고는 예정된 고통"이라는 시인의 발언 그대로 인간의 정신적 황폐를 경고하는 메시지로 그는 한 몫을 크게 챙기고 있다. "과거와 현재와 미래의 뇌실(腦室)에서/목숨을 겨냥한 정조준, 그 차가운/금속성"에 위협받고 있는 인간의 뇌가 어디로, 무엇을 향해 가고 있는지는 묻지 않아도 그 비극적 종말에 무감각할 사람은 없으리라. 지구촌의 파괴, 인류의 멸망이 아니면 또 무엇이 더 있겠는가? 그래서 시인은 "인류의 재난이고 고통이다./하늘을 거역하다 풀잎에 잡혀 넘어지는/첨단화된 무한욕구 탓"이라고 개탄하는 것이다.

오늘날의 첨단화 기계문명이 앞으로 닥칠 인류의 운명에 어떤 불행을 안겨줄 것인지는 이제 두말할 나위가 없다. 현재의 편리성이라는 이유만으로 인간의 삶이 마비될 것을 염려하고 있는 시인의 고발정신은 실로 심각하다 아니 할 수 없다. 그리하여 "잔혹한 점령군이여./바다 속의 긴 숙박, 영혼의 용암 세례…/인류의 눈물이여, 하늘이여!"라고 물질문명의 반항과 그 충격으로 말미암아 정신적 소용돌이에 휘말리고 있다. 그는 이러한 문명 위기의 심각성과 경고장을 작품 「문명 트라우마」를 통하여 인간의 행복 추구에 대한 자성과 문명에 대한 새로운 인식의 메시지를 강력한 어조로 형상화하고 있다.

5

이상으로 이운룡 시인의 몇 편의 작품들에 나타난 언어의 특성과 시인의 정신세계를 살펴보았다. 전반부의 자연에 대한 시 의식은 표면적인 감각을 넘어 초월적 심상이 투명하게 형상화되어 있으며, 시인의 섬세하고 맑은 감수성을 여실히 느낄 수 있었다. 특히 '물'을 '빛'과 병치시켜 최초로 '물빛'을 발견한 시인이기 때문에 그를 '물빛 시인'이라 불러도 좋다는 결론이다.

후반부에 들어와 문명 비판의 작품이 암시하는 메시지와 이미지는 생명의 절대적 우월성을 천명하는 가운데 인간의 무한 욕구와 첨단화 문명의 위기의식을 경고하고 있으며, 그에 대한 경각심과 인류의 자각을 주문하고 있다. 따라서 자연의 절대성과 인간의 생명에 천착, 인간 중심의 언어 미학으로 이 세계와 우주를 조감하고 있다는 점 또한 그 의미와 가치를 높이 사고자 한다.

인생의 가치와 진면목
— 조상기, 『빈 들에 내린 어둠』

조상기 시인의 시집이 실로 오랜 침묵의 시간을 깨고 세상에 빛을 보게 되었다. 시집의 이름을 '빈 들에 내린 어둠'이라 하여 암시적인 의미가 그의 연륜을 더해준다. 이미 수확을 거두어들인 곳, 아니면 무엇인가를 받아들이려는 자세의 곳 이곳이 빈 들일 수 있다. 어쩌면 그의 빈 들은 달관의 곳, 무아와 무상의 선적 경지에 도달한 그곳이 '빈 들'이다. '어둠'은 쉼이다. 말하자면 달관의 세계에 몰입되어 쉼을 자처하는 자세가 이 시집의 암시성을 띠고 있다.

조상기 시인은 1963년 『조선일보』에 시 「대추나무 뿔 날 때」가 입선되고 1966년 『중앙일보』에 시 「밀림의 이야기」가 당선되면서 우리 시단에 주목을 받기 시작했다. 1977년에 첫 시집 『후일담』을 상재함으로 그의 시의 진면목을 보여주게 된다.

두 번째 시집 『빈 들에 내린 어둠』은 실로 긴 침묵 끝에 나온 작품집으로 인고의 긴 터널을 빠져나온 노작이다. 57편의 작품이 수록된 이 시집에는 첫 시집인 『후일담』에서 보다 더욱 완숙한 달관의 세계와 성숙된 인생의

문학의 미적 담론과 시학

관조가 깃들어 있다. 결국 20여 년의 침묵이 침묵으로서 끝나지 않았다는 통찰의 깊이를 엿볼 수 있다.

그의 세상 보기의 눈이 달라져 있음을 느끼는 것은 그가 달관의 깊이에 너무나 가까워져 있음이다. 사람은 세상을 여러 번 바꾸어 바라보게 된다고 한다. 그것은 사람의 일생이 성숙해지는 과정도 있겠지만 세상 바라보기에 대한 정신적인 태도에 더욱 기인한다고 할 것이다. 과거 그는 세상의 관조에 머물고 있었으나 이젠 달관의 깊이로 빠져들고 있다.

그러한 것은 세상을 바라보기에 있어 외형적인 안목에서 내면적인 투시의 선적 자세로 완숙해지는 성숙성을 보이기 때문이다. 외부의 세계에서 안으로의 세계로 관심의 초점이 모여지고 있기 때문이다. 그에게는 인생의 문제든 자연의 문제든 그것은 이미 그 자체로 존재하지 않고 그 내면 깊숙이 존재하는 새로운 세계의 이면 속에 잠재하는 의미를 천착하는 자세에 몰두되어 있음을 느끼게 한다. 그것은 사물을 바라봄에 있어서 그 사물의 존재가치를 의미의 깊이와 달관의 내면성 속으로 빠져드는 그의 일상사에서 비롯되고 있다.

인생의 가치는 인생의 한계와 인생의 진면목을 향유하고 이를 여유롭게 바라볼 수 있는 시점에서 가능한 것이다. 인생의 참 의미는 그 내면의 깊이를 스스로 첨삭하고 사유하는 과정에서 자연스럽게 분출되는 멋이 따르게 됨을 알 수 있다. 삶의 진솔성에 대한 그의 관심은 이미 초월의 경지를 넘어서 바라봄의 위치에 그를 끌어들이고 있다.

하루에도 몇 번씩
마음 자리 비우는 연습을 한다.

내 오래도록 거느리고 살아온
한 무더기 번뇌도

순순히 돌려보내고,

더디 오는 사랑의
무던히 밀물지던 그리움의 무지개
바람처럼 내닫는 방황도
이제 여기쯤서
눈감겨 재운 후에,

한결 허허로운 마음자리
조용히 헤어보면
걱정 깊은 이마 위로
그늘져 드리우는 쓸쓸한 나이.

　작품 「연륜」의 전반부다. 인생의 연륜에 침잠해보는 여유를 담담하게 말하고 있다. 그의 인생의 회고는 마음을 비우는 연습에 있다. 마음을 비운다는 것은 인간이 지닌 오욕과 칠정으로부터의 탈출이다. 욕망의 자리에 머물고 있으면 마음을 비울 수 없다. 그래서 그는 "하루에도 몇 번씩/마음 자리 비우는 연습"에 몰두한다. 그 마음 자리 가운데는 "한 무더기 번뇌"도 있고 "바람처럼 내닫는 방황"도 비워서 보내버리는 연습에 몰입한다. 그 몰입의 자리에 그의 인생의 연륜이 자리한다. "걱정 깊은 이마 위로/그늘져 드리우는 쓸쓸한 나이"에 머문다.
　이것은 그의 일상적인 관조의 조망이며 그의 인생을 적절히 나타내는 표적이 된다. "쓸쓸한 나이"에 이르면서 그는 그의 마음 비우기가 예사롭지 않다는 하나의 철학적 사고에 이른다.

　조상기 시인은 그가 바라보는 인생의 가장 깊은 사려의 문제가 "마음"에 있음을 알고 있다. 마음을 다스리고 이를 비울 수 있다는 생각에 몰두할 때 "쓸쓸한 나이"에 와 있음을 인식하게 된다. 그러한 문제를 다룬 시행을 여러 곳에서 찾게 된다.

작품 「연습」에서 "지금은 잊어서 그리운 이들의/얼얼한 가슴만 남아/부러진 날개 위에/어지러운 꿈만 쌓인다." 그가 그리워하는 이들의 '꿈'의 의미, 그리고 작품 「바람 부는 날」에서 "오늘처럼 고향쪽에서/바람이 불어오는 날은/꼴 베던 손길을 놓고/무지개 뜬 하늘 밖으로 달려가던/내 꿈은 살아서 일어난다." 살아서 일어나는 '꿈'의 의미, 작품 「이별연습 · 1」에서 "흔들리는 그림자로 그들은 살면서/시시로 어둠의 장막을 걷고/내 꿈길에 나 찾아 오려는가." 찾아오는 '꿈'의 의미는 각각 그것이 주는 의미의 요인이 다르지만 그 하나의 의미는 동일한 것이다. 말하자면 "쓸쓸한 나이"에 와 있다는 인생의 관망인 것이다. 그리워하는 것과 살아서 오는 것과 찾아오는 것이 동시에 그의 마음속에 와 있는 것이다. 이것은 어떤 세속적인 욕망이 아니라 마음 비움 자리에 와 있는 애린이며 연민으로 자리한다. 조상기 시인은 이러한 삶에서 얻어지는 인생의 그리움이 그의 일상 세계로 자리 매김하고 있다.

그는 이러한 인생의 문제를 조망하면서 서정적인 섬세함 역시 그의 시의 멋을 한층 빛나게 한다. 그의 서정은 사물에 대한 내면성의 천착에 있다. 그에게 와 닿는 사물은 그것으로 머물지 않고 새로운 세계의 작은 공간을 조성한다.

바람도 부끄러워
귀를 막고 돌아서면

하늘은 저만치서
눈을 가린다.

작품 「목련꽃 피는 날」의 첫 부분으로 목련의 비유적인 이미지는 그것이 하나의 완벽한 새로운 공간을 완성한다. 목련꽃의 화사하고 아름다움을 감각적인 이미지로 새로운 모습을 보여준다. 목련의 아름다움에 "바람도 부끄러워/귀를 막고 돌아서"야 한다는 표현은, 그것 자체가 불어오는 바람과 그 바람이 귀를 막아야 하는 이중적인 동작의 이미지의 연결은 바람 자체가 그의 소리에 귀를 막아야 하는 표착과 "하늘은 저만치서/눈을 가리"는 표현은 그 행위 동작이 눈에 보이듯이 선하다. 그의 서정은 결국 그의 인생을 향유하는 사고의 깊이만큼 표현의 내면성이 뛰어나다고 하겠다.

조상기 시인의 시에서는 인생을 달관의 경지로 끌어 올려 이를 초월하려는 초월자적인 성숙성이 스며 있는 선비적인 시의 풍모를 느낄 수 있다. 그의 시집은 첫 시집인 『후일담』에서 보여준 풍부한 인간적인 성실성과 자연의 질곡을 풍요롭게 조명한 반면에 이번 시집 『빈 들에 내린 어둠』에서 보여준 인간사의 삶과 초연의 문제를 원숙하게 보여주었다는 점이 높이 평가받을 것이다.

소부리의 영원한 기도와 향수

— 임원재, 『소부리 연가』

1

소산 임원재 시인의 시집 『소부리 연가』에서는 우리의 고대 국가인 백제의 영혼이 살아 움직인다. 백제의 옛 서울 '소부리'는 시인의 출생지이며 '사비성(泗沘城)'이라고 말하기도 한다. 시인에게 있어 역사가 살아 숨 쉬는 땅, 소부리는 절대적인 향수가 깃든 버팀목이 되고 있음을 볼 수 있다.

시인의 감성은 아동문학의 산실에서 자신이 살아온 고향에 대한 오랜 역사의 향기를 새로운 각도에서 마음의 열정을 남기고 싶었던 것일까. 소부리는 그러한 모성적인 애정과 정감이 살아 있는 시인 자신이기도 하기 때문이다.

시인은 이러한 심정을 "내가 걸어온 긴 세월 뒤안길을 되돌아보며 두고 온 옛 고향 백제(百濟)의 옛 서울 '소부리'의 역사적 흔적을 더듬어 향수를 달래고자 그동안 써 놓았던 시 몇 편을 다듬어, 오가던 길목에 거울을 걸어 놓고 내가 나를 보고자 활자로 남기려는 것이다."(「나의 시세계」에서) 라고 고백하고 있다.

역사와의 접목에서 지나간 백제의 흔적을 현재 시점에서 찾아 나서는 시인의 감성은 지나간 시대의 고백이면서 현재라는 관점에서 다시 되살리려는 회상적인 기술이기도 하다. 시인의 감성은 과거라는 긴 터널을 통과해서 그 핵심에 존재하는 현상을 찾아 현재 시점으로 돌아와 역사의 굴곡을 보여주려 한다.

임원재 시인의 가장 큰 핵심의 가치는 바로 그 역사의 실상에 머물고 있는 흔적에 대한 시인 자신의 강한 집착과 향수에 대한 열정으로 나타난다. 시인의 시작품에서 '소부리' '부소산' '낙화암' '백마강' '고란사' '백제탑' '구룡벌' '규암정' '수북정' 등 고도 백제가 품고 있는 많은 역사의 흔적을 찾아 나서고 있음도 이러한 맥락에서 볼 수 있다.

길고 긴 역사의 흐름 속에서 오랜 세월 동안 품고 있는 소부리의 흔적을 시인은 다음과 같이 찾아 나서고 있다.

> 구름도 발길 따라 머무는 곳
> 소부리 옛터에 한도 많구나
> 나성에 부는 바람 아직도 불고
> 산유화 피고 지는 낙화암에는
> 백마강에 잠긴 달 다시 뜨누나
>
> ——「소부리 야곡」 부분

> 깨어진 한 조각 기왓장에도
> 천년 옛 꿈이 되살아나고
> 둘레길 걸어가는 길손이여
> 발길에 채이는 돌멩이 하나에도
> 백제는 살아서 역사로 말한다
>
> ——「고란사 새벽 종소리」 부분

> 천길 단애 낭떠러지

두견화 피고 지고
"소쩍궁, 소쩍궁"
두견새 목울음이
애달프다 어이하리……

— 「낙화암 두견화 피고 지고」 부분

백마강에 잠긴 달
삼천궁녀 넋이런가?

— 「백마강에 잠긴 달」 부분

몇 편의 작품에서 보듯 백제가 남긴 역사의 흔적 속에서 시인 자신이 과거로 회귀하여 그 시대의 역사 속으로 들어가 과거와 현재가 공존해야 하는 시인의 고뇌가 깃들어 있다. 지나간 역사에서 보여준 한과 고뇌의 번민은 물론, 번성했던 역사의 긴 흐름을 지나칠 수 없는 시적 감성이 현재 시점에서 시인은 맺힌 한을 풀어본다.

"구름도 발길 따라 머무는 곳/소부리 옛터에 한도 많구나" "발길에 채이는 돌맹이 하나에도/백제는 살아서 역사로 말한다" 한 많은 역사의 언저리에 머물고 있는 한 시절의 위상을 놓칠 수 없는 흔적 따라 시인은 스스로 자신을 되돌아보고 있다.

삼천궁녀의 혼이 서려 있는 낙화암에서 "천길 단애 낭떠러지" "두견새 목울음이/애달프다 어이하리……" 두견새의 목울음이 "백마강에 잠긴 달" 로, "삼천궁녀 넋"으로 돌아와 애달프게 나타나 투영된 백마강의 넋을 시인은 영원히 피어나는 두견화의 화신으로 오랜 세월의 뒤안길을 열어본다.

임원재 시인은 천년 고도 백제가 안고 있는 기나긴 역사의 흔적을 오늘이라는 시점에서 다시 되돌아보며 자신이 고도의 한 지점에 머물면서 역사가 남기고 간 또 다른 흔적을 찾아 나선다. 문학작품이 외면할 수 없는 가장 큰 영역이 지나온 시대를 가늠하는 역사의 일면이라는 점은 많은 문학작품에서 기술되고 있다.

임원재 시인의 다음 작품은 전체적인 구성으로 보아 한 편의 짧은 서사적인 모습을 보여준다고 할 것이다.

천년 고도 곧은 숨결
사해로 내닫는 산사의 고향

길 따라 세월 따라 지울 수 없는
한 서린 발자국
낙화암엔 두견화 피고 지고
정림사 석탑은 말이 없는데
나성에 불던 바람 아직도 불더이다

길손이여
가슴을 열고 발밑을 보라

뺏고 빼앗기고 죽고 죽이고
피로 얼룩진 허허로운 세월
역사는 강물로 흘러
천년이 가고 천년이 와도
지울 수 없는 흔적
사람과 사람 사이 문화로 존재한다

백제의 미소
정겨운 소부리 사람들
따뜻한 봄날엔 그곳에 가고 싶다
굿드래 나루에서 쪽배를 타고
세월의 강물을 거슬러 올라

문학의 미적 담론과 시학

조룡대 바위에 앉아
강바람에 시 한 수 떠올리고

고란사에 들러
고란초 띄운 약수 한 잔 마신 다음
부소산에 올라 반월성을 돌아보렴

'사자루'에 노을 지고
'영월루'엔 달이 뜬다

정 두고 가는 저 길손아
부여를 보려거든 발밑을 보라
발길에 차이는 돌멩이 하나에도
백제는 살아서 꿈을 꾼다야

— 「길손이여 발밑을 보라」 전문

「길손이여 발밑을 보라」의 호흡은 기나긴 역사의 고도의 전반을 압축하면서 그 역사가 지니고 있는 기나긴 흔적의 실마리를 풀어주고 있다. 이 작품에서는 소부리가 안고 있는 역사의 발자국은 물론 피로 얼룩진 역사의 참상과 정겨운 사람끼리 나누는 백제의 미소, 남겨진 문화의 흔적이 발길에 차이는 돌멩이 하나에 깃들어 있어 "부여를 보려거든 발밑을 보라"고 시인은 길손에게 말하고 있다.

시인의 작품에서 역사 속에 머물러 있는 오랜 발자국들을 찾아 하나의 이미지를 넘어 실상으로 와닿는 감성이 더러는 감탄을 자아내기도 하고, 아픔이 도사린 현장에서 시인의 아픈 마음이 오히려 시대를 뛰어넘어 과거와 현재가 새로운 정신적인 차원으로 "백제는 살아서 꿈을 꾼다야"라고 호소하고 있다.

기원전 2세기부터 6백여 년간 백제가 품고 있는 역사의 흔적은 시인의 정신적인 영감이며 삶의 실상으로 와닿는다. 역사의 흔적은 아픔이면서 현재의 새로운 도전이기도 하다는 점을 시인은 보여주고 있다.

2

임원재 시인의 작품에서 또 다른 특징은 행과 연 사이의 이미지리를 운율적인 소리의 모형화를 시도함으로 그 운율이 주는 고저강약이 전체 작품에서 어떤 효과를 주느냐 하는 문제는 퍽 인상적인 파장을 느끼게 해준다는 점이다.

시의 정서적인 문제는 리듬이 주는 행과 연 사이 소리의 반복에서 오는 음악성에 의해 나타나고, 전체 작품이 지니는 강한 이미지는 작품의 톤의 강조에 의해 새로운 정서 효과를 지닐 수 있다. 더러는 의성어의 효과를 나타낼 수 있고, 더러는 의태어의 모양새를 보여주기도 한다.

임원재 시인의 작품에서 나타나는 이러한 음성 효과는 시의 행과 연의 맥락에서 작품이 지니는 이미지의 내면을 살펴보면, 음성의 리듬이 주는 음가의 호흡에 따른 새로운 감동이 따르게 마련이다. 시에서 리듬의 울림이 주는 효과는 전체의 작품이 품고 있는 이미지의 확대라는 점에서 또 다른 이미지를 연상하게 된다.

찰 찰 차르르 찰 차르르
멱 감는 소리 달 씻는 소리

주룩주룩 찰방찰방
몸 씻는 소리
물 긷는 소리.

문학의 미적 담론과 시학

쏴아…… 철석……

— 「강마을 나루터」에서

시렁 위엔
씨오쟁이 조롱조롱
밥상에 둘러앉은
씨알들은 올망졸망

— 「내 고향 남쪽에는」에서

똑 또르르
뒤뜰에 알밤 떨어져 뒹구는 소리

그 옛 친구들 땀방울이
아롱아롱

— 「한가위 보름달」에서

통. 통. 통 햇줄을 튕겨라

물레를 저어라
윙, 윙, 윙……

씨 고운 순서대로 베틀에 얹어
차알 칵 찰칵

— 「어머니의 북 바디 소리」에서

베틀 위에 앉아 계신 울 어머니
차르르 찰칵
차르르 찰칵

찍 찌르르
찍 찌르르

소부리의 영원한 기도와 향수

베짱이는 달빛으로
한가위 갈빔을 짠다…

—「밤바람 소리」에서

쏴아… 차르르르
쏴아… 차르르르
뱃전에 부서지는 파란 무지개

쏴아… 차르르르
쏴아… 차르르르

—「고향 바다」에서

끼륵 끼륵 끼르륵
갈매기 노래
밤 물결 소리…!

—「조약돌」에서

그르렁 그르렁
밤바다 코 고는 소리
쏴아 차르르
쏴아 차르르
파도 성근 숨소리

—「해변의 연가」에서

스물 스물
겨드랑이에 날개 돋아
부활한다
하늘을 난다

쓰륵 쓰륵
매암 매암

문학의 미적 담론과 시학

열흘만 살아도 좋다

—「매라지의 노래」에서

빈 둥지만
동그마니, 동그마니
빌딩 숲 그늘에 매달려

—「그으른 햇살」에서

가알, 갈, 갈
헛기침 소리 남으로 온다

—「세월 가는 소리」에서

제야의 종소리만
위그렁 덩그렁
나는, 나는 돌아오지 않는
파란 메아리

—「제야의 종소리」에서

빌리리 빌리리
오월이 부르는 소리에

—「봄의 속삭임 속에」에서

비둘기도 구, 구, 구, 구/목울음이 해맑다

—「아침 햇살」에서

임원재 시인의 작품 속에 나타난 소리와 어떤 형상의 의성어와 의태어 들 "찰 찰 차르르 찰 차르르" "주룩주룩 찰방찰방" "쏴아… 철석…" "똑 또르르" "통. 통. 통" "윙, 윙, 윙…" "차알 칵 찰칵" "차르르 찰칵/차르르 찰칵" "찍 찌르르/찍 찌르르" "쏴아… 차르르르/쏴아… 차르르르" "끼륵 끼륵 끼르륵" "그르렁 그르렁" "가알, 갈, 갈" "위그렁 덩그렁" "빌리리 빌리리”“쓰륵 쓰륵/매암 매암”“구, 구, 구, 구” 등에서 보듯 소리의 운율 효과를 볼 수 있으며, “동그마니, 동그마니”“조롱조롱”“올망졸망”“스물스물”“아롱아롱” 등에서 보듯 모양과 형상의 의태어적 음성에 의해 작품에서 나타내고자 하는 톤의 극적 상황을 여실히 볼 수 있다.

지문으로 보여줄 수 있는 기법을 소리의 음가에서 청각적 효과가 주는 시적 감동이 한가락 리듬의 흐름에 따라 변화는 무한한 것이다. 시인이 이러한 음가로 대치하여 표현한 것 역시 소리가 주는 감동 효과와 시에서 표현하는 이미지의 효과를 동시에 동반하고 있다고 하겠다.

문학이론가 르네 웰렉과 오스틴 워렌은 “각 언어는 그 나름대로 음소의 체계를 가지고 있으며 모음과 전혀 다르기도 하고 비슷하기도 하거나 자음에 가까운 체계를 가지고 있다. 이러한 음의 효과조차도 한 편의 시나 시행의 일반적인 의미의 가락으로부터 거의 떼어버릴 수는 없다는 것을 우리는 잊어서는 안 된다. 의미와 전후 관계와 가락 따위가 언어학상의 음을 예술적 사실로 전화시키는 데 필요한 요소들이다.”(『문학의 이론』에서)라고 했다. 이로 볼 때 임원재 시인이 표현한 음가의 효용 가치는 시가 지니는 이미지와 정감으로 대치되는 육감적인 판단에서 인식되어야 할 것이다.

임원재 시인의 음가의 언어 표현에서 그 작품이 지니는 외형상의 요인을 접목함으로 그 작품이 내포하고 있는 또 다른 이미지의 요인과 음소에서 오는 감각적 지각현상을 공감함으로 유포니(euphony)의 감성효과는 클 것이라고 본다.

문학의 미적 담론과 시학

3

임원재의 작품에서 백제의 흔적, 소부리의 마음에 안기면서 자신의 신선한 향기를 찾아 새로운 자신으로 회귀하였으며, 유포니의 감성효과를 나타내는 시인만의 시적 기법을 살펴보았다.

또 한편으로는 고향과 삶의 뒤안길을 보여주는 작품도 새로운 각도에서 정서적인 공감으로 자연스러운 운치를 보여주면서 회화적인 색채감이 강하게 나타나고 있음을 볼 수 있다.

이러한 자연과 향토의 문제에 대해 임원재의 시집 『작은 물방울 하나』(2005)에서 이성교 시인은 "그의 시에 크게 밑받침되고 있는 것이 향토적 정서와 자연이다. 그의 자연은 있는 그대로의 자연이 아니라 생활을 윤택케 한 자연이다. 그러므로 그의 자연은 때로는 기쁨과 슬픔도 많이 자아낸다. 이러한 자연은 먼 훗날 고향을 추억함으로 더욱 아름다운 것이 된다."('해설'에서)고 작품에 나타난 고향과 자연에 대하여 분석하고 있다.

임원재 시인 자신은 "나의 시세계는 간절한 기도요 찬양으로써 창조의 원형인 동심으로 돌아가고 싶은 순수를 지향한 독자와의 교감이 어설프지만 나의 시 창작이라 말할 수 있다."('나의 시세계'에서)라고 함으로 순수한 동심의 바탕 속에서 현대시가 내포하고 있는 새로운 언어 미학을 밝은 감성과 영감으로 많은 면모를 보여주고 있다고 하겠다.

역사의 흐름에 대한 고뇌와 고발

— 차경섭, 『아리랑』

1

차경섭 시인은 시조시인으로 활발한 작품 활동을 하면서 어느덧 제28시집을 이번에 발간하게 되었다. 현대시 75편에서 새로운 이미지의 구사는 차경섭 시인의 새로운 면모를 보게 된다.

필자는 그의 제11시조집 『천년의 등불』에서 시인의 작품을 "고려시대의 개국에 얽힌 도선의 설화에서부터 찬란한 문화 창달의 태평시대와 무인들의 살벌한 권력욕의 실전, 충신들과 선비문화의 요람을 시조 기술 방법으로 엮어준 점은 시조형식에 의한 새로움이라고 하겠다. 특히 차경섭 시인의 언어 선택의 폭을 두 가지 면으로 볼 수 있다. 한 가지는 철저하게 고풍스러운 언어 질감에 머무르고 있다는 점이고, 고려라는 시대감각을 부각시키기 위한 의도성에서 벗어나기 어려워진 상태라는 면을 볼 수 있다. 이러한 점은 어쩌면 작품에서 고려의 시대에 몰입하려는 시인의 판단이라고 보면 될 것이다."라고 분석한 적이 있다.

시인의 시조에서 보여준 지나온 시대적인 상황에 대한 문제의식을 내포하면서 그 문제에 대한 시인 자신의 정신적인 일면을 잘 나타낸 부문이었다고 생각한다.

제28시집에서는 현대라는 시점에서 시인은 어려웠던 과거와 오늘이라는 현시대를 접목하여 지난날의 삶의 역경과 오늘이라는 풍요의 시대를 대칭적인 각도에서 바라보고 있다는 점도 역사의 질감에서 느끼는 현장감을 살리고 있다고 하겠다.

우리의 토착적인 환경과 그 풍토에서 나타나는 절묘한 감각과 풍경, 삶의 일상에서 보여주는 우리의 고유한 흔적들을 시인은 작품의 여러 요소에서 놓치지 않고 있다.

> 음력 이월
> 다가고 양지 뜨락에는
> 샛노란 병아리를 가득 품은
> 사나운 씨암닭이 덤빌 듯 폼을 잡고
> …(중략)…
> 산골짝 버들강아지는
> 토실토실 탐스럽고
> 강가의 능수버들 가지가지는 유연도 하여라
> 새벽찬 장끼는 힘이
> 뻗친 듯 꿩꿩 산울림만 하고
> 산과 들녘에는 기화요초 만발하나니
>
> ─「봄이 오는 길」 부분

위의 작품에서 보듯 오랜 세월의 흐름 속에 보여주었던 우리가 살아온 과거의 현상을 시인은 봄이라는 길목에서 되살리고 있는 것이다. 시인에게는 지나온 삶의 흔적들은 시대를 지나왔다 하여도 그 영감은 자신의 삶의 흔적으로 남겨지고 있음을 볼 수 있다.

오늘날은 문명의 다양한 변화로 인해 씨암닭이나 장끼의 산울림은 찾기 힘든 시대에 머물고 있다. "음력 이월/다가고 양지 뜨락에는/샛노란 병아리를 가득 품은/사나운 씨암닭이 덤빌 듯 폼을 잡고" 있는 이런 풍광을 오늘날에는 다소 보기 힘든 시대 상황임을 알 수 있다. "새벽찬 장끼는 힘이/뻗친 듯 꿩꿩 산울림만 하고" 있는 풍광 역시 보기 드문 시골 풍경이다. 옛날 우리의 고향 마을에서는 씨암닭의 모습이나 장끼가 꿩꿩거리는 소리를 들으면서 어린 시절을 살아온 지나온 추억이 시인에게는 오늘이라는 시점에서도 자신을 감싸고 있음을 볼 수 있다.

우리가 살아온 회상의 이미지는 한편의 회화적인 물감으로 여유로움을 주면서 이 시대의 측면에서 되돌아보는 과거의 영상으로 남겨지고 있다.

2

오늘이라는 풍요로운 시대에 살면서 우리의 과거사에서 어려웠던 삶의 가난함을 새로운 세대는 생각하지 못한다. 시인이 살아온 그 시대의 가난과 배고픔은 우리 민족의 삶의 실상이었고, 그 가난이 너무나 고달픈 일상이었다.

차경섭 시인이 이러한 지나간 시대적인 정황을 그리면서 그 시대의 어려웠던 또 하나의 삶의 흔적을 되살리고 있음은 오늘날 지나치게 풍요를 누리면서 그 풍요에 대한 감사를 모르는 지금의 시대상을 고발하는 시인의 마음을 느낄 수 있다.

한 시대
그토록 찌저지게 가난했던
시대가 있었으니

너무나도 초라했던 삶
어찌 열거 다하리오만
그 시대 남녀노소 모두는 무명옷 걸쳤으니
…(중략)…
지금은 쾌락세상 자유분방 거칠어져
까지고 까진 시대이니 격세 이 아니랴
정절 깊었던 옛처녀 순정도
해프게 잃어가니

—「격세」 부분

철딱서니
없는 유년시절은 배고픈 시대

—「들국화」 부분

춥고 떨린 한겨울 가난한 자에게는
십구공탄인 연탄 하나가
가진 자의 진주 보석보다도
더 소중한 때가 있었으니
지금은 격세지감 실감하거니와
뒤돌아보니 아득하여라

—「부엉새도 울지 않는 밤」 부분

  시인은 한 시대의 가난과 배고픔이 어떠하였느냐를 실토하고 있다. "한 시대/그토록 찌저지게 가난했던/시대가 있었으니/너무나도 초라했던 삶/어찌 열거 다하리오만/그 시대 남녀노소 모두는 무명옷 걸쳤으니" 이나마 다행스러운 시대였다. 가난이 일상이었고, 가난이 현실이었던 시대를 시인은 작품에서 절실하게 주입시키고 있다. "춥고 떨린 한겨울 가난한 자에게는/십구공탄인 연탄 하나가/가진 자의 진주 보석보다도/더 소중한 때가 있었으니" 이러한 시대의 절실함을 오늘의 세대는 인식하지 못한다. 그래서 시인은 "지금은 격세지감 실감하거니와/뒤돌아보니 아득하여라"라고 한 시대의 흘러감에 대하여 은은한 추상 속에 잠기고 있음은 새로운 시대에 대한 감격일까.

시인은 오늘이라는 풍요로운 시대에 서서 지난날의 고통과 삶의 고달픔을 고발함으로 이러한 지난날의 우리 시대의 고통을 모르는 새로운 세대에 대한 경종이기도 하고 고발이기도 하다. 어쩌면 오늘을 살아가는 시인의 사명이기도 한 지난날의 알림과 오늘날의 각성은 새로운 반성이며, 새로운 삶의 모습을 찾아내려는 시인의 의도이기도 하다.

우리의 역사에서 지나간 세월 앞에 교만해져서는 안 된다는 교훈을 되살려야 하고 오늘이라는 시대가 주는 삶의 실상을 파악하여 과거와 교차하여 그러한 어려움이 되풀이되지 말아야 한다는 인식을 시인은 심어 주었다고 할 것이다. 역사가 남긴 교훈이란 인간 삶의 모든 생활의 관습이면서 또한 새로워야 한다는 것을 인식해야 할 것이다. 이러한 작품으로 「봄날」 「종달새」 「보리고개」 「형벌」 「봄바람」 「기도소리」 「단꿈」 등에서 지나간 세대에 대한 가난이라는 고통의 세월에 대한 많은 문제점을 제시하고 있다.

3

차경섭 시인은 이러한 어려웠던 가난한 시절에 대한 추상 속에서 오늘이라는 현실 속에 나타난 풍요와 결집시키면서 시대의식에 대한 문제의식을 제시하기도 한다. 우리가 현세에 살고 있는 많은 실정과 실상을 보여줌으로 시대에 대한 민감한 고발과 삶의 질적 향상을 위한 요인이 무엇인가를 찾아 나서고 있음을 볼 수 있다.

　　　　　　　　　　　　　　문학의 미적 담론과 시학

과거 우리의 역사에서 잘 살아보고자 하는 염원 속에서 많은 역사적·정치적 수난과 함께 격동기를 살아왔다. 이러한 과정에서 오늘날 우리의 사회는 새로운 변화와 함께 풍요로운 삶의 질적 향상을 가져왔다. 그러한 과도기적 현상이 지나자 우리 사회에는 일부 부정하고 부조리한 세태가 등장하기 시작했다. 권력이라는 위세에 의한 사회의 혼탁은 많은 민세들에게 의문과 함께 부정적인 논리가 새로운 고민으로 등장하게 된다.

차경섭 시인의 이번 시집에서 이러한 문제에 대한 시인의 고발과 시인의 번민이 예사롭지 않다는 것을 실감하게 된다.

이 풍진
세상에도 미친바람 불어
인간 탐욕 끝 간곳 모를래라
한사코 길길이 날고뛰는 난세인지
도적질 한자는 별을 달고
들꽃 만발한 세상바다
소중한 사랑 찢고 밟기니
지금도 범법자는 신출귀몰 마이동풍만 일으키는지
어데선가 날새 한 마리 새끼치면서
교활한 인간세상 비아냥거리건만
여지껏 피에 미친 이리요
얼굴 두꺼운 사기꾼에
오늘도 주지육림에 흥청망청한
수전노요 졸부이니
천하에 꼴 볼견들이 유들유들
인생사 얽힌 실타래 풀길 없고
기나긴 오랏줄은 어느 때나 끊기련지
오로지 막된 인간 지친시대
참으로 난세로다 난세 두렵기만 하여라

아름다운 사랑 두고도 이전투구 하니

— 「난세」 전문

위의 작품에서 시인은 신랄하게 현실의 일면을 고발하고 있다. 오늘날 하루 걸러 보도되는 여러 가지 부정부패의 현실에 시인은 요지부동할 수 없었음을 몇 작품에서 직설적인 화법으로 고발하고 있음을 알 수 있다.

현실의 비리를 직시할 수 없는 시인은 "인간 탐욕 끝 간곳 모를래라/한 사코 길길이 날고뛰는 난세인지" "어데선가 날새 한 마리 새끼치면서/교활한 인간세상 비아냥거리건만/여지껏 피에 미친 이리요/얼굴 두꺼운 사기꾼에/오늘도 주지육림에 흥청망청한/수전노요 졸부" "오로지 막된 인간 지친시대/참으로 난세로다 난세 두렵기만 하여라"라고 절규한다. 세상을 소란스럽게 만들어 가는 현실에 대한 강한 어조의 고발은 많은 공감을 갖게 하는 시인의 절규라고 할 것이다.

사실 어려운 시대엔 이러한 작품이 고난을 겪은 경우가 많았다. 그러나 오늘날 시대정신의 일면을 시인이 고발하지 않고 누가 할 것인가. 특히 나라를 선도해야 할 위치에 선 인물들이 난세를 만들어가는 현실은 이 작품에서 절절히 들추어내고 있는 현재형이라고 할 것이다.

그래서 차경섭 시인은 다음과 같이 세상을 한탄한다.

세상사 변했더라
인생사도 변했더라
세상만사 그렇고 그렇더라

겸손한 자 말이 없고
수다 떤 자 사기 치니
교활한 자 허풍 떨더라

모두는 번뇌하고
모두는 탐욕하니
모두는 부질없는 망상이더라

인생사 요지경이요
세상사 만화경이라
이런 일 저런 일이 마음먹기 달렸더라

　　　　　　　　　　　　　　—「이런 일 저런 일」 전문

　이 작품에서 "겸손한 자 말이 없고/수다 떤 자 사기 치니/교활한 자 허풍 떨더라"라고 하면서 이 시대에 만연한 인간군을 나열하면서 "모두는 번뇌하고/모두는 탐욕하니" "인생사 요지경이요/세상사 만화경이라"고 결론을 내린다. 시인은 마음을 달래고 있는 것이다.

　한 시대의 부조리는 후일 새로운 시대에 대한 부정적인 요인이 존재하기 때문에 이에 대한 고발과 추적을 통해 새로운 시대적인 정신을 발굴해야 하는 소임을 시인은 절실히 보이고 있다고 할 것이다.

　위에 예시한 작품 이외에 「황금고개」「솔향기」「세상은 이국」「사랑」「광란」「골프장」「고금에 없는 도적」「이런 일 저런 일」 등에서도 강한 어조로 오늘의 시대상에 대하여 비판적으로 현실을 고발하고 있음은 시인의 강한 의지의 일면이라고 본다.

　　4

　이상과 같이 차경섭 시인의 제28시집에서 과거 우리 시대의 가난과 험난했던 실상에 대한 고발과 오늘이라는 새로운 시대의 부조리와 부정적인 요인에 대한 강한 고발 및 저항적인 시인의 강한 의지를 살펴보았다.

차경섭 시인이 살아온 지난날의 많은 시대적인 고난과 고통에 대한 절규는 물론, 현시대에 나타난 난세에 대한 두려움과 이에 대한 고발 작품은 황폐해 가는 시대에 대한 시인의 정신적인 절규라고 할 것이다.

시인의 시조 작품에서 보여주었던 우리의 역사적인 관점에서 많은 희노애락의 흔적을 추구한 바와 같이 이번 시집에서는 현대적인 관점에서 시대의 수난과 현실의 고발의식을 보여주었다는 점은 시인의 정신적인 의지가 크다고 할 것이다.

교감과 소통의 깊은 사랑

— 임춘식, 『꽃과 바람』

1

오늘날 현대시 작품에서 많은 시인들은 다양한 방법을 모색하여 시작품으로 함축할 수 있는 세계를 찾아 새로운 공감의 영상을 표현하고 있다. 이러한 방법은 세계적인 추세이기도 하다. 형식이나 구성은 물론 언어가 조형할 수 있는 모든 영역이 시라는 표현 양식을 따라 우리 곁에 와 있다. 새로운 명제를 제시하듯 다가온다.

무한한 우주라는 공간에는 살아감에 대한 시적 화답 역시 무한할 수밖에 없다. 인간사에 응집된 삶의 환경과 여유로움이 자신에게 돌아와 있는 실존이 무엇인가라는 물음에 대하여 영감이라는 시적 감성에 접근함으로 현대시의 위상을 찾아보려 한다.

임춘식 시인의 『꽃과 바람』은 이러한 의미에서 우리의 전통적인 서정 양식에 의해 특히 인간의 삶이라는 큰 명제를 함축하여 보여준다. 그는 심상에서 우러나는 영감을 서정의 율격과 이미지에 의해 교감하고 소통하고 새로운 삶의 관계 형성을 깊은 사랑으로 통찰하려 한다. 그래서 시인의 시어가 지니는 언어 감각은 대체로 짧은 시행과 율격을 조율하면서 우리의 전통적인 정서에 의해 심상을 응축시킨다.

임춘식 시인의 시적 언어에 응집된 이미지는 오랜 한국적 전통을 바탕으로 하여 기술된다. 시인이 지닌 내면적인 감성과 사물이 내포하고 있는 강한 영감을 일상적 언어 속에서 서정에 더욱 가깝게 접근하여 우리의 언어가 지닌 미적 운율의 폭을 넓혔다.

임춘식 시인은 현재 사회복지학을 전공하여 후학을 지도하면서 노인복지와 고령화 사회로 나아가는 문제에 대하여 많은 연구논문과 저서를 발표, 발간한 바 있다. 시인은 시집의 '시인의 말'에서 "시를 쓴다는 것도 어려운 일이지만 시인으로 산다는 것은 더욱 어려울 것 같다는 생각이 문득 든다. 그렇지만 나는 이제부터 시 작업을 시작할 것이다. 꽃은 흔들리며 피는 것. 안 흔들렸다고 감추는 게 과연 시적인가. 이제 희망의 사다리를 기어올라 밤하늘의 별들과 시로 즐겨 볼 것이다."라는 말했듯 '꽃'과 '밤하늘' '별'들과 '시'를 향유하는 세계를 지향하고 있음을 많은 작품에서 찾을 수 있다. 자연이라는 풍요로운 소재에서 정감이 넘쳐나는 언어의 순화 형상을 볼 수 있고 삶의 고뇌와 사랑과의 소통을 찾아 나서고 있다.

2

시인의 많은 작품에서 꽃과 나무와 계절의 풍광에서 인간 삶의 함수관계를 찾아 작품의 세계로 나타내고 있다. 그러한 사물의 풍광에서 서정적 자아와 교감이 형성되고 있다. 시적 소재의 내면을 넘나들며 자아와 또 다른 순수의 세계를 찾아 자아를 들추어보고 그 속에서 다른 위력의 생명을 찾아보는 것이다. 임춘식 시인의 꽃과 나무와 계절의 교감은 나와 사물의

　문학의 미적 담론과 시학

영적인 영감을 내적·외적 심상에서 절충하려는 것이다.

　　순결하게 피어난 꽃잎은
　　혼탁함에 물들이지 않는 순정

　　해 솟으면 꽃잎 벙긋거려
　　봉오리에 순결 나부껴

　　바람이 맴돌면
　　달빛 향기는 별이 되어
　　현란하게 피어나
　　나를 어디로 끌어가는가

　　그 순결함은
　　한얼 정신으로 어울려
　　강강수월래 마을 되는
　　태평천하(太平天下).

　　　　　　　　　　　　　　　— 「백목련」 전문

　자연 속의 꽃에서 "혼탁함에 물들지 않는 순정"으로 고고한 백목련의 자태를 찾는다. 이러한 목련의 "순정"과 "순결"은 "달빛 향기는 별이 되어" "나를 어디로 끌어가는가"라고 자문한다. 백목련의 숭고함과 시인의 내면에 함축된 목련과 함께 체험의 상상을 변용시켜 동일한 영험의 세계로 스스로 인도하며, 화자와 백목련의 교감은 자연이 지닌 순수한 정서의 순화가 페르소나를 새로운 서정으로 다가가게 한다.

　그뿐인가, 백목련의 순결함이 또 다른 가변의 영토를 확정하여 "강강수월래 마을 되는/태평천하(太平天下)"의 현실성으로 교감하여 그 시의 영토를 넓히고 있는 것이다. 백목련의 순결과 태평천하의 강강술래는 화자의 영원한 정신적인 기조가 되고 있으며 시인의 정신적인 일면을 볼 수 있다. 시인의 다음 작품에서도 하나의 생명이 지니는 강한 의지의 이미지에 몰입하고 있음을 본다.

아침
고운 햇살로
빚은
지혜와 슬기로운
나무여

가슴 밑으로
쏟아져 내린
생명의 소리

고된 세월의
가지로 뻗어나
소망의 힘으로
솟구치는 푸르름

빛나는 기상
찬란한
풍요로움이
폭죽으로 터지는 소리

아, 이 영광
우리의 영혼을 불태울
온갖 기림이
하늘 위로

펄럭이는

축복의 나무여

기쁨이
바람처럼
산이 되어
울고 있고

산이
사람 되어
서 있다

사람은
새가 되어
날아가고

새는 바람 되어
죽어 있다.

— 「나무에게」 전문

　시인은 '나무'를 통하여 과거 현재 미래를 일체가 되도록 하며, 자연의
동화 속에서 '햇살'과 '빛'에 의해 '지혜'와 '슬기'를 동반한 나무는 '생명의
소리'를 푸르게 솟구치게 한다. 시인의 영감은 '축복의 나무'에서 교감되는
새로운 영험을 또 다른 자연으로 생명을 환원시킨다. "기쁨이/나무처럼//
산이 되어/울고 있고//산이/사람되어/서 있다"라고 함으로 동일시되는 일
체의 원리 속으로 전이시키고 있다.
　임춘식 시인의 자연이라는 무한의 세계는 인간과의 밀접한 관계 속에서
상호 존립하고 있다는 원천적인 철학으로 정리한다. 인간 자신이 자연으
로 돌아간다는 원리를 한 편의 작품으로 보여주고 있다고 할 것이다. 그래

서 이 작품의 결말에서 "사람은/새가 되어/날아가고//새는 바람 되어/죽어 있다."는 자연 회귀에서 시인의 불변적인 사상의 일면을 알 수 있다.

임춘식 시인의 꽃과 나무와 계절의 통찰력은 단순한 자연 사랑이 아니라 그 자연이 품고 있는 오묘한 진리와 인간과의 관계에서 오는 절대적인 함수의 영원한 정체성을 입증한다고 할 것이다. 한 편의 시적 소재에서 시인은 그 소재가 내포한 내면적인 영감과 함께 외면적인 조화를 결속하여 새로운 세계를 형성하였을 때, 그 세계는 시인이 지닌 하나의 세계가 완성된다고 할 것이다.

이러한 세계를 보여주는 작품으로 「수목원」 「억새꽃」 「봄을 닮은 겨울나무처럼」 「백련」 「나무 그늘에 누워 하늘을 보라」 「바람처럼」 「바람은 눈물을 흘리지 않는다」 등에서 시인과 자연의 교감적인 영역을 읽을 수 있다.

3

임춘식 시인은 노인복지 문제와 고령사회를 연구하고 기획하는 학자로 한국노인복지학회 명예회장을 맡고 있다. 이를 제시하는 이유는 시인의 작품에서 이러한 맥락과 상통하는 작품을 볼 수 있기 때문이다. 「노익장」 「노인 1·2·3」 「위하여 우리는」 「외롭다는 거」 등의 작품에서 특히 고령사회와 그 삶의 직간접적인 화두를 아련한 심정으로 문제를 읽을 수 있다.

오늘날 고령화 사회가 조기화됨으로 여러 가지 문제와 더불어 그 문제점이 노출됨으로 대책도 수립되고 있는 실정이다. 임춘식의 저서 『성은 늙지 않는다』의 "늙어 가는 모습은 사람마다 각양각색이다. 누구나 꿈꾸는 이상적인 노인은 멋지고 아름답게 늙는 것, 생을 다하는 날까지 편안히 사는 것일 게다. 그런데 지금 우리 사회에서는 핵가족화와 더불어 갑작스런

문학의 미적 담론과 시학

평균 수명 연장으로 노인 인구가 급증하는 대변혁이 일어나고 있다. 그러나 노인들에게 새로운 장수 시대가 결코 즐겁지만은 않다."라는 글에서 보듯 심각한 사회문제가 되고 있다.

그러나 오늘날 시작품에서는 이러한 고령화 문제를 다룬 작품은 많지 않다. 임춘식 시인의 몇 작품에서 보여준 바와 같이 고령화 사회에 살아가는 요건에 대한 제시는 인상적으로 남는다.

> I
> 인생은
> 소가 외나무다리를
> 건너듯
> 살아야
>
> 기쁨 몸 밖에서
> 얻지 않고
> 몸 안에서
> 얻으며
>
> 인생은 건강하고
> 즐겁게
>
> 이제는
> 선택된 인생에서
> 선택하는 인생으로
>
> 겸허하고
> 고상하게
> 말은 원숙하고
> 행동은 숙련되게

II
가는 세월 탓 않고
곱게 곱게
늙어 늙어

인생 도처
유청산에
씨를 뿌리니

석양빛 단풍이
온 누리를
붉게 물들이듯

은혜로운 복지 땅에
빛으로 솟아

백발 영광
우리들의 면류관

III
홍안백발
몸이 늙어 노인인가

원숙하고 노련하여
익숙할 노(老)
노인이지

낙낙장송
푸르러도
이 육신만 못하리라

— 「노인 1」 전문

문학의 미적 담론과 시학

늙음으로 살아가는 과정을 화자인 시인이 청자에게 들려준다. 노인 복지의 체험으로 얻은 교훈적인 정감을 보여준다. "기쁨 몸 밖에서/얻지 않고/몸 안에서/얻으며" "겸허하고/고상하게/말은 원숙하고/행동은 숙련되게" 살아야 하는 시인의 심성은 오늘날 많은 노인들에게 한 편의 교훈이면서 삶의 방법을 체득하게 하는 작품이다.

시인은 "원숙하고 노련하여/익숙할 노(老)/노인이지//낙낙장송/푸르러도/이 육신만 못하리라"라고 함으로 고령사회에 대한 삶의 지표와 그 지표에서 얻어지는 삶의 절대적 과제를 체험함으로 한 편의 좌우명을 제시하고 있다. 고령사회가 지녀야 될 절대적인 명제를 시인은 인식시키고 있다.

문명, 문화의 가속적인 변화와 발전에 의해 인간의 수명 역시 새로운 변화의 틀 속에서 장수의 세계로 나아가고 있다. 삶이라는 명제가 어떻게 살아야 할 것인가라는 의문에 대하여 임춘식 시인은 새로운 과제를 제시하고 화답을 들려주고 있다. 시인의 작품에 나타나는 고령화에 대처하는 화답은 일상을 넘어 원천적인 문제에서 '삶'이라는 시적 언어의 정서와 정감에서 감동을 지닌다. 이러한 맥락은 시인의 작품에서 암시하고 있다.

오늘날 사회적인 민감한 부분인 고령화 문제에 대한 시적 심상과 영감을 찾아 그들에게 새로운 삶의 방법과 그 방법에 대한 일치점을 찾을 수 있도록 시적 구성을 검토해보는 것도 사회복지와 더불어 새로운 시작 운동의 일환이 될 수 있을 것이다. 이러한 맥락에서 「삶이란·1」의 작품을 살펴보면 삶의 영상을 나타낸 은은한 정감을 읽을 수 있다.

> 영원히 살 것처럼 꿈꾸고
> 오늘 죽을 것처럼 살아라
>
> 내 기억 속의 사람은
> 어제의 추억에 그쳐도

당신은 기억되지 않는다

삶이란
작은 이야기들이 연속되는
기나긴 여정

삶이란
끊임없이 몰아치는 걸
아름다운 눈으로
바라보는 것

우리는
나이 먹은 만큼
그리움이 그대로 쌓이고

정은 외로울 때 그립고
고마움은 어려울 때 느끼는 것

멋진 사람은
진정 영원해
모든 이 그대로
그냥 놓고 가라 하네

바람처럼 홀연히
돌아가라 하네

— 「삶이란 · 1」 전문

　삶이란 무엇일까. 인생의 살아감에서 삶의 진가란 파악하기 어려운 것
이다. 시인은 이러한 삶을 "작은 이야기들이 연속되는/기나긴 여정"이라
하고 "끊임없이 몰아치는 걸/아름다운 눈으로/바라보는 것"이라는 명제를

제시하고 있다. 이러한 삶의 과정에서 느끼는 "정은 외로울 때 그립고/고마움은 어려울 때 느끼는 것"임을 시인은 인지한다.

작품 「노인 1」과 「삶이란 · 1」의 상관관계에서 두 삶의 방법은 결국 인간이 일생을 살아갈 과정의 중요한 의미이며 일상으로 지녀야 할 삶의 태도이기도 하다. 세월의 흐름은 인간을 늙음으로 가는 과정이기에 임춘식 시인의 작품이 보여주는 한 편의 제시는 또 다른 시의 소재로서 많은 문제를 한국 시사에 제공했다고 할 것이다.

4

임춘식 시인의 『꽃과 바람』의 화두는 무한하다. 특히 시인의 일상에서 공존하는 많은 사물들은 시인의 심상에서 벗어나지 못한다. 직설적인 화법으로 그 사물이 지니는 무한의 세계를 찾아 인간과의 동반 관계를 함축된 언어 감성으로 찾아낸다.

시인이 찾아내는 절제된 시어의 표현은 생활의 단면과 가깝게 접근하고 있으며, 많은 교감 속에서 상호 소통하고 사랑하는 의지와 믿음의 형상을 확인한다.

이상에서 간략하게 살펴본 바와 같이 임춘식 시인이 시작품에서 찾아나선 자연의 생명체에서 다가오는 절묘한 교감은 사랑이며, 사회적인 삶에서 자신을 돌아보는 심성은 소통의 진실 속에 있다는 것을 찾을 수 있다. 시인의 순수한 언어의 화두가 항상 인간과의 교류 속에서 이루어짐은 시인의 작품이 보여주는 언어의 매력이다.

원초적 우주의 환상적 언어감각

— 정성수, 『누드 크로키』

　정성수 시인의 『누드 크로키』는 인간의 원초적인 생명의 본체를 한 폭의 그림으로 보여주려는 채색된 크로키다. 정성수 시인의 시집에서 찾아 나서는 시적 이미지의 강렬한 욕구는 인간의 본성과 본능이 어디서부터 그 원초적인 현상을 찾아야 하는가에서부터 시작된다.

　무시간성의 흐름에서 의식의 연속성이 자아의 무한한 세계를 동일한 형태로 동반을 시도하였을 때, 자신의 의식의 한계가 무엇인가라는 문제가 대두된다. 시인이 찾아 나선 인간의 본체, 시인이 인지한 인간 형상에 대한 의문 등이 교차하면서 크로키의 대상의 순결과 사랑의 농도를 인지한다.

　시인이 찾는 한없는 세계의 극한점에서 우주라는 원점에 도달하여 그 원점에서 신적인 절대 형상 앞에 자신으로 돌아와 있는 본체를 발견한다. 그 본체가 누드라는 절대 신앙적인 형상과 일치하는 것이다. 정성수 시인의 시집의 본체는 이러한 화두를 제시하여 순백의 순결과 함께 나타나는 인간의 본성적인 사랑을 보여주고 있다.

　　　　　　　　　　　　　　　문학의 미적 담론과 시학

그래서 시인의 시집 『누드 크로키』에 수록된 69편의 작품에서 동일한 시어가 반복적으로 나타남을 볼 수 있다. 지구, 지구별, 떠돌이별, 하늘, 땅, 허공, 우주, 영혼, 신, 하느님, 사랑, 알몸, 해, 달, 별, 붙박이별, 지구인 등의 시어로 특히 지구별 32회, 떠돌이별 12회, 신 11회, 우주 61회, 지구 18회, 알몸 47회, 영혼 47회, 사랑 63회, 하느님 19회 등이다. 누드가 단순한 관능적인 모티브가 아니고 원초적인 자연현상의 실제와 가까운 언어 감각을 시인은 보여주려는 것이다.

인간이 우주에 생성하면서 생명이라는 원초적인 현상과 그 현상에 얽힌 사랑이라는 진리와 교접함으로 살아가는 본능적인 행동과 지혜를 시인의 순수한 영감에 의해서 강렬한 영상미를 보여주고 있다.

시집 『누드 크로키』에서 누드 이미지의 상황 묘사를 두 가지 측면에서 살펴볼 수 있다. 관능적인 누드 크로키와 원초적인 본체로서의 누드 크로키의 영상적인 이미지로의 환원을 회귀하려는 것이다. 시인이 찾으려는 누드 크로키는 관능의 대상보다 원초적인 본체로서 우주의 생성 형상의 신비스러운 내면의 신비를 아름다움이라는 사랑의 본성과 본질을 같이하려는 것이다.

동일한 시어의 이미지와 원초적인 우주의 신비와의 맥락에서 살펴볼때, 지구별, 떠돌이별, 우주, 지구, 영혼, 신, 하느님 등의 시어에서 자연스러운 우주 생성과 관련이 있음을 볼 수 있고, 알몸, 사랑은 그와 대등한 삶의 연관에서 우주 속 자연의 속성과 대등한 본성임을 말해주고 있다. 이러한 시어가 지니는 의미와 함께 관능적인 사랑의 누드의 영상미보다 원초적인 생명 탄생의 누드 크로키의 미학적 사랑의 영상미가 두드러짐을 알수 있다.

이러한 영상미와 함께 누드의 본체에서 사랑이라는 본성적인 관능의 세계 역시 시인의 영감에서 벗어나지 못하고 있음은 자명하다.

시인이 바라보는 누드는 하나의 우주의 형성 속에 본래 모습이다. 지구별과 떠돌이별, 신과 우주, 알몸과 영혼, 사랑과 하느님의 시어에서 보듯 누드는 자연 그대로의 원초적인 모습이며 이 모습이 신의 조화로서 우주 공간에 사랑의 영감으로 와닿는 것이다.

영원히 포기할 수 없는 영혼 위의 하늘이시여
영혼 아래 땅이시여

지금 이 순간
알몸으로 지상에 두 눈을 감고 엎드려 있는 것은

아닙니다
저 우주 깊은 곳
전에도 같이 살았고 미래에도 함께 살아야 할
친애하는 우리 하느님에게만 기도하는 것이

그래요. 그렇습니다
속살이 피 흘리는 무릎과 팔과 이마가 닿아있는
지구별

내 영혼을 닮은 이 쓸쓸한 떠돌이별에게도
기도하는 것이지요
아주 고요히

한 때 나의 사랑이었던 슬픔이었던 기쁨이었던
이 너무나도 아름다운 나그네 별에게도…!
— 「작은 기도」 전문

정성수 시인의 기도는 우주의 본체에서 영혼의 알몸으로 "영원히 포기

문학의 미적 담론과 시학

할 수 없는 영혼 위의 하늘이시여/영혼 아래 땅이시여//지금 이 순간/알몸으로 지상에 두 눈을 감고 엎드려 있는 것은" 스스로 영혼과 알몸이라는 순수의 절정이 최초의 본체임을 나타낸다. '알몸'은 원래 인간의 본모습일 뿐이다. 우주에 존재하는 떠돌이별 역시 '내 영혼을 닮은' 나와 동일체이다. 서로의 사랑의 교감을 닮은 영혼의 일체이기 때문이다. 신과 자연의 일체가 알몸인 누드의 본체와 정신적인 영감이 교차함을 시인은 보여준다.

이 작품에서 보여준 시어에서 '영혼', '알몸', '하느님', '지구별', '떠돌이별', '나그네별' 등이 함축하고 있는 이미지는 인간이 세속적으로 살아가는 영역이 아니라 우주 자연의 깊은 내면의 포괄적인 이미지를 지녔음을 알수 있다. 시인은 이러한 근원적인 인간의 실체를 그리워하고 이를 문명 이전의 또 다른 차원의 세계로 안내하고자 한다.

시인은 일상적인 생활의 테두리보다 더 신비스럽고 먼 미지의 세계의 실상으로 우주 속에 존재하는 모든 영감을 동원한다. 본성적인 세계인 영혼, 알몸으로 돌아가고 지구별과 떠돌이별, 나그네별과 동일한 세계에서 자신으로 돌아와 또 다른 우주 형상을 조감하는 것이다.

인간의 본래의 모습이 무엇인가. 인간의 본체가 어떤 상황이었나를 스스로 질문하면서 그 원형적인 모습을 가감 없이 보여주려는 시인의 순수함이 존재한다.

다 벗은 알몸의 사랑은 끝끝내 멈출 수가 없네

하나의 우주 속으로 해가 뜨고 다시 별이 질 때까지

달리던 지구 그 자리에 문득 멈출 때까지

저 깊은 우주가 아무도 모르게 소리 없이 문을 닫을 때까지

잠든 하느님이 깨어나는 그 황홀의 순간까지

아득한 이승과 저승의 오솔길 사이

자꾸만 다시 피어나는 향기로운 꽃 같은

그대와 나

아무것도 걸치지 않은 맨몸 사랑.

— 「알몸의 사랑」 전문

시인은 「알몸의 사랑」에 대한 원초적인 근원을 '하나의 우주' '달리던 지구' '저 깊은 우주' '잠든 하느님' '이승과 저승의 오솔길'이란 시어에 초점을 두고 있음에 유념해야 한다. 이 시어가 내포하는 광활한 의미는 인간세계의 속물적인 근성에서 벗어나 있음을 말하고자 한다. 최초의 인간은 무엇에서 어떤 형태로 본체를 보여주었는가. 그것은 "다시 피어나는 향기로운 꽃 같은//그대와 나"임을 시인의 많은 작품에서 암시한다. 그래서 '아무것도 걸치지 않은 맨몸 사랑'의 형상이 누드 크로키의 정설임과 동시에 정신적인 일체를 제시한다.

'알몸'이란 최초의 인간 형상이며, 꾸밈없는 순수한 자신으로 돌아와 있음을 의미한다. '알몸'의 세속적인 크로키가 아닌 인간의 갈림길인 이승과 저승이라는 깊은 우주의 본성 앞에서 그 형상이 무엇이고 어디 있는가를 자문하면서 본래의 형상인 알몸을 최초의 우주 형상으로 일치시킨다.

시인의 이러한 인간의 형상에 대한 구도와 같이 '하느님'의 창조와 사랑의 구도는 시인의 시적 감성의 모든 요소에 포함됨으로 성경의 창세기에

서 인간이 창조되는 본래적인 탄생의 모습이 동질적으로 시작품의 영감의
바탕이 되고 있다.

> 하느님
> 내 사랑 그대는 사시사철 벗고 있을 것임으로
> 이 우주에서 저 우주 속으로
> 겨울에서 다시 겨울까지
> 하염없이 날아다니는 눈부신 알몸일 것임으로
> ──「어서 오세요, 내 사랑 하느님」 부분

> 안아 주세요, 그리하여
> 내 사랑 하느님

> 지구인을 향한 그대 최후의 사랑 앞에서
> 우리들의 뜨거운 심장 다 식을 때까지
> 아주 미친 듯이…!
> ──「내 사랑 하느님에게」 부분

위의 두 작품에서 '하느님'에 대한 사랑은 절대적인 지구인 이전의 우주
속에 머물러 있는 알몸인 즉 나 자신의 실체다. "내 사랑 그대는 사시사철
벗고 있을 것임으로" 이 자체가 인간의 본모습이요. 참모습이다. 꾸밈없고
진실한 인간 본체 속에서 최초의 동질의 나와 하느님의 사랑은 최초의 마
음속에 멈출 수 없이 다가가는 하나임을 강조한다.

시인에게 하느님은 인간의 인과적인 필연성에 의해 그와 함께 연상되는
최초의 인간 모습을 재현하여 하나의 상상력에 의해 인과관계를 초월하여
현재의 참모습에 반응하는 실상을 찾으려는 것이다.

정성수 시인의 『누드 크로키』는 문명의 발달이 가져다준 인간 의식의 발
달에 대한 분열의 현상이다. 과거 원시사회의 인간 형상과 문명사회의 틀

속에 잠재해 있는 현존의 모습의 갈등 양상에서 시인은 누드의 미적 정감을 인간 본체의 모습과 더불어 그것이 정신의 갈림에서 보는 관점의 순수하고 순교한 모습을 보여주고 있다.

한분순 시인이 "시인에게 있어 사랑은 그 자체로 완전한 존재이며, 이러한 '순수의지'는 그가 인간과 자연, 인간과 인간, 인간과 신의 연결고리를 찾는 여정에서 내내 동반한다. 또한 누드가 그러하듯 한 올의 숨김도 없는 사랑, 그리고 절대적 신을 마주하는 경외심으로서의 사랑, 그 모두 순백의 격정을 견지하여 남다른 흡인력을 보인다."라고 평가한 것과 같이 정성수 시인의 누드의 사랑은 일상적인 생활 속의 사랑의 감도와는 다른 차원의 순박한 정감을 감출 수가 없다.

정성수 시인의 누드를 크로키하는 본래의 정서는 순수한 인간 사랑의 정체성을 회복하고 확보하려는 정감에서 비롯된다. 그러한 정감이 현존하는 사회적인 감성보다 문명이라는 세속적인 관념에서 이탈하여 인간의 본 모습이 무엇인가라는 전제에서 비롯되고 있다.

시인의 언어에서 일상 언어를 초월하는 추상화된 기호의 세계를 형상화시키고 있음을 바로 순수라는 명분의 결집이라고 할 것이다.

경건한 안목으로 바라보는 세계와의 교감 속에 순백의 정신적 교감으로 환원하려는 시적 정신은 전체 작품을 한 인간의 사랑을 우주에 형성된 지구별에 머문 영혼의 알몸인지 모른다.

문학의 미적 담론과 시학

우리말 방언의 억양과 음고의 효용성

— 이상규, 『새첩다』

1

이상규 시인의 제4시집 『새첩다』에서 시는 언어를 매체로 하는 영감의 표출임을 새삼 느낄 수 있다. 시의 언어는 특수한 언어가 아니라 일상에서 교감되는 생동하는 언어의 영역임을 더욱 절감한다. 시의 언어에서 감지하는 이미지나 운율, 언어가 주는 진폭의 리듬에서 그 언어가 지니는 의미의 효과는 심리적 효과는 물론 그 정감의 핵심을 이루어놓기도 한다. 특히 이상규 시인의 작품 속에 나타난 음고(音高)의 파장은 그 언어에 함축된 억양과 변화의 효용에서 볼 때, 그 뜻이 지니는 의미의 강도와 느낌은 절실한 감성으로 와 닿도록 한다.

이상규 시인은 이번 시집에서 특히 '우리말'을 되살려 새롭게 조명하려는 의도를 "그동안 시를 써 오면서 사멸되어 가는 '우리말'에 대해 나름대로 생각해 왔습니다. 그래서 이번에는 지난 시집에서 발표되었던 서너 편의 시와 함께 '묵은 세상'에 대한 '묵은 말'로 쓰여진 시집을 구상하게 되었음"을 말해주고 있다.

그리고 '시인의 말'에서 "시가 가진 기능 중에는 묵은 세상에 대한 기록도 그중의 하나라고 생각해 왔다. 빠르게 변하는 물이랑에 밀려서 소멸되어 가는 우리말에 대한 연민을 유독 나만 갖고 있는 것은 아닐까. 그러나 기왕 묵은 세상에 대한 천착이라면 묵은 낱말들의 본래 제맛을 곧대로 되살리는 것이 옳은 시 쓰기이지 싶다. 곰삭음이 성숙에 미치지 못하지만 장롱 밑바닥에서 묵혀 두었던 베옷을 꺼내 햇볕에 말리는 마음으로 네 번째 시집을 엮는다."라는 글에서 보듯 우리말은 물론 지나간 묵은 세상과 묵은 낱말에 대한 강한 시인의 집착이 시집에서 주류를 이루고 있다고 할 것이다.

문학작품에서 특히 시의 역할은 새로운 언어 영감을 찾아내야 한다. 그 언어 속에 묻혀 있는 충격의 파장을 독자에게 음운 효과를 받아들이도록 음의 소리를 배가할 수 있는 시어에 유념해야 한다.

이러한 의미에서 시인은 많은 작품에서 우리말의 새로움을 찾고 특히 고향 함안 지역 방언을 적절하게 구사함으로 그 방언이 나타내는 음운의 효과와 의미의 효과를 동시에 보여줌으로 뜻과 소리의 여운을 느끼게 한다.

2

오늘날 우리의 현대시는 많은 면에서 새로운 변화를 모색하고 있다. 작품의 소재와 이미지의 연결에서 새로운 구도와 일상적인 언어의 포괄성을 시도하는 경우가 많아졌다. 우리말이 지니는 지역 방언과 일상으로 활용되지 않는 언어의 시적 감성도 그 시가 내포하고 있는 새로운 활력이 될 수 있다.

이상규 시인의 고향인 함안 지역 방언이 주는 응축된 의미는 표준어가 주는 음운적인 음향 효과와 느낌의 정서적인 강도와 비교하여 음고의 높낮이에 따라 그 정감이 달라진다. 독일 심리학자 볼프강 쾰러의 연구에 의하면 "자음을 어두운 것, 순음과 경구개음과 밝은 것, 치음과 구개음으로 분할할 수 있다는 것을 명백히 하고 있으며, 특히 음과 색채와 체계의 구조상으로부터 관찰할 수 있는 음과 색채 사이의 명백한 유사점에 기초를 둔 연상이다."라고 했다. 지역 방언이 주는 음과 색채와의 관계에서 얻어지는 의미의 강도는 분명히 달라지는 것이다. 이러한 문제를 시 낭송을 통해 얻어지는 효과는 보다 크다.

이상규 시인의 작품에서 이러한 정담을 들을 수 있는 작품, 시 「도망 안 갑니다」에서 함안지역 방언이 주는 언어의 운율적인 정감이 강하게 노출되어 있다.

문간방 베트남댁이 도망가 비리서야. 꼬라지야 볼거 없어도 아들 하나 낳고 신랑도 정 붙이고 그냥 사는 갑더이. 친정 간다고 찌그랑짜그랑 하더라고. 여태 놀다가 겨우 일자리 얻어 휴가 내기 미안해서 가을쯤에 가자고 달래는 눈치더마는. 고걸 못 참고 세 살배기 태호 데리고 기어이 가더이 열흘만에 지만 달랑 왔는기라. 얼라는 친정에미한테 떼어 줬다 안카나. 거기도 사는 형편이 말이 아일낀데. 그 배락 맞을 년이 거가 어데라고 놔두고 오다이. 말도 못하는 얼라가 낮도 설고 을매나 울고불고 하것노.

그라더이 온 지 사흘만에 서방 일 나간 새에 달아나 비린기라. 하루 이틀 꿍심이 아이지 싶어. 지보다 일년 먼저 와서 사니 몬사니 소문나던 지산댁 며느리년이 괭이처럼 살금살금 드나들 때 알아 밧서야제. 그 새 바람 넣은기라. 지 년이야 불법체류자로 종 첬지마는 얼라가 불쌍해서 어짜것노. 손 귀한 집에 대 잇다고 좋아하던 할배도 눈에 밟혀 우쩨 살것노. 베트남 처녀 도망 안 간다더이 우짜다가 그리 되실꼬.

　　　　　　　　　　　　　　　　　　　　— 「도망 안 갑니다」 전문

다문화 가정에 나타난 문제의 일면을 보여준 작품으로 오늘의 시대적인 고뇌를 다루고 있다. 시인은 고향 지역 방언을 적절히 구사함으로 그 방언이 내포하고 있는 음과 색채의 교감이 또 다른 의미를 내포하고 있다고 할 것이다.

예시한 작품에서 보듯 시인의 고향 함안 지역 방언의 음운 효과는 표준어가 갖는 의미의 단조로움에서 벗어나 다문화 가정의 고난을 더욱 절실하게 그 아픔을 더해주고 있다. 특히 "지만 달랑 왔는기라." "거가 어데라고 놔두고 오다이." "얼라가 불쌍해서 어짜겠노." "간다더이 우짜다가 그리 되실꼬."에서 보듯 고향 방언의 음운 효과는 표준어의 일상적인 음가보다 더욱 절실한 심상을 감지할 수 있다.

어느 지역이나 그 지역의 방언은 그 지역의 문화적인 특성을 지니기 때문에 의미의 다양성은 물론 언어가 발상하는 리듬의 색채가 주는 질감에 따라 파생되는 강도는 달라진다. 다음 작품에서 경상도 방언의 대표적인 예를 보여준다.

이 동네 사람들은 욕을 입에 달고 산다

'욕 좀 봐 주이소,
부탁하는 말도 욕 봐 달라 한다

'욕 많이 봤지 예?'
고마워서 하는 말도 욕 봤다고 한다.

'아이고 내가 무슨 욕 봤다고!'
욕 본 사람이 되레 아니라고 손사래 친다.

—「욕 봤다」 전문

시 「욕 봤다」에서 '욕'은 경상도 방언에서 '고생스러운 일을 겪거나 힘든 일을 해내다' 혹은 '수고하다' 등의 뜻으로 통한다. '욕'의 실제 뜻은 '남의 인격을 무시하거나 모욕적인 말'을 뜻한다. 그러나 경상도 방언에서는 그 뜻이 완전히 다른 의미를 지닌다. 시인은 이러한 방언이 지니는 뜻을 풍자적으로 은유하고 있다. 소리가 나타내는 음가를 살려 시대적 상황을 풍자하고 있다.

이와 같이 방언이 지니는 소리의 고저장단과 의미의 새로움에서 현대시의 또 다른 면모를 찾을 수 있고, 이러한 실험적인 시도는 많은 지역의 방언을 토대로 새로운 장을 만들어 가야 할 것이다. 이상규 시인의 제4시집 『새첩다』가 지니는 의미도 큰 것이다.

3

이상규 시인의 우리말에 대한 희소성을 경상도 방언에 나타난 시의 구성으로 살펴보았다. 특히 제2장에 수록된 작품은 많은 방언과 일상에서 잘 사용되지 않는 언어를 토대로 작품을 보여주고 있다. '시인의 말'에서 약속했듯 "기왕 묵은 세상에 대한 천착이라면 묵은 낱말들의 본래 제맛을 곧대로 되살리는 것이 옳은 시 쓰기"의 하나임을 보여주는 계기가 되고 있다. 묵은 낱말과 고향 방언을 자유롭게 시적 감성으로 전환하고 있음은 새로운 시적 감흥이라고 할 것이다.

특히 '새첩다' '나그랍다' '무너미' '물―드레' '귀가 야리다' '싹불이' '건입' '축' '띠포리' 등과 '웅숭깊다' '무춤무춤' '얼추' '가년스럽다' '헛헛하다' '발싸심' '가리사니' '너볏한' '구순한' '눈자라기' '어살버살' '어부랭이' '야살스런' '나지라기' '깜냥' '냇내' '고자누룩하다' '되모시' '개부심' '할매' 등

등을 시인은 『아름답고 정겨운 우리말』과 『국어대사전』을 참고로 언어가 내포하는 다양한 의미와 음운을 토대로 우리말의 참된 값을 보여주고 있다.

우리말이 지니는 의미의 폭을 넓히고 되살려 보려는 시인의 의도가 새롭다. 이 새로움을 시인은 시집의 표제에서 보여주듯 '귀엽고 예쁘다'의 뜻을 나타내는 시 「새첩다」에서 자신의 주변의 원형을 보여주고 있다.

> 할매와 손녀가 물걸레로 장독을 닦고 있다. 네 살배기 아이도 할매 따라 소매 걷고 거든다. 딴에는 제 키보다 낮은 항아리를 골라 닦는다. 물걸레가 지나간 자리 까만 햇빛 방글방글 새첩다. 새뜻한 바라보는 아이 눈망울 반짝반짝 새첩다. 오목한 보조개에 고인 웃음 생글생글 새첩다. 통통한 손끝에 드는 물방울 방울방울 새첩다. 뽀송한 이마에 맺힌 땀방울 송글송글 새첩다. 갈래머리에 내려앉은 가을볕 반들반들 새첩다. 상감머리 감이파리도 발그라니 새첩고 그러고 보니 새첩다는 말도 너무 새첩다.

─「새첩다」 전문

일상적인 가정사에서 시인은 '새첩다'라는 경상도 방언을 음운을 따라 귀여움과 예쁨을 보여준다. "물걸레가 지나간 자리" "아이 눈망울" "보조개에 고인 웃음" "손끝에 드는 물방울" "이마에 맺힌 땀방울" "내려앉은 가을볕" "상감머리 감이파리" "새첩다는 말도 너무 새첩다" 등 귀엽고 예쁘다는 어감 대신 경상도 방언인 '새첩다'를 반복함으로 작품 전체가 주는 신선하고 새로운 어감과 서정적인 리듬감을 인지하도록 해준다.

이상규 시인은 제4시집에서 의도적으로 고향 방언의 정감과 그 리듬감을 살려 시가 표현할 수 있는 언어의 맥락을 더욱 돋보이게 하고 있다.

　　　　　　　　　　　　　　　　문학의 미적 담론과 시학

4

시인의 작품에서 또 한 가지 빠뜨릴 수 없는 것은 '묵은 세상'에 대한 되돌아봄이다. 우리말에 대한 강한 집념과 같이 지나간 세월의 흐름에서 묵은 세상을 잊을 수가 없음은 시인의 작품의 많은 곳에서 찾아볼 수 있다.

오랜 세월 동안 지역민들이 사용하며 정감을 나누었던 방언에 대한 아련한 정서가 시인의 영감을 떠날 수가 없었던 것일까. 그뿐 아니라 "옛날 살던 동네, 주막같은 점방이 아직 있었다."(「그 점방(店房)」 첫 행) "간이역을 생각하면 만남의 환희보다/이별의 슬픔이 왜 이리도 가슴 아리게 하는 것일까요/산모퉁이를 돌아 사라져 가는 기차를 보내듯이 간이역이/머지 않아 눈앞에서 하얗게 지워지고 나면/기억의 풍경 속에 머물던 이야기들이 먹물처럼 번져/빛바랜 수묵화로 오래오래 남으리라는 것을 나는 압니다."(「간이역에 대한 여적」 끝 연)에서 보듯 시인의 세월 속에 잠재해 있는 기억 속의 세상을 잊을 수가 없는 것이다.

이상규 시인은 많은 소재 중에서 시적 화자와 이미지와의 동일성에서 상호관계를 보완하며 추억과 기억의 언저리를 보다 뚜렷하게 보여주면서 지나간 화첩을 되돌리고 채색하는 회화법을 추억으로 그려준다.

이러한 영감의 작품으로 이상규의 「처음 그 자리에 다시 와서」에서는 한 폭의 수채화를 읽을 수 있는 또 다른 과거와 현재의 교감이 이루어지는 작품이다.

이제, 빈 들길을, 비어 있어 억새꽃 더욱 우수수 일어서는 들길을 구름을 밟듯 걸어 볼란다. 먼 기억의 저편에 사름사름 사려 두었던 처음 그 자리에 다시 와 해질녘 드문드문 귀가를 서두르는 농부들 발소리 산그리메로 오는 길, 쫓기듯이 발등 적시며 질러 왔던 길, 그래서 늘 에돌기만 하던 그 길도 다시 걸어 볼란다. 천천히 아주 천천히

마른 풀들이 서걱이는 이야기도 들어 볼란다. 마디풀, 지칭개, 꽃마리, 쇠비름 미처 제 배내이름도 불러 주기 전에 발길에 밟혀 잊혀 진 잡초들이 저들끼리 하는 이야기며, 방아깨비 한 마리 질경이 한 포기도 그냥 왔다 그냥 가는 것이 아니라며 제 그늘에 차곡차곡 쌓아 두었던 사연들도 들어 볼란다.

연잎에 소낙비 쏟아지듯 서둘러 왔던 그 길, 모가지가 꺾여 제 속에 이는 바람에도 만가를 풀어내는 수숫대 발아래 숨어 사위어가는 목숨에 입맞추는 풀벌레, 그리고 시린 이파리 그 이름 앞에 연초록, 갈맷빛, 샛노랑 이런 예쁜 낱말 하나씩 붙여도 보고

여울물이 제 살갗 부비는 강머리에서 아슴한 내음이 켜켜이 전설로 쌓인 할매의 웅숭깊은 눈 속에 흐르다가 고이고 고였다가 흐르는 강물의 내력도 처음 그 자리에 다시 와 들어 볼란다.
— 「처음 그 자리에 다시 와서」 전문

지나간 자리, 추억 속의 자리, 시인은 그래서 처음 그 자리에 다시 와서 "들길을 구름을 밟듯 걸어 볼란다.""그 길도 다시 걸어 볼란다.""이야기도 들어 볼란다.""쌓아 두었던 사연들도 들어 볼란다.""처음 그 자리에 다시 와 들어 볼란다."라는 긴긴 지나간 자리 속으로 '볼란다'라는 자신이 살아온 고향의 방언을 찾아 되돌아보는 한 폭 그림 속으로 자신을 그려 넣고 있다. 농부들과 잡초, 풀벌레, 강물이 어우러지는 속으로 현재 진행형의 자리에 다시 와 있는 시인의 현재형이 진행되고 있다.

5

이상에서 이상규 시인의 『새첩다』에 나타난 몇 가지 특징을 살펴보았다.

시인은 고향에 대한 애정이 그 고향이 지닌 어투와 말뜻, 그리고 그 말이 지니는 억양과 리듬의 여운을 한 편 한 편의 시작품으로 형상화시켜준다.

많은 시작품에서 도시적 공간보다 농촌이라는 삶의 공간에서 자연과의 순화와 맥락을 찾아 한 편의 생활 풍속화는 물론 삶의 현장 속에 나타나는 애환과 복락을 그려줌은 물론 우리말의 중요성과 지역 방언에 함축된 음고의 핵심을 나타내고 있다.

흔히들 시작품을 일러 언어의 연금술이라는 말을 하기도 하지만 이상규 시인의 작품에서 우리말이 갖는 의미와 음향의 리듬, 특히 고향 방언이 들려주는 억양과 정감은 이상규 시인의 우리말에 대한 애정이 아니고는 어려운 일이라고 본다.

시인의 시적 영감과 믿음의 세계

— 김경수의 작품 세계

　아름다운 고향의 하늘과 땅을 노래하고, 믿음 속에서 삶의 추억을 남긴 목사이면서 농촌운동에 앞서 헌신한 김경수 시인의 작품은 기도와 고향과 가족이라는 명제 앞에 새로운 삶의 흔적을 남긴다.

　오랜 목회 활동과 농촌을 위한 시인의 삶은 사랑과 연민과 함께 자연이라는 거대한 풍광 속에서 진리를 찾고 그 진리 속에서 사람과 사람 사이의 믿음을 위한 시인만의 긍정적인 사고의 핵심을 보여주었다.

　김경수 시인은 남해군 삼동면에서 태어나 목사이며 시인이 되었다. 『한맥문학』을 통해 시인으로 등단하였으며, 농촌 운동가로서도 많은 활동을 하였다. 시인은 경북 안동의 벧엘교회에서 목회 활동을 하다가 월남 파병에서 얻은 병으로 타계하였다.

　시인이 남겨놓은 시작품에서 진솔한 서정의 함축을 통해 인간이 지녀야 할 품성과 사랑의 진솔함을 보여주었다. 시에 내포된 언어적 함축미는 강한 영감의 화두 속으로 몰입시키고 있다. 김경수 시인의 시세계를 두 가지 측면에서 살펴보면, 첫째 시인이며 목사로 신앙에 대한 절대적인 감성과 영감, 둘째 고향과 가족에 대한 사랑과 연민의 정감으로 나누어 살펴볼 수 있다.

첫째 시인, 목사로 신앙에 대한 감성과 영감의 세계는 목회자로서의 믿음과 사랑은 물론 서로의 교감에서 얻을 수 있는 기도의 마음을 소통시킨다. 작품 「걸어서 갈 수 없는 곳」과 「새벽 기도」에서 시인의 소망이 무엇인가를 알 수 있다.

나는 가고 싶었습니다.
먼 길 걸어서라도 가고 싶었습니다.
그러나
걸어서 갈 수 없는 곳
믿음으로만 갈 수 있는 곳

가고 싶었습니다.
슬프고 힘들 때는
이야기하고 싶어 두 손 모았습니다.

기다릴 줄 아는 것은
천 가지 은사보다
위대하다고 했기에
그날을 기다립니다.
걸어서 갈 수 없는 그곳을

언젠가는 만날 수 있기에
기다립니다.
걸어서 갈 수 없는 그곳을
믿음으로만 갈 수 있는 그곳을

— 「걸어서 갈 수 없는 곳」 전문

이 작품에서 강하게 나타난 언어의 함축적 의미는 "걸어서 갈 수 없는 곳"을 "나는 가고 싶었습니다."라는 강한 시인 자신의 신념이면서 신앙의 절대적인 믿음을 볼 수 있다. "믿음으로만 갈 수 있는 그곳"임을 명시하면서 그 믿음을 위해 시인은 '두 손'을 모으면서 기다림만을 위한 자신의 신념을 스스로에게 다짐한다. 목회자로서의 절대적 신앙이 자신만의 일상으로 와 있음이 많은 작품에서 나타나 있다.

시인의 신앙심에 의한 영감이란 무언의 영적인 사고 영역에 침전되어 있는 절대적 정신의 세계이다. 김경수 시인은 목회자이며 시인으로서의 무한한 영생을 얻기 위해 시작품이 암시하는 언어의 미적 감정 역시 기도의 산물이며 믿음으로 만날 수 있는 구원의 소망이기도 하다. 그래서 시인은 새벽 기도 속에서도 다른 자신의 영상을 찾아 믿음으로 갈 수 있는 곳을 찾아 나선다. 이러한 신앙의 바탕은 시인이 다가가는 정신적 요인이기도 하다. 다음 작품 「새벽 기도」에는 시인의 강렬한 소망을 담고 있다.

갈 길을 잃고
원망하는 백성 앞에
홍해가 열리는 소리가 들리고
그 길을 걸어가는 즐거움이 있습니다.

배고프다고 아우성칠 때
하늘에서 맛나가 내리고
과자 같은 양식을 배불리 먹는 즐거움이 있습니다.

아둘람 굴 속에서
내일이 보이지 않는 절망 속에서도
내가 새벽을 깨우리로다 하는
꿈을 가지는 즐거움이 있습니다.

세상을 구원하는 새벽의 빛은
어둠 속에서 영원한 생명의 빛 되어
나에게 소망의 즐거움이 있습니다.

너와 나도 새벽의 기도는 영생의 선물이기에
오늘도 내일도 새벽이 즐겁습니다.

—「새벽 기도」 전문

김경수 시인의 절대적인 기도는 목회자로서의 일상적인 소망이기에 시인으로서의 「새벽 기도」는 자신의 영원한 생명에 대한 절대적인 바램이기도 하다. 그래서 시인은 "아둘람 굴 속에서/내일이 보이지 않는 절망 속에서도/내가 새벽을 깨우리로다 하는/꿈을 가지는 즐거움이 있습니다." 다윗이 아둘람 굴에서 믿음을 회복한 구약성경의 계시에 의해 자신을 찾으려는 것이다. 절망 속에 빠진 다윗이 다시금 일어설 수 있는 믿음을 얻게 된 성지인 아둘람 굴은 시인 자신에게 내가 새벽을 깨우는 하나의 진리이며 즐거움이 된다는 시인의 내면적인 영감은 시인 자신을 돌아보는 '구원의 새벽'이기도 하다.

그러므로 다윗이 그곳을 떠나 아둘람 굴로 도망가매 그의 형제와 아버지의 온 집이 듣고 그리로 내려가서 그에게 이르렀고 환난 당한 모든 자와 빚진 모든 자와 마음이 원통한 자가 다 그에게로 보였고 그는 그들의 우두머리가 되었는데 그와 함께 한 자가 사 백 명가량이었더라
— 삼상 22: 1~2(개역개정)

구약성경의 구절과 같이 시인의 작품 「새벽 기도」에서 "세상을 구원하는 새벽의 빛은/어둠 속에서 영원한 생명의 빛 되어/나에게 소망의 즐거움이 있습니다."라는 소망의 기도와 같다. '새벽의 빛'과 '어둠 속'을 헤어나 '영원한 생명의 빛'을 찾아 '소망의 즐거움'을 찾는 시인의 일상적인 생

활은 그 작품의 소재와 함께 자신의 내면의 정신적인 함수를 동시에 지니는 포괄된 기도의 영감이며 소망의 영감이기도 하다.

둘째, 고향과 가족에 대한 사랑과 연민의 정감은 시인이 농촌운동을 하면서 터득한 본향의 일면을 지난날의 고향의 향수와 더불어 시인 자신의 현재로 다가오고 있는 것이다.

>나의 고향은 鄕村입니다
>바다의 파도 위를
>갈매기 울음소리에 보름달 뜨는
>漁村의 풍요로운 고향입니다.
>
>나의 고향은 鄕村입니다
>이곳에서 살고 싶고
>이곳에서 잠들고 싶어
>나의 이름을 鄕村이라고 싶습니다
>나의 고향은 鄕村입니다.
>
>　　　　　　　　　　　　　　　—「향촌」 부분

>꿈만 남기고 떠나버린
>아버지의 빈자리는 너무나도 커서
>나 살아 생전에
>아버지의 꿈 이룰 수 없을 것 같아
>또 한 번 슬픔의 비가 내린다.
>고향 집 지붕위로
>
>　　　　　　　　　　　　　　　—「아버지의 꿈」 부분

>하나님.
>육체의 아픔을 마음의 아픔을
>회복하여 주셔서

남은 날 기뻐하고 즐거워하며
기도하고 찬송하는
기쁨을 주소서.

— 「아내의 아픔을 보고」 부분

김경수 시인의 고향은 시인 자신의 어린 시절의 추억과 함께 같이 뒤놀던 친구들의 추억이 추상되는 곳이다. 그러면서 가족과 함께 생활한 안식의 본향이기도 하다. 시인에게 있어서 고향이란 '나'라는 존재가 영원한 그리움의 대상이기도 하다. 그래서 시인은 "나의 고향은 鄕村입니다/바다의 파도 위를/갈매기 울음소리에 보름달 뜨는/漁村의 풍요로운 고향"임을 향수한다. 남해 어촌의 '갈매기 울음소리'에 풍요로움을 나누는 고향의 정취에 시인은 "이곳에서 살고 싶고/이곳에서 잠들고 싶어" 스스로 자신을 일컬어 "나의 이름을 鄕村"으로 부르고자 하는 심정을 시인의 감성으로 표현한다.

그뿐인가. 시인의 고향에 계셨던 아버지에 대한 정감이 "꿈만 남기고 떠나버린/아버지의 빈자리는 너무나도 커서" 지붕 위로 슬픔의 비가 내리는 아픔이 시인의 감성을 때린다. 아내의 아픔 역시 '회복'해주기를 하나님에게 기도하는 기쁨을 시인은 인도한다.

김경수 시인의 작품에서 일상적인 삶에서 보여주는 생활의 한 단면이면서 그 단면의 내면에 깊은 신앙적 영성이 자신을 지탱시키면서 그 영성에 의해 시적 감성이 생동하고 있음을 본다. 어쩌면 인간의 감성을 적나라하게 노출시키는 시의 영감은 강한 신앙심을 지닌 자신의 정신적 감성과 함께 그것이 더욱 강한 인상을 자신으로부터 정서적 이미지가 되도록 노력했음을 볼 수 있다.

이러한 측면을 김경수 시인의 작품과 신앙에 의한 고백, 농촌이라는 자연 생동의 활력과 기력을 불어 넣으려는 강한 집착과 함께 많은 작품에서 보여주는 시적 특성이라고 하겠다. 목회자로서 신앙의 심층적인 사고와 영적인 게시에 의해 자신을 기도하고 찬송하는 절대적인 심성은 사물에서 찾아내려는 시적 영감의 게시를 받으려는 시인의 간곡한 믿음과 동질성을 찾을 수 있음을 본다.

김경수 시인의 작품에서 보듯 직설적인 화법으로 한 폭의 동양적인 감성과 신앙적 고백을 통해 정서적인 언어 미학을 다채롭게 보여준다. 편히 잠드소서.

순수한 사랑에 대한 명상의 세계
— 조일규, 『꽃가시』

1

조일규 시인의 작품에 나타나는 큰 주제는 사랑이다. 시인에게 다가온
사랑은 일상의 생활 속에서 일상 그 자체를 그려내고 있다. 사계절에 찾아
오는 모든 자연에 축적된 생명에서 그들만이 지닌 사랑의 모습을 찾아 사
람과 교차되는 생명의 담론을 보여준다. 고향에 대한 추억과 마음속에 잠
재한 영원한 사랑의 흔적을 한 폭의 수묵화로 조형시키고 싶은 시인의 간
절함이 많은 작품에서 보여지고 있다.

오늘날 시작품의 세계는 넓고 크다. 다양한 문명의 형성만큼 시작품이
그려내고자 하는 시인의 심상 세계 역시 다양해지고 포괄적인 영역을 장
식하고 있다. 특히 서정시의 정서는 일상을 넘어서 보다 넓고 깊은 영감을
찾아 나서는 것이 시인이 할 일이다. 자신이 살아가는 삶의 언저리에서 수
없이 자신의 뇌리를 압축하는 심상의 일면을 조감해 내는 일이란 쉬운 일
이 아니다.

시인의 시집 『꽃가시』의 표제가 암시하듯 꽃과의 교감 속에서 사랑의 강

도를 조율하고 있음을 보여준다. 시집의 소제목 역시 「앞마당의 꽃」 「봄바람 꽃」 「불꽃」 「꿈속의 꽃」으로 꽃이 내포하고 있는 내밀한 화두를 찾아 사랑의 내면에 대한 깊은 정감의 세계를 알 수 있다.

조일규 시인의 단면적인 구성과 일상으로 공감할 수 있는 시 언어의 표현이 주는 정서는 친근감을 주고 있다. 오늘날 현대시에서 시도되고 있는 이미지의 이원성이나 삼차적인 각도에 의해 어렵게 조율되는 것에서 벗어나 가까운 접근법으로 작품을 형상화하고 있음은 또 다른 특성이 될 수도 있다.

이러한 관점에서 시인이 시도하고 있는 사랑의 영감과 심상의 발상이 주는 감동의 세계를 찾아 나서 보면 그 내면에는 담론적인 화법이 내재하고 있다. 서정시에서 보여주는 내면의 세계는 한국시의 오랜 전통의 양식이다.

2

조일규 시인의 사랑은 남녀 간의 사랑의 모습도 될 수 있고, 교감, 소통의 사랑으로 환원될 수도 있다. 남녀 간의 사랑의 정감은 이성이라는 애정의 테두리에서 이루어지는 절대적인 명제에 의해 형성되는 것이고, 사물과의 교감이나 소통에서 오는 사랑은 그 자체가 하나의 조화라는 배려에서 보여지는 사랑의 또 다른 형상이기도 하다.

    바다처럼 넓은 생각에
    첫사랑 아끼는 마음으로
    날마다 설레며 가자.

    시기 질투 미움이나 성냄은

불가마에 던져 버리고
나 먼저 웃음향기 건네자

서로에게 잘 되기를
등지거나 밀어내지 말며
보듬는 동지애로 가자

—「나의 십계명」 부분

　이 작품의 서두에서 시인이 지닌 사랑의 의미를 '아끼고' '웃음향기' 품으며 '동지애'로 갈 것을 노래한다. 시인의 기본 정신적 요인이 "첫사랑 아끼는 마음"으로 자신의 십계명의 위상을 정립하고 있다. 이러한 시인의 위상은 오늘날 살아가는 많은 사람에게 던지는 사랑의 명제가 될 수도 있다. 오늘날 문명과 과학의 이기심이 주는 사회적인 아집과 불통과 사람 개개인이 자신만을 위하는 세태에 던지는 또 다른 메시지가 될 수도 있다.
　시인의 '웃음향기'는 '시기 질투 미움이나 성냄'을 '불가마'에 던져 버리고 웃음의 향기 속에 살아가기를 소망하고, 그럼으로써 '동지애'로 보듬는 사랑으로 가득 찬 세상을 시인은 그려주고 있다. 사랑이란 하나 되는 인간애의 기본 정신임을 자각시켜준다. 그런가 하면 시인의 사랑에 대한 소망을 다음과 같이 보여준다.

아주 천천히
혹여 다치지 않도록
그렇게 오소서

바람 몹시 부는 날
돌다리를 건너듯
두 손 꼭 잡고서

비오는 창가에 커피 한잔
첫 사랑을 기다리듯
똘망거리는 눈빛으로

때로는 아쉽고
못내 힘들겠지만
그날을 기다리자

뜨겁던 태양은
더 아름다운 노을로 피듯
그렇게 오소서

— 「님의 발걸음」 전문

이 작품에서 시인이 보여주는 정신은 기다림에서 오는 사랑의 찬가이
다. 그의 사랑의 정감은 순수한 정서의 일면을 말해준다. 오늘날 이미지의
모던한 세계에 대한 수사에서 벗어나 절감한 심정의 일면을 가감 없이 순
박하게 그려줌으로 그 순수성은 강도를 더해준다. 사랑하는 님의 발걸음
이 놓인 그곳으로부터 다가오는 기다림의 절절한 심상의 언어의 밀도는
일상의 심성에서 찾아 쉽고 깊게 다가온다.

시인의 이러한 강한 집착은 작품 「꽃가시 · 1」에서 "그리움은 생살을 찢
듯/밤낮 가슴을 후벼대는/어린 꽃가시/피 쏟지 않은 새 생명이/세상 어
디 있으랴/곰삭아 솟으면/그게 행복이더라/둘만의 묻고 갈/그게 사랑이더
라."라고 하며 사랑의 농도와 한계가 무한하다는 것을 보여주고 있다. 마
음에 짙게 깔려 있는 사랑의 의미는 한계를 찾을 수 없을 뿐이다.

조일규 시인의 사랑의 심상에서 보여지는 농도는 절박하기보다 여유로
움에서 오는 침착함과 조용한 명상의 세계로 이끌어준다. 이러한 작품으
로 「사랑은」 「당신생각」 「사랑해」 「첫사랑」 「꽃바람」 「이게 사랑인가요」

문학의 미적 담론과 시학

「꽃둥지」 등 많은 작품을 볼 수 있다.

3

조일규 시의 또 다른 특징은 명상에서 오는 암시성이다. 하나의 사물에서 자신으로 돌아와 깊은 명상의 통찰을 가져다주면서 그 자체가 명상의 조형에서 심상의 이미지를 보여주는 것이다.

하나의 사물에서 와닿는 강한 영감은 그 사물이 지니고 있는 내면의 세계를 들여다보아야 한다. 하나의 사물이 내포하고 있는 깊이는 그 사물이 형상화하고 있는 절묘한 영상에서 교감되는 명상의 순간이다. 이러한 명상적인 이미지의 교차는 그 사물 속에서 자신을 되돌아보는 하나의 생각으로 환원된다. 시인의 작품에서 그려준 명상적인 암시 효과는 심상의 깊이에 스며든 영감에서 비롯되고 있다.

> 더 높이 오르기를 원하거든
> 나 먼저 낮아질 줄 알며
> 내일의 새 희망을
> 남 먼저 잡으려거든
> 해 저무는 서쪽 산을
> 기억해 두자
>
> 높이 오른 가지일수록
> 바람 많은 법이니
> 내 이웃 돌아보고
> 함께하는 지혜를
> 내 게을리 말자
> 낮은 자리 없는

높은 자리 있으랴.

— 「등고자비」 전문

명상적인 요인과 더불어 조일규 시인은 일상생활에서 비롯되는 많은 삶의 정신적 세계를 찾아 나선다. 생활의 비망록이랄까. 한 편의 잠언적인 기법으로 인간이 살아가는 좌우명이 무엇인가를 가름하여 준다.

"더 높이 오르기를 원하거든/나 먼저 낮아질 줄 알며/내일의 새 희망을/남 먼저 잡으려거든/해 저무는 서쪽 산을/기억해 두자"에서 집착에 대한 훈계이며 교훈적인 명제를 알려준다. 무엇이 인간의 살아감에 필요한가를 가름해주면서 이에 대한 깊은 명상의 세계로 몰입시켜준다. "높이 오른 가지일수록/바람 많은 법이니/내 이웃 돌아보고/함께하는 지혜를/내 게을리 말자/낮은 자리 없는/높은 자리 있으랴." 시인은 현시대에 대한 교훈을 던져주고 있다. 인간의 무모한 일상을 깨우쳐 주는 작품에서 무엇을 해야 하는가라는 명제에 대한 생각을 제시하고 있다.

조일규 시인의 이러한 명상적인 교훈의 영역은 시인이 지니는 특정한 세계에 대한 또 다른 세계를 확대할 수 있다. 시작품이 추구해야 할 많은 시도는 새로움의 세계를 정착 할 수 있는 시인의 특권이기도 하다.

시인에게서 볼 수 있는 또 다른 세계는 고향에 대한 사랑과 믿음과 추억을 들 수 있다.

금수강산 어디 간들
찾아 볼 수 있으랴
철철이 피는 꽃
깊고 오묘한 향기는
물 바랜 머릿수건
엄마의 땀내도 같았다
저녁상 된장국내 같구나

휘몰아치는 눈보라에
한여름 땡볕 아래서도
고향땅에 들어서면
맨발로 안겨오는
코끝 찡-한 꽃향기
나만 보기 아까워라
가슴으로 피는 고향꽃

세월은 백발이 가까워도
변치 않는 꽃 한 송이가
오늘도 웃는구나.

— 「고향꽃」 전문

조일규 시인의 사랑에서 고향을 떠날 수가 없다. 위의 작품에서 고향에 대한 사랑의 농도가 절묘한 한 폭의 그림으로 나타난다. 시인의 시적 영감이 가장 강하게 이미지화 되는 것은 자신이 태어나고, 살아온 고향에 대한 실상과 그 이후의 추억 속에 잠재해 있는 많은 영상이 뚜렷하게 한 편의 시의 포인트가 되는 것이다. 고향의 영상은 "휘몰아치는 눈보라에/한여름 땡볕 아래서도/고향땅에 들어서면/맨발로 안겨오는/코끝 찡-한 꽃향기/나만 보기 아까워라/가슴으로 피는 고향꽃"으로 시인의 강한 충동 속에 머물고 있다.

고향은 사람의 본향의 원천이기 때문에 그 절절한 집착을 떠날 수가 없다. 그래서 많은 시인들이 고향을 소재로 작품을 보여주었다. 조일규 시인의 고향 역시 사랑이라는 시인의 근원 속에서 그대로 나타난다. 이러한 작품 이외에 「고향 언덕」 「신비의 바닷길」 「고향마당」 「거기에 가면」 「구기자 밭에서」 「봄날 스케치」 「만추」 「꽁보리밥」 등 많은 작품을 보여주었다.

4

조일규 시인의 시작품에서 사랑과 밀접한 몇 가지의 세계를 살펴보았다. 사랑과 교감되면서 사물과의 교차하는 순간의 면면을 시작품에서 뚜렷하게 또 다른 무한의 순수를 그려주었으며, 서정성이 강한 많은 작품에서 조일규 시인만의 세계를 조성하고 있다.

조일규 시인은 시집 『꽃가시』에서 보여준 '사랑'이 지니는 폭이 새롭다는 것을 보여주었다. 사람과 사람과의 애정의 폭을 넘어서서 자연과 함께 삶의 산실이었던 고향이라는 이미지의 진폭을 더욱 넓혔다는 데 시인의 정신적 면모를 알 수 있다.

이 글의 요점은 시인의 작품에 폭넓게 그려져 있는 '사랑'의 순수성에 초점을 맞추어보았다. 시인이 추구하고 작품화한 '사랑'에 대한 영감을 여러 각도로 보여주었다는 점에 유념해야 한다. 시인의 일상적인 시의 세계는 무한한 것이다.

꽃과 자연, 생명력의 조화

— 서병진, 『세월 속에서 꽃은 핀다』

1

현대시가 영감의 심상을 넘어서 가상의 세계를 넘나들고 있는 현실에서, 서병진 시인은 현존하는 대상과 공존하면서 그 대상의 내면에 함축되어 있는 새로운 조화를 교감하려 한다.

"세월 속에서 꽃이 핀다"라는 시집 제목이 암시하듯, 무한한 세월의 흐름과 꽃과의 대등한 위상은 평소에 지닌 시인의 일상적인 좌우명이면서 삶의 가치를 이러한 자연 속의 꽃과 공유한다는 의미를 알 수 있다. 시집에 수록된 작품에서 꽃을 소재로 한 작품이 많은 이유도 이러한 시인의 감성과 관련을 맺을 수 있다.

꽃은 자연 속의 가장 아름다운 미적 대상이다, 그러나 다만 미적 대상 이상의 생명의 화신이며 인간의 삶을 기리는 대등한 모습이 시인의 정신에 잠재해 있다. 인간이 살아가는 세월의 흐름 역시 삶의 지속을 위한 가장 존엄하고 위대한 생존의 방식이다. 이 양자 간의 조화 속에서 서병진 시인은 언어가 지니는 영감의 폭을 넓히고 있다.

그렇다면 서병진 시인의 시집에서 다음 몇 가지 작품의 특징을 살펴보고자 한다. 첫째 꽃과 자연과의 교감 속에 내포된 시인의 세계, 둘째 고향에 대한 시인의 감성, 셋째 시에 대한 영감 등에서 시인의 면모를 접근할 수 있을 것이다.

2

시인이 바라보는 자연의 광활한 세계는 자연 자체가 시인의 내면세계와 일치하는 심상으로 접어든다. 말하자면 시인의 정신세계가 자연의 한 소재에서 청결하고 맑은 원형을 찾을 수 있다는 데 있다. 다음과 같은 작품에서 시인의 일상을 찾을 수 있다.

> 이파리 없는 나무는
> 계절에 따른 움츠림에
> 껍질로 감싸 안은
> 그 나목 숨소리 나는 좋아
>
> 비바람 설한풍도 이겨내고
> 새로운 삶의 꿈을 간직하고
> 삶의 표상 새순을 틔우고
> 정열을 꽃피우는 나목의 기상
>
> 풍상을 이겨내며 솟구쳐온 기백이며
> 펼쳐내는 가지마다 풍성함 드러내고
> 포근한 가슴으로 세상을 안겨주는
> 이파리 없는 나무에도 새들은 온다.
> — 「이파리 없는 나무도 숨을 쉰다」 전문

이파리 없는 나무의 강한 생존력을 시인은 강한 정신적인 영감을 결합시키고 있다. 서병진 시인의 정신은 이러한 사고의 핵심 속에서 하나의 대상에 대한 생명의 강인함을 바로 자신으로 환원시킨다.

각 연의 후반 두 행에서는 생명의 강한 의지와 함께 시인의 강인성을 본다. "껍질로 감싸 안은/그 나목 숨소리 나는 좋아" "삶의 표상 새순을 틔우고/정열을 꽃피우는 나목의 기상" "포근한 가슴으로 세상을 안겨주는/이파리 없는 나무에도 새들은 온다." 자연의 순수함과 생존의 법칙은 어느 인간의 삶의 절대적인 가치와 동일함을 강한 언어로 함축하고 있다.

서병진 시인의 자연에 대한 강인한 생명력과의 조화는 시인 자신이 자연 속의 존재로서의 일상을 대하는 기본 정신과 맥을 같이한다.

> 연못에서 자라는 연은
> 세파에 물들지 않는 연이라
> 아침이슬처럼 청량하고 순수함을
> 밝고 맑은 메시지를 전하는 연
>
> 연잎의 이슬은 방울방울마다
> 천가지 만가지 보배를 담은
> 중생의 아름다운 꽃이로다
>
> 진흙탕에 피어나도
> 아름다운 꽃 피우고
> 명경 같은 맑은 마음
> 연처럼 되고 싶다.
>
> — 「연(蓮)처럼」 전문

연꽃의 순수함을 함축하고 있다. 이 작품에서 시인은 연꽃의 청량하고 순수함에서 사람이 살아가야 할 방향을 열망한다. 연꽃이 지니는 역동적인 미적 감각을 친화력으로 그리고 있다. "진흙탕에 피어나도/아름다운 꽃 피우고/명경 같은 맑은 마음/연처럼 되고 싶다."라는 영감은 시인 서병진의 창작에 대한 갈망이며 일상의 정신적인 자세를 긍정적으로 읽을 수 있다.

시인이 많은 소재로 택한 꽃과 자연에서 나타나는 시적 감성은 동일한 서정성의 강한 메시지를 전달하면서 자연의 변화성과 새로운 자연의 양상에 시인 자신의 시적 방향을 나타내고 있다고 할 것이다.

3

시인의 고향은 경남 고성이다. 『세월 속에서 꽃은 핀다』 3부는 "고향은 어머니 강"에 대한 작품들로 이루어져 고향의 많은 곳을 보여준다. 많은 시인들은 고향과 어머니를 작품으로 보여준 바 있다. 서병진 시인 역시 고향에 대한 감성을 잊을 수 없다. 고향과 관련된 너른지, 판곡리, 대독천, 만림산, 문수암, 갈모봉, 혼돈산, 구절산 등에 대한 시인의 강한 집착은 멋진 한 편의 작품으로 보여준다.

> 양달산 진달래꽃 피면
> 뒷동산 올라 한 아름
> 꺾어 꺾어서 어머니와
> 콧노래 불렀던 풍요로운
> 들판 익어가는 내 고향
>
> 실개천 흐르는 물에
> 어머니 씻은 빨래 물이
> 끝없이 흘러 강물이 되어

고향은 어머니 강물이
흐르는 어머니 강이다.
— 「고향은 어머니 강물」 전문

고향이란 사람이 살아감에 원천적인 바탕이고 절대적인 마음의 안식이다. 고향이란 사람에게 영원한 안식처요 숱한 추억이 함께하는 자신의 존재와 같다. 서병진 시인의 고향을 어머니 강물에 비유한 시인의 영감은 어머니와 고향을 강한 직감으로 동일시하고 있다. 시인이 어떠한 사물이나 소재에 정착하게 되면 모든 요인이 긍정적인 사물과 접근을 하면서 그 인식의 바탕이 미적인 감정을 더욱 크게 돋보이게 하고 있다.

그것은 시인의 감성 자체가 사물과의 긴밀한 호흡의 일체를 공유하기 때문이며, 숨김없는 자신의 모습 속에서 창작의 여건을 조성하고 있다는 증거이다. 다음과 같이 고향을 노래한 작품을 보자.

옛 고자미동국 소가야 자리
거류산 송뢰소리 산새소리가
하늘 높이 휘날리어 들판으로
세계로 뻗어가는 등불의 고장
아~ 살고 싶어라 아름다운 고성
아~ 아름다운 고성 영원히 빛나리라

자욱 자국 상족암 공룡의 터
학동마을 옛 담장 문화재 자랑
대독천 빨래터 어머니의 손길
새시대 인재들이 넘치는 고장
아~ 살고 싶어라 아름다운 고성
아 ~ 아름다운 고성 영원히 빛나리라"
— 「고성(固城)찬가」 전문

고향에 대한 찬가이다. 역시 "대독천 빨래터 어머니의 손길"을 공유하는 시인의 강한 집착과 영감은 떠날 수가 없다.

시인에게 있어서 고향은 자신의 원류이며, 일상 속에서 드러나는 자신의 정신적인 틀 속에 얽힌 자화상이다. 나와의 동일한 서정과 정신이 스스로 시인의 심상 속에 잠식된 영원한 향수이며 추억의 대상이기 때문이다. 시인의 고향에 대한 집착의 이미지는 바로 시인 자신의 맥박이기도 하다.

4

서병진 시인은 시가 내포한 이미지의 연결을 다각도로 작품화한다. 시에 접근하는 여러 유형의 작품을 시집에서 보면, 1부에서 「시의 노래」「돌에 시를 쓰면」「시를 돌에 쓰면」「단비 같은 시」「아름다운 말꽃 시인」, 2부에서 「은하에서 내린 시인」, 3부에서 「시가 있는 숲길」「삶의 시심」「시가 숨 쉬는 숲길」, 4부 「퀴즈 시」「손수조 삼행시」「서병진 삼행시」 등에서 시인의 특유한 정신적 생동감을 보게 된다. 시에서 새로운 생명체가 나타나는 시인 특유의 영감을 볼 수 있다. 페르소나 자체가 시의 영감이며 공조하는 소재와의 일체를 보여준다.

> 별이 숨어든 하늘 아래
> 이슬시가 내리면
> 메마른 땅 숨을 얻고
> 지쳐 누운 풀잎들 일어나리
>
> 산 위 올라
> 향기 나는 시를 뿌리면
> 바람시가 닿는 곳마다

꽃이 피어나리라

돌에 시를 쓰면
거친 세월 벗겨지고
너와 내가 마주할
나눔 시간이 찾아든다

돌에 시를 쓰면
돌이 숨을 쉰다.

돌에 시를 쓰면
하늘에서 별이 내린다.

— 「돌에 시를 쓰면」 전문

역시 시작품의 이미지와 공유하는 절대적인 생명의 활력을 돌과 시를
일치시키고 있다. "이슬시가 내리면/메마른 땅 숨을 얻고" "돌에 시를 쓰
면/돌이 숨을 쉰다."에서 보듯 시인은 만물의 모든 우주 속의 생명체나 생
명체가 아닌 모든 물상들에게 영험적인 생명의 강렬함이 깃들이고 있음을
서병진 시인의 절대적인 명제로 되어 있다. 만물이 생존하는 모든 요소에
숨을 쉬는 숲길들이 존재하고 그 숲길은 시라는 이미지와 함께 생명의 존
엄성을 지니고 있음을 시인은 보여준다.

돌과 시, 시와 숲길, 은하와 시인, 시와 삶의 모든 요소가 시인의 심상
속에서 때로는 화려하며 때로는 빛나는 영감의 틀 속에서 시인 자신의 일
상적 심상을 들추어 보여준다.

시인이 시와 접목하는 대상은 폭이 넓어 시라는 이미지의 접근은 그 자
체가 시인 앞에 펼쳐지는 한 폭의 수채화이며 미적 감각을 들추어 보이는
절대적 가치의 색상이 되는 것이다.

시란 마음의 소리이며 그 마음이 생명의 윤활유의 역할을 한다고 할 때
서병진 시인은 이러한 감성을 모든 사물에서 비롯된다는 원리를 일깨워
주고 있으며 이 시인이야말로 '생명과의 조화'를 이루는 철저한 시인 정신
을 지녔음을 인지할 수 있다.

시와 그림을 통한 영감의 미적 감성

— 김동애, 『화선지에 핀 불입문자』

1

시와 그림의 조화 속에서 창작 활동을 하는 시인 김동애의 『화선지에 핀 불입문자』에서 시인은 서두 '시인의 말'에서 "시 속에 그림이 있고 그림 속에 시가 있다는 것을 깨달았습니다."라는 표현으로 시와 그림과의 관계를 말하고 있다. 시와 그림을 창작하는 시인으로 두 예술작품이 지닌 공감의 세계에서 새로운 정서의 밀도를 찾아 완성되고 결합된 영감의 미적 감성을 나타낸 많은 작품을 읽을 수 있다.

작품 속에서 시와 그림의 두 예술 영역은 언어에 의한 함축된 영감의 세계를 보여주는 시의 세계와 색채라는 회화적 수법으로 발상의 구도를 보여주는 그림이라는 세계는 동일한 시각에서 형성되고 있다. 다만 언어와 색채라는 차이일 뿐, 모든 예술이 각각의 범주에서 새로운 창작세계를 독자적으로 형성하는 것은 일반적인 통념이나 최근 상호 보완적인 세계를 공유하는 시도도 많아졌다.

예술작품이 다양한 세계를 구축하는 오늘날의 세계적인 조류 형상이 하나의 예술 영역 속에 안주하지 않고, 주변의 예술 영역을 찾아 구상과 기법을 찾아 새로운 작품을 구도하는 경우가 많아졌다.

이러한 가운데 김동애 시인의 작품 세계에서 강하게 나타나는 형상 역시 시작품에 내포된 회화적인 기법과의 절충으로 함축된 언어 미감에 의한 시의 형상화는 한 폭의 그림과 동질성을 이룬다. 감성의 표출이 주는 동질성은 시가 내포하고 있는 사물 보기에서 회화적인 색채감각이 동시에 노출됨으로 새로운 시적 감성을 동반하게 한다.

시인의 표현 언어에서 작품을 감지한 소재가 주는 내면성이나 외형성에서 오는 강한 영감은 시작품으로만 존재하지 않는다. 시가 성숙된 감성적 인지도에서 발상하는 회화적인 색채감각 역시 한 편의 소재가 공유한 모든 것을 동시에 발상하여 작품으로 표현된다.

이러한 시와 그림을 공유한 작품 「유리창」에서 보여준 시인의 영감 역시 하나의 소재에서 시와 그림이라는 세계에 몰입되어 있음을 볼 수 있다.

500호 되는 유리창틀 속
산이 다가와 그림을 그린다

지난 겨울 눈꽃으로 가슴을 흔들더니
어느새 산 벚꽃 활짝 피어 한해진 액자 속

햇빛이 부셔 눈을 감으면
바람이 지우개로 금세 색을 지운다

여름엔 짙은 녹음, 가을엔 고운 단풍
계절 따라 변하는 캔버스

오늘은 연두 빛 잎새들이
꽃으로 피어나 가슴 속에 불을 켠다

문학의 미적 담론과 시학

별들이 빛으로 그린 그림은
영원으로 가는 길만 숨을 쉰다.

— 「유리창」 전문

시인이 바라보는 유리창틀 속의 전경은 한 폭의 그림으로 전이된다. 그 그림 속에는 사계절이 숨을 쉬고 있다. 시인이 바라본 사계절은 자연 속의 실상으로 그 실상이 비춰진 유리창틀의 형상화는 바로 색채감이 짙은 그림이 된다. 감성적인 구도와 함께 언어가 주는 질감은 유리창틀 속에 머문 자연의 거대한 영상이 한 편의 시의 영감을 내포하면서 짙은 색채감을 지닌 회화가 되고 있다.

시의 심상은 유리창틀에서 액자로 전환된다. 시인이 바라본 산은 액자 속에서 한 폭의 그림으로 사계절을 변화시킨다. "유리창틀 속/산이 다가와 그림을" 그리면서 채색된 자연경관을 액자 속에 채우는가 하면, '겨울 눈꽃'과 '산 벚꽃' 활짝 피우기도 하고 햇빛이 눈부시면 "바람이 지우개로 금세 색을 지우기"도 하는 전경이 화폭 속에 담기는 절충적인 영감의 세계가 잘 조화를 이룬다.

김동애 시인의 시와 그림의 절충적인 기법은 많은 시작품에서 보여진다. 작품 「사진」에서 "하늘이 고와 유심히 바라보면/빛은 항상 꽃을 피우고 산다.//빛이 그림을 그린다./화판 속에다/거침없이 붓질한다/극사실화"에서 보이듯 하나의 사물 보기가 사진으로 환원되면서 그 속에 나타나는 자연경관의 극사실화 앞에서 시인은 새로운 영원의 길을 발견한다. 하나의 이미지가 새로운 발상법에 의해 기억의 현상적인 노출이 자연스럽게 시와 그림의 동질적인 어조를 보여준다. 이러한 요인은 그림과 시를 공유하고 있는 시인의 특권이기도 하다.

2

　자연에 대한 이미지와 암시적 풍자 기법이 시인의 작품에서 생경하지 않다. 시인이 발상하는 자연을 소재로 한 이미지는 인간의 삶이라는 언저리와 함께 동화되는 영감을 동반하고 있다. 우리 동양의 시적 토양이 많은 자연과 교감의 연속이지만 그 자연을 어떤 각도에서 바라보느냐에 따라 달라진다. 김동애 시인은 하나의 자연에 나타나는 사물에서 인간과의 관계 형성을 찾아든다.

　　　노인 가슴골엔
　　　낙엽 한 잎 더 쌓이고

　　　피고 지는 꽃들뿐이랴

　　　돌고 도는 흐름 속에
　　　끝은 시작이라고…

　　　창가에서 손을 흔들고 있는
　　　마지막 잎새 하나.

　　　　　　　　　　　　　　　—「세밑 달력」 부분

　　　마주 보고 서 있는 고목나무
　　　텅 빈 가슴엔 지난 이야기가
　　　가득하다.

　　　　　　　　　　　　　　　—「노부부」 부분

　　　누구를 기다리나
　　　푸른 바다에 떠 있는
　　　배

　　　　　　　　　　　　　　　—「낮달」 부분

위에 인용한 몇 편의 시작품에서 보듯 '낙엽 한 잎'을 통해 인간사의 "돌고 도는 흐름 속에/끝은 시작이라고…" 하는 인생 철학의 원리를 얻게 되고 하나의 "마주 보고 서 있는 고목나무"에서 지난 이야기를 찾게 되는 이치에서부터 푸른 바다에 떠 있는 '배'에서 기다림의 철학을 찾아내려는 많은 자연과의 공감을 시인의 작품에서 볼 수 있다.

시에서 하나의 소재에 몰입할 때 그 소재에 잠재해 있는 생명력은 생물이든 무생물이든 그 자체가 축적하고 있는 생명력은 중요한 것이다. 시인이 사물 보기에서 그 사물이 잠재한 생명력은 대부분 자연과 공유하는 시적 영감에서 오는 절대적인 이미지의 축적으로 나타난다.

김동애 시인이 바라보는 자연의 절대자는 시인 자신이 스스로 인지한 내면의 순수성이 표출되기 때문이다. 자연이 많은 시인에게 정서적인 안위를 가져다준 것도 순수한 정신적인 정감을 지녔기 때문이다. 시인이 작품에서 나타난 자연의 순수성도 이러한 맥락에서 보아야 한다.

다음 김동애 시인은 암시적 패러디를 곁들인 행간에서 시사적인 익살을 내포하여 사회적 단면을 지적하고 있다. 익살은 우스꽝스런 행동, 말로 웃기기도 하고 남을 조롱하기도 한다. 풍자함으로 시의 골계가 사회적 현상이나 인간 생활에서 많이 사용하는 어귀를 특성화하는 경향을 말한다. 다음 몇 편의 인용시 작품에서도 사회 일상에서 많이 통용되는 요소를 작품의 언어에 포함시키고 있다.

> 골동품 가게에서 요강을 사다가
> 장식장 속에 두었다
> …(중략)…
> 요강이 꽃처럼 웃고 있다.
>
> ― 「용도」 부분

줄을 잘 서야
빛이 보는 열매
남향받이가 더
달다고……

자리 위에 만들어진
빛과 그림자
가슴에 자리 잡은
큰 바위 하나.

— 「자리」 부분

눈에 보이지 않는 가슴의 깊이는
텅빈 하늘과 같고
눈 뜨고 볼 수 없는 세상은
한 낮에 뜨는 별이다.

— 「청맹과니」 부분

큰 손 뒤의 작은 손,
세상을 쥐고 흔드는 큰 손,
가끔 피 냄새를 풍기는 야수의 손,
어둠을 좋아해서 수갑을 채워야
편안한 세상이 된다.

— 「포크레인/손」 부분

「자리」에서 "줄을 잘 서야"라는 패러디는 우리 사회에서 일반적으로 통용되는 언어 매체를 빛과 바람에 의해 산과 들의 바람길 따라 '신음소리'가 달라지는 자리에 대한 삶의 현상을 우스꽝스런 사회의 패러디를 풍자적으로 그리고 있다.

「포크레인/손」에서 "큰 손 뒤의 작은 손"은 한때 익살스런 정치적 패러디로 우리 주변을 휘돌던 말이다. 시인은 이러한 패러디를 포크레인의 손

문학의 미적 담론과 시학

이 "산을 허물고 찻길"을 만들어내는 큰 손의 위력 속에서 한때 사회 속에 풍미하는 익살스런 행간으로 작품화하고 있다. "큰 손 뒤의 작은 손,/세상을 쥐고 흔드는 큰 손,/가끔 피 냄새를 풍기는 야수의 손,/어둠을 좋아해서 수갑을 채워야/편안한 세상이 된다." 이러한 작품에서 시인이 작품을 통하여 무엇을 전달하려는가에 대한 의도를 파악할 수 있다.

김동애 시인의 이러한 패러디는 때로는 풍자적인 요소도 있지만 해학과 아이러니에 접근하는 새로운 채색을 통한 한 폭의 회화적인 그림으로 우리에게 다가온 사회와 시대에 대한 경종일 수도 있다.

3

이상에서 김동애 시인의 작품이 지닌 몇 가지 특징을 살펴보았다. 시인이 작품에서 보여준 위의 특징은 읽는 이에게 강한 인상을 준다. 언어가 주는 미적 정감은 이미지에 접근하는 감성적인 언어를 찾아 나서고 있다는 점이다. 그래서 시인의 함축된 시의 행간의 영상미는 그 자체가 회화적 채색이 강하여 부드럽고 온화한 감각을 받게 된다.

오늘날 문학이 내포하는 공감의 세계는 시인과 독자가 감지하는 상상의 낯설음이 있어서는 안 된다. 행과 행과의 관계는 물론 연과 연의 이어짐도 자연스러운 형상의 이미지가 중요하다. 김동애 시인은 '시인의 말'에서 "포장되지 않는 성찰을 통해 얻어낸 알맹이를 꺼내어 보이려고 노력하고 있습니다."라는 말에서 시의 맥락을 추구하는 성찰의 세계를 시인이 만들어 내고 있다고 할 것이다.

앞으로 보다 많은 소재를 찾아 시와 그림에서 오는 공감의 세계 속에 또 하나의 새로운 세계를 만들어내기를 바란다.

시인과 수리산의 일체감

— 김동호, 『수리산 연작』

1

김동호의 연작시집 『수리산 연작』은 수리산의 품속에서 살아가는 한 시인의 고백이며, 삶의 흔적이다. 101편의 연작시에서 수리산과 함께 나누는 고백과 사랑과 철학이 시인의 숨결을 스치듯 우리들 곁으로 다가온다.

자연스런 운치를 지닌 산과 시인과의 교감은 인간과 자연이 하나라는 동일성의 명제를 제공하기도 한다. 20여 년간 수리산을 오르내리며 산이 품고 있는 실상을 함축하면서 그 정서에 매료되는 연작시이기도 하다.

수리산(修理山)은 경기도 군포시와 안양시 만안구, 그리고 안산시의 경계에 있는 높이 475미터의 산이다. 군포에서 수리산을 바라보면 마치 신도시 산본을 병풍처럼 옹기종기 주름을 잡으며 가림막을 두르고 있는 상태로, 봉우리는 태을봉이 가장 높으며, 그 곁으로 관모봉, 슬기봉, 수암봉 등이 능선을 이루며 수리산의 풍광을 자랑스럽게 보여준다.

이러한 아름다운 산을 시인은 바라보고만 있을 수 없었다. 이 시집의 '머리말'에서 시인의 고백을 들을 수 있다. 이 고백은 『수리산 연작』과 시인의 관계를 정립하는 데 많은 도움을 주고 있다.

> 1993년부터 2014년까지 쓴 시입니다. 어머니의 품 같으면서도 아버지의 등뼈 같은 수리산, '철학가의 산책로'이면서 '시인의 첨성대'인 수리산, '독수리의 날개'이면서 '까치의 투피스'인 수리산을 이십 년간 오르다 보니 수리산 사계(四季)가 오계(五季)가 되었습니다. 수리산을 사랑하는 사람들과 함께 수리산의 진경을 나누고 싶습니다.
>
> — '머리말'에서

시인이 20여 년을 함께한 수리산에서 시인의 공감대는 무엇인가. 산은 산으로만 존재하지 않고, 그 산은 시인의 마음과 몸 전체를 공유하는 동질의 세계로 생존하는 생명체가 되고 있음을 볼 수 있다. 그래서 시인은 '사계'가 아닌 '오계'로 인지하면서 수리산의 족적을 '어머니 품, 아버지 등뼈' '철학가의 산책로' '시인의 첨성대' '독수리의 날개' '까치의 투피스'로 수리산이 주는 무한대의 가능성과 산이 말하고 있는 철저한 사고의 폭을 정의하고 있다.

그뿐인가. 시인의 감성에 따르는 수리산의 정서는 모두 5부로 나뉘어 그 특징을 '옹달샘 물을 마시며' '하늘―젖 먹는 새싹들' '꽃도 가지가지' '한 겨울 산책' '수리산은 첨성대'로 산으로부터 풍겨오는 풍광을 채색하여 한 폭의 자연의 만물상으로 시인의 품속에서 떠나지 않고 마음속 깊숙이 정좌해 있음을 알 수 있다.

시인이 함께한 수리산은 담론의 상대이며 살아있는 생명체의 온상이기도 하고, 그 풍요로움에 스스로 동화되고 있는 시인의 감성과 심미적인 영감이 일체를 이루고 있음이 연작시 전체에서 나타나고 있다.

2

필자는 김동호 시인의『나의 뮤즈에게』에 대한 평론에서 시인의 작품 세계를 "시집 속에는 풍자도 있고, 해학도 있고, 아이러니, 알레고리, 잠언, 선문답의 화두 발상 등 우회적, 직설적 형식의 모든 격식을 두루 찾을 수 있는 날카로운 독설과 웃음이 매료한다. 시인의 완곡어법은 유쾌하지 못하거나 무섭거나 다소 비위에 거슬리는 것이 있더라도 이를 전면으로 대응하지 않고 모호하고 우회적이거나 덜 일반화된 말로 돌아 돌아가는 긴 걸음이면서 짧은 엔터(Enter)를 요구하고 있다. 아이러니의 기법도 시적으로 표현된 것과 의미를 나타내는 것에서 묘한 시적 긴장을 발생시킴으로 독자를 보다 가깝게 마주하게 한다. 부드럽거나 냉정하거나 거만하거나 겸손하거나 감정적이거나 하는 어조를 환영하고 직선적으로 반어적으로 대응 조치를 취하고 있다. 그뿐인가 하나의 톤을 선택하여 표면에 나타나는 톤과 이면에 숨겨져 있는 톤의 묘한 이원적인 목소리를 감춤으로 어떤 효과와 기대를 찾는 시적 정감도 있다."(조병무,『문학작품의 사고와 표현』에서)라고 말한 적이 있다.

김동호 시인의 시적 발상법은 시인의 특유한 아이러니의 원근법에 의해 작품이 내포하고 있는 긴장감을 해소시키기도 한다. 다음과 같은 작품에서 수리산 중허리길의 면모를 특유한 톤으로 부드러운 어조를 빌려 '화촉'을 밝히고 있는 전경을 보여준다.

　　수리산 중허리길
　　키 큰 나무들이 팔을 뻗쳐
　　아치를 만들고 있었습니다

　　양산이 되기도 하고

우산이 되기도 하면서
푸른 동굴 아치 끝엔 꿈처럼 아늑한
하는 한 자락이 나려와 있었습니다

낯설면서도 이상하게 낯익은 듯한 곳
온 산이 숨죽여 뭔가를 간절히
기다리고 있는 듯한 곳

눈을 부비고 다시 보니
이곳은 큰 예식장 안이었습니다
꽃과 나무가 화촉을 밝히고 있었습니다

이제 막 피어난 찔레꽃과
상수리나무 새순이 마당바위 뒤에서
맞절을 하고 있었습니다

초록 등(燈)을 온 산에 가득 밝히고서
— 「수리산 6−푸른 숲 아치 길」 전문

수리산의 푸른 숲은 하늘을 가린 아치가 되면서 양산과 우산으로 환치한다. 시인은 이러한 형상에서 "낯설면서도 이상하게 낯익은 듯한 곳/온 산이 숨죽여 뭔가를 간절히/기다리고 있는 듯한 곳"임을 알게 된다. 아이러니의 변주는 여기서 비롯된다. 숲의 변주는 "눈을 부비고 다시 보니/이곳은 큰 예식장 안이었습니다". 예식장이라는 시인의 숲 이미지는 아치를 만든 숲과의 동일한 예감을 인식하면서 리얼한 예식장 안으로 숲은 새로운 면모에 접근한다. 그리고 그 새로움은 "꽃과 나무가 화촉을 밝히고 있었습니다"라는 화촉이라는 상황으로 돌변하는 숲의 형상으로 전환하고 있다. 시인의 시적 화법의 폭은 숲의 자연을 넘어서 인간 생활의 단면과 공조를 이루면서 새로운 구도를 형성하고 있다.

김동호 시인의 이러한 발상법은 이면에 숨겨진 형상을 찾아가서 이를 다시 뚜렷한 모습으로 새롭게 형상화한 것으로 보아 풍자와 익살이 공존하는 것으로 보아도 무방하리라고 본다.

3

선문답식 담론에서 하나의 화두에 대한 시인의 익살은 수리산을 오르내리는 시인의 정감과 더불어 한 편의 정겨운 담론이 되고 있다. 일종의 대화체 형식의 이미지 연결은 작품이 주는 감성적인 테두리를 넘어 솔직하면서 담백한 톤의 변주를 익살로 전환시켜준다.

시인의 많은 작품 중 특히 「수리산 3 – 제일 먼저 피는 꽃」 「수리산 10 – 날 파리들」 「수리산 12 – 진달래밭의 까마귀」 「수리산 37 – 산의 어조」 「수리산 68 – 기상 오보」 등에서 대화체 형식의 문답을 구사함으로 수리산이 지닌 다른 모습의 형상과 함께 시인이 말하고자 하는 강한 이미지의 영감을 불러올 수 있는 힘이 있음을 발견한다.

시적 발상의 근저가 되고 있는 산의 이미지와 시인의 사고에서 오는 공감이라는 매체로 접근하고 있다.

> 매일 산을 오르기 때문에
> 다리 운동은 어느 정도 되어있지만
> 팔 운동이 부족한 나에게 오늘은
> 날파리들이 나서서 팔 운동을 시킨다
>
> 앞뒤 사방으로 달려드는

놈들을 쫓기 위해 50번 80번 100번
열심히 두 팔 휘두르다가

"이제 이만하면 되지 않겠느냐?"
아픈 팔이 물을라치면

놈들 계속 달려들며 하는 소리
"팔 떨어지지 않을 테니 좀 더 좀 더"
— 「수리산 10 – 날파리들」 전문

　산을 오르면서 날파리들과의 익살은 행동과 대화의 풍자성에서 산에 존재하는 자연의 생물과 동화되는 시인 정서의 일면이며, 거리를 두지 않고 주객이 일체되는 내면 풍경을 보여주고 있다고 하겠다.

　수리산을 오르면서 "앞뒤 사방으로 달려드는/놈들을 쫓기 위해 50번 80번 100번/열심히 두 팔 휘두르다가" 아픈 팔이 묻기를 "'이제 이만하면 되지 않겠느냐?'라는 기지는 시인이 아닌 아픈 팔이 대상이 된다는 자체에서 익살은 극도에 도달하고 있으며, 이에 응답하는 날파리들이 "'팔 떨어지지 않을 테니 좀 더 좀 더'"라는 화답에서 서로가 동일하게 존재한다는 사유의 개념이 정립되면서 시인은 또 다른 시도에 몰입하고 있음을 알 수 있다.

　김동호 시인의 대화 일체는 철학적 의미의 사고를 나타내기도 하고, 풍자적인 익살의 의미를 내포하기도 한다. 그것은 시인이 시도하고자 하는 일체가 동일성의 원리에 입각한다는 사고에서 비롯되고 있으며, 연작시 「수리산」이 보여주는 또 다른 특징이라고 할 것이다.

일기예보와는 달리
간밤에 단비 많이 왔다
멀쑥해진 예보관들이 내심으로

쏟는 소리. "구름이 동으로 갈지
서로 갈지 사람이 어떻게 알아요
그것은 구름 마음이에요"

— 「수리산 68 – 기상 오보」 부분

일기예보관, 구름, 바람, 기압 등이 저마다 하는 일기예보의 익살이다.
그리고 그 익살이 풍자로 나타나 제각각의 예견이 인간 사회의 일면을 보
여주고 있다.

① 구름의 이야기
  "우리는 바람 등에 업혀 떠다닐 뿐/어디로 갈지는 바람만이 알지요"
② 바람의 이야기
  "바람은 기압 따라가고 오는 것/고기압 저기압 사이를 우리는/부지런히
  오갈 뿐이지요"
③ 기압의 말
  "기압은 먹구름과 꽃구름 사이에 있소/간밤의 단비는 먹구름과 꽃구름
  의/벼락 키스에서 생겨난 것이요"

이들이 하는 대화에서 말미에 "일기 오보가 말하네"라고 함으로 자연의
재해에서 보다 인간의 재난을 은유적으로 함축하고 있음으로 "업혀 다닐
뿐"과 "고기압 저기압" "벼락 키스"가 주는 언어의 감수성은 퍽 민감한 예
견을 제시하고 있다고 하겠다.
  김동호 시인의 시적 감성의 익살과 풍자성은 김동호 시인만이 지닌 이
미지 창출의 아이러니와 알레고리의 직설적이며 우회적인 기지의 승리라
고 할 것이다. 이러한 기법은 경우에 따라서 긴장을 동반하기도 하여 이
면에 숨겨진 본질적 의도가 달리 해석될 수 있다는 점도 염두에 둘 필요가
있다.

문학의 미적 담론과 시학

4

김동호 시인의 작품에서 수리산이라는 자연의 한 경관을 서사적 면모로 산과의 동거를 보여주는 작품도 많으며, 산과 함께하는 삶의 풍요로운 일상의 모습이 공존하고 있다. 특히 수리산이라는 특수 지역에 생존하는 많은 생명체에 대한 시인의 정성은 각별하다.

수리산에 선녀바위, 노랑바위, 임간교실, 독서의 숲, 명상의 숲, 상영사, 수리사, 성불사, 대야미, 반월저수지, 갈치저수지 등 시인의 시적 대상이 된 곳이 많다. 그리고 자생 식물로 시작품에 나타난 귀룽나무, 상수리나무, 진달래, 쐐기풀, 쑥, 라일락, 솔잎, 산수유, 아카시아, 미루나무, 때죽나무, 할미꽃, 목련, 복사꽃, 천리향, 섬초롱, 나리꽃, 배꽃, 금꿩다리, 노루취, 꿩의다리, 도토리, 도라지, 고사리, 두름, 고비, 더덕, 고들빼기, 씀바귀, 냉이, 버섯 등 많은 식물이 작품의 소재로 그들의 특성을 작품화하고 있다.

그리고 청설모, 솜벌레, 들쥐, 고양이, 토끼, 까치, 날파리, 새, 솔개, 독수리, 까마귀, 거미, 뱀, 귀뚜리, 개구리, 꿀벌, 나비, 달팽이, 메뚜기, 뻐꾸기, 참새, 매미, 개미, 파리, 모기, 딱정벌레, 자벌레, 초파리 등 많은 생명체가 공존하고 있음을 볼 수 있다.

늦잠이 꿀맛인 여름 아침
백억 볼트의 헤드라이트를 비추며
'이제 그만 일어나라' 햇님이 깨우면
녀석 졸린 목소리로 까― 한다
우리말로 하면 네―에 해당하는 소리이리라

그러나 다시 잠이 들었는지 기척이 없다

다시 깨우시는 듯 한참 후에야 까까한다
우리말로는 네 – 네 –

얼마 있다가 까까까, 우리말로는 네 – 네 – 네 – 네 –
—「수리산 45 – 까치의 기침」 부분

　말하자면 이러한 식물과 생명체들이 수리산이라는 자연과 김동호 시인
과의 상호관계가 일체라는 진경을 보여주는 특이한 시적 대상이다. 시인
은 이러한 자연 속에서 모든 것이 인격체로서의 영역이 될 수 있다는 전제
아래에서 생명의 교감은 물론 상호관계의 일체임을 보여준다.
　까치라는 생명체는 인간이라는 실상의 교감 속에서 나누는 언어의 소통
이 다를 수 없음을 김동호 시인은 「수리산 45 – 까치의 기침」 등 많은 작품
에서 우주의 생명체는 하나임을 보여준다.
　이와 같이 수리산이라는 자연의 거대한 보고에 시인은 이십여 년 동고
동락함으로서 산이 품고 있는 모든 미적 감성과 철학적 원천을 같이 공유
함으로 상호 간의 내면의 세계를 나누어 가졌다. 수리산은 시인의 영혼을
산속에 깊이 간직하였으며, 시인은 수리산의 신령스러운 혼을 자신의 영
적인 대상으로 받아들여 상호관계가 일체라는 동일성의 원리에서 하나가
되고 있음이 김동호 시인의 시집 『수리산 연작』이 남겨준 현대 시사의 공
적이 될 것이다.

소망과 간절한 기도의 마음

— 김추연, 『꽃 진 자리』

1

시의 언어가 내포하고 있는 함축은 감동과 긴장은 물론 또 다른 긴장과 내면의 영감을 동반한다. 언어를 어떠한 각도에서 표출하느냐에 따라 독자가 받는 느낌은 달라진다. 오늘날 새로운 문명 시대에 시인이 바라본 사물이나 시인이 체험한 삶의 영역 역시 또 다른 이미지의 수사에 의해 다양한 미학적 언어로 나타난다. 김추연 시인의 시집 『꽃 진 자리』에 나타난 소망과 간절한 기도의 마음 역시 시인 자신의 호소력으로 자신을 감싸고 있다.

그래서 김추연 시인은 '시인의 말'에서 "몸은 나에게 일상의 날개를 접게 합니다. 나는 "아니다"라고 반문을 했습니다. 이날 이후 살아온 날들은 보이지 않았습니다. 다만, 눈을 멀리 두고 저만큼, 아니 저기까지 가야 하는데 왜 여기서 멈춰야 하는지…… 살아온 날들의 아름다움은 보이지 않았습니다. 생명의 경계선만 보일 뿐입니다. 내게 큰 변화가 일어났습니다. 내 일생의 가장 큰 기적과 나를 바꾸기로 합니다. 아! 바로 이거야, 큰 산을 넘을 수 있다는 확신이 왔습니다. 순응과 편안함을 조용히 관찰하기 시작합니다. 앞으로 내게 주어지는 시간 동안 이렇게 사는 거라고 다짐합니다. 여여하게 가치있는 찰나를 만들어가기로 합니다. 이후 삶의 행간을 그려온 시(詩)의 씨앗들을 모으기로 합니다."라고 했다. 그렇듯 시인에게 시는 어쩌면 간절한 삶의 기도로 나타난다.

"가장 큰 기적과 나를 바꾸기로" 한다는 시인의 각오는 현재의 자신이 처한 입지에서 "'큰 산을 넘을 수 있다"는 자신감으로 되돌려놓으려는 시인의 강한 정신적 의지를 서술한다. 그래서 시인은 "큰 산을 넘을 수 있다"는 확신 속에서 새로운 시적 감성과 정신적 의지를 동반하려는 것이다. 이러한 시정신이 시인 자신에게 또 다른 자신의 모습으로 회귀하려는 집념의 소산으로 읽을 수 있다. 그래서 시인은 '확신'과 '순응' 그리고 '편안함'이라는 새로운 다짐 속에서 오늘의 삶의 행간을 찾아 나서고 있다.

김추연 시인은 『시대문학』(현 문학시대) 신인상을 받으면서 문단에 등단하여 시집 『들꽃, 흔들리는 풍경』 『숨은 모습』 『뿌리 내리기』 등을 출간하며 활발하게 활동하는 시인이다. 대체로 자연의 풍광 속에서 자신과의 내면적인 교류를 시도함으로 삶의 또 다른 일상을 보여주고 있다. 자연은 인간이 지닌 속성과 친밀을 유도하여 자연 속에 움츠리고 있는 강한 응집력과 내성을 찾아 시인 자신의 새로운 호소력으로 표현한다.

　　　바라보이는 거기
　　　깊은 호수가 있다
　　　산이 하나가 아니고
　　　또 하나의 큰 산이 호수에 있다

　　　둘이 된다
　　　산, 호수, 어느 것이면 어떠리

나도 하나가 아닌
또 하나의 나를 만나고 싶은데

파랑에 흔들리고
너울에는 가물거리는 나
바람이 없는 청명한 날에는
투명한 나일 뿐

하나 더 나를 바라볼 수 있는
속 깊이 안아줄
호수였으면 한다
간절히 그런 호수 만나고 싶다.

— 「만나고 싶다」 전문

현재 시점에서 바라보이는 호수에는 "산이 하나가 아니고/또 하나의 큰
산이 호수에 있다"는 자연스러운 전경이 보이는 현실 앞에서 시인은 "나도
하나가 아닌/또 하나의 나를 만나고 싶은데"라는 소망으로 마음을 나타낸
다. 시인의 소망은 호수 주변의 산이 호수 속에 비친 또 하나의 산을 보는
순간 자신의 현재 모습이 아닌 또 다른 모습으로 만나기를 갈망한다. 현재
의 자신에서 새로운 모습의 자신이기를 소망하는 시인의 내면에는 "내 일
생의 가장 큰 기적과 나를 바꾸기로 합니다."(시인의 말)라는 소망의 뜻이
담겨 있기 때문이다. 그러한 기적은 자신을 치유할 수 있는 절대적인 새로
운 자신이 되기를 갈망한다. 그 갈망 속에는 아픔이라는 곳에서 벗어나 모
든 것을 안아 줄 수 있는 "속 깊이 안아줄/호수였으면 한다/간절히 그런
호수 만나고 싶다."라는 소망으로 가름하고 있다.

한 편의 회화적인 기법으로 나타낸 이 작품에서 호수라는 풍광 속에 비
추어진 주변의 한 폭의 경관에서 현재의 나에서 벗어나 새로운 풍광으로

비추어진 호수 속의 달라져 보이는 새로운 풍광으로 되돌림 하듯이 현재의 화자인 나의 새로움을 갈망하는 것이다.

시인의 작품 「마음자리」 「빈 하늘에」 등 여러 작품에서 호수와 바람, 하늘과 구름 등의 자연 현상과의 담론을 통해 그 자연 현상이 지니고 있는 함축적인 내면의 실상을 찾아 또 하나의 소망이 무엇인가를 인지하려는 시적 영감을 고백적이면서 자전적인 표현으로 보여주고 있다.

2

김추연 시인은 연작시 「내 뜰에는」 6편에서 꽃의 단상을 보여준다. 시인이 찾은 꽃은 금낭화, 구절초, 동자꽃, 현호색, 신나리 꽃, 해당화 등 대체로 여러해살이 풀로 피는 꽃에 대한 애정을 보여준다. 단순한 꽃의 이미지에 머물지 않고 꽃들이 숨겨 놓은 속내를 찾아 시인 자신의 정신적 영감과의 일치점을 찾으려 한다. 많은 꽃이 품고 있는 설화 속에서 전달되는 특정한 모형의 꽃을 그려내고 있다. 이 작품들의 끝 연 부분에서 긍정적인 시인의 심상은 꽃이 품고 있는 현상으로 시인 자신에게로 다가와 있음을 볼 수 있다.

　　용서하는 꽃이 되어
　　연붉게 쉼없이 피고 있다.

　　　　　　　　　　　　　　　　— 「금낭화」 부분

　　네 뜰의 구절초
　　둥둥 떠서 피어간다.

　　　　　　　　　　　　　　　　— 「구절초」 부분

　　　　　　　　　　　　　　　　문학의 미적 담론과 시학

합장하게 한다
지장보살, 지장보살, 지장보살……

—「동자꽃」 부분

지긋한 만남으로
하루의 세상살이 시작한다.

—「현호색」 부분

내일을 기다리는 산나리 꽃
나를 읽어 내는 오늘이다.

—「산나리 꽃」 부분

어릴 적 바다 기슭을
내내, 거닐고 있다.

—「해당화」 부분

작품의 끝 행에서 보듯 긍정의 화법으로 꽃에 대한 정감이 페르소나의 깊은 내면으로 직결되어 있음을 알 수 있고, 꽃이 내포한 깊은 통찰의 일면을 연결시키고 있다. 한 편의 꽃에 대한 영감의 폭이 그 꽃이 지니고 있는 이미지를 밝고 화사한 방향으로 끌어들임으로 그 꽃이 보여주는 또 하나의 화폭을 그려 보여주고 있다.

각각 개체의 꽃들은 그 꽃들이 지닌 특성을 살려 자유롭게 시적 감성과 함께 시인의 심상을 대립시켜 새로운 동적인 세계를 조형시키고 있다. 꽃이 안고 있는 동력의 실상을 시인은 깊숙이 스며들어 그 꽃의 내면의 모형을 시인 자신의 것으로 환원시켜 활달한 새로운 세계를 그려낸다.

시인은 꽃들과의 상응하는 세계로서 "심장의 눈물이라고/뜨겁게 외쳐대며"(「금낭화」) "휘청이는 혼을 담아/하얀, 얼굴에 연지 바른 꽃"(「구절초」) "추운 겨울 마을로 내려간 스님 기다리다/언덕에서 눈사람이 된 동자

승이 있어"(「동자꽃」) "약한 아이/키 작은 야윈 모습이 되어/숨어서 피는 너"(「현호색」) "줄기와 잎 사이 맺어 놓은 씨앗을/흙에 묻어 내일을 약속한 다"(「산나리 꽃」) "삼복더위에 열매 익히며/가지 휘는 해당화"(「해당화」)라 는 관찰자적인 심상을 꽃과 인간과의 상보적인 조화를 이루면서 강한 생 동감과 활력의 생명체를 동시에 보여줌으로 정적인 이미지를 깊게 노출시 킨다. 꽃은 시인에게 심장이며 혼으로 다가와 있으며, 그러한 꽃의 강렬함 은 시인과 동화되어 하나로 나타난다.

3

김추연 시인의 기도는 일심으로 발원하는 자세로 부처님에 대하여 일 체유심의 마음의 정서를 볼 수 있다. 특히 작품 「철야 삼천배」 「바루공양」 「촛불 기도」 「기도」 「순례자」 등에서 명상의 자세로 합장하는 불심이 시인 의 시심으로 나타난다.

김 시인의 불심은 작품 「철야 삼천배」에서 강한 신앙 자세를 볼 수 있다. 자신에 대한 절대적 감성의 정감을 알게 해준 불심이다. 그리고 새로운 자 신으로 회귀하게 한 삶의 자세를 강한 의지력으로 보여주는 신앙시에서 시인의 심적인 평정심을 읽을 수 있다. "한 음성/한 마음으로/부르짖는 여 명/오체투지/일심으로/너를 향한.//토해내고/벗어놓고/땅을 단단히 짚어 가며/허공 세계 합장으로/정진의 자리.//묵묵 무답/정토의 세계/반야의 바다로/혼으로 사르는 촛불/십방을 한 자리 모두고/일심으로 발원하는 여 기."에서 온몸으로 기원하는 오체투지의 발원으로 자신을 불심에 맡기는 시인의 정신을 읽을 수 있다.

첫 연에서 시인은 마음 자세의 평정심을 한 음성과 한마음으로 오체투지 하는 일심을 보여준다는 것은 불심에 대한 마음 자세이다. 신앙은 모든 사람에게 있어서 인간 삶의 지혜와 자신을 다스리는 또 하나의 나를 발견하는 것이다. 그래서 시인은 모든 만상에서 자신의 일상을 토해내고 벗어놓고 허공 세계를 향하여 합장하는 정진의 자리를 찾게 된다. 시인은 정토의 세계와 반야의 바다로 나아가 자신의 혼을 촛불 앞에 사르면서 일심으로 발원하는 자신을 찾아낸다. 작품 「철야 삼천배」는 김추연 시인의 신앙적 자세는 물론 시인의 시작품 전반에 스며 있는 정신적인 함축이라고 할 것이다.

　작품 「순례자」에서 시인의 신앙적인 정서는 물론 근원적인 시인의 정신을 읽을 수 있다.

　　　하늘과 땅 가운데 허공
　　　순례자는 고단하다
　　　일심으로 원 하나 세워
　　　구도의 몸짓
　　　맑은 영혼의 씻김으로
　　　자아의 무게를 감당하며
　　　질곡의 늪을 헤메인다
　　　우주 하나 되고 싶어서
　　　구도의 길을 걷는다
　　　고행의 찰라,
　　　혼의세계,
　　　깨침의 소리로
　　　여여하게 순례를 한다
　　　염화의 세상을 찾아서
　　　반야의 바다를 건너 간다
　　　황홀의 극치다
　　　염화미소 가득히 피어 난다

순례자의 깨침이다
아! 염화미소! 염화미소.

—「순례자」 전문

작품 「순례자」는 절실한 기도의 목소리를 들을 수 있다. '홍신자 공연에
부쳐'라는 부제에서 보듯 순례의 길을 떠나는 영혼의 씻김의 춤사위에서
시인은 간절한 도인의 기도 소리를 듣는다. 그 기도 소리는 시인의 감성을
자극하여 절대자의 구원의 소리로 시인 자신에게 큰 감성과 감동으로 자
리하면서 염화의 세계를 찾아 반야의 바다를 건너가는 황홀의 극치에 다
다른다. 시인의 불심이 스스로 또 다른 순례자가 되어 씻김 춤사위 속으로
빠져들면서 자신의 정신적 · 정서적인 안위를 찾는다. 시인의 감성이 돌출
하여 큰 춤사위에서 또 다른 나를 발견하여 시인의 목소리는 "아! 염화미
소! 염화미소"의 기도 속에 숙연해지고 있다.

토함산 해질녘에
몸살을 한다
다보탑, 석가탑을
합장으로 돈다
빈자의 등불을 밝히고
식솔을 오체투지로 낮추는
이 자리가
부처님 자리입니다.

—「기도」 전문

김추연 시인은 불심의 본향을 찾아 토함산의 해 질 녘에 다보탑과 석가
탑을 향해 합장하면서 빈자의 등불을 밝혀 부처님 자리를 찾는다. 스스로
일체가 되어 불심 속에서 자신을 위로하고 자신의 본체를 찾아 오체투지

로 자신을 낮추는 기도 속에 맡겨버린다.

무엇이 자신인가를 찾는 기도 속에서 시인의 시적 영감과 정서적인 공감대는 하나의 불심과 자신의 정신적인 공감대를 형성하기도 한다. 김추연 시인의 언어적인 미학은 절대적인 기도라는 자기 철학에 침잠하고 있음을 본다. 그래서 시인은 만유를 하나로 끌어주는 언어를 찾는다. 시작품 「사랑」이다.

이렇게, 나를
부리는 이가 있다

하늘도 아닌
땅도 아닌

말이 없는
문자 두개

사랑

— 「사랑」 전문

김추연 시인은 간절함의 시인, 소망의 시인, 기도의 시인으로 보았듯이 위의 작품 「사랑」은 온 세상을 포용하는 시인 자신의 갈망임을 볼 수 있다. 시인의 간절함과 소망과 기도는 결국 사랑이라는 일체 속에서 자신의 정신적인 안위를 찾고 있음을 알 수 있다. "나를/부리는 이가" "하늘도 아닌/땅도 아닌" "사랑"이라는 시인의 단시에서 시인 자신의 심상을 축약하고 있으며 폭넓게 가족과 우주 공간에 자신을 감싸고 있는 모든 형상으로 되돌리고 있음을 볼 수 있다.

시인은 현대라는 시간적인 공간에서 언제나 자신을 되돌아보고, 자신을 우주와 자연이라는 공동체의 공간 역시 자신을 되돌아보는 계기가 됨을 인식하면서 마음의 안식을 찾고 있다. 시인이 바라는 절대적인 명제가 시인의 많은 작품에 명시되어 있음을 보게 된다.

　이상에서 김추연 시인의 『꽃 진 자리』에 나타난 시인의 작품 세계의 일면을 살펴보았다. 결론으로 시인은 자신을 새로운 세계로 회귀시키려는 강한 집념 속에서 또 다른 시인만의 새로운 변화를 추구하고 있음을 알 수 있다.

사랑과 삶에 대한 긍정적인 열정

— 강영석, 『초원의 별이 되어』

1

시인 강영석은 열정 속에서 살아가는 시인이다. 시인의 작품에 나타난 삶의 모습에서 사랑과 의지와 열정, 그리고 집념으로 뭉쳐진 긍정적인 생활의 패턴을 느낄 수 있다.

어떻게 살아야 하는가, 무엇 때문에 살아야 하는가, 라는 문제는 인간 삶의 초보적인 질문이다. 그러나 시인 강영석은 그 삶의 질문에 대하여 시인의 모든 작품의 요소요소에서 그 화답을 보여주고 있다.

그러한 화답을 시적 영감에 의해 보여줄 수 있는 것은, 시인이 살아온 일상의 정신 자세가 스스로 자신의 내면으로 스며들었기 때문이기도 하다. 긍정적인 화법으로 대상을 보려는 언어 영감이 밝은 시정신으로 나타날 수밖에 없다.

현대시는 무한한 도전의 세계로 나아가고 있기 때문에 자신이 추구하고 열망하는 삶의 철학을 새로운 방향으로 설정하여 시의 폭을 넓혀가는 것도 중요한 요소다. 강영석 시인이 보여주는 시의 세계 역시 새로운 삶의 언저리에서 사랑의 시적 감성을 조성하는 것도 무난하다. 시인은 삶의 일상에 대한 자신의 철학을 시집 '책머리에'에서 다음과 같이 말하고 있다.

> 언제나 긍정적 사고가 나의 전부이지 않은가. 질투, 시기, 비난과 불만은 되도록 멀리하며 밝고, 맑으며, 아름다운 마음씨로 진실한 사랑, 현실을 수용하는 바른 자세를 글로 남겨 도전과 열정을 생활화하고 싶어 이 글을 정성껏 남기며, 날 사랑하며 아끼며 존경하는 자세를 잃지 말고, 가꾸고 가꾸어 즐거움 속에 나이기를 기대하는 자신이 되고 싶다.

시인이 살아가는 긍정적 삶의 정신 자세를 엿볼 수 있다. 이러한 삶의 정신과 시작품에서 보여준 몇 가지 핵심적인 문제를 살펴보면 첫째 삶의 열정, 둘째 사랑의 집념, 셋째 현실의 수용 등으로 작품의 일면을 살펴볼 수 있다.

2

첫째 삶의 열정을 다룬 작품으로 연작시 「삶·1」부터 「삶·8」까지에서 보여주듯 힘든 삶을 살아가는 정신의 밝음을 기본 주제로 제시한다. 시인의 언어에서 부정적인 요소를 배제한 듯 긍정을 추구하려는 언어 구성으로 작품화한 것도 강영석 시인이 지닌 특이한 방법이다.

작품 「삶·1」에서 "희망은/괴로움 속에서도 아름다운 것/눈물 속에서도 향기롭고/슬픈 속에서도 빛나며/외로움 속에서도 설레는 것", 시인은 아름다움, 향기로움, 빛남, 설렘을 삶의 희망으로 바라보면서 그것이 바로 자신임을 인지한다. 시인은 은유의 세계보다 서사의 세계에 접근하여 그 자체를 보다 미화하여 자신에게로 환원하도록 한다.

연작시 「삶」의 결구에서도 단정적인 언어로 그 삶의 모습에 대한 긍정을 받아들이고 있다. "견고한 내 안의 빛과 향기를 찾아내는/참으로 귀하고 순결한 노력의 열매"(「삶·1」) "살아 붓는 열정이/삶을 비로소 완성하리."(「삶·2」) "성공이란 단어보단,/만족이란 단어로……/행복이란 단어로……"(「삶·3」) "이 시대 우리의 최고의 추구함은/그 어떠한 성공보다는 행복이다."(「삶·4」) "최선과 정성으로 두드리면/문은 열리기 마련이니까요."(「삶·5」)에서 보듯 시인의 세계는 통일성을 유지하면서 불변의 정신적인 현실을 조감한다. 삶의 영원성이 삶을 유지하는 보다 뚜렷한 현실의 자각임을 시인은 강조 용법으로 우리에게 보여준다.

둘째 사랑의 집념을 들 수 있다. 강영석 시인의 사랑의 서정은 현대시 초기 화법을 유지하면서 그 사랑의 열도는 강렬하다 못해 집념의 탑을 쌓아 간다. 시인의 많은 시작품이 다룬 소재는 다르다 하여도 그 함축의 내면은 사랑의 실상과 함께 열정의 농도는 짙다. 그리고 그 사랑이 아내에 대한 헌사가 되고 있다. 다음 시작품에서 '그대'는 누구일까.

　　　찬바람 스치고 지나갈 때
　　　옷자락 여미어 줄 손길이고 싶습니다

　　　그대 눈 커플 위의 속눈썹이고 싶습니다
　　　햇빛 가리고, 빗방울도 가리고
　　　먼지와 작은 벌레들에게 다치지 않도록
　　　쉼 없이 깜박거려 그대 맑은 눈동자
　　　슬픔으로 흔들리지 않도록
　　　그대 눈커플 위에 심기우고 싶습니다

　　　지워지지 않을 눈뜨면 보이고
　　　감으면 덮이는 그 꿈속에서

그대는 별이 되고
나는 그대의 심장이고 싶습니다

온종일 두근대며 살아있음을 확인하는
숨결이고 싶습니다.

— 「그대에게」 전문

    사랑을 영감으로 보여준 작품은 현대시에서 많다. 그러나 동고동락하는 아내에 대한 사랑을 보여준 작품은 많지 않다. 강영석 시인이 보여준 사랑의 정감은 절대적인 헌사이면서 정신적인 결백이기도 하다. 시인의 미발표 작품 몇백 편을 필자는 본 적이 있다. 그는 사랑의 본질을 탐구하고 그 사랑이 무엇이며 어떠한가를 숨김없이 파헤치며 찾아내려고 한다. 그래서 가장 가까운 아내에 대한 사랑을 주제로 삼으면서 그 의미를 찾아 나서고 있다.

    시인의 사랑은 일상적인 환상의 사랑이 아니라 실제적인 영혼의 사랑으로 함축되고 있다. 그의 사랑은 진실된 사랑의 영감을 되도록 많은 체험에서 보여준다. 정신적인 사랑은 물론이고 사랑에 대한 진실의 가치와 그 영역을 표본으로 다가오게 한다.

    작품 「그대에게」에서 보여준 사랑의 진실은 "옷자락 여미어 줄 손길"이고 "눈커플 위의 속눈썹"이 되고 싶고, "그대의 심장"이며 "숨결"이고 싶다는 시인의 수사는 강영석 시인의 절대적인 삶의 방법이고 시인의 소망이며 현실이기도 하다는데 그의 작품의 특징을 말할 수 있다.

그대 사랑스런 모습을
맑은 두 눈 속에 담았습니다
그대 밝고 활기찬 음성을
뜨거워진 가슴에 차곡차곡

           문학의 미적 담론과 시학

쌓고 도 쌓았습니다.

— 「그리움이여!」 부분

나는
그대의 맑은 눈망울 속에서
영원을 느낄 수 있습니다

— 「사랑하는 이여!」 부분

　사랑의 확고한 느낌과 감동, 그리고 그 열정들이 시인의 사랑 작품의 핵심을 이루면서 누구도 따르기 어려운 세계로 확대한다. 오늘날과 같이 소통과 배려가 부족한 현대인에게 또 다른 의미를 충족시키고 자신을 되돌아 볼 수 있는 계몽적인 성격도 내포한다고 할 때, 강영석 시인의 사랑에 대한 절대적인 충격은 현대인에게 교훈적인 요인도 크다고 할 것이다.

　셋째 자신을 존재케 한 현실에 대한 수용적 자세가 시인에게 긍정적인 자신을 만들어 가고 있음을 볼 수 있다. 강영석 시인의 현실에 대한 정신 영역은 행복이며 여유다. 자신에게 와 닿는 모든 생각과 활동은 그 감성 자체가 긍정에서 비롯된다. 시집에서 보여준 제목에서 우선 긍정과 여유로움을 보여준다.

　시집에 나타난 몇 제목을 보면 「일의 보람」 「아름다움」 「소중한 이 순간」 「나눔」 「작은 보람」 「소중함」 「마음의 여유로움」 「오늘의 행복」 「믿음의 중요성」 「내 소중한 사람아」 등에서 보듯, 많은 소재에서 스스로에게 다가오는 즐거움과 행복, 여유롭고 긍정적인 정서를 기본 바탕으로 작품의 영감을 찾고 있음을 볼 수 있다.

추함에서 아름다움을 찾아내
다시 새롭게 시작하는 나기를

열정으로 자신에게 도전하는
아름다움을 결코 놓치지 않고
인내와 사랑, 겸허한 자세로
이 세상 멋 나게 사르리라

버릴 줄 알아야 진정한 마음의
부자가 되듯이 모든 걸 잃어 봐야
지금이 얼마나 행복함을 알듯

이미
많은 경험으로 알고 있지 않느냐
즐거이 줄 수 있는 능력을 길러
내일을 기약하지 말고 당장 나눔을
실행하는 내가 되고 싶다.

―「나를 찾는 열정」 전문

　현실에 대한 자신의 존재의식을 겸허한 수용적인 태도로 되돌아보고 있음을 직감할 수 있다. 자신이 현실 속에 있음을 자각하고 그 자각 속에서 또 다른 현상을 찾아야 하는 시인의 심성이 시의 세계에서 민감한 자세로 와 닿는다. "추함에서 아름다움"으로 "인내와 사랑, 겸허한 자세"로 "버릴 줄 알아야 진정한 마음"이 되고 "나눔을/실행"하는 자세 속에서 '나'를 찾는 '열정'으로 알고 있는 정신적인 자세, 시인의 삶이며, 철학의 요인이다.

　강영석 시인은 자신의 존재와 사회의 환원을 믿음으로 자신을 감수하며 자신을 되돌아보고 있다. 작품에서 보여준 시인이 지닌 특정한 시의 영감 역시 깊은 정서와 삶의 철학을 공유하면서 자신이 존재한 현재를 수용하는 적극적인 일상과 자세를 보여주고 있다.

3

이상에서 강영석 시인의 작품과 시인의 세계를 살펴보았다. 서두에서 논급했듯이 시집 『초원의 별이 되어』에서 보여준 시인의 세계는 확고한 정신적인 믿음 속에서 자신을 환원시키고 자신을 새롭게 조명하고 있다.

삶이라는 힘든 일상을 조명하고, 사랑의 신뢰와 믿음에서 '나'가 존재하는 현실을 직시하고 있다. 그 속에서 또 다른 나를 발견하려는 정신적인 서정의 세계가 넓고 깊게 다가와 있음은 시인이 품고 있는 큰 세계를 도래시키는 일이다.

다만 시 언어가 함축하는 열정 속에서 더욱 자신을 되돌아보는 또 다른 세계에 대한 도전을 보여주길 기대한다.

삶의 의지와 집념의 화두

— 강영석, 『가슴 깊은 샘』

청죽(靑竹) 강영석 시인은 사람이 살아가는 모든 삶의 문제에 대하여 집요하게 그 원천을 찾아 한 편의 지혜의 보고를 집대성하고 있다. 고희를 넘기면서 살아온 모든 과정에서 체험한 인생의 문제와 그 삶의 방법과 철학을 찾아 이를 운율의 형식으로 기술하고 있다.

시집 『가슴 깊은 샘』에서 삶의 실상과 그 영역의 한계가 무엇인지, 어떻게 이를 받아들여야 할지, 삶이 인생에게 가져다주는 역할이 무엇인지, 시인 스스로 세월의 물결 속에서 얻어진 결과를 명언적인 담론으로 지혜의 폭을 넓혀주고 있다.

사람들이 일상으로 살아가면서 느끼는 것은 무엇일까. 강영석 시인은 이를 삶의 긍정적인 정신과 사랑과 인내, 그리고 열정임을 터득하고 있는 것이다.

시인은 제1시집 『초원의 별이 되어』에서도 이러한 강한 메시지를 책머리 후반에서 밝히고 있다. "어딘지, 어떻게 해야 하는지, 내가 누군지, 왜 여기 있어야 하는지 두렵기만 하던 순간이었다." "기획하고 검토하며 수정하고 실패도 하는, 무너지고 또 쓰러지며 시작했던 긍정적 사고가 나의 전부이지 않는가."라는 글에서 보듯 시인은 자신의 정체에 대하여 무한한 도전과 의문과 질문을 던지며 삶의 영역을 지나온 것이다.

이러한 자신의 삶을 보면서 제2시집 『가슴 깊은 샘』의 책머리에서는 진일보한 자신의 집념으로 뭉쳐진 한 편의 철학적 명제를 터득하고 있음을 볼 수 있다. "힘과 열정 이성 중에서 가장 중요한 것이 열정이었습니다. 모든 존재는 식어 버리면 죽음을 맞이하기 때문이니까요. 무슨 일이든 열정 없이는 이루어지지 않는 것을 압니다. 그러나 열정이 있다고 다 잘 되는 것은 아니겠지만, 열정이 없다면 내 인생은 암흑일 것입니다. 도전과 열정은 삶의 요소요소 가운데 가장 중요한 요소라 생각합니다."라고 했듯 시인의 긍정과 열정이라는 원리를 삶의 현실로 받아들이고 있음을 모든 작품에서 볼 수 있다. 특히 시인의 시작품에서 긍정의 삶의 미학을 많이 볼 수 있는 이유도 이러한 시인의 삶의 태도에서라 할 것이다.

> 긍정적 생각은
> 우주에서 끌어오는 유입력
> 꿈은 이루어진다는
> 자신감을 가지고 산다.
>
> ―「삶 · 4」 부분

> 인생은 한번 밖에
> 꿀 수 없는
> 꿈이라 생각하리라.
>
> ―「삶 · 13」 부분

> 이 세상에서
> 오직 하나뿐인

아름다운 꽃송이
내 생명의 존귀한 가치를 알면
가장 먼저 아끼고 사랑해야지요.

　　　　　　　　　　　—「행복을 추구하는 삶」 부분

　몇 편의 작품에서 인용했지만 제2시집의 모든 시작품이 이러한 확고한
삶의 원칙을 시인 스스로 작품의 맥락으로 삼고 있다.

　흔히들 인생은 고난의 연속이라고들 한다. 그러한 정신적 자세를 시인
은 긍정과 열정으로 사랑의 존귀성을 일깨우면서 행동으로 실천하기를 시
작품의 행간에서 주장하고 강조한다. 긍정적인 생각은 우주에서 끌어오는
유입력의 힘으로 꿈은 이루어지며, 인생은 한 번밖에 꿀 수 없는 꿈이 존
재한다는 것을 소홀하게 버릴 수 없다는 이치와 세상에 하나뿐인 꽃송이
를 내 생명같이 사랑해야 한다는 행복의 가치 등은 강영석 시인이 오랜 장
고 끝에 찾아낸 삶의 정신적인 고백이기도 하다.

　다음 작품에서도 간략하지만 시인의 마음속에 안착된 믿음이며 강한 의
지의 표징이다.

가슴 속에
영롱히 빛나는
별 하나를
품고 있다

그 별을 가슴에
품고 있는 한
유성처럼 사라지는
삶이 아니라

여명 속에서

　　　　　　　　　　　　　　　　　　　　　文學의 미적 담론과 시학

찬란함을 여는
환희의 삶을
누릴 것이다.

―「삶·8」 전문

이 짧은 시작품에서 우주라는 거대한 대해에서 찾아내는 별 하나의 가
치와 그 가치를 조율하려는 페르소나의 영감이 주는 거대한 환희가 삶 속
에 있음을 시인은 거두어들이는 것이다. 유성처럼 사라지는 삶을 거부하
고 여명 속에 찬란한 환희를 누리는 삶의 정서는 오늘날 많은 인간의 삶에
서 받아들여야 할 생활의 철학이라고 할 것이다.

강영석 시인은 삶의 핵심적인 문제를 적극적인 자기 동일성의 가치를
인지하면서 이를 직설적인 화법으로 삶의 전반적인 열정을 사고하고 현재
라는 시제에 접근시키고 있음을 본다.

그러면서 세월의 흐름에서 다가오는 또 다른 삶의 결말이 있음을 시인
은 받아들이지 않을 수 없다는 것을 다음 시작품에서 보여준다.

삶이 비록
한 잎의 풀꽃처럼

잠시 머물고
지나가는 것이라 해도

나는 그대의
맑은 눈망울 속에서
영원을 느낄 수 있네

우린 이렇게 서서히 가려나 봅니다
서로가 함께 흙이 되어

누울 때까지……

　　　　　　　　　　　　　　　　　　　—「한줌의 흙」전문

　위에서 삶의 강한 의지력과 함께 생존에 대한 집착 속에서 삶의 일상의 문제를 작품으로 보았다. 그러나 어떠한 생명체라도 그 생명의 종말은 있는 것이니 시인은 이를 "삶이 비록/한 잎의 풀꽃처럼//잠시 머물고/지나가는 것이라 해도" 이에서 영원을 느낄 수 있다는 긍정의 요인을 시인은 강조한다.

　우주의 생명체가 삶의 긴 순간에서 얻을 수 있는 삶의 강한 집착은 어떠한 생명체라도 이를 공유하는 것이니 그 공유의 순간순간 열정이라는 신념으로 생명의 존엄성을 유지해야 한다.

　강영석 시인이 제1시집 『초원의 별이 되어』와 제2시집 『가슴 깊은 샘』에서 집요하게 삶의 의지와 집념을 열정과 사랑과 긍정적인 정신의 화두를 명징하게 역설했다는 것은 시인의 삶의 일생의 철학이며 시인의 정신적인 성숙한 일면을 볼 수 있다고 할 것이다.

'나'에 대한 일상의 사랑과 열정

— 강영석, 『새 아침이 오기에』

1

강영석 시인은 제1시집 『초원의 별이 되어』와 제2시집 『가슴 깊은 샘』에 이어 제3시집 『새 아침이 오기에』에 이르기까지 삶의 열정과 사랑과 행복에 대한 강렬한 집념으로 한 편의 시 쓰기에 마음을 다듬고 있다. 시인이 다루고 있는 삶의 긍정적 사고는 변함없이 시인의 정신적 모체가 되고 있다.

필자는 시인의 제1시집 『초원의 별이 되어』에서 "집요하게 삶의 의지와 집념을 열정과 사랑과 긍정적인 정신의 화두를 명징하게 역설했다는 것은 삶은 일생의 철학이며 시인의 정신적인 성숙한 일면"이라고 정리했으며, 제2시집 『가슴 깊은 샘』에서 "삶이라는 힘든 일상을 조명하고, 사랑의 신뢰와 믿음에서 '나'가 존재하는 현실을 직시하고 있다."라는 결론을 얻은 바 있다.

이러한 결론은 시인의 제3시집 『새 아침이 오기에』도 그대로 적용되는 결론으로 어쩌면 강영석 시인의 시작품에 대한 영원한 신념이며 자신을 되돌아보는 일상의 생활 철학으로 볼 수 있다.

시인의 생활 철학은 어떤 거대한 문예사조의 영역을 넘어 자신의 일상 속에서 스스로 찾고 스스로 새로운 담론으로 구성하는 시인 자신의 철학적 인식의 담론이다.

이번 시집에서 몇 가지 그 특징을 살펴보면 ① 긍정적인 삶의 만족, 세상을 되돌아봄, 자신에 대한 강한 애정으로 '나'의 일상을 조명해 보고 있으며, ② 삶에서 찾는 '미래'에 대한 행복과 행운의 모습을 찾아 나서고 있으며, ③ 특히 시인은 삶에서 부부라는 인연의 연분에서 사랑의 모습을 진정한 자신 속에서 찾고 있다. ④ 오늘의 현실보다 생명의 영원성을 위한 새로운 도전에서 현재의 자신을 돌아보는 강한 집착이 무엇인가를 보여준다.

강영석 시인의 작품에서 생활이라는 삶의 미학, 삶의 철학, 삶과 사랑, 행복의 영원성에 대한 화답을 시집에서 쉽고 간결하게 전해주고 있다. 시인이 찾는 '나'라는 개체는 삶의 우주 속에 공존해 있는 영원한 시세계와 그 언어에서 열정의 공감을 찾아가고 있다.

2

시인은 '책머리'에서 자신의 시세계를 "나의 즐거움은 내 자신이 스스로 즐거움으로 느끼게 관리하는 생활습관이다. 모든 일을 긍정적인 사고로 수용하며 공감하며 배려하는 사랑하는 마음 자세로 일하는 즐거움으로 생활하는 태도다. 내 자신을 즐기는 유일한 방법은 자기를 어떻게 관리하느냐다." "더불어 지혜와 지식을 실천하는 실행주의자가 오늘의 나를 관리하는 일부며, 더 소중한 것은 겸손함이다. 사실은 나보다 못한 사람이 아무도 없다. 우리는 혼자 사는 것이 아님을 더불어 사는 것을 잊어서는 안 됨

문학의 미적 담론과 시학

을, 아내가 있으니, 자식이 있으니, 친구가 있으니, 고객이 있으니 내가 존
재한다는 사실이다. 소중한 진리를 잊지 않고 베푸는 자세를 습관화하는
유일한 자세가 삶을 즐기는 것이라는 생각을 이 책을 통하여 전달하고자
한다."라는 함축적인 표현으로 자신의 작품에 대한 세계를 제시하고 있다.

　무엇보다도 시인은 자신이라는 존재에 대한 인식이 강하다. 자신에 대
한 열정과 진실에서 무엇이 '나'이며, '나'의 현재가 어디인가를 자문하기
도 하고 되돌아보기도 한다. 그래서 시인은 '나'라는 개체에 대하여 긍정
의 화답을 찾으려 한다.

　　　자신을 비우지 못할 때
　　　나의 교만으로 인해
　　　우울해진다는 것을 안다
　　　자신을 낮추고
　　　모든 이에게
　　　사랑으로 다가가련다.

　　　　　　　　　　　　　　　　　　　— 「마음 가짐」 부분

　　　모두 떨치고
　　　오늘도 행복한 일들로
　　　긍정적으로 많이 웃어 본다.

　　　　　　　　　　　　　　— 「밝은 미소가 필요한 나」 부분

　　　나를 사랑하고 다듬어
　　　사랑주고
　　　사랑받는 내가 되고 싶다
　　　자신을 용서할 줄 아는……

　　　　　　　　　　　　　　　　　　　— 「나의 욕심」 부분

　위의 몇 편의 작품의 끝 연에서 보듯 시인의 시어는 일상적인 생활 속에

서 자신과 밀접한 유대를 갖는 언어에 몰입하면서 특히 '사랑' '행복' '용서'등 오늘날 인간에게 가장 가깝게 느껴야 할 긍정적인 시어를 많은 작품에서 볼 수 있다.

오늘날 사회적인 문제점이 사람과 사람과의 관계 형성이 무너지고 있다는 점이다. 양보의 미덕이나 배려의 미덕을 보이지 않는 인간관계에서, 상대를 증오하고 미워하는 인간 형성 속에서, 시인의 작품에서 사랑과 용서와 행복을 찾는 '나' 자신이기를 보여주고 있다.

또한 강영석 시인은 시의 언어를 통해 자신을 치유하고 자신을 되돌아보려는 '자기관리'의 방법을 체득하고 있다. 시인은 오랫동안 여러 가지 병마에서 이겨 내려는 방법, 즉 '자기관리'의 기술을 스스로 "자기관리야말로 유일한 기술이다. 남달리 건강치 못한 내 자신을 하나하나 장기마저 검사하며 치료하며 예방을 배워 꾸준히 노력하는 방법으로 건강관리에 가진 노력을 다한다."(책머리에서)라는 생활의 철칙을 스스로 다짐함을 볼 수 있다.

　　나는 나지만
　　나는 내가 아니다
　　이미 나는
　　나의 주인이 있다

　　내 자신을 받아들이고
　　나한테 진실해지고
　　나 자신을 사랑하는 것은
　　먼저
　　자신의 실수와 허물을
　　인정하고 고치려는……

자신에 대한
깊은 성찰과 반성
그리고
실천을 조용히 다짐한다.

— 「나한테 진실하고 싶다」 전문

강영석 시인은 자신에게 질문을 던진다. 그러면서 그 해답을 얻는다. '나한테 진실하고 싶다'라는 화답은 이 시작품에서 잘 보여주고 있다. 그것은 바로 "내 자신을 받아들이고/나한테 진실해지고/나 자신을 사랑하는 것은/먼저/자신의 실수와 허물을/인정하고 고치려하는…" 자세의 중요함을 인지한다. 이러한 생활 태도 그 자체가 시인의 실천의지임을 증명하고 있음을 많은 작품에서 보여준다.

3

강영석 시인의 시집에 나타나는 또 하나의 시어가 있다. '희망'이라는 미래에 대한 강한 욕망이며, '사랑'이라는 진실이다.

현대시에서 이러한 강한 집념은 많은 시인들이 찾아 나선 바 있다. 그러나 모든 시작품에서 이러한 강한 주제의식을 주축으로 한다는 것은 어려운 일이다. 시인 강영석은 이러한 기본적인 주제 아래 자신을 가두어두려 한다. 그의 희망은 '나'에 대한 희망이며, '나'에 대한 사랑으로 스스로 그러한 기본 틀 속에 자신을 가두어둔다. 그뿐인가, 그러한 틀 속을 넘나들며 자신의 위상을 함축하고 영감의 언어로 많은 작품의 기본 주제를 남겨주고 있다.

어떤 생명도
고립되어 있지 않다
고독이 생명체의
본질이듯이
원천적으로
다른 생명과 이어져 있는 것

이것 또한
생명 있는
모든 존재의 본질이다
사랑도
생명과 생명을 이어주는
보이지 않는 빛이어라

썩지 않는 연줄이니
진정 아끼고
귀하게 여겨
사랑으로 품어라.

— 「생명을 이어주는 빛」 전문

생명의 영원성에 대한 인식은 시인이 자신에게 던지는 또 하나의 화두이다. 시인은 생명 자체도 상호 연결고리를 유지하면서 존재의 본질을 찾아 사랑으로 풀어가길 기원한다. "어떤 생명도/고립되어 있지 않다"고 다짐하면서 "다른 생명과 이어져 있는 것"이라는 것을 정의하며 "모든 존재의 본질"임을 제시한다. 그리고 "생명과 생명을 이어주는/보이지 않는 빛"임을 "진정 아끼고/귀하게 여겨/사랑으로 품어라."라고 주장한다.

시인의 긍정적인 사고의 일면을 뚜렷하게 보여줌으로 모든 생명력을 지닌 물상들에 대한 빛과 사랑이라는 개념을 어떻게 보아야 할 것인가를 삭

　　　　　　　　　　　　　文학의 미적 담론과 시학

막한 오늘이라는 사회에 던져주는 시인의 목소리라고 할 것이다.

나의 삶
가장 소중한 건
내 자신을 아낌없이
사랑하는 마음이길……

자신을 사랑하지 않는 이가
남을 어찌 사랑할 수 있으랴
낭떠러지 끝에 매달려도
자신을 진정 사랑한다면
스스로 버려지지 않는 법

마지막 순간까지
후회하지 않는 삶,

하루 하루
시간 시간 귀한 보석처럼
나의 모든 것을 사랑하렵니다.

― 「사랑하련다」 전문

강영석 시인의 사랑은 모든 이에게 다가가는 사랑의 진면목을 아낌없이 주는 사랑으로 자신을 유도한다. 특히 시인은 남들이 하기 어려운 아내에 대한 사랑의 솔직함을 많은 작품에서 보여준다. 위에 인용한 작품 「사랑하련다」는 자신에 대한 사랑의 다짐이면서 모든 것에 대한 사랑의 진실을 보여준다. 시인이 말하는 사랑의 진술은 솔직한 자신의 정감이며, 진정으로 다가가는 정성으로 사랑의 의미를 정의하고 있다.

시인의 작품에서 "청죽(靑竹)아!//너는 너만의 빛깔을 가진/완전한 존재란다./사랑한다.”(「나를 사랑하련다」에서) “너그러운/아내이기에…/앞으로/더욱더 신뢰하면서/사랑을 베풀련다.”(「내 탓인걸」에서) “가슴에 담아놓은/사랑은 더욱 값진/사랑이다”(「값진 사랑」에서) “가을 하늘 만큼이나/나를 사랑해주는/이가 있어/행복합니다”(「나의 벗이자 짝꿍」에서) “난에서 풍기는 향처럼/당신에게서/아름다운 향기가 나네요.”(「당신에게서 향기가」에서)와 같이 '나'와 아내에 대한 사랑을 진솔한 정감으로 보여준다.

어떤 이는 시인의 작품에서 진실한 언어의 정감이 무엇인가를 읽고 갈 것이고, 어떤 이는 시인의 언어에서 담론의 여유로움에서 은은한 향기를 품고 갈 것이다.

4

이상에서 강영석 시인의 시작 태도와 작품에서 나타나는 진솔하고 솔직한 언어의 감수성을 느끼게 될 것이다. 오늘날 어려운 시어의 남용 속에서 이를 탈피하고 자신의 일상의 언어 미학을 찾아 오늘의 '나'를 보여주는 시적 감흥이 새로우면서 읽는 이의 감성에 새롭고 쉽게 다가갈 것이다.

강영석 시인의 시적 기술의 장점이 일상 속 언어의 철학과 미학에 접근하면서 오늘이라는 사회적 통념에서 벗어나 '나'라는 인식의 전체를 어떻게 관리하느냐라는 의문에 정답을 보여주고 있다고 할 것이다. 강영석 시인의 정감 어린 많은 시적 구도가 오늘이라는 사회에 새로운 사랑과 행복과 도전이 함께하길 기대해 본다.

문학의 미적 담론과 시학

미망과 은자의 땅을 넘나드는 명상의 세계

— 김우현, 『뻥꾸 이야기』

1

시작품에서 표현되는 은유와 암시성은 그 농도가 짙을수록 작품이 갖는 난해성은 깊어진다. 한 편의 작품에서 화자의 의도가 무엇인가. 그 작품이 갖는 의도는 무엇인가에 대한 암시를 인지하기란 행간의 숨겨진 비밀을 찾는 만큼 애매해지기도 한다.

김우현 시인의 작품은 강한 암시성을 갖고 있다. 시인의 작품에서 시인 자신의 영감과 같이 의식의 흐름 속의 내면을 의식하지 않으면 시인의 의도를 맞추기 어렵다. 시인이 표현하는 시어와 암시의 행간을 짝 맞추어 그 이미지의 강약을 전체와 합일시켜야 한다.

두 번째 시집 『깃 없는 날개』에서도 의식의 흐름 속에서 시인의 의식 농도와 인지하는 각도에 따라 영감의 세계를 내면에서 외면으로, 외면에서 내면으로 공간적인 활용을 서슴없이 나타내고 있었다.

말하자면 직설적인 화법보다 간접적인 화법으로 언어의 공간 개념을 모호한 추상어의 세계를 넘나들고 있음을 보게 된다.

세 번째 시집 『뻥꾸 이야기』의 안표지에 이 작품을 암시하는 단문이 있다. "이 시집은 은자(隱者)의 땅, 나의 작은 별에게 보내는 은자의 제3 서신이다."라는 강한 암시를 제시하고 있다. 그뿐만 아니라 '시인의 말'에서 역시 농도 짙은 암시임을 본다. "「千夜一夜」의 낡은 심장을 꺼낸다. 아라비아반도의 꿈과 그리움을 밀폐된 책장에 가둔지는 꽤 오래전의 일이요, 퀴퀴한 그 무엇이든 다시 천일 후를 위한 둥지를 찾는 일은 참으로 난망한 일이다. 다만 거기 허물바다에 새로 짜둔 미망의 망을 던진다. 날아간 새의 둥지—, 기억의 편린을 줍는 일은 더없는 기쁨이요 또한 슬픈 일이다. 불콰한 양수가 터지듯 예언의 노을은 그렇게 한(寒) 데를 스러져 잠들다가 형벌의 언덕, 그 검은 샹그릴라를 향해 오르고 있다."라고 함으로 시인의 미망의 세계를 찾아 예언의 노을 따라 형벌의 언덕을 찾아 나서는 시인의 무한한 공간은 무엇인가. 김우현 시인의 세 번째 시집에서 강한 인상을 내포하고 있는 몇 가지 문제를 짚어볼까 한다.

2

김우현 시인의 작품을 이해하려면 무의식의 공간, 과거와 현재시제를 넘나드는 무시간성의 공간, 행간의 추상적인 언어의 속성을 찾아 나서야 한다. 언어가 지니는 기본적인 의미의 한계를 떠나 그 한계 밖의 또 다른 의미를 찾아 그 언어가 함축하는 요인이 무엇인가에 대한 화답을 얻어야 한다. 다음 작품에서 시간이란 무엇인가에 대한 문제를 찾아보자.

달빛이 산다
오래된 월여(月餘)를 닮은
노란 유채꽃이 산다

유채의 유랑의 잔상이 묻어서 산다

한 번도 가보지 않은 아라비아반도의
사랑과 그리움과 모험과
그 옛것들의 밤의 이야기
괴괴한 카오스의 엑소더스가 살고
바다 건너 잉카의 아름다운 산야
산야에 가려진 슬픈 맥이
흐르다가 인화된 채
그림자로 산다

거기에는 네가 살고
네가 살다간 흔적이 살고
나는 너와 더불어 붉게 물든다

너는 달빛만큼 가고
달빛만큼의 나는 남는다
네가 천일 전의 야사(野史)를 보듬을 때
그때에 나의 초야의 문은 열린다.

—「시간의 늪에는」 전문

시인은 기나긴 시간의 늪을 바라보면서 현재와 과거의 시간을 현재진행
형으로 여행하고 있다. 1연에서는 현재시제 속에서 달빛과 유채꽃의 형상
에서 자신을 동반하고 있다. 2연에서는 과거시제로 빠져든다. "한 번도 가
보지 않은 아라비아반도의/사랑과 그리움과 모험과/그 옛것들의 밤의 이
야기/괴괴한 카오스의 엑소더스가 살고/바다 건너 잉카의 아름다운 산야/
산야에 가려진 슬픈 맥이/흐르다가 인화된 채/그림자로 산다"라고 함으로
아라비아반도를 찾아 나서고 잉카의 산야를 찾아 나선다. 달빛과 유채꽃
의 현재 시간의 늪에서 아라비아와 잉카의 과거 시간 여행 속으로 "산야에

가려진 슬픈 맥이/흐르다가 인화된 채/그림자로 산다"는 늪의 세계에 침잠되는 시인의 의식 영역은 그 흐름을 멈추지 않고 고독한 속성 속에서 자신을 찾으려 한다. 그러면서 과거와 현재가 "거기에는 네가 살고/네가 살다간 흔적이 살고/나는 너와 더불어 붉게 물든다" 동일한 맥락을 이루면서 상상을 초월하고 있다. 깊은 영감의 영상이 현재에서 과거, 미래의 혼용된 상황 심리로 동일성의 원리로 동화되는 상황 전개가 현재형으로 진행되고 있다.

김우현 시인의 위와 같은 작품의 구성에서 과거 기억의 형상을 현재 자신의 현상으로 이월시킨다. 프랑스 철학자 베르그송의 기억의 현상학에서 기억이란 습관에 따라 만들어지는 것과 한순간의 특수한 사건에 의해 자발적으로 회상되는 것으로 분류하고 있음을 볼 때, 시인의 작품에서 보이는 시간의 늪에 따라 현재의 늪에서 과거의 늪으로 진행하면서 그것이 미망의 땅으로 "너는 달빛만큼 가고/달빛만큼의 나는 남는다/네가 천일 전의 야사(野史)를 보듬을 때/그때에 나의 초야의 문은 열린다."라고 함으로 자신으로 회귀하고 있음을 볼 수 있다. 현재와 과거 시간의 늪을 초월할 때 "나의 초야의 문"이 열리는 실상의 현재가 진행된다.

그렇다면 김우현 시인의 이 작품에서 오늘날의 인간 삶의 정신적인 문제와 맥락을 같이하고 있음을 지적하고 있다. 오늘날 문명의 척도가 날로 발전하여 인간이 지닌 두뇌를 초월하는 기계문명의 소용돌이 속에서 인간의 뇌 활동에서 오는 한계는 정점에 와 있다. 현재의 시제를 넘어 과거와 미래를 인지하는 시간의 초월적인 한계가 앞으로 닥칠 시간의 문제를 점치기 어렵게 되었다. 시인의 고뇌도 이러한 '시간의 늪에' 빠져드는 의식의 미망으로 스며들고 있음이 아닐까.

3

김우현의 의식의 흐름에 따라 외부의 자극에 의해 시인은 이를 받아들여 새로운 반응의 영감으로 감지한다. 예측을 불허하는 연상을 생각과 기억으로 의식의 흐름을 사실적으로 그려내어 유추의 세계를 만들어낸다. 벚꽃이 피고 화사함을 나타내는 순간이라는 시간의 인식이 이 작품의 골격이라면 그 모든 순간순간의 형상에서 벚꽃은 사문(㊀門)이 되고, 우주가 되고, 추억이 되는 환생의 꿈으로 화자와 함께 공존하는 것이다. 시어에 함축된 의미를 되새김질하지 않으면 이해도가 낮아진다.

시간문제일 것이다
이제는 차분히 기다리기만 하면 될
너를 위한 사문(㊀門)의 세월
초야로 마중하다 보면
열릴 것이다
먼 여정 너의 우주는
그래서 더욱 밝을 것이다
사나흘 못 견딜 촉촉한 총기는
배리와 굴진 감쌀 것이며
정연한 추억과 그리운 꽃말을 남기고
이야기 하얗게 뿌려놓고 사라질 것이다
옅은 그리움마저 지워질 때면
백태 낀 거울 속으로 걸어 들어가
너의 빛으로 환생하는 꿈에
속절없이 절을 것이니
천년 같은
또 하나의 신비를 위하여
순백의 작은 봉오리
훗날, 너를 위한 나의 슬픈 문(門)은

열릴 것이다.

—「벚꽃」 전문

김우현 시인의 작품에서 꽃을 소재로 한 작품이 많은 편이다. 그런데 시인이 바라보는 꽃은 서정적이거나 정서적인 꽃을 노래하기보다 오열과 아픔, 신비와 무형의 은자, 고독한 속세를 아련하게 어루만지고 있다. 위의 작품 「벚꽃」에서도 화자가 바라보는 벚꽃의 시간의 흐름 따라 벚꽃의 내외면의 세계를 따라가면서 현재와 미래의 문제에까지 근접하고 벚꽃이 열리는 무한의 세계를 보여준다. 그 무한의 세계는 시인의 심성과 교접하여 공감의 틀을 찾아 나선다.

첫 행에서 "시간문제일 것이다"로 시작하여 "먼 여정 너의 우주는/그래서 더욱 밝을 것이다"라고 하여 시간의 흐름 따라 변하는 과정이 숙연해지면서 "정연한 추억과 그리운 꽃말을 남기고/이야기 하얗게 뿌려놓고 사라질 것이다"라는 벚꽃의 기나긴 시간의 흐름으로 사라질 때, 화자인 시인은 "옅은 그리움마저 지워질 때면/백태 낀 거울 속으로 걸어 들어가/너의 빛으로 환생하는 꿈에/속절없이 절을 것이니" "훗날, 너를 위한 나의 슬픈 문(門)은/열릴 것이다." 너, 즉 벚꽃의 빛으로 환생하는 꿈으로 나라는 존재가 동질의 무한 세계로 몰입되고 있음을 본다. 이러한 맥락의 작품으로 「그녀는 오늘도 풀밭을 헤맨다」「장미원에 들다」「꽃을 찾으라」「바람꽃」「능수버들」「갑사 단풍」「돌배나무」「꽃은 지는데」 등 많은 작품에서 이러한 시인의 작품 세계와 만날 수 있다.

김우현 시인의 꽃에 관한 많은 작품에서 미지의 내면을 뚫어가는 공간적인 이미지 자체가 하나의 풍경이며 무형의 은자를 위한 위안과 방어를 언어 감수성에 따라 기술하고 있다. 시인의 「갑사 단풍」에서도 "화형대/야광충을 토악 하는/산 도둑 소굴은/신 내린/신도안의 비애//영화(榮華)처럼 사그라질/악극단의 방랑으로/흔들던 구름 가지 끝/야인의 무성시대/단내 나는/시절에 눕는다//끝내는 울고 마는/앞섶 열린 화냥년의/과거사처럼." 과 같이 갑사의 서정적 풍경보다 갑사에 내면해 있는 지난 시간의 은자적 인 상황을 알레고리(allegory)하고 있다.

4

김우현 시인의 장시 「뻥꾸 이야기」 역시 영적인 통로를 통한 뻥꾸의 삶 을 그리고 있다. 이 장시는 총 40연, 309행으로 구성되어 있다. 중간에 사 설과 복합 시행 구성을 적절하게 기술함으로 장시의 효과를 나타내고 있 다. 이 작품의 이해를 돕기 위해 시인은 첫 연에서 "이 이야기는 한 생을 살다간 뻥꾸에 관한 기록으로 의식과 무의식을 넘나드는, 인간이 추구해 야 하는 그리고 갈망하는 생존의 의미를, 옛 유년의 기억들을 모아 시의 형식으로 기술하는바 추억과 회한, 고뇌를 통한 영적 세계에로의 통로가 열리는데 다소 역할을 하지 않을까 하는 작은 소망이 있다. 즉, 이 이야기 는─"이라고 구체적으로 시 전반에 관한 암시를 제공하고 있다. "한 생을 살다간 뻥꾸에 관한 기록" "의식과 무의식을 넘나드는" "인간이 추구해야 하는 그리고 갈망하는 생존의 의미" "유년의 기억들을 모아" "추억과 회 한, 고뇌를 통한 영적 세계에로의 통로"임을 말하고 있다. 여기서 유념해 보아야 할 부문은 "뻥꾸에 관한 기록" "유년의 기억들을 모아" "의식과 무 의식을 넘나드는" "영적 세계에로의 통로"라는 점이다. 전반은 장시가 기 술하는 내용이고, 후반은 그 기술 방법의 시간적인 초월의 세계를 암시하 고 있다.

장시 「뻥꾸 이야기」에서 표현되는 언어의 질감에 유의해야 한다. 암시와 무의식의 시어가 갖는 화자의 의도를 인지하지 않으면 시가 지니는 영감과 함축의 의미에서 벗어날 수 없다.

이 작품의 이해를 돕기 위해 두 가지 각도에서 살펴보고자 한다. 첫째 뻥꾸의 삶의 문제, 둘째 뻥꾸의 의식과 무의식의 세계와 영적인 세계 등에서 시인이 암시하는 세계를 접근하고자 한다.

첫째 뻥꾸의 삶의 무대에서 그 활력의 온기를 느낄 수 있다.

> 혈흔처럼 아슴한 동백이 지고
> 그것이 각혈로 목숨을 거둘 때부터
> 바야흐로 대지는 온기를 품어
> 삼라의 많은 것들을 일으켜 세웠는데
> 피가 돌아 살아있는 것들의
> 모양새는 죄다 달라도
> 내면의 품안의 꿈만큼은
> 봄날의 화기만큼, 세월의 악종(惡腫)만큼
> 더웁고 더운 힘이 있었더라

뻥꾸가 살아가는 자연의 풍광이 '대지는 온기를 품어' '더웁고 더운 힘'을 느끼게 하고 봄날의 화기가 솟아오르는 아름다운 전경을 보여준다. 지난 날의 우리의 생활이 그랬듯이 뻥꾸의 삶의 현상도 넉넉하지는 못했다. 그래서 그에게 붙여진 별호 역시 그가 지닌 세월만큼 힘들었음을 말해준다.

> (1)
> 이 별호를 안고 사는
> 그의 신체부식 이전부터/
> 가난한 날의

자폐 성향에는
골골한 체질 이면에 도사린
자연 친화적 현상
즉, 밤의 별을 연모했다는 것
달빛 젖은 찔레꽃을 사랑했다는 것
흰 박꽃에 눈물을 찍었다는 것

이런 순화의 것들이
그가 갖고 태어난
회귀성 원죄의 일단들이었다

(2)
삥꾸는 수많은 징검다리를 건너야 했다
저수지물 졸아 들어
맨 새우 허리 휜
얇은 카타르시스는
길게 늘어진 양 켠
실체와 허구의 둑 사이
기계충의 넓이만큼
도장병의 깊이만큼
시름은 굳어져 갔다

　삶의 길이 험난했음을 삥꾸의 일상사를 통해 보여준다. 여기서 삥꾸의
삶에서 자연 친화적인 삶의 현장을 볼 수 있다. (1)에서 "밤의 별을 연모"
"달빛 젖은 찔레꽃" "흰 박꽃에 눈물"에서 보여주듯 시대적인 삶의 모습을
재현시켜 준다. 그러나 삥꾸의 시름은 굳어갔다. (2)에서 "수많은 징검다
리" "맨 새우 허리 휜" "얇은 카타르시스" "기계충의 넓이만큼" "도장병의
깊이만큼" "시름은 굳어져" 자신과의 긴 여정의 역경을 이겨내야 했다.
　여기서 시인은 삥꾸를 통한 시대적인 삶의 모습은 물론 역사의 긴긴 삶

의 일면을 보여주려 한다. 뻥꾸의 삶이 어려웠던 것과 같이 당시의 시대적인 참상을 뻥꾸를 통해 알려주려는 의도와 시인 자신의 영감에 머물러 있는 무한한 환영을 들추어 볼 수 있다. 이러한 뻥꾸의 삶은 우리 역사의 한 길목이었다.

둘째 뻥꾸의 의식과 무의식의 세계와 영적인 세계에서 시인은 실상의 기술보다 암시적인 시어를 통해 그 이미지가 지닌 내면을 들어다보아야 할 것이다.

(1)
그녀는 아로마 향 브래지어를 끌렀으며
그러자 그것을 갈기갈기 찢기 시작했다
약간은 건조한 흰 피부 깊숙한
너울성 파도가 꿈틀거릴 때
예의 뼈의 울림과
붉은 혀의 목이 멘
복사 빛 눈망울은 그러나
빙설의 샹그릴라를 찾고 있었다
아득한 날의 성호처럼
무의식의 타성에 젖은 관성처럼
시간만이 자유롭게 흐르고 있었다

(2)
무서운 자유 속
허상의 침실에는
깊숙한 해면체가
언뜻 반듯하다가 흐물거렸고
밤새 포획한 낯선 에탄올과 함께
율꽃(栗花) 피는 도심의 나락으로/떨어지는 것이었고 연서처럼/종자하
나를/고독한 풀씨하나를 숙성시킬 즈음/사멸의 바다/너른 들불로 타오

르다가/종국에는/북망으로 나는 것이었고/한 번 더 우리는/황홀한 나비가 되었으니/형형한 날개깃 변태의 계절은/그것으로 끝이었다

영감의 영적인 미망을 찾아 나서는 시인은 (1)에서 "예의 뼈의 울림" "붉은 혀의 목이 멘" "무의식의 타성에 젖은 관성처럼" 잠재적인 무의식의 영감에서 "빙설의 샹그릴라"를 찾아 나서는 자신의 무시간성을 향해 간다. 의식의 순간과 무의식의 순간이 교합되는 과정에서 삥꾸는 자신이 살아온 세계를 향하여 또 다른 도전의 모습을 보여주려는 것이다. (2)에서 영적인 허상과 실상의 세계에서 화자는 물론 시인 자신이 스스로 침몰의 영감에 빠져 들고 있다. "허상의 침실" "깊숙한 해면체" "율꽃(栗花) 피는 도심의 나락" "사멸의 바다" "황홀한 나비" "형형한 날개깃 변태의 계절"에서 삥꾸와 화자는 영적인 화상의 현상을 맞고 있다. 상상의 초월 속에서 시인이 말한 은자의 땅을 향해 살아가는 또 다른 세계의 일면을 보여주려 한다.

삥꾸에 얽힌 잠재적인 역설과 정설이 때로는 허망의 열정이 되기도 하고, 나태의 쇄락이 되기도 하면서 기나긴 역정의 행로를 모순과 대립, 격정과 소탈한 흐느낌으로 망상의 화상을 그려 내고 있다. 시인은 초월적인 시간의 조율 속에서 삥꾸의 영상에 사로잡혀 때로는 자신을 소외하기도 한다.

이러한 장시 「삥꾸 이야기」는 우리 시대의 지나간 세월의 어느 공간에 존재했던 하나의 설화이기도 하다. 많은 삶의 질곡에서 벗어나기 어려웠던 시절, 우리의 주변에는 삥꾸와 같은 인생 역정 속에서의 삶의 흔적을 수없이 볼 수 있다. 하나의 수난이면서 그것이 또 다른 고통이고 행복의 잔재가 될 수도 있다. 시인이 보여주려는 「삥꾸 이야기」는 한 편의 한국적 삶의 이면사를 보여주는 사회적 단면이기도 할 것이다.

5

이상에서 김우현의 장시 「뻥꾸 이야기」의 일면을 살펴보았다. 어떤 역사적인 관점이나 시사적인 관점보다 이 작품의 이해에 관한 일면을 살펴보았다.

다만 김우현 시인의 「뻥꾸 이야기」에서 살펴본 바와 같이 시인은 많은 작품의 기술 방법에서 직설적인 화법보다 암시적인 이미지와 의식의 흐름으로 다른 소재에 대한 관찰과 한 편의 소재에서 그 내면의 세계에 더욱 치중하고 있음을 볼 수 있다. 뿐만 아니라 시제에 있어서 과거시제나 미래시제를 활용함으로 일상적으로 소통되는 서정적인 이해보다는 난해한 측면이 있음을 작품에서 보여주고 있다. 시인의 시세계를 함축하는 작품 「뻥꾸 이야기」 말미를 인용하면서 마칠까 한다.

> 어디선가 들려오는 아련한 소리 있어ㅡ, 차츰 금간 뇌성벽력 같기도 하고 금잔디 이슬 내리는 속삭임 같기도 한, 쟁쟁하여 처량한 하늘의 소리가 어떤 밤 오르가즘의 절정처럼 절창으로 내리 꽂혔다. 거기에는 깊은 울림의 일갈이 있었는데 찌르는 바늘의 아픔 같은 것이기도 했고 잊었던 깨침의 굿판의 떨림 같기도 했으니, 그것은 늪의 저지대 소문의 소용돌이를 일으켰던 바대로 세상에서 가장 슬픈 육두문자 하나를 심연의 자궁으로부터 붉게 붉게 밀어 올리고 있었다.

문학의 미적 담론과 시학

제4부

시곡(時曲)이 흐르는 시대의 강물

— 박근모, 『못다 한 말의 갈림길』

　오늘날 우리가 살아가는 이 시대는 어쩌면 이렇게 혼란 속에서 아우성 치는 시대인지 모르겠다. 전직 대통령이 구속되고, 공직자들도 구치소에 서 살아가고, 나라의 경제를 좌지우지하는 재벌들도 오라 가라 하면서 세 상은 온통 검사, 판사에 불려 다녀야 하는 웃지 못할 요지경 속에서 바라 보며 살아야 하는지 모르겠다.

　이런 어려운 시대를 만나면 시인의 마음속에서 우러나오는 강한 운율이 생기게 마련이다. 이러한 실상은 과거 우리 문학사에서 바라볼 수 있다. 그 많은 작품 중에서 과거 김삿갓이 날카로운 풍자로 상류사회를 희롱하 는 풍자시를 볼 수 있고, 특히 『사상계』 1970년 5월호에 실린 김지하의 「오 적(五賊)」을 들 수 있다. 김지하가 지적한 오적은 재벌, 국회의원, 고급공 무원, 장성, 장차관을 말하며, 그는 당시의 부조리한 세상을 풍자한 담시로 한 시대 세상의 잘못된 면모를 보여줌으로 사회 · 정치적 파장을 일으켰다.

　오늘날 우리의 시대는 어떤가, 이러한 울림의 현상을 목도할 수 없어 시 조시인 일석(一石) 박근모(朴根模)는 『못다 한 말의 에움길』『못다 한 말의 뒤안길』에 이어 다시 『못다 한 말의 갈림길』을 상재하게 되었다.

시인은 2008년 초에 『경기헤랄드』가 창간되면서 이러한 작품을 '시곡(時曲)'이라는 큰제목으로 발표하기 시작했다. 이번에는 "시조로 쓴 時事詩評/박근모 시조집"이라는 표제를 달고 『못다 한 말의 갈림길』이란 시조집을 발간했다. 시인은 1970년대의 부조리한 세상을 보았듯이 '자서'에서 오늘의 시대적 부조리를 '시곡(時曲)'이라는 신조어와 우리 민족의 고유의 정형시 단시조로 시대상을 노래하고 있는 것이다.

시인이 바라본 현 시대에서 "세상은 변하지 않고 부익부 빈익빈의 양극화만 더욱 깊어가고 계층 간의 갈등만 심해지는 것 같다."고 하면서 "전 대통령의 구속", "대법원장의 사법농단 사건", "경주 및 포항 지진", "동계올림픽을 성공리에 마친 강원도에 크나큰 산불"이 나서 인명이 상하는 등 크고 작은 사건들이 점철되는 가운데, 남북 및 북미 정상회담을 통해 비핵화와 함께 평화와 번영의 길이 열리는 것 같더니 다시 교착상태에 들어가는 것 같아 귀추가 주목된다."면서 "지워진 책무는 제대로 수행하지 못하면서 세금만 축내는 공무원은 없는지. 개인의 영달이나 이권만 챙기는 무사안일주의가 팽배하는 건 아닌지. 제대로 감시하고 감독할 언론도 제몫을 하지 못하고 정부나 재벌의 눈치를 보고 비위를 맞추고 있는 것 같으니 나라가 제대로 굴러갈 수가 없는 게 아닐까"라고 개탄하고 "대한민국은 왕의 나라가 아닌 국민이 주인인 국민의 나라인데도 주인이 주인행세를 하지 못하고 머슴이 상전노릇을 하는 나라가 된 것만 같다. 대통령은 대통령대로 국회의원은 국화의원대로 당리당략에 매몰되어 국민의 뜻에 반하는 정치를" 하고 있는 현실 사회를 바라보는 시인의 안목 속에 시곡을 부르지 않을 수가 없었다. 시인은 한 편의 단시조의 시곡 속에 다시 그 시곡이 나오게 된 배경을 단문으로 보여준다.

박근모 시인은 이러한 세상의 부조리한 돌림 현상을 단시조로 표현하여

문학의 미적 담론과 시학

시대의 모든 면을 시의 울림의 높은 곡조로 알리고 있는 것이다. ① 현 정치에 대한 것 ② 사회적 불안 부조리 ③ 종교의 모순 방향 ④ 미투 현상 등 여러 각도로 사회적 비리와 부정을 들추어내고 때로는 풍자적 억양을 가미한 단시조에서 많은 언어의 긴장미를 갖추기도 한다.

수백 편의 작품에서 몇 가지의 문제를 찾아보자면 휴전선 문제에 대하여 다음과 같은 작품을 보여준다.

작두날
위에 올라
춤추는 무당인양

불 먹은 짐승같이
겁도 없이 날뛰다가

엄혹한
대응에 놀라
꼬리 내린 부령이

— 「부령이」 전문

박근모 시인은 휴전선에서 일어난 북한의 협박을 "부령이"에 비유하고 있다. 부령이는 "코뚜레를 꿰기 직전의 다루기 힘든 어린 수소"를 가리킨다. 북한의 행동이 작두날 위에 올라 춤추는 무당이나 겁 없이 날뛰다가 대응에 놀라 꼬리 내리는 부령이와 같다는 것이다. 그래서 시인은 이 풍자에 대한 해설로 "시도 때도 없이 폭언을 퍼붓던 북한이 휴전선에 지뢰를 매설하고, 우리 군의 확성기 방송을 중지하라며 남쪽을 향해 포격을 가하면서 방송을 중지하지 않으면 무차별 타격하겠다고 위협하는 등, 준전시 상태를 선포하며 도발을 계속하다가 우리 군의 단호한 대응에 놀라 무릎을 꿇은 건지."라면서 배경을 설명하고 있다.

저희는
법을 갖고
적당히 즐기면서

국민만 지키라면
지켜질 줄 아나보지

오로지
당리당략에
매몰당한 청맹들

— 「청맹들」 전문

위의 작품은 국회에서 일어나고 있는 여야의 공방을 "청맹들"이라는 낙인으로 풍자하고 있다. 국민에게는 준법정신을 알리면서 적당히 즐기는 그들은 누구일까. "당리당략에 매몰당한 청맹들"이 누구일까. 박근모 시인은 "법 앞에 평등이란 뉘 집 애 이름인지. 저희들은 법을 갖고 적당히 즐기면서 국민만 지키라면 지켜질 줄 아는 건지. 민생은 뒷전에 두고 당리당략에 매몰되어 국가의 안위를 무시한 채 국회를 공전시키는 여야의 공방이 언제 끝날 건지. 국민의 안위는 안중에 없고 오로지 자신들의 이권만을 위해 투쟁하자니 목전의 불은 보지도 못하는 여의도의 청맹들."이라고 해설을 첨부하고 있다. 그렇다면 그 청맹들이란 누구일까.

하늘이
노한 건지
지신이 동한 건지

포항에 내린 버력
그 진원(震源)이 무엇이라

힘없는
어린 백성이
무슨 죄가 있다고

— 「진원」 전문

　이러한 정치적 영역은 물론 사회의 사건도 놓칠 수 없는 상황으로 포항에서 여러 차례 일어난 지진 문제도 심도 깊게 다루고 있다. 그러나 이 역시 하늘과 지신을 아우르면서 어린 백성이 죄 없음을 시인은 알리고 있다. "포항에 5.4의 지진이 일어났다. 그 진원이 무엇이기에 힘없는 어린 백성만 당해야 하는 건지. 건물이 붕괴되고 차량이 파손됐지만, 요행히 인명이 상하지는 않고 70여 명의 부상자와 1,700여 명의 이재민이 발생했다. 포스코를 비롯한 인근에 산재한 원전시설 등의 안전이 염려된다. 앞으로 있을지 모르는 여진에 대비하여 만반의 태세를 갖춰야 하겠다."고 하면서 이 역시 "힘없는 백성"임을 시인은 알리고 있다.

좋아서
한 짓이니
죄인 줄 몰랐겠지

갑질을 하는 거나
성추행을 하는 것도

모두가
당연히 누릴

권린 줄만 알았으니

—「성추행」 전문

그뿐인가. 박근모 시인에게는 최근 사회적 문제로 대두된 '미투' 문제도 예외일 수 없다. 이러한 문제에 대하여 시인은 "모든 생물은 종의 번식을 위해서 생존한다. 그래서 성욕은 본능으로 존재한다. 인간은 다른 동물과 달리 윤리와 도덕이 있고, 모든 사람은 자신의 성과 인격을 지킬 권리가 있다. 권력과 갑을 관계 때문에 유린돼서는 안 된다. 성적 피해를 당하고도 약자이기 때문에 참고 살아야 하던 시대가 아니다. 여성들의 #Metoo와 남성들의 #WithYou를 응원한다."라고 한다. 죄와 권리의 양면을 알리려는 강한 억양을 느낄 수 있다. 문명의 과도한 발전과 사회의 정의와 모순의 양면 속에서 살아가야 하는 그 나라의 국민들의 안전을 보장해주는 제도적 법적 장치가 필요하다. 이러한 장치가 아무리 든든하다고 하여도 이를 보장하는 지도력의 문제 또한 심각하다고 할 것이다.

박근모 시인은 우리의 고유한 운율을 지닌 시조의 원리에 의해 이번에 시도된 '시곡(時曲)', 역시 박근모 시인의 신조어이다. 고려 말부터 발달한 우리 고유의 정형시를 그 당시에도 가요(歌謠), 가곡(歌曲), 영언(永言), 시절가(時節歌), 신성(新聲), 시여(詩餘) 등이 시대적 상황에 따라 여러 가지로 사용되었음을 볼 수 있으며, 단지 문학사적 명칭은 초·중·종장의 정형적인 "시조"라고 할 것이다.

박근모 시인의 '시곡' 역시 현시대에 대한 간곡한 요청으로 볼 수 있으며, 이 책에 수록된 모든 작품의 양상이 바로 나타난 시대상에 대한 모든 국민의 요청이며 간절한 소망이라고 할 것이다. 앞으로 또 완만한 시대가 찾아올 것을 기대하며 일석시곡(一石時曲)의 울림 소리에 귀를 기울여보자.

일상의 삶에서 교감되는 행복

— 송문정, 『완행열차를 타고』

1

현대라는 문명의 세계에서 인간은 문명을 이탈할 수 있을까. 인류의 문명이 인간을 초월하여 또 다른 문명이 자리를 잡고 소외라는 극한적인 상황으로 내몰릴 때 올 상상의 세계는 어떠할까. 문학이 찾아야 할 새로운 세계의 덕목이 이러한 문제에 대한 관심이다.

최근의 우리 시문학의 경향 역시 인간의 실질적인 생활의 단면이나 그 단면에서 부딪치는 오묘한 상황에 대한 의식을 찾으려는 것을 볼 수 있다. 과거 영감의 심상 세계에 몰입하여 자신의 정서에 의존하는 입지에서 벗어나려는 것이 현실이기 때문이다.

송문정 시인은 세 번째 시집 『완행열차를 타고』에서도 대체로 짧은 시행으로 일상이라는 생활 속에 깊숙이 침잠하여 자신을 되돌아보고 있다. 시인의 두 번째 시집 『너무 좋은 햇살』에서 필자는 "시인은 시라는 사유의 밭에서 시가 지니는 무한한 속내를 수확하는 열정을 알고 있다. 때로는 영혼의 깊숙한 곳에서 새로운 발원을 받아들이기도 하고, 순정의 아름다움을 내면의 포괄적인 영감으로 끌어내려는 삶의 함축이기도 한다. 오늘의 시작품이 시가 지니는 본연의 형식에서 탈출하려는 모습이 보이기도 하지만 오히려 시인은 짧은 단시의 형식으로 시에서만이 향유할 수 있는 영감과 유연하면서 강한 이미지가 열정으로 다가온다."라는 단평을 쓴 적이 있다.

시인은 단시의 형식을 지니면서 자신이 표현하고자 하는 영감의 시세계로 오히려 광범위한 사유의 폭을 넓히고 있다. 시인은 스스로 체험하는 일상과 삶이라는 공간에 응축된 이미지의 보고를 현실의 문제와 지나간 추억의 테두리에서 찾고, 자연이라는 터전에 생존하는 생명체의 존엄과 생활의 행복에 접목하여 자신이라는 생명체를 되돌아보고 있다.

시인의 시작품을 읽고 있노라면 지금이라는 시간성과 과거라는 추억의 되새김질 속에서 다가올 미래에 대한 고요한 파노라마가 지나가는 듯, 또 다른 영상이 눈앞에 펼쳐진다. 그것은 시인의 작품 결말이 서술형으로 끝나지 않고 명사형이나 다른 형태로 여운을 남겨주는 작품이 많기 때문이다.

2

송문정 시인의 많은 작품에서 현실이라는 공간 속에서 지나간 세월에 대한 추억이나 시간성을 초월하는 영감의 세계가 되살아난다. 시점을 현시점에서 과거, 미래의 시점을 자유자재로 왕림하기 때문이다.

오늘은 그 옛날
완행열차를 타고 싶다
우리의 사랑처럼 희미한 이름

느릿느릿 간이역도 들리고
덜컹거리는 추억의 터널도 지나며
침묵밖에 모르는
싱거운 사람 옆에 앉아
뜨거운 심장으로 푹푹 숨차 달리던
사랑의 무게 건네주고
햇볕과 바람과 빗물에 바래버린
세월 몇 자락을
그의 목에 둘러주며
내려야 할 정거장은 어디쯤

— 「완행열차를 타고」 전문

과거 시점과 현 시점을 넘나들면서 미래 시점에 대한 자문 속에서 완행열차라는 세월의 흐름에 다가간다. "오늘은 그 옛날/완행열차를 타고 싶다"=과거 시점, "내려야 할 정거장은 어디쯤"=미래 시점, 중간 행은 현재 시점으로 추상의 세계 속에서 자신을 되돌아보고 있다. 시인은 이 작품에서 스스로 자문하고 싶은 것은 미래 시점에 대한 화답이다. 이것은 많은 사람에게 공통적으로 오는 미래에 대한 추상이고 고뇌이기도 하기 때문이다. "뜨거운 심장으로 푹푹 숨차 달리던/사랑의 무게 건네주고/햇볕과 바람과 빗물에 바래버린/세월 몇 자락을/그의 목에 둘러주며" 살아가는 인간군들, 그 "세월 몇 자락을" 누구에게 남길 것인가. 미래에 대한 상념이 오늘을 살아가는 많은 사람의 화두가 되기도 하고 시인 자신이 자문하는 새로운 이상이 되기도 한다.

시인의 작품 「낡은 수첩」에서 지나간 세월을 말해주는 오랜 수첩 속에 남은 사연을 회고하며 세월의 흐름을 음미하고 있다. "사연은 아직 남아 있습니다//다만 고단했던 발길과/구석구석 가뭇없던 욕망이/하나씩 흐려지면서/퇴행을 경험하고 있을 뿐//낡은 수첩이/점점 희미해져서//때가 다

되었다는 듯"(「낡은 수첩」 전문)이라는 짧은 작품에서 한 생애에 대한 기나긴 세월의 흔적을 찾을 수 있다. 어쩌면 시인은 인간의 생애와 세월의 긴 여정에 대한 삶의 생각을 단시라는 형식 속에서 다양한 사연을 남기고 싶었는지 모른다. 일생의 문제를 8행이라는 단시에 담을 수 있음은 시인이 바라본 삶의 긴 여정이 그 속에 함축되어 낡은 수첩이라는 긴 세월의 지나감을 은유하고 있음이다.

오늘이라는 삶의 현장에서 인간은 어떻게 무엇을 향유하는가 하는 문제는 쉬운 일이 아니다. 다만 그것은 자신을 되돌아보며 미래에 대한 긍정의 세계를 바라보는 시적 감성이 많은 사람에게 필요한 시대에 머물고 있다. 그래서 송문정 시인은 많은 작품에서 이러한 문제를 자문하고 있는지도 모를 일이다.

3

송문정 시인이 향유하는 자연에 대한 심상의 폭은 전체적인 안목으로 일관하고 있다. 자연은 우주의 생명체이기 때문에 그 생명체에 대한 강한 인식이 시인의 정감으로 보여준다. 이러한 작품은 「보름달」 「딱다구리」 「장마」 「봄날이여」 「눈 오시는 날에」 「반달」 「바람에게 속았는데」 「산비둘기」 「뻐꾹새 운다」 「달팽이」 「밤하늘」 「흰 구름 주소」 「산 나리꽃」 「청개구리」 「바람이 울 때」 「오미자처럼」 「강물은」 「어느 봄날」 등 많은 작품이 자연의 일면을 보여준다.

시인은 자연의 강한 에너지를 인간의 삶의 일상과 교감하면서 그 자연이 내포하고 있는 내면의 세계에서 공감의 이미지를 언어에 함축하고 있다. 그러한 함축의 언어 표현은 서정적인 정서를 바탕으로 자신에게 되돌

문학의 미적 담론과 시학

려주고 있다.

아름다운 선율을 타듯
풀잎 어깨에 총총히 맺힌

세상에서 제일 가벼운 영혼
세상에서 제일 깊은 울림

투명한 떨림도
풀잎은 조심조심

당신의 정원에 친히 그리신
참 맑은 아침 풍경

— 「아침 이슬」 전문

시인의 영감은 아침 이슬이라는 생명체가 인간의 영혼과 교차한다. "아름다운 선율을 타듯/풀잎 어깨에 총총히 맺힌" 아침 이슬은 "세상에서 제일 가벼운 영혼/세상에서 제일 깊은 울림"으로 시인의 심상에 정착되고 있다. 아름다운 선율을 타듯 풀잎 어깨에 맺힌 아침 이슬은 '영혼'이 되고 '울림'이 되고 있다.

자연의 맑은 수정체인 이슬과 그 울림이라는 자연의 소리 속에서 인간 세상에 하사하는 "당신의 정원에 친히 그리신/참 맑은 아침 풍경"으로 한 폭의 풍경화가 되고 있다. 이 작품에서 맑은 자연의 향기를 느낄 수 있음은 시인의 시적 영감은 물론 그 시어가 가져다주는 정결한 정서에서 비롯된다.

늦가을
망개 덩굴 동그란 볼이
추위에 붉다

숲은 이제 적막에 들고
입동 내일 모레여서
사랑, 울렁이는 설레임을 아직도 기다리는
느티 한 그루
찬바람 모아 쓸쓸하게 퉁소를 불며
낙향한 선비 책장 넘기 듯
겨울 한 장 한 장 넘기고 나면
생가지에 봄이 와서

기다림은 목 늘인 생인가 보다

— 「기다림은」 전문

늦가을에서 봄이 소생하는 계절 기다리는 풍광을 시인은 한 폭의 동양화의 화폭으로 보여주고 있다. 망개 덩굴이 붉게 물들고, 낙향한 선비가 퉁소를 불며 책장 넘기듯 겨울 넘기면 봄이 온다는 시인의 발상이 단순한 이미지의 연결이 아니라 거대한 담론이 펼쳐져 있는 동양의 풍경화를 보는 듯 착상이 이채롭다.

송문정 시인의 자연은 단순한 자연의 모습이 아니라 삶에서 기다림이라는 절대적 명제를 보여준다. 인간과 자연과의 교감 속에서 하나가 된다는 시적 영감이 자연을 풍족하게 하고, 인간 삶이 자연의 품속에서 일체가 되고 있다. 특히 현대시에서 자연이란 시인의 깊은 내면을 보여주는 모체가 되기도 한다. 송문정 시인의 자연 역시 많은 작품에서 시인 자신의 내면의 일체성과 모체의 풍족함을 보여줌으로 단시 속에 잠재한 새로움을 시인의 특징으로 볼 수 있다.

4

송문정 시인은 고향 인근으로 낙향하여 전원 속의 생활에서 한 편의 작품을 보여주고 있다. 자신의 문방(文房)을 "작소제(雀巢齊)"라 작명하고 이번 시집 '자서'에서 "노란 소국이 물 속 같은 하늘 쳐다보고 있습니다. 그 옆에 앉아 가슴에 파란물 들이고 있습니다. 시어 하나 건져 볼까 해서……"라고 기술하고 있다. 시인의 작심을 읽을 수 있는 내용이며 이번 시집에서 「근황, 2013」이라는 작품이 이를 말해주고 있다.

산골에 집 한 채 앉혔습니다
한 줌 근심도 들어앉을 자리 없어
작소제(雀巢齊)라 이름 했습니다
허랑한 시간 한데 모아
짱짱하게 울타리를 둘렀습니다
바람 숭숭하던 가슴에
참새들이 집을 짓기 시작합니다
낯설지 않은 가족들과
한 구비를 지나는 동안
내 삶의 길고 짧음이나 높고 낮음이나
아무 의미가 없습니다
해 설핏한 저녁
내 마음에 굽이쳐 흐르는
미호강 점벙점벙 건너온 저 달
남겨놓은 마음의 여백에 들어앉히고
내 뒤끝은 달 속에 담그겠습니다.

— 「근황, 2013」 전문

작소제의 전경이 잘 나타나 있다. "한 줌 근심도 들어앉을 자리 없어" "참새들이 집을 짓기 시작합니다" 이러한 환경 속에서 새로운 삶을 유지하는 시인의 일상이 잘 나타난 작품이다.

시인의 작품에서 보아온 삶의 일상적인 모습이라든가. 자연으로 돌아가 자연 속에서 자신을 되돌아보는 마음의 자세를 스스로 자문하면서 그 중심으로 마음의 여백을 멈추게 하고 있는 시인의 잔잔한 모습이 잘 나타나 있다.

송문정 시인은 행복이란 자연과의 교감이며, 삶의 정감이 생활의 지혜임을 입증하고 있다. 시인이 한 편의 소재에서 자신을 발견하고, 하나의 이미지에서 또 다른 하나의 생명체를 인지한다는 것은 시인이 평소 지닌 생활의 정착이라고 할 것이다.

시인의 단시 형식의 작품이 주는 의미 역시 그 내면에 함축된 인간 삶의 정감, 무한한 추상 속에 일구어낸 정서와 사고, 자연이라는 생명체에 대한 의지와 침잠, 모든 행복을 자신으로부터 찾으려는 시인의 자세가 있기 때문이다.

송문정 시인이 스스로 말하듯 "꿈꾸는 마음은 간직해야 되겠지요."

문학의 미적 담론과 시학

기도하는 서정의 심상

— 서희진, 『바람이 부는 대로』

1

현대시에서 서정의 표현은 다양화되어 나의 심상과 일상의 느낌을 절충하여 새로운 나를 발견하려는 자아의 탐구라 하여도 무난하리라. 자신의 내면으로 이끌어오는 사물에서의 정감을 축적하여 다른 정서를 조성함으로 서정은 공감의 세계를 만들어준다. 그래서 정적인 나의 세계의 환원은 상상력의 공감을 불러들이는 자신만의 서정의 세계를 형성한다.

이러한 서정의 영역은 시인 자신이 공유한 많은 체험의 일상에서 바라보는 세계에 대한 상상과 영감의 일치점이 시인의 내면으로 돌아와 한 편의 작품으로 언어를 형성한다.

시인 서희진의 작품 세계 역시 이러한 서정을 바탕으로 몇 가지 특징을 보여준다. 시인의 많은 작품에서 심성의 안전을 기원하고 기도하는 서정의 함축이 근원적인 핵심을 이루고 있다. 자신에게 감지되고 있는 예민한 감성의 주체에서 많은 상관물들이 나타난다. 시인은 심정적인 고뇌와 번민을 동반하면서 한편의 기도하는 서정의 세계에 침잠하는 것이다.

서희진 시인의 이러한 근원을 바탕으로 시작품에서 보여주는 몇 가지 세계는 첫째 자연이라는 생명체에서 얻어지는 강한 심연의 이법과 그 내면의 일상을 볼 수 있다. 둘째 기도하는 마음의 순수성과 그 언어 정감이 주는 강한 동일성의 미적 감정을 볼 수 있다. 셋째 이별에 대한 인연에서 오는 절대적인 감성이 스스로를 자신에게로 몰입시키고 있다.

2

　어느 시인에게나 시적 소재로서의 자연이란 우주의 생명체로서 인간의 생명체와 동일하다고 본다. 서희진 시인 역시 자연이라는 거대한 생명체에서 그 자연만이 보유한 강한 심연의 이법과 그 자연의 내면에 은둔하고 있는 생명체의 순수성을 찾아 나선다. 다음 작품 「물」에서 보여주는 생명의 가치는 또 다른 생명력의 존엄성을 보여주고 있다.

　　어느만큼 살아야
　　물같이 살았노라 할 수 있을까?

　　어느 그릇도 마다 않고 담기면 담기는 대로
　　온전히 내어 맡기는 자태.

　　언제 한번
　　"어머니" 같은 엄마로
　　기다려 보았던 적이 있었는가?

　　비우지 않으면
　　채울 수 없다는 엄연한 진리를
　　깨달았을 때

버릴 것뿐이라는
인정하기 힘든 것들에
무릎을 꿇고

물같이 살기 위해
방황의 길목에서 서성거린다.

— 「물」 전문

시인에게 물의 영상은 하나의 큰 생명체의 일상이다. 자연이라는 우주의 원리에 가장 소중한 생명의 원천은 '물'이라는 절대적인 원칙에서 그 물이 지니는 영원을 인지하고 있다. 그래서 시인은 "어느만큼 살아야/물같이 살았노라 할 수 있을까?"라는 자문에서부터 물이 생존하는 원천을 "어느 그릇도 마다 않고 담기면 담기는 대로/온전히 내어 맡기는 자태"라는 이법을 시인은 인지한다. 우주 생명체의 존재를 가능케 하는 절대적인 자연 앞에서 그 물이라는 하나의 생명체가 보유한 무한한 원리를 터득하고 있다. 그래서 "비우지 않으면/채울 수 없다는 엄연한 진리를/깨달았을 때" 시인은 자신으로 돌아와 "물같이 살기 위해/방황의 길목에서 서성거린다."라는 명구를 깨닫는다. 물에서 시인은 새로운 기원의 서정 세계를 아름답게 그려준다.

이러한 자연과의 교감의 세계를 보여준 작품으로 「해바라기」「함박눈 내리는 밤에」「어느 가을 독백」「바람이 부는 대로」「가을 끝에서」「가을 문턱」 등 많은 작품을 볼 수 있다. 이러한 자연의 원칙에서 시인의 삶이 자연과 공존한다는 이법을 보여주고 있다.

3

다음으로 기도하는 마음의 순수성과 그 언어 정감이 주는 강한 동일성의 미적 감정을 볼 수 있다. 기도는 자신에 대한 순수한 믿음에서 오기 때문에 서희진 시인의 작품에서 보여주는 기도는 절대적인 존엄과 회귀에서 비롯된다. 다음 작품 「기도·1」에서 무지와 둔한 자신에게 지혜의 눈을 기원하고 있다.

> 무지한 자신에서 벗어나
> 보다 넓은 곳을 바라보게 하시고
> 나에 대한 집착이 얼마나
> 무모한 것인지 깨닫게 하소서
>
> 겨울잠을 자는 씨앗들에게서
> 무한한 가능성과
> 존재의 유한함을 받아들여
> 다른 이들도 돌아보게 하소서
>
> 어두운 기억 속에서도
> 부정을 긍정으로 바꿀 수 있는 지혜를 주시고
> 삶의 그림자로 인해
> 인생이 보다 아름다울 수 있음을
> 인정하게 하소서
>
> ─「기도·1」 부분

사실 이러한 언어의 미학은 페르소나의 양자 간의 내면의 화법이기도 하다. 화자와 청자 간의 양자적인 개념을 가지면서 실은 화자이면서 스스로 청자의 위치에서 절대자의 순응을 믿음으로 인정하는 신념이 되기도 한다. 기도는 자신을 맡겨버리면서 회귀하고 싶은 욕구의 하나가 되고, 그

욕구를 믿음으로 전도하는 것이다.

위의 작품에서도 화자인 시인은 "나에 대한 집착이 얼마나/무모한 것인지 깨닫게 하소서" "부정을 긍정으로 바꿀 수 있는 지혜를 주시고/삶의 그림자로 인해/인생이 보다 아름다울 수 있음을/인정하게 하소서"에서 자신으로 돌아와 아름다운 인생을 구원하는 마음 자세를 보여준다. 인간에게 구원이란 살아가는 인생의 문제에 있어서 자신으로 회귀시키는 절대적 명제이기 때문에 스스로 그곳으로 돌아가려 한다. 넓은 우주 공간 속의 작은 피조물인 인간으로 '나'란 존재가 거대한 생의 긴 여정 속에서 구원은 나를 밝히는 절대적 가치의 하나이기에 기도는 바로 시인 자신의 삶의 가치가 될 수 있다.

시인 서희진은 이러한 기도의 구원을 나타내는 작품으로 「기도·2」「길」「사랑·2」「성탄」「부활절」 등 다수의 작품에서 일상적인 기도를 벗어나서 자신으로 돌아와 스스로 또 다른 인간의 구원 속으로 자신을 회귀시키는 절실한 염원이 주조를 이룬다고 하겠다.

4

시인은 이별에 대한 인연에서 오는 절대적인 감성이 스스로를 자신에게로 몰입시키고 있다. 이별은 죽음이나 결별에서 오는 마음 아픔에서 벗어나기 어렵다. 서희진 시인에게는 이러한 인과관계에 대한 절실한 호소와 아픔의 고통을 많은 작품에서 보여주고 있다.

시는 감성의 문학이기 때문에 특히 정감의 문제에서는 시인의 강한 정서가 동반한다. 이별이나 죽음의 문제에 있어서는 더욱 그러하다. 다음 시 작품 「임종」에서 죽음에 대한 강한 인상을 따뜻하게 보여주고 있다.

이제야 편지를 쓸 수 있으리라
돌아오지 않을 긴 편지를
노을 없이 회색으로 지고 만 저녁
간이역에 내려
온 길 되돌아보며
환히 웃으며 가는
그의 이름 가슴에 묻는다.

— 「임종」 전문

　서희진의 시에서는 이별의 아픔이나 죽음의 아픔을 보여준 작품을 많이 접할 수 있다. 시인의 아픔이 절실한 영감이 되어 시의 언어로 자신을 되돌아보고 있다. 위의 작품에서 "돌아오지 않을 긴 편지를" 남겨야 하는 서사는 임종이라는 순간에 귀착하는 암시적인 자기 화두의 긴장이기도 하다. 과거 우리 시문학사에서 이러한 헤어짐이나 그리움의 대상을 읊은 시인은 많다. 서정주, 백석, 김소월 등 많은 시인들이 이별의 아픔을 작품으로 보여줌으로 인생의 갈림길에서 얻어질 수 있는 아픔의 절실함을 남겨주었다. 영원한 이별은 또 다른 만남을 암시하는 인간의 삶의 연속이라고 할 때, 시인의 "환히 웃으며 가는/그의 이름 가슴에 묻는다."라는 시어의 정감은 자연스러운 기원의 호소력을 지닌다.

　시인의 이러한 작품에서 감정에 흐르지 않고 침착한 언어적 미감을 보여줌으로 한결 헤어짐의 도도한 정서를 공감할 수 있다. 이러한 작품으로 「너에게」「이별의 노래·2」「그리움」「새벽 기도」「엄마 방에서」「당신 떠나신 후」「낙사」 등에서 이별에서 오는 인연의 아픔과 그리움의 대상이 절실한 서정 언어로 우리에게 다가온다.

　이상과 같이 서희진 시인의 작품에서 보여준 몇 가지 특징을 감상적인 해법으로 살펴보았다. 위의 세 가지 특징 이외에 시인이 일상에서 삶의 영감을 다양한 방법으로 얻어진 정감과 깊은 정서와 반응을 나타낸 작품도 많았다.

앞으로 서희진 시인은 다양한 사회적인 감성을 보다 깊은 내외적인 절충 속에서 새로운 함축의 언어 미학을 보여줄 수 있는 세계를 가깝게 접근하여 주기를 바라면서 작품에 대한 해법을 마무리를 한다.

감성 언어의 생명력
— 『이지영 시선집』을 중심으로

1

현대시가 나아가는 새로운 미적 감성은 사회적으로 다양하게 변화하고 변질되는 많은 요소와 관련을 맺고 있다. 과거와 같이 심상에 머물렀던 여유로운 관습들은 고도로 높아가는 문명, 문화 그리고 인간관계의 침몰되는 현상 앞에서 현대시가 어떤 모습으로 보일 것인가는 짐작하기 어렵다.

이러한 문제를 해결하는 중요한 요인은 과학이라는 첨단의 이기와 대응하여 마주 설 수 있는 것은 예술적 기능의 우월성을 높이는 철학적인 사고의 폭을 넓고 크게 보여주는 것이라 할 것이다. 이지영 시인은 "산업화 사회, 정보화 사회로 갈수록 메마르고 삭막한 현실에 시의 윤활유가 흐르고, 시의 물결이 파도를 친다면 얼마나 아름다운 세상이 될 것인가!"(제7시집 『절망의 층계 쌓기』, 책머리에)라는 메시지를 울리는 이유가 될 것이다.

현대시도 이러한 관점에서 볼 때 변화의 속도를 가름할 수 있고, 과거 일반적인 견해였던 심상적인 함축의 문제에서 또 다른 일면의 요인으로 전이되는 것도 이러한 관계라 할 것이다.

문학의 미적 담론과 시학

이지영 시인은 등단 이후 10권의 시집을 보여줌으로써 많은 문제를 찾아 나서기도 하고, 그 문제의식에 대한 스스로의 해답을 설정하기도 했다. 시인의 작품에 대하여 평자들은 다음과 같이 그 특징을 평설에서 보여주고 있다.

　원점으로의 회귀 욕망, 그것은 자연으로 상징되는 영원한 모성애의 귀의이며, 방랑혼에 깃든 귀소본능이다.
　　　　　　── 김대규 제1시집 『그리움으로 달려가 달빛처럼 젖고 싶다』

　아직도 초기의 곱고 맑고 밝기만 한 심성을 여전히 아름답게 유지하고 있다. 섬세하고 부드럽고 절도 있는 언어들로 노래하는 주정적 서정시를 즐겨 쓰고 있음에다.
　　　　　　── 김남웅 제2시집 『젖은 날의 일기』

　그의 시적 모티브의 특색은, 자연을 통하여 사랑을 찾으려는 경향이 농후한 것으로써 인간은 자연에서 왔다가 자연으로 돌아간다는 생태학적인 측면에서 볼 때 지극히 자연스러운 현상이기도 하다.
　　　　　　── 김경린 제3시집 『꿈꾸는 밀어』

　꽃과 단풍을 빌려 남녀 간의 뜨거운 사랑과 기다림의 시를 거쳐, 삶을 반성하고 역사를 반추해 보는 시도 곁들이는 한편, 시각적인 사물시를 쓰는 등등 폭넓은 시의 세계를 열어 왔고 열어가고 있다.
　　　　　　── 이유식 제6시집 『사랑으로 가는 바람』

　이지영 시인의 시에는 즐겨 양극화가 나타난다. 양극화는 서로 결합내지 결합될 수 없는 두 극을 설정, 서로 대립, 갈등, 반목, 배타와 같은 상충적 요소를 충돌시켜 긴장을 고조시켰다가 이를 화해로운 관계로 합일시켜 새로운 시적 질서를 획득해냄으로써 긴장의 이완을 통해 체험하는 카타르시스를 배가해주게 되는 메타피지컬 포위트리의 시법이다.
　　　　　　── 박진환 제7시집 『절망의 층계 쌓기』

위에 인용한 평설에서 보듯이 이지영 시인은 자연, 인간, 사랑을 통한 소망과 기다림과 그리움, 생명과의 동일체 의식을 교감하려는 강한 집념이 새로운 인식의 정서를 동화하려는 의욕으로 나타난다.

이지영 시인은 단순한 감성으로 사물을 엿보려는 것이 아니고, 그 사물이 지니고 있는 내면적인 암시나 외면적인 화폭의 면면에 함축되어 있는 강한 절충의 이미지를 찾아 동화하고 교감하려는 생명 의지가 엿보이고 있다. 시집 10권에서 시인이 스스로 선택하여 시선집으로 편집한 의도 역시 자신의 시작품 속에 내재한 감성을 조감하려는 또 다른 의미를 보여주려는 것일까. 이러한 몇 가지 관점 속에서 시인의 작품 속에 면밀히 나타내고 있는 특징 몇 가지를 살펴보려 한다.

2

1) 동화와 절충

우주에 생성되고 있는 자연은 모든 만물의 생명체이며, 특히 인간에게는 생존이라는 거대한 삶과 동일체를 이룬다. 이지영 시인은 이러한 자연이라는 영원성을 자신의 시적 영생으로 공존하면서 동화와 절충을 시도한다. 시인 역시 자연이라는 소재에서 여러 각도에 걸쳐 새로운 정감을 찾아내려고 한다.

시인이 바라본 자연에 존재하는 모든 소재들은 그 자체가 하나의 자연이면서 인간 삶의 모든 부분과 관련을 맺고 있음을 찾는다. 특히 그러한 자연환경에 살아있는 모든 사물은 그 사물 자체의 미적 영감의 형상이면서 시인과 공조되는 또 다른 일면에 잠적해 있는 철학을 찾아 공생하는 법칙을 보여준다.

그래서 이지영 시인의 자연 교감은 꽃, 계절, 바다, 섬, 달, 산 등 무한한 존재의 정감 속에서 새로운 이미지를 동화하고 절충하는 작품이 많음도 이러한 시인의 정서 때문이라고 할 것이다.

(1)
그대의 미소를 만나
새롭게 하루를 산다
날마다 사랑의 유서를 쓰며
죽을 힘 다해 정성을 퍼 올리고
온갖 색채 향기로 전신을 드러내다가
속절없이 쓰러지는
아름다운 고통
옥가시에 찔려 따끔거려도
아픈 만큼 더 정들어

그대의 미소를 만나
날마다 새롭게 태어난다

— 「꽃 · 2」 부분

(2)
삶 자체가 아름다운
너는 꽃이다
우쭐하지도 오만하지도 않고서
온갖 희열을 전이(轉移)시키는
너는
날마다 새로운 기쁨에 산다

더욱이 그것이

화려하다 금세 지는
생멸(生滅)의 길일지라도
한사코 너는
추하지 않고
비겁지 않아
존경스럽다

— 「꽃」 부분

　작품 (1)의 「꽃·2」 1연에서 꽃의 외형적인 이미지에서 시인은 그 내면에 잠적해 있는 새로운 정신적인 생명력을 찾아낸다. 다만 그것은 꽃 자체의 생명력만이 아니다. 시인 자신의 영감에 젖어 들어 공유의 생명력의 이미지 속으로 교감되고 있다. "그대의 미소를 만나/새롭게 하루를 산다" "그대의 미소를 만나/날마다 새롭게 태어난다"와 같이 새롭게 하루를 살고 새롭게 태어나도 그 존재는 꽃이면서 때로는 시인의 영감이다.

　시인은 하나의 꽃에서 자신으로 환원하는 순간을 포착하면서 꽃과 나는 일체가 되는 미적 정감에서 벗어나지 못한다. 꽃의 내면에 포괄된 생명의 존귀함에서 시인은 스스로를 찾아 자신의 일상의 생명력을 찾아내고 있다.

　작품 (2)의 「꽃」에서는 꽃 자체의 삶의 희열과 기쁨을 시적 이미지로 환원시키고 있다. 외형적인 꽃의 모습에서 얻어내는 영감의 회화적 기법이다. 다만 그러한 영감의 언어 감각은 시인 자신의 감성 따라 변하기 마련이다. 그러나 시인은 아름다움에 희열과 기쁨은 물론 꽃이 지니고 있는 무한한 발상을 찾아 또 다른 이미지에 매료된다.

　한편의 꽃에서 교감되는 자연이라는 형체에서 새로운 생명력의 의미를 은유하는 이지영 시인은 그러한 소재에서 동일체의 의식을 가지면서 인간과의 교감과 생명의 새로운 암시를 제시하고 있다. 꽃뿐만 아니라 다른 소재에서도 이러한 경향의 작품이 많다. 특히 「그림자」「가을나무」「벚꽃길」「호반」 등의 작품에서도 시인이 지닌 이러한 면면을 살필 수 있다.

2) 기다림과 그리움

사실 많은 시작품을 읽다 보면 기다림과 그리움의 세계가 열려지는 경우가 많다. 시인이 사물을 바라보면서 어쩌면 그 사물에서 오는 첫 영감이 그 사물에 대한 기다림이며 그리움의 내면을 들여다보기를 갈망하는지 모른다. 그만큼 기다림과 그리움은 인간이 살아가는 일상에서 사물과 접촉하는 가운데 얻어지고 느끼는 하나의 촉매가 되고 있다.

이지영 시인의 작품에서 이러한 기다림과 그리움의 세계에 몰입되고 있는 것은 시인의 많은 작품 속에 하나의 큰 획을 지니고 있다. 어쩌면 그는 그리움과 기다림, 그리고 사랑의 찬가에 몰두하고 있는 큰 감성의 세계를 찾아 나서고 있는지도 모른다.

> (1)
> 빈 가슴
> 채우질 못해
> 가만히 바라보는 너의 눈
>
> 몸과 영혼 불태워
> 흑진주에 담아
> 깜깜한 밤하늘에 별로 뿌릴까
>
> 티끌 없는 한마음
> 늘 헐벗고 비에 젖어
>
> 내 빈 찻잔의 공허

채우질 못해
가만히 매만지는 침묵의 손.

—「찻잔 앞에서」 전문

(2)
사랑하는 사람이 그립거든
촛불 켜두고
눈물 흘려 보아라

어둠 밝히며 떠올리는
님 향한 마음
함께 나누었던 소중한 시간들,
고요히 눈감고 두 손 모두어
고백으로 용해된 눈물 보아라

바람막이 없이
내 안에 와 춤추다
어떻게 될지 모르는 운명

사랑하는 사람이 그립거든
고요히 눈 감고 무릎 조아려
거룩한 사랑의 빛을 보아라
너와 내가 비칠 수 있는 빛
그 빛 다 질 때까지
내 안에 와 박힌 심지
다 타버릴 때까지

—「촛불」 전문

인용한 두 작품은 그리움과 기다림을 절충한 작품이다. 그리움에 대한
정적인 정감이 하나의 사물을 만났을 때, 그 사물과 동일시하면서 새로운

감각 속으로 시인은 빠져든다. 작품 「찻잔 앞에서」 '빈 가슴'과 '빈 찻잔'을 동일시하면서 이를 채울 수 없는 심성은 역시 하나가 된다. 화자는 찻잔을 앞에 두고 시인의 가슴 속에 응어리진 다른 요인을 생각한다. 채우지 못한 공허의 마음과 빈 찻잔과의 관계에서 심리적인 거리가 가까워진다.

그래서 시인의 감정은 파토스(pathos)의 수렁으로 몰아가 "몸과 영혼 불태워/흑진주에 담아/깜깜한 밤하늘에 별로 뿌릴까"라는 극한적인 그리움으로 달려간다. 이 작품에서 시인의 정적 정감과 동적 정감이 교차하는 가운데 정적 정감으로 돌아와 "가만히 매만지는 침묵의 손"으로 자신을 달랜다.

작품 「촛불」에서 강렬한 사랑의 심상이 대칭되고 있다. 그리움의 절정으로 몰아 시인은 강렬한 이미지를 발상한다. 서두에서 "사랑하는 사람이 그립거든/촛불 켜두고/눈물 흘려 보아라"라는 직설적인 화두를 설정하면서 불빛을 밝히며 타고 있는 촛불의 영감이 결말에 가서 "사랑하는 사람이 그립거든/고요히 눈 감고 무릎 조아려/거룩한 사랑의 빛을 보아라/너와 내가 비칠 수 있는 빛/그 빛 다 질 때까지/내 안에 와 박힌 심지/다 타버릴 때까지"라고 하며 자신을 소멸하는 초월적인 그리움으로 승화시키고 있다. '촛불'의 화두에서 사랑의 승화, 절정으로 옮겨가는 시적 몰입은 시인의 영적인 순간의 포착에 귀결하려는 강한 인상을 찾을 수 있다. 이러한 이미지의 확산은 이지영 시인의 작품 도처에서 찾을 수 있다.

'빈 찻잔'과 '촛불'의 영상 매체에서 시인은 비유와 상징과 정신적인 이미지의 감각에 젖어 있다. 사실 시인은 민감한 정서에 초점을 두기 때문에 어떠한 사물이 자신의 내면에 직감될 때 시의 영감은 많은 새로움으로 영상 된다. 위의 두 편의 작품뿐만 아니라 많은 그의 작품에 공감되는 요인이 있다는 것은 시인 스스로 그러한 정신적 인식에 잠재해 있기 때문이다. 이지영 시인의 이미지는 강렬한 영상 매체의 특이한 회화성을 나타내면서 한 폭의 강한 충격적인 미적 언어 감각을 찾고 있는 것은 시인의 최대 장점일 수 있다. 이러한 작품은 「기다림」 「꿈」 「세월」 「사랑만을 위해」 등 많은 작품에서 찾을 수 있다.

3) 사랑의 그림자

현대시의 초창기부터 오늘날까지 많은 시인들은 사랑의 찬가와 이별을 노래했음을 알 수 있다. 시인들이 찾은 사랑은 순수한 정감의 일체에서 벗어나지 못하는 정서에서 비롯된다. 이지영 시인의 시선집에서도 그러한 사랑의 여러 면을 노래하고 있다. 그래서 이지영 시인은 사랑의 시인이다. 열권의 시집에서 보여주는 사랑의 각도는 여러 측면에서 볼 수 있으나 사랑 그 자체의 일면에 대하여 살펴보고자 한다.

이지영 시인의 사랑에서 비유의 농도가 이채롭다. 어떠한 사물의 내면에 깊숙이 숨겨 있는 절대적인 사랑의 대칭을 찾아낸다.

(1)
내 안에 있는
그리움이다

먼 산에 걸려 있는
아침 안개처럼
아득하면서도 잡히지 않는
사랑을 찾는 길이다

―「사랑이란」 부분

(2)
노을녘 들판에 서서
당신 그림자
내 곁에 세워둔다

밤이면
잔잔한 내 호수에 와서
부엉이의 눈 되어 별로 떠 있고

푸른 나무 등걸에
꼿꼿이 앉아
아픈 가을의 심장을 진맥한다

— 「그대 내 곁에」 부분

(3)
당신의 눈에는
늘 푸른 하늘이 있습니다
그 하늘 속을 노니는
감미로운 들바람이 있습니다
달빛이 춤을 추며 나오고
그저 눈멀고 귀멀어
황홀한 당신의 하늘을 맴돕니다

— 「가을 숲길」 부분

　위의 작품에서 보듯이 사랑은 "아침 안개" "부엉이의 눈" "늘 푸른 하늘"로 시인의 눈을 매료시킨다. 그런데 시인의 사랑은 기원이며 절규에 가깝다. 기다림과 그리움의 사랑 속에서 찾아가는 사랑의 일맥은 "사랑을 찾는" "심장을 진맥한다" "하늘을 맴돕니다"에서 시인의 정서는 하나의 영혼의 소망이며 영가의 언저리에서 맴돌고 있다. "아침 안개"처럼 "아득하면서 잡히지 않는" 그것이 사랑이고 그 사랑이 그리움으로 남아 있는 사랑의 실체에 대하여 "노을녘 들판에 서서" "당신 그림자"를 "내 곁에 세워"두는 그러한 사랑의 마음, 그리움이고 기다림에서 비롯되고 있는 "감미로운 들바람"에서 "달빛이 춤을 추며" "눈멀고 귀멀어"야 하는 사랑, 시인의 사랑 표상은 심성에서 매료되는 이미지의 정착인지도 모른다. 그러한 사랑의 여백에서 찾아지는 여운을 친근한 언어와 운율에 의해 확연한 영상미를 제공하고 있다.

이지영 시인의 사랑에서 보듯 사랑에 대한 강렬한 소망을 담기도 하고 그리움의 상황으로 자신을 찾으려는 강한 집념의 모습이 시인의 많은 작품에 담겨 있다. 시인이 찾은 많은 소재에서 사랑과의 일치점을 찾아 그 사랑의 농도를 측정하고 그 사랑의 그리움을 영적인 결정체를 만들어 무한한 사랑의 대상으로 조형시켜 놓고 있다. 이러한 작품으로 「연가 · 2」 「그대가 있음으로」 「세월」 「내 곁에 서 있기만 한다면」 「사랑을 위해」 「사랑은」 「그 사랑」 「참 좋은 사랑」 「사랑이란」 「사랑 리필」 「사랑 끝 사랑 시작」 「꽃보다 아름다운 당신」 등에서도 감성의 농도가 짙게 나타남을 알 수 있다.

이러한 사랑의 일면을 가족과의 삶의 진실성으로 또 다른 모습을 보여주고 있음도 지적해 두고 싶다. 그래서 이지영 시인의 사랑은 절대적인 사랑의 찬미를 노래했는지도 모른다.

3

지금까지 이지영 시인의 몇 가지 특징을 살펴보았다. 시인의 시세계는 그 폭이 넓으나 그가 찾으려는 세계는 이미지와 동화와 절충, 그리움과 기다림의 절정을 향해 달리고 있다고 할 것이다. 다만 그 언어적인 감성에서 와 닿는 폭이 넓어서 그 진면목을 인식하면 그의 작품이 지니는 강도는 우리 현대시의 또 다른 영역을 조형시키고 있다고 할 것이다.

10권의 시집에서 선택한 시선집을 통해 이지영 시의 일면모를 조감할 수 있다는 것은 또 다른 의미에서 현대시 발전의 밑거름이 되고 있음을 증명하는 것이다.

결론으로 시인의 시집에 나타난 '자서', '시인의 말'에서 이지영 시인의 전체 작품을 대변하고 있음도 그의 작품을 이해하는 데 많은 도움을 주리라 믿어 발췌한다.

> 그 젊은 날, 여자로서의 기다림과 그리움, 삶의 환희와 절망, 주체할 수 없던 인생의 고뇌들을 아름답게 노래하리라.
> — 제1시집 『그리움으로 달려가 달빛처럼 젖고 싶다』의 '자서'에서

> 바람 부는 언덕에 그리움 하나 심어두고, 흔들리는 잎새가 되어, 파도가 되어, 불꽃으로 혼불로 타는 시를 쓰고 싶었다. 문명 속에서 상실되는 모든 것을 아프게 바라보고, 인간의 고향, 사랑을 찾아가고 싶었다······ 그리움과 사랑은 나에게 내일에 대한 기대를 갖게 하고 삶에 대한 무한한 경외를 느끼게 한다.
> — 제2시집 『젖은 날의 일기』의 '서문'에서

> 아픔, 사랑, 공허, 상처, 티끌, 몸부림 등을 마법에서 풀린 요술같은 언어로 쏟아낸 일기 같은 시······ 나 자신의 내면의 세계가 폭포수처럼 쏟아지는 시를 막을 수 없었다.
> — 제10시집 『서울 속의 바다』의 '시인의 말'에서

이상에서 보듯이 시인은 시인 자신의 내면의 실상을 숨김없이 보여주었다는 점에서 많은 작품의 여적을 들여다볼 수 있다. 시가 가져다주는 인간 삶의 흔적 속에서 시인의 감성과 영감은 강한 메시지를 통해 현대시가 지니는 다각적인 면모를 보여주고 있다. 결국 문학은 자신의 영원한 동반자이면서 자신의 내면의 추적자라는 점을 이지영 시인의 작품에서 엿볼 수 있다.

삶의 현장에서의 기다림과 비움
— 이복래, 『에필로그의 독백』

1

이복래 시인은 시집 『에필로그의 독백』에서 인간의 삶이라는 문제에 대하여 살아감과 떠나감, 그리고 기다림에 대한 문제에 자신을 되돌아보는 여로의 길목에 서 있음을 본다. 삶이란 무엇일까. 그 현장의 길목에서 바라보고 느끼는 시인의 여백은 한없이 넓기만 하다.

문학작품이 추구하는 인간 삶의 현장은 무척 미묘하고 복잡하다. 특히 생명과 생존이라는 본성 속에는 인간 삶을 형성하는 외부적인 요인과 함께 나(我)라는 개체를 조형하는 새로움은 더욱 복잡해진다. 살아감에 대한 문제 역시 작품이 보여주는 세계를 뛰어넘어 인간이 지닌 정신적인 문제와 사고의 폭을 어떻게 조정하느냐 하는 문제도 오늘날 심각한 과제라 할 것이다.

물질문명이 극도로 다양화되는 현대에서 현대시가 보여주는 문제점도 이러한 삶에 초점을 두고 있음을 볼 수 있다. 시어가 함축하고 있는 언어 구사가 유동성을 가짐으로 표현의 차등에 따라 이미지의 여운이 달라질

문학의 미적 담론과 시학

수 있다.

이복래 시인이 『에필로그의 독백』에서 보여주는 삶의 문제가 이러한 민감한 반응을 나타내고 있음은 긍정적인 정서와 부정적인 정서가 교차하는 인간 삶의 한 요인을 축소하고 있다고 할 것이다.

시인은 삶의 문제에 접근하여 어떤 정감으로 살아갈 것인가 하는 문제를 현재라는 시점에서 자신을 되돌아보고 있다. 특히 자연이라는 무한한 공간을 보면서 자신에게 되돌아오는 정서적인 영감은 어떠한가.

(1)
내 몸의 핏줄기들이 새 힘을 받는다
눈 내린 하얀 겨울산에서도
봄이 오는 소리

— 「겨울 산」 부분

(2)
빗속에 젖어 우짖는 백운산
한 아름 젖은 뿌리를 가슴에 담고 돌아온다.

— 「백운산 자락」 부분

(3)
물향 짙은 호수를 돌아서니
여인의 꽃향기 물씬하다.

— 「궁남지」 부분

(4)
봄이 오면, 새 잎을 피워내어
깨달음을 토해내겠다.

— 「호봉산 · 2」 부분

시집 『에필로그의 독백』은 자연의 조화와 계절의 풍광을 보여준 작품이 많은 편이다. 위에 예시한 작품은 그 작품의 마무리인 끝 연에서 발췌하였다. 대자연의 계절에서 보여주는 영감이 대체로 긍정적인 정서를 보여준다. "눈 내린 하얀 겨울산에서도/봄이 오는 소리" "한 아름 젖은 뿌리를 가슴에 담고 돌아온다." "여인의 꽃향기 물씬하다." "깨달음을 토해내겠다." 등 자연의 세계에 동화되는 자연 그대로의 세계를 시인은 가지려 한다.

이러한 현상은 시인 자신이 자연을 바라보는 정감의 심리적인 상황에 따라 변화의 요인이 있다. 시는 시인의 감정을 배제할 수 없기 때문에 정서 의식에 의해 의식의 행위를 언어화했다는 자체가 본질적인 사유와 일치할 수 있다.

작품 (1)에서는 겨울 산이라는 공간에 '봄'의 이미지를 병치(竝置)하여 '새 힘'을 전이시키고 있으며, 작품 (2)에서는 '빗속'에서 새로운 생명의 '뿌리'를 찾아 나서는 정서의 공감은 순수한 삶의 의욕을 찾고 있음을 입증한다.

이복래 시인의 계절과 자연의 조화로움을 보면서 '기다림'에 대한 강한 이미지를 다수의 작품에서 볼 수 있다. 시인의 기다림은 삶에서 오는 인간 형성의 절대적인 명제로 나타난다. 계절의 기다림, 친구의 기다림, 자신의 기다림, 여인의 기다림 등 시인의 의식의 흐름은 동화되는 시간과 공간의 초월의식에서 비롯되고 있다.

> 꽃샘 찬바람에
> 깨어나지 못한 새싹들
> 감추어 둔 봄을 꺼낸다
>
> 우수 경칩 지나고

3월이 다 가는데
봄비처럼 그대를 기다린다

연둣빛 새잎 틔우고
대지를 적셔주는

문 앞에서 금방, 나를 부를 것 같은
한 사람

대문 열고 기다린다.

—「봄비」 전문

'봄'이라는 언어의 내면성에는 모진 겨울을 넘긴 고통 이후의 세계에 대한 갈망이고 기다림이다. '꽃샘' '봄비' '대문'이 이어주는 상호 보완적인 시어 구사가 주는 새로운 세계에 대한 시인의 이미지는 "문 앞에서 금방, 나를 부를 것 같은" 기다림이라는 명제가 '봄비'로 환원한다.

계절이라는 감각에서 시인이 받아들이는 이미지의 특이성은 그 계절과의 동화의식에서 온다. 작품 「가을날」의 "젖은 내 발길이/인연의 뿌리를 찾아 나선다"에서 보듯 '가을'과 '인연의 뿌리'의 연속적인 발상이 주는 이미지의 함축은 그러한 계절이 주는 내면과 동화되는 순간의 포착이라고 하겠다. 이러한 계절과의 교감, 자연과의 교감 및 몰입의 세계는 이복래 시인의 작품에서 많이 볼 수 있다.

시인은 계절이 주는 자연적인 조화에서 삶이라는 명제를 생각하며 항상 자신으로 되돌리고 싶은 정서에 몰입한다. 자연은 인간을 초월하여 또 다른 자신으로 회자시키기도 하기 때문에 그 자연 속에 내재된 오묘한 세계를 시인은 방치할 수 없다. 이 내면에 함축되어 있는 많은 기밀을 추적하여 자연과 계절을 일치시켜 한 편의 자연시의 운을 형성하고 있다.

2

『에필로그의 독백』3부에서 시인은 현장을 찾아 그 현장의 느낌을 보여주고 있다. 기행시라기보다 현장답사 형식의 작품이다. 현장이 지닌 원형적인 문제에 착안하여 시인이 감동하는 모티브를 형상화시키는 것이다.

기행시라면 그 과정과 그 내력에 착안하여 그 감성을 그려내면 되지만, 현장에 착안하여 그 현장에서의 영감의 세계를 정서적으로 보여주어야 현장을 실감할 수 있다. 다음 예시한 「길상사를 찾아가다」에서 작품은 그 현장에 대한 내력과 그 현장이 안고 있는 원형적 이미지를 잘 표현하고 있다.

> 침묵의 집에서 침묵을, 고요 속에서 고요를,
>
> 서울 성북동 언덕길 오르니
> 일주문 三角山吉祥寺가 영각처럼 걸려 있다
>
> 향 내음 따라 경내로 들어서니
> 오래된 느티나무, 시원한 그늘이다
>
> 좌우로 찾아봐도 내가 찾는
> *자야가 없다
> *백석도 없다
> 법정의 흔적도 없다
>
> 초 한 촉, 극락전 부처님 앞에 놓고
> 고개를 숙인다
> ──「길상사를 찾아가다」부분

　　　　　　　　　　　문학의 미적 담론과 시학

시공을 넘나들면서 오랜 인연의 질곡이 얽혀있는 현장에서 그들의 삶이 무엇인가, 그리고 어떻게 살아왔는가를 자문한다. 이러한 현장에서 시인은 오랜 역정의 세월을 자야와 백석, 그리고 법정의 삶의 흔적을 더듬으며 과거와 현재의 공간에서 현재라는 시점에 머물다가 길상사를 찾아간다.

그들의 삶의 흔적이 존재하는 현장은 지나간 역사적인 사실이기 때문에 그들의 흔적을 압축하면서 서사적인 언어 기호로 진실의 인과관계를 보여주고 있다.

> 자야의 유언이 뿌려진 마당
> 설법전 앞을 지나 길상원 옆길로 오른다
> 흙담벽 고풍스러운 전각을 기어오르는 담쟁이넝쿨—
> 천향당, 법정스님 향기 더듬어 내려가니
> 개울물 소리, 맑은 목탁소리로 울린다
>
> 작은 나무다리 건너, 시주 공덕비 외롭다
> 길상헌 앞에 발걸음을 멈추는데,
> 백석이 자야와 후편 사랑 얘기를 들려주겠다, 서라고 외친다
>
> 못난 역사는 그들을 흉내 내기도 부끄러워
> 숨을 죽이고 뒤도 보지 않고 도망친다
>
> 이데올르기 덫에 걸려
> 자야와 백석은 눈물도 못 흘린다.
>
> —「길상사를 찾아가다」 부분

길상사는 시인 백석과 자야라는 여인과의 관계, 법정 스님과의 관계 등이 남겨져 있는 사찰로 알려져 있다. 이복래 시인은 이 현장을 찾아 새로운 현장답사 시를 보여주고 있다. 길상사는 이전 대원각이었던 시절 백석

과 자야와의 관계가 회자되는 곳으로 후일 법정 스님에게 사찰로 남겨준 곳이다.

시인은 이러한 내력을 조감하며 그들의 흔적을 찾아 나선다. 그래서 시인은 "침묵의 집에서 침묵을, 고요 속에서 고요를" 찾고 있다. "좌우로 찾아봐도 내가 찾는/자야가 없다/백석도 없다/법정의 흔적도 없다" 긴장감을 조성시키면서 자신으로 돌아온다. 시인의 감성은 현재라는 시간성보다는 과거라는 시간성을 찾으면서 다시 현재로 돌아와 백석이 살았던 과거 시간으로 되돌아가 그들의 영상을 투사하고 있다.

이러한 작품에서 현장에 얽힌 여러 경로를 답사하고 그 경로에 따라 얽힌 관계를 시인의 감성적인 영감을 기초로 자신의 언어로 새롭게 구사해야 한다. 그래서 시인은 "길상헌 앞에 발걸음을 멈추는데,/백석이 자야와 후편 사랑 얘기를 들려주겠다, 서라고 외친다" 시인에게 들려온 환각의 여운 속에서 또다시 "못난 역사는 그들을 흉내 내기도 부끄러워/숨을 죽이고 뒤도 보지 않고 도망친다"라는 발상을 함으로 시인이 지닌 의식의 일면을 볼 수 있다고 할 것이다.

3

이복래 시인은 밝은 영감의 일면이 있는가 하면 인간이 지닌 고독과 자신이 가는 길에 대한 면면을 되돌아보고 있다. 사람은 누구나 삶의 고통을 경험하는 것이 일생의 과정이라고 한다.

시인은 이러한 자신의 아픈 역경을 이겨낸 것을 바탕으로 새로운 도전과 미래에 대한 의지를 작품으로 보여주고 있다. 작품 「두 번째 인생」에서 새로운 향기를 기다리는 고통 이후의 순간을 "앞만 보고 달려오던 삼십

대/희망을 잃고/늪에 빠져 허우적거리던 때가 있었다//어둠의 터널은 너무도 길었는데//어느 날 창문을 열었더니/맑은 햇살이 신의 손처럼/내 손을 따뜻하게 잡아 주었다//겨울이 길면 봄꽃의 향기가 진하다."라고 함으로 의지의 순간을 말해준다. 어려웠던 고난의 순간을 이겨내고 "맑은 햇살이 신의 손처럼" 붙들어 주었던 정감 역시 시인의 긍정적인 영역을 확대하고 있다.

끝으로 이복래 시인의 정신적 범주를 살펴볼 수 있는 「정점(頂點)」에서 시인의 일상의 문제가 무엇인가를 찾을 수 있다.

비우고 — 비우고 — 비우고 — 비우고 — 비우고 — 비우고

남은 건,

가장 높은 빈 점 하나.

— 「정점(頂點)」 전문

이복래 시인의 고독은 역시 삶이라는 시점에 멈추어 있으면서 비움이라는 무(無)의 자아(自我) 속으로 다가가 있음을 본다. 이 비움 속에는 자연이나 계절은 물론 시인 자신의 고독이나 생존의 모든 삶의 일상이 다 비움이라는 명제에서 많은 작품의 정신이 나타나고 있다.

"비우고"를 반복하면서 다 비우고 나니 "남는 건" 무엇인가. "가장 높은 빈 점 하나"라는 비움의 철학을 보여주고 있다. 소유에서 무소유의 세계를 향해 시인의 정서는 하나의 공간을 이루어내고자 한다.

오늘날 인간이 살아가는 세상은 소유욕에 가득 차 있다. 소유의 경쟁시대에 살고 있다. 이복래 시인의 비움의 철학은 오늘날 시대에 대한 도전이다. 자신으로 회귀하여 돌아보았을 때 결국 비움이라는 인간 본성의 세계

로 돌아가고 있음을 감지한다.

시인의 작품이 내포하고 있는 본래의 모습은 삶이라는 현실 앞에서 자신을 되돌아보고 자연의 현상에서 일치점을 찾아내어 하나의 동일성을 향하여 나아가는 길이다. 그 동일성이라는 것이 시인 자신을 본성으로 되돌려 놓는 길임을 많은 작품에서 실토하고 있다.

오늘날 현대시가 추구하는 본래 모습 역시 이러한 인간 자체의 본성으로 향하는 길임을 말해주고 있다. 현대라는 시대적인 상황이 인간 본래 모습을 상실하는 시대, 인간성을 말살하는 시대적 상황을 뒤돌아볼 때, 이복래 시인이 찾아 나서는 시적 감성을 높이 평가해야 할 것이다.

시인의 시 「어디로 가야 하나」를 끝맺음으로 보고자 한다.

우거진 아파트 숲
몰려가고 몰려오는 사람들
개미 떼
개미 떼처럼

찌든 음식 때 묻은 바퀴벌레도 있겠다

눈을 뜨면
매일 마주치는
전봇대

아, 나는 어디로 가야 하나.

긍정적 언어 기법의 새로운 화두

— 이우돈, 『그림자』

오늘날 시의 화두는 현대라는 시점에서 그 현대를 어떤 관점에서 찾느냐 하는 문제의식에서부터 비롯되고 있다. 물질문명이 날로 발전하여 인간의 의식 자체를 황폐화하는 단계에 돌입해 있는 이 시대에 무엇을 위하여 인간이 존재하느냐에 대한 반문이 요구되고 있다.

문학이 추구하는 사고의 영역도 이러한 인간 삶의 근원적인 문제의식에서 비롯되고 있다고 해도 과언이 아니다. 자신을 되돌아보고 자신이 존재하는 환경의 범주에서 나란 무엇인가라는 과제에 집착해볼 시점에 서 있다. 그래서 오늘날 인간 사회에서는 자신을 되돌아보게 하는 절대자에 대한 자신만의 신념을 찾아 이를 정신적인 기틀로 삼아가고 있다.

이우돈 시인의 시집 『그림자』에서 37편의 연작시 「당신은」에 나타난 시인의 명제는 시인 자신의 마음속에 잠재해 있으며, 자신을 위해주는 절대자 "당신"에 대한 추앙이며 신앙의 대상이 되고 있다.

오늘날 인간 삶의 일상은 사회와의 공존 속에서 서로가 결속하고 서로가 의지하며 살아가는 현실이기 때문에 자신만의 소유욕이나 자신만의 욕망만으로 생존하기 어려운 상황이다. 이러한 상황을 타개하고 서로가 사랑하며 살아가는 인간의 의지는 상호관계 속에서 이루어진다.

어쩌면 이우돈은 이러한 의지를 마음속에 정착한 "당신"이라는 절대자에 대한 절대 믿음에서 자신이라는 존재를 맡겨가고 있다. 작품 37편에서 '미소' 짓고, '눈물' 흘리고, '사랑'을 고백하고, '음성'을 들려주고, 자신에게 '속삭'이기도 하고 '어깨'를 다독이기도 하며, 조용히 '바라보는' 당신의 많은 모습에서 스스로 자신을 찾아가기도 하는 것이다. 그렇다면 시인의 작품 연작시 「당신은」의 '당신'은 누구인가. 미소와 사랑과 음성을 들려주시는 당신은 누구인가. 작품 「당신은 13」「당신은 19」「당신은 32」에서 그 구체적인 대상에 대한 모습을 볼 수 있다.

> 폭포수가 쏟아지듯 한
> 통성기도 소리가
> 기적처럼 멈추더니
> 고요한
> 바닷가에 내가 서 있습니다.
> 수평선에서부터
> 골고다 언덕 위 피 묻은
> 십자가
> 내게로 다가오고
> 십자가 뒤에 서서
> 가시 면류관 쓰시고
> 철없는 나를 보며 울고 계신
> 당신.
>
> — 「당신은 13」 전문

> 길 건너 마을 어귀
> 조그만 십자가 위에서

　　　　　　　　　　　　　　文학의 미적 담론과 시학

쓸쓸히 미소 짓는
당신.

　　　　　　　　　　　　　　　— 「당신은 19」 부분

나도
이제 포기하려 할 때
십자가에
못 박힌 채
소리 없는 눈물만 흘리시는
당신.

　　　　　　　　　　　　　　　— 「당신은 32」 부분

　모든 작품의 끝 행 부분에서 '당신'의 게시가 표정이나 행동으로 자신을 암시하고 자신을 일깨워 주는 절대자가 바로 예수 그리스도이신 것이다. 바로 이 연작시는 예수 그리스도의 사랑과 미소가 시인의 마음속에 정착해 있음으로 자신을 구원하고 자신을 모든 고난으로부터 일깨워주신다는 긍정적인 화답을 시인은 믿음 속에서 스스로를 찾아가고 있다.

　"골고다 언덕 위 피 묻은/십자가/내게로 다가오고/십자가 뒤에 서서/가시 면류관 쓰시고"(「당신은 13」) "조그만 십자가 위에서"(「당신은 19」) "십자가에/못 박힌 채"(「당신은 32」) 울고 계시고 미소 지으시고, 눈물 흘리시는 예수 그리스도의 모습이 바로 시인의 믿음과 사랑의 정신으로 작품에 구현되고 있다.

　이우돈 시인은 예수님에 대한 신앙심이 자신의 정신적인 지주로서 모든 자신의 행위에서 스스로 '당신=예수님'의 일깨움으로부터 자신을 지탱하고 있음을 볼 수 있다.

　특히 연작시 「당신은」의 모든 작품에서 작품의 끝 행 부분에 "미소 지으시는(바라보시는) 당신' '음성을 들려주시는(속삭이시는, 물으시는) 당신'

'눈물 흘리시는 당신' '사랑한다 고백하는 당신' 등 당신이 자신에게 행하는 사랑의 징표로 글 마무리를 하고 있음도 '당신'에 대한 절대적인 심정과 시인의 정신적 일면이 긍정적인 시어로 자신을 되돌아보게 한다.

이러한 면에서 이우돈 시인의 신앙적인 고백을 되돌려 새로운 모습을 보여준 작품으로, 자신의 모든 행위가 당신이 바라보고 계시다는, 정신적인 면면을 스스로 일깨워주는 작품임을 알 수 있다.

이우돈 시인이 간직한 사랑법은 하나가 되는 정서적인 영감의 조화를 이루고 있다. 나와 너와의 관계에서 일탈하지 않고 기다림의 미학을 누리려는 것이다. 시인의 사랑은 자연의 내면에서 충동되는 바라봄에서 오는 강한 이미지의 영감이고 정서로 나타난다.

> 손때 묻은 파도를
> 몰고 오는 수평선 너머
> 또 다른 바다에서부터
> 발 없는 소리들
> 소금 내음에 묻혀 온 모래밭
> 둘이 남긴 발자욱
> 말없이 지우는 바다
> 사랑은
> 바다 같아라
> 우리네 살아가다가
> 때때로
> 얼룩진 흔적도
> 바다같이 말없이 지우는
> 사랑은
> 바람 불고 비 내려도 여전히
> 아픈 기억들 지우는
> 바다 같아라

묵은 그리움 기다리는
바다 같아라.

—「사랑법—그 네 번째」 전문

'사랑'과 '바다'의 함수 관계는 넓고 넓은 흔적의 한 폭의 수채화와 같이 비유될까. 시인의 사랑법에서 관계를 이루는 요인은 자연이라는 거대한 모습이다. 시인의 「사랑법—그 첫 번째」에 밤과 섬진강 모래톱, 물결, 바람소리, 빗물, 낙엽 등의 시어가 주는 정감에서 자신의 행동반경을 일구어 내면서 '맞으러 집으로 간다'라는 서사적인 사랑법을 나타내고 있으며, 「사랑법—그 두 번째」에서는 빈 들녘, 빗물, 수채화 같은 그늘, 달빛, 구름 등으로 사랑의 서사를 진행시키고 있다. 이러한 사랑의 도구 속에서 "너 떠난 자리 너 떠난 자리/여전히 수줍은 구름 속 낮 달 되리라,"라고 함으로 자연의 한 무리에 귀속시키고 있다.

작품 「사랑법—그 세 번째」에서는 사랑의 정의를 구체화하고 있다.

서로 사랑한다는 것은
나에게는
없는 것까지
그에게 주고 싶은 것.
우리가
정말 사랑한다는 것은
세상에서 나를 지워낸 후
아름답게 그를 그린다는 것.

사랑은 미워하지 않습니다
사랑은 절망하지 않습니다
사랑은 아파하지 않습니다
사랑은

그가 원하지 않아도
　　별 밤 지새인 후
　　아침 이슬마냥 창틈으로
　　그가 일어나는 것을 지켜보는 것
　　　　　　　　　　　　　　—「사랑법—그 세 번째」 부분

　이 작품에서 보듯 시인은 사랑의 정의를 구체화함으로 사랑에 대한 절대적인 의미 부여를 하고 있다. '미워하지 않고' '절망하지 않고' '아파하지 않고' 지켜보는 것이 사랑임을 입증하는 함축미는 시인이 지녔던 '당신'이라는 절대적인 명제와 함께 시인의 정신적인 철학이며 미학적인 의미 부여를 할 수 있다고 하겠다.

　사랑이라는 이미지 자체에 대한 시적 감성에서 자연이라는 함수를 공유함으로 넓고 큰 사랑의 요인을 느낄 수 있으며, 보다 광폭의 의미 부여를 통하여 무한한 뜻을 지닐 수 있다.

　　사랑은
　　바람 불고 비 내려도 여전히
　　아픈 기억들 지우는
　　바다 같아라
　　묵은 그리움 기다리는
　　바다 같아라.
　　　　　　　　　　　　　　—「사랑법—그 네 번째」 부분

　여기서 '바다'라는 의미 부여를 한 것도 사랑의 진폭을 비유하는 것으로, 이우돈 시인에게서 볼 수 있는 통일된 언어 영감의 동일성이라고 할 것이다. "사랑은/바람 불고 비 내려도 여전히/아픈 기억들 지우는/바다 같아라"에서 사랑의 감성이 고난을 이겨내는 넓은 바다 같은 존재임을 새롭게 인지하고 있다.

　이상에서 이우돈 시인의 작품에서 나타나는 몇 가지 특징을 살펴보았다. 이우돈 시인은 자신의 개성을 잘 살려서 이미지의 언어적인 색채도 일반적이면서 자신만이 지닌 기법 속에서 시작품의 새로운 일면을 시도하고 있기도 하다. 특히 신앙적인 작품의 구도는 자칫 어려운 면을 지닐 수도 있지만 이우돈 시인은 이러한 일면을 시인 자신만의 은유적인 기법으로 작품을 형상화하고 있다.

　시집『그림자』에서 신앙과 자연, 그리고 생활이라는 함수를 적절하게 결합시킴으로 폭넓은 시적 이미지를 보여주고 있음은 시인만의 특징이라고 하겠으며, 사랑과 자연의 연결과 결합에서도 이우돈 시인이 보여준 강한 통찰력의 결과라고 보아 현대시의 새로운 면을 보여주고 있다.

　앞으로 보다 많은 작품의 세계를 계속 보여주길 기대한다.

폭넓은 교감의 세계 접근법
— 홍지은, 『숨바꼭질』

1

현대라는 시대적인 양상은 예술의 세계를 다양성과 복잡성으로 합성시켜가고 있는 퍽 민감한 일상 속에 있음을 직감해야 한다. 미술이나 음악은 물론 인간의 삶의 요소에도 과거와 같은 창작의 기법이나 표현의 정의를 찾기란 어렵다. 디지털 기술의 틀 속으로 잠적되어가는 인간의 정서나 영감이 특수한 예술을 탄생시키고 있는 것이다.

발표되는 많은 작품을 읽으면서 현대시 작품의 언어 발상은 물론 기법이나 영감, 정서도 역시 디지털 미디어에 동화되는 실험성이 강한 반전의 작품을 보게 되고, 시작품이 지니는 원천적인 일상 속에서 시인의 심상을 함축하여 보여주는 강한 이미지의 작품도 읽게 된다. 변화의 시대를 살아가는 시대적인 고뇌라 할 것이다.

이러한 시대적인 흐름 속에서도 홍지은 시인이 그의 작품에서 보여주는 일상적인 삶의 영역에 잠재되어 있는 강한 인상은 자신의 내면에서 분출되는 욕구가 크다. 어떠한 소재에 대한 정서적인 감각이 예리하게 그 내면

문학의 미적 담론과 시학

의 이미지와의 절충을 시도하고 있음이다. 홍지은 시인의 제1시집『삶이 가시가 돋아』에서 보여준 "전체적으로 존재와 삶의 밝고 어둠 속에서 분출하는 감정을 표출하지 않고 다독거리며 자신을 치유하려는 내밀한 경험을 통하여 조심스럽게 음미하려는 시인이다."(곽문환의 '작품 해설'에서)라는 지적과 같이 이번『숨바꼭질』에서도 이러한 작품의 세계를 읽을 수 있다.

2

홍지은 시인의 언어가 내포하는 감각은 생경하지 않아 그 이미지가 더욱 친근하게 와닿는다. 문명이 가져다준 문제에 대하여 인간에게 다가온 삶의 흐트러짐의 강도를 보여준 작품과 문명의 혜택이 삶의 강도를 높여준 작품을 홍지은 시인은 일상의 생활과의 밀접한 관계설정으로 우리에게 접근하고 있다. 다음 작품「건망증」은 인터넷이나 스마트폰에 의한 디지털 기술의 도전 속에 현대를 살아가는 인간에게 보내는 강도 높은 메시지라 하여도 될 것이다.

(1)
한 고비 돌아야 하는 일상을 자욱한 안개가 스쳐간다. 산을 넘는 흐름에 익숙해져야, 사진을 전송하고 전화번호를 대신 외워주는 괴물을 잃어버리는 날 기억력은 온통 정지된 채,

(2)
포토샵, 컴퓨터에 창 하나 띄워 놓고 이미지를 데려온다. 마땅한 자르기 어디서 불러야 하나. 어렵게 메뉴를 찾아 꾸미기 이젠 저장하는 법을, 조금 바뀌어 시간을 헤맸다. 뇌세포 입력이 더딘 세월 속으로.

(3)

　생각을 교환하는 시대가 왔다.

　요즘 마을 주소를 증산로 15길 35-10.

　새로운 암기법은 빨리 떠오르지 않고 신사2동 140의 1번지 머리에 박
힌 고유한 번지를 잃어가는 디지털, 영원히 내 집을 못 찾을지도 모를 어
둠 속을 헤매다 안개가 걷히면 새로움을 만나기 위한 하루를 건진다.

　위의 작품에서 시인은 현대인의 생활에 깊숙이 침투한 디지털 미디어에
의한 기억의 상실과 정지되는 현실을 지적하고 있다. 시인은 인간과 기계
문명의 극대화에 의한 인간 상실의 저변에서 오는 문제의식을 (1) '전화번
호를 대신 외워주는 괴물을 잃어버리는 날'='기억력은 온통 정지된 상태'
로 된 현실, (2) '포토샵, 컴퓨터에 창 하나 띄워 놓고 이미지를 데려온다'
는 현실, 나의 이미지가 아닌 디지털에 의한 이미지로의 후퇴, 그래서 '뇌
세포 입력이 더딘 세월 속으로.' 잠겨 있음을 자각한다. (3) '생각을 교환하
는 시대가 왔다.'고 호소하는 시인은 '새로운 암기법은 빨리 떠오르지 않
고' '머리에 박힌 고유한 번지를 잃어가는 디지털,'에 의해 '영원히 내 집을
못 찾을지도 모를 어둠 속을 헤매다'가 안개가 걷히기를 기다려 새로움의
하루를 건지려는 욕망으로 맺음한다.

　시대의 흐름을 지극히 명료한 심상으로 그려준 이 작품은 한 시대가 지
니는 역사적 상황의 질곡을 지적하여 주고 있으며, 나날이 발전해 가는 디
지털 미디어에서 오는 미래에 대한 조망인지도 모른다.

　홍지은 시인은 오늘이라는 시대에 살아가는 많은 인간에게 편리성과 소
통의 속도를 빠르게 가져다주는 디지털 문명과 이에 만족하는 인간의 일
상에서 스스로 망각되어 가는 인간 자신의 허울을 지적하고 있다.

　이러한 인간과 기계문명의 생활화에서 보여지는 계열의 작품으로 인간
상실보다 인간에 긍정적인 영향을 일상에 가져다주는 「김치 냉장고」「압

력 밥솥」「지하철 소고」「안전벨트」등의 작품을 통하여 얻어지는 공감을
제시하고 있다.

> 기후변화 끄떡없이
> 맛을 내고
> 주방에 자리 잡은 인정
>
> — 「김치 냉장고」 부분

> 한 세상 숨 가쁘게 달려온
> 부글거리는 속내 뚜껑이 열릴 만한데
> 살아가면서 잦아드는 숨소리
> 젊음의 심장을 쓰다듬던 그 좋은 기적소리
> 어디로 갔을까.
>
> — 「압력 밥솥」 부분

> 설레는 날이
> 이별일 수 없었던
> 그 길에서
> 우리는 어찌하여 길을 잃게 되었을까
>
> 폐품에 싣듯
> 떠밀려 오른 무표정한 꿈을
> 황급히 태우고 가는
> 출근길 괴물덩어리.
>
> — 「지하철 소고」 부분

> 골고다의 상흔으로
> 너희를 구했노라는
> 하늘에의 길에.
>
> — 「안전벨트」 부분

위의 네 편의 작품에서 보듯 시인은 기계문명이 가져다주는 "인정"과 "좋은 기적소리" 그리고 "황급히 태우고 가는/출근길 괴물덩어리"와 낯선 길을 안내하는 안전벨트에 의해 "너희를 구했노라"는 "하늘의 길"을 제시하는 기계문명의 혜택도 시인의 영감에서는 떠날 수가 없다.

삶의 편리성과 맞물려 인간의 의식변환과 정신적 고갈의 상태가 어떤 방향으로 나아갈지에 대한 갈등이 있다. 생활 속에 스며드는 기계화에 따른 삶의 공간이 주는 미지의 상황을 '하늘의 길'에 시인은 맡겨두고 있다.

이러한 몇 작품에서 보여지듯 망각의 상태로 일상을 받아들이는 생활의 소통이라는 긴요한 문명이 때로는 인간 상실의 또 다른 고뇌의 대상이 되기도 하고, 인간에게 무한한 안전의 대상이 되기도 한다는 또 다른 시적 감성을 홍지은 시인은 보여주고 있다.

3

홍지은 시인의 작품에서 자연과의 교감과 사랑에 의한 강한 심상을 읽을 수 있다. 그 자연에 내재한 영상을 찾아 삶의 일상과 접근하는 작품과 여성적인 섬세한 감성과 정서로 가족이라는 사랑의 바탕을 자상하게 보여주고 있다.

시인의 자연과의 교감은 그 정서의 폭을 넓히면서 공감의 영역을 상호 절충하여 이미지의 확충을 찾아 나서고 있다. 특히 많은 자연의 대상물 가운데 꽃이 지니는 내면의 영감을 폭넓은 은유의 세계로 끌어들이면서 작품의 윤곽을 넓혀간다. 다음 작품 「꽃 무덤」에서 페르소나의 톤은 동일성을 유지하면서 서로를 응시한다.

문학의 미적 담론과 시학

영원히 만나지 못하는
언제나 평행선상으로

가을볕에 말라가는
남아 있는 말들을
되뇌이어야 하나

편지 한 줄 쓰지 못한 채
짓무른 아픔이
머물다 가는 길

뇌까려 보아도
언제나 세상을 버리고
멀어지는 하늘

차라리
바람을 부여잡고
부풀어 오른 노래는

　　　　　　　　　　　　　　　　　—「꽃 무덤」 전문

　이 작품의 부제는 "상사화"이다. 상사화(相思花)는 '꽃과 잎이 서로 등져서 보지 못하므로 서로 그리워한다'고 하여 상사화라는 이름이 붙었다는 이야기가 있다. 시인은 이러한 꽃 이름이 지닌 영감을 찾아 시인과 시적 화자가 상호 교감하면서 상사의 이미지를 찾고 있다. "영원히 만나지 못하는/언제나 평행선상으로//가을볕에 말라가는/남아 있는 말들을/되뇌이어야 하나" 아픈 심상을 상사화의 페르소나에 의해 자신을 돌아보려 한다. 그러다가 시인은 "편지 한 줄 쓰지 못한 채/짓무른 아픔이/머물다 가는 길"로 자신을 돌아본다.

상사화 꽃이 가져다준 영감의 이미지와 시인이 공유하는 정감이 교차하여 상호 상상적인 공간을 해체하여 꽃말을 교감한다.

> 촌스런 계집애처럼
> 수선을 떨며
> 뾰조름 내민 수줍은 얼굴은
> …(중략)…
> 서걱거리는 치마폭 담아낸 속내
> 숨죽이고 일어서는 아침 같은
> 생큼한 파꽃.
>
> ―「파꽃」 부분

> 참았던 혼잣말
> 뿜어낸다.
>
> ―「서리꽃」 부분

위의 작품에서 보듯 시인은 하나의 꽃에서 생명체를 동반하면서 내면으로부터 분출하는 영감을 찾아 자신으로 돌아온다. 파꽃과 서리꽃에서 동조되는 영감은 스스로 꽃 자체의 중심에 머문 형상과 함께 감성을 부풀어 올린다.

오늘날 많은 시인들의 작품에서 자연에 존재하는 영상적인 사물을 대하였을 때 시인은 그 영상과 함께 동질의 이미지를 교감하려는 것이다. 그러한 가운데 자연에 존속된 영상물은 그 자체가 존립하면서 시인에 의해 새로움의 정서적인 사물을 재생시키는 것이다.

홍지은 시인의 작품에서 나타나는 사물과 공유하는 영감의 함축은 바로 이러한 특성을 잘 나타내고 있다.

홍지은 시인의 「아욱국을 끓이며」 「조리대 앞에서」 「간고등어」 「고들빼기」「어머니」「형님 내외」 등의 작품에서 여성이라는 화자의 입지에 공감하는 세계, 그리고 생활의 단면을 적절하게 묘사하여 하나의 사물에 접근하고 있다.

바람결에 눌러앉아
뿌리 내린

움킨 마음 속
태양을 채워가며

진실하게 살아온
고뇌

가을볕
살강대는 바람에 헹궈

새콤달콤하게 버무린 삶
맛깔스레 돋는다.

— 「고들빼기」 전문

1연에서 3연까지는 고들빼기의 형상을 의인화하여 "진실하게 살아온/고뇌"의 삶을 비유하고 있다. 그러나 이러한 고뇌의 형상을 "가을볕/살강대는 바람에 헹궈"서 모든 고뇌를 마무리하고 "새콤달콤하게 버무린 삶/맛깔스레 돋는다."는 긍정적인 고들빼기 스스로의 페르소나로 이미지화시킨다. 여성만이 지닐 수 있는 감각적인 자각으로 생활의 단면을 형상화시킨다.

시인은 이러한 형상과 같이 모든 사물의 시적 함축은 시인과 그 사물의 대칭 속에서 하나가 되도록 동일성의 원리에 입각하여 조립되고 있다. 그것은 시인이 시에 접근하는 언어 감각은 물론 그 사물을 비유하는 영상적인 이미지의 특성을 누구보다도 면밀하게 조형하기 때문이다.

시작품 「어머니」 「형님 내외」 등과 같이 "마음 한 자락/속내 비벼댈 수 없었던/적삼 속에 스며드는 눈물 자욱"(「어머니」)과 "봄을 가득 채운 들녘에서/냉이를 캤다//조물조물 무친 이야기/향기로 다가오는데"(「형님 내외」) 등에서 보듯 여성의 감각을 가장 특유한 감성으로 가족 간 사랑의 입지를 조형시킨다. 홍지은 시인의 자연 교감과 여성적인 감성과 사랑은 직감적인 감성에 의해 많은 작품에서 보여주는 시인만의 특징을 지니고 있다.

4

이상에서 홍지은 시인의 시작품에 나타난 특징과 감성, 그리고 시를 조형할 수 있는 시인만의 언어 감각을 조감하여 보았다. 시인의 시작품을 통하여 본 해설적인 차원에서, 한 편 한 편의 작품이 지니는 문학적 감수성은 결국 우리 시문학에 또 다른 특성을 보여준다고 할 것이다.

오늘날 현대시가 지향하는 많은 요인들 속에서 홍지은 시인이 보여준 디지털 미디어에 의한 영상과 영감이 기계문명의 도전과 이에 대한 활용의 기대치가 어떤가를 보여주었다. 그리고 감성과 자연이 주는 인간 정신의 정서적인 접근은 물론 여성적인 감성의 조율에 의해 나타나는 시적 영감과 형상에 따르는 사랑의 소통 등 또 다른 시의 세계를 조명하고 있다.

홍지은 시인의 폭넓은 시의 흐름이 원활하게 소통하여 또 다른 많은 특성을 보여줄 것을 기대한다.

　　　　　　　　　　　　　　　　　文学의 미적 담론과 시학

순수한 정감과 삶의 이상향

— 정영수, 『잃어버린 기억 門에 걸려 있다』

1

정영수 시인의 시집 『잃어버린 기억 門에 걸려 있다』에서는 현대시가 나아가고 있는 인간 삶의 현장으로부터 파생될 수 있는 절대적인 명제가 무엇인가, 그 명제를 풀어가는 사유의 덕목은 무엇인가, 라는 문제 제기에서 비롯되고 있음을 볼 수 있다.

오늘날 현대시는 인간과 우주와 자연의 교차 속에서 머물 수 없는 정점을 찾아 나서는 방랑자의 영역에서 헤매고 있다. 그만큼 현대시가 찾아야 할 핵심 요소가 넓어졌다는 해석이다. 새로운 문명이 가져다준 이기심이 인간의 한계를 넘어서 또 다른 관계를 형성하면서 다른 차원의 세계를 우리들에게 보여주고 있다. 그래서 문학은 인간의 정신적인 모체인 것이다.

정영수 시인의 작품을 분석하면 시인이 추구하는 새로운 피안의 세계를 향해 간절한 소망이 무엇인가 찾아 나서고 있다. 바라보는 나의 삶의 문제에서부터 자연이 주는 내면의 세계에 머물고 있는 우주의 형체에 이르기까지 다양한 문제에 접근하고 있다. 인간이 한 생애를 살아감이란 만유의 법칙에 따라 자신이라는 존재에 대한 문제를 어떻게 찾을 것인가라는 의문에서 비롯되는 것이 삶의 형상이라면, 그 존재가 과연 어디에 머물고 있을 것인가를 찾아 나서는 것도 하나의 생애의 과제이기 때문이다.

　이러한 과제는 시인의 영감 속에 머물러 있는 순수에 접근하여 한 편 한 편 서정의 테두리를 긴장시키고 있다. 다음과 같은 작품에서도 시인이 도달하고 싶은 새로운 세계가 도원이라는 배경을 설정하여 별천지에 도전한다.

　　　　말을 잊은 채 눈을 감고
　　　　웃음으로 징검다리 건너
　　　　양지바른 해변에서
　　　　눈물로 가슴 태우네.

　　　　아름다운 세상을 위하여
　　　　산 넘어 파랑새 꿈을 꾸며
　　　　기약 없이 기다리네

　　　　비탈길에 서서
　　　　오고―
　　　　가고―
　　　　보내고―
　　　　고난한 삶 속에서
　　　　즐거운 일만 생각 키우네

　　　　도원경(桃源境) 같은 세상으로
　　　　온갖 기억 다 잊고
　　　　나 혼자 가네.

　　　　　　　　　　　　　―「도원경(桃源境)」 전문

위의 작품에서 시인이 머물고 있는 세계가 별천지임을 알 수 있다. 말하자면 피안의 세계를 갈구하는 정신을 읽을 수 있다. "말을 잊은 채 눈을 감고/웃음으로 징검다리 건너/양지바른 해변에서/눈물로 가슴 태우네." 시인의 마음이 향하는 아름다운 세상을 위한 자신의 향방을 향한 순수한 자세와 함께 "아름다운 세상을 위하여/산 넘어 파랑새 꿈을 꾸며/기약 없이 기다리네"라는 도원을 향한 정신의 면모를 볼 수 있다. 시인의 이러한 면모를 파악할 수 있는 '웃음' '양지 바른' '아름다운' '파랑새' 등의 맑은 언어의 감성과 '말을 잊은 채' '눈물' '기약 없이'라는 절실한 심정을 나타낸 시어에서 보듯 간절함을 읽을 수 있다.

이 작품에서 시인이 평소에 갈구하는 정신적인 일면을 볼 수 있다는 것은 도원의 세계에 대한 꿈과 자신이 향하는 자세가 무엇인가를 알려주기 때문이다. 그래서 시인은 "비탈길에 서서/오고ー/가고ー/보내고ー/고난한 삶 속에서/즐거운 일만 생각 키우네"에서 과거, 현재, 미래를 살아가고 살아올 삶에서 즐거운 일만 생각하겠다는 강한 의지의 일상이 시인 정신의 일면이다. 그래서 시인 자신은 "도원경(桃源境) 같은 세상으로/온갖 기억 다 잊고/나 혼자 가네." 나란 존재가 혼자 가는 세상이 바로 도원경의 이상향임을 지향하고 있다.

인간 삶의 실상에서 그 삶의 나아가는 길이 무한한 공간의 한계에 대한 시인의 암시가 도원경의 새로운 세계를 지향한다는 자신에 대한 약속을 잘 나타내고 있다.

2

정영수 시인의 계절은 계절의 풍족함만큼 자신을 되돌아보는 여유로움

을 지닌다. 계절은 자연이라는 변화와 함께 인간의 정감을 순수로 끌어낸
다. 그 여유로움과 순수는 자신을 돌아보면서 그 계절과 함께 공유하려는
심상을 읽을 수 있다.

  자연의 큰 틀 속에서 지나가는 계절의 순간을 놓치지 않고 자신으로 회
귀시키려는 시적 정신은 그 계절의 묶음이 갖고 있는 새로운 면모를 찾아
야 한다. 시인은 계절의 이미지에 깊숙이 침잠하여 그 계절이 풍겨내는 향
기는 물론 다른 의미의 미학적인 감성 속으로 자신을 동화시키고 있다.

  정영수 시인이 찾는 시적 영감은 바로 그러한 동화의 세계에 몰입하여
시인 자신의 내면을 얼마나 함축하느냐 하는 문제를 인식하게 한다. 그것
은 바로 동질의 정서와 순수한 심상을 일치하여 하나의 세계를 그려내고
있다.

> 하늘을 밀치고
> 멍든 가슴을 달래야
> 피어나는 목소리였다
>
> 애절한 아픔 손짓해도
> 사랑은 하늘 닮아
> 석양이 되면 별들을 찾는다
>
> 눈(雪) 길 따라
> 제 발로 찾아간 설음은
> 추억에 묻힌 눈물은 나를 위함인가
>
> 눈길 찾아 추억으로 가려는
> 보이지 않는 마음은
> 꽃내음에 취해 포로가 되어 울고

뿌리 없는 연정(戀情)으로 발버둥 치면서
숨기고 싶은 여인을 향해
그림자도 보이지 않는 기억을 찾아
슬픈 전설만 남긴 채 문을 닫는다

웃음보다 울음이 많아
보고 싶어 헤매는 발길들은
잊어버린 추억을 찾아
눈 내리는 풍경에 젖어본다

—「겨울 연정」 전문

시인은 겨울이라는 계절적인 풍광을 바라보면서 그 풍광에서 느껴오는 심상의 언저리를 무언가 찾는 깊은 추억 속으로 자신을 회귀시키고 있다. 시가 내포하는 언어의 미적 감성은 그 언어에 함축된 이미지의 진폭이 어느 정도 공감하느냐 하는 문제가 따른다. 겨울에 느끼는 연정에서 겨울이라는 계절의 공감대를 인식해야 한다.

눈길에 스며드는 시인의 지난 추상은 자신의 마음이라는 순수성에 그 풍경을 그려보는 것이다. 함축된 언어 속에서 겨울 연정은 "피어나는 목소리"가 된다. 무엇인가 찾아 나서는 자신의 내면에는 "잊어버린 추억" 찾아 겨울이라는 계절에 자신을 맡겨버린다. 겨울의 계절과 자신의 잊어버린 추억이 동일시하면서 다른 자아를 공감한다.

이 작품에서 시인이 보여주는 언어적 공감대는 서정의 목소리라는 점이다. 제1연 "하늘을 밀치고/멍든 가슴을 달래야/피어나는 목소리"에서 화자가 바라보는 시점이 자연의 이미지를 환기하는 정서가 신선하면서 주관성이 강하다는 것을 들 수 있다.

정영수 시인은 자연과 계절 등의 이미지에서 시인이라는 자신의 내면과 동일시하면서 새로운 추억의 일면을 조감하고 있다는 점이 특징이라고 할 것이다.

3

정영수 시인의 작품에서 사랑의 폭은 넓다. 오늘날 메말라가는 세상 물정 속에서 사랑이란 무엇보다도 중요한 삶의 철학이 되고 있다. 사랑이란 남녀 간의 사랑은 물론이지만 대상에 대한 강한 집착의 사랑도 잊을 수 없는 사랑이 된다.

시인의 많은 작품에서 나타난 사랑은 남녀만의 사랑의 한계가 아니라 모든 대상에서 나타나는 사랑의 정감을 그려주었다는 점이 중요하다. 사랑이 의미하는 통시적인 동일성에 초점을 맞추면서 폭넓은 사랑의 개념을 찾아 준다.

정영수 시인의 사랑은 작품의 제목에서 보듯 「임의 해후」 「엄마의 사랑」 「영산도 연가」 「겨울 연정」 「열애」 「애련」 「임」 등 다양한 사랑의 미적 감수성을 찾아내고 있다.

영산도 찾아
뻘 길 걸어본다

무녀가 흐느끼듯
바다가 춤을 추고

사랑 나누는 소리에
놀란 어패류
물질하는 해녀의

망태 속으로 들어간다

— 「영산도 연가」 부분

기쁨과 슬픔이
꿈과 추억으로
꽃 속에 묻힌 마음

거울 속 얼굴이
기쁜 미소 지으며
잿빛 하늘 날고

메아리친 목소리
무지개 같은 사랑으로
어항 속에 잠들어본다

신비로운 입맞춤
조용히 흐르는 눈물
가슴만 젖네.

— 「사랑하는 마음」 전문

위의 시 「영산도 연가」와 「사랑하는 마음」에서 보듯 영산도라는 흑산도 근처의 작은 섬에 대한 사랑과 사랑하는 사람에 대한 사랑을 느낄 수 있다. "사랑 나누는 소리"의 바다가 보여주는 이미지의 회화적인 영감과 "거울 속 얼굴이/기쁜 미소 지으며/잿빛 하늘 날고" 있는 사랑의 실상 속에 나타나는 시인의 영감은 퍽 인상적인 감동을 동반한다.

시 「영산도 연가」에서 "무녀가 흐느끼듯/바다가 춤을 추고"에서 바다의 출렁임을 무녀의 춤에 비유하면서 이를 "사랑 나누는 소리에/놀란 어패류/물질하는 해녀의/망태 속으로 들어"가는 동적인 영감에서 한 폭의 회화적인 감각을 그려 볼 수 있다. 시 「사랑하는 마음」에서도 "기쁨과 슬픔이/꿈과 추억으로/꽃 속에 묻힌 마음"으로 느끼는 사랑의 형상을 '기쁨' '슬픔' '꿈' '추억'이라는 감정과 무형의 추상을 도입하는 이미지를 일치시키고 있다.

현대시 작품에서 보여지는 사랑의 강도는 열정이기도 하고, 마음과 마음의 소통이 되기도 한다. 그리고 사랑이라는 정감은 서로를 이해하는 감정적인 통로이기도 하다. 정영수 시인의 사랑은 모든 삶의 대상과의 소통이라는 큰 철학을 지니면서 생활이라는 모체에서 오는 상호 간의 신뢰의 표본이기도 하다.

사랑이라는 언어가 포괄하는 의미 역시 직선적인 사랑의 길과 곡선적인 사랑의 길이 존재함을 시인의 작품에서 감지해야 한다. 시인의 작품 「임」에서 이러한 영상을 찾을 수 있다.

> 마음만 가까이 가지만
> 이야기 나눌 수 없어
> 활활 타는 낙엽에
> 얼굴이 달아오른다
>
> 임을 보는 눈동자
> 새벽이슬 영롱한 눈빛으로
> 맑은 소리로 나를 울리고
>
> 무지개 걷히기 기다리며
> 구름 사이로 엿보는
> 임을 보는 부끄러운 얼굴
>
> 사랑한다 노래하지만
> 우수수 떨어지는 꽃잎은

바람에 날려 허공에 묻히고

쪽배에서 맺어진 사랑놀이
멀리 밀리고 밀리어
파도소리로 빠져드네

—「임」전문

이 작품에서 주목해 볼 시어는 '낙엽' '눈빛' '얼굴' '꽃잎' '허공' '쪽배' '파도소리'로, 각각의 '낙엽'과 '꽃잎'의 식물성과 '눈빛' '얼굴'의 실상을 바라보는 사람, '쪽배' '파도소리'가 주는 바다 이미지의 연결 관계를 조화시키고 있다. 이러한 조화로움이 보여주는 상황은 '임'이라는 존재감으로 다져진다. 각 연의 말미가 주는 의미 역시 '달아오른다' '나를 울리고' '부끄러운 얼굴' '묻히고' '빠져드네'에서 동적인 강한 이미지의 틀 속으로 화자는 빠져들고 있다.

작품 「임」에서 화자가 그려주는 이미지의 연속성에서 서사적인 절실함과 함께 동화되는 기법으로 임에 대한 간절함이 나타난다.

현대시에서 시어와 시어의 연결 의미에서 그 내면의 의미 축을 찾아보면 작품이 내포하고 있는 폭넓은 시적 감동을 받을 수 있다는 것은 그만큼 현대시가 함축하고 있는 수사의 진폭이 넓기 때문이다.

4

정영수 시인의 작품에 나타난 몇 가지의 특징을 찾아보았다. 이러한 몇 가지의 특징 이외에 작품 「광장」 「피안으로 가는 길」에서 한 시대의 흐름의 면모와 육신과 영혼의 길을 찾아 나서는 서사적인 작품의 새로움도 정

시인의 또 다른 실험적인 요인이라고 할 것이다.

작품 「광장」에서 "시계가 배를 채우면/광장에 찬이슬이 내려/고추잠자리 죽을 때/역사는 새벽이슬이 새롭게 내린다"와 같이 과거 우리가 어려울 때의 한 시대가 지나간 현실을 서사적 형식으로 그려주고 있다. 작품 「피안으로 가는 길」은 시인의 종교적인 사관을 주는 작품으로 이 작품 이외에 몇 편을 볼 수 있다. "불법(佛法)을 찾아 나에게 법을 구하고/나를 놓아 놓고/끊는 것이/나를 찾는 길이요/나를 태워 깨달음 준다면/보시(布施)하여 업보(業報)의 밑거름 되리" 불법에서 나를 찾는 시인의 정신의 일면을 볼 수 있다.

현대시에서 많은 서정적인 자아의 통찰보다 형상적인 요소에 대한 집착이 강해지는 오늘날, 정영수 시인이 보여준 작품의 가치는 시인의 순수한 정감과 하나의 소재에 대한 강한 내면의 요인에서 찾는 사고의 생명력을 볼 수 있다는 점이 강점이라 할 것이다.

"심상이 가지고 있는 지각상의 여러 성질이 종래에는 지나치게 중요시되고 있다. 심상에 효과를 주는 것은 심상의 생생한 느낌보다도 감각에 특수하게 연결되어 있는 정신적인 사건으로서의 심상의 성격이다. 심상의 효과는 심상이 감각의 유물이며, 감각의 표상이라고 하는 것으로부터 생긴다."라는 I.A. 리처즈(I.A. Richards)의 어록을 제시하며 해설을 끝낸다.

생명력의 사계와 현실적 고뇌

— 홍옥경, 『그리운 풍경 하나』

오늘날 우리의 현대시가 찾아가는 시적 영감은 다양하다. 인간의 삶의 모든 부분을 시적 영상으로 표현하다 보니 그 현상에 대한 서사적인 묘사까지 곁들여지는 경우가 많다. 이러한 시창작의 환경은 문명과 물질이 인간에게 끼치는 영향이 크기 때문이라고 할 것이다.

홍옥경 시인의 작품에서 더욱 돋보이는 것은 서정적인 정감에서 그 대상이 품고 있는 내면의 이미지에 대한 통찰이라고 하겠다. 특히 삶의 환경이나 자연과 교감할 수 있는 모든 대상에서 자신이라는 존재를 인식하고 그 대상의 내면에 깊숙이 간직한 정서를 새로운 이미지의 언어로 환원하는 것이다.

시인의 작품에서 봄, 여름, 가을, 겨울이라는 사계에 대한 작품이 많은 점도 사계가 지닌 정밀한 감각이 서정이라는 정서와 함께 계절의 느낌을 공유하고 싶은 시인의 정감이 깃들고 있기 때문이다. 사계가 지닌 자연의 조화로움은 어느 시인에게나 시적 영감의 대상이 되어 왔다. 홍옥경 시인의 시집 『그리운 풍경 하나』에서도 사계에 대한 영감은 그 계절이 지닌 은

밀한 세계를 찾고 그 내면에 안고 있는 무한한 존재와 철학적 화두를 찾아 은은한 대화를 시도하고 있다는 점이다.

시인은 사계에서 생명의 새로운 변화의 과정을 보면서 그 사계가 품고 있는 계절적인 변화가 무엇에서 오는가를 탐색하기도 한다. 사계의 생명력은 인간이 품고 있는 정감의 변화와 함께 새로운 환경을 감지하면서 또 다른 우주의 형상을 탄생하기도 한다. 홍옥경 시인은 이러한 사계가 안고 있는 세계 속으로 깊숙이 들어가 그들만이 지닌 세계에서 인간의 감성을 조화롭게 채색하기도 한다.

다음 작품에서 봄의 사랑과 생명의 음성을 들을 수 있다.

> 봄은 사랑이다
> 겨울 동안 꽁꽁 묶였던 목숨들
> 저마다의 체온으로
> 인연의 끈 당겨
> 너에게로 안긴
> 성스런 탄생
>
> 사랑이 눈부신 것은
> 새로운 또 하나의
> 생명이 있기 때문이다.
>
> ― 「봄의 미학」 전문

시인은 서두에서 "봄은 사랑"임을 입증한다. 그리고 끝 행에서 "생명이 있기 때문"임을 증명한다. 봄은 사랑으로 이루어지며 "저마다의 체온"과 "인연의 끈"으로 당겨져 '너'에게로 안긴 "성스런 탄생"은 무엇을 의미하는가. 그것은 생명이다. 모든 생명력이 삶의 모습을 감추었던 겨울이라는 환경을 지나 새로운 생명력을 보여주는 봄이라는 계절의 정감은 시인에게는

사랑이며, 인연의 끈과 함께 우주에 새롭게 탄생하는 생명의 존엄을 보여
준 작품이라고 할 것이다.

　시인은 봄의 전령이 "사랑이 눈부신 것은/새로운 또 하나의/생명이 있기
때문이다"라는 긍정의 언어 감성 속에서 "새로운 또 하나의" "생명"임을
입증하는 것은 4계가 주는 인간 삶의 지속력이 얼마나 강인한가를 보여주
는 계기가 되고 있다. 이러한 봄이 오는 계절의 감각을 좀 더 구체적으로
공감할 수 있는 작품 「봄」에서 또 다른 생명을 보게 된다.

　　　여린 줄기 하나
　　　가늘게 떨면서
　　　세상 밖을 본다.

　　　낮은 햇살로
　　　비밀스런
　　　눈꼽을 털면서
　　　생의 변두리에
　　　변변치 못한
　　　터를 잡는다.

　　　연록의 색깔들이
　　　점점 자리를 넓혀가고
　　　언 땅 녹는
　　　물소리 커지면서
　　　봉긋한 꽃들의 화음이
　　　어우러지기 시작한다.

　　　꽃잎들이 타오른다.
　　　얼 띤 내 삶도
　　　열꽃을 돋운다.

봄, 동백의 숲이 수상하다.

—「봄」 전문

봄의 전령은 인간 삶의 현상으로 그 모태를 잡는다. 새로운 생명력은 "여린 줄기 하나/가늘게 떨면서/세상 밖을 본다." 봄의 생명력은 "여린 줄기"가 얼었던 땅을 박차고 생명의 모습을 보이는 봄의 화신으로 세상을 바라본다. 생명이 숨겨졌던 공허의 땅에서 봄이라는 계절에 의해 여린 줄기가 나타났을 때, 화자는 자아와 봄이라는 생명 탄생의 세계와 만남이라는 현상의 체험이 공존성을 갖고 있음을 본다.

그래서 "낮은 햇살로/비밀스런/눈꼽을 털면서/생의 변두리에/변변치 못한/터를 잡는다."고 함으로 그 '터'는 생명의 활력소로 충전하면서 동화되기 시작한다. 동화의 폭은 넓어져 "연록의 색깔들이/점점 자리를 넓혀가고/언 땅 녹는/물소리 커지면서/봉긋한 꽃들의 화음이/어우러지기 시작"하면서 이미지의 진폭은 넓어져 봄이라는 자연이 화자인 시인의 존재와 동일성을 지니면서 "얼 띤 내 삶도/열꽃을 돋우"면서 시인과 동화되고 있음을 본다.

홍옥경 시인의 사계의 봄에서 보듯 시인의 사계는 계절이라는 일체와 시인이 지닌 인식의 관계 정립이 사계가 품고 있는 정서와 공감에서 나타나는 현상이라고 보면 될 것이다. 시인의 사계에 대한 작품에서 봄의 작품으로 「생각 뒤에 오는 생각」 「봄비」 「나비」 「연륜」 「낙화」 「목련지다」 「봄은」 「봄나무」 「봄을 타는 여자」 등이며, 가을의 작품으로 「가을 소리」 「낙엽」 「가을비」 등, 겨울의 작품으로 「초겨울 비」 「첫눈 내리는 날」 「초겨울 근처」 등 많은 작품이 사계에 대한 새로운 생명력을 공감하고 있다.

홍옥경 시인의 작품에서 이러한 사계라는 자연과의 동일성과 정서의 세계를 보여준 반면 세상 살아감에서 오는 삶의 현장에 대한 일면의 강한 비평의식을 볼 수 있다. 이러한 작품으로 「골목길에서 등 굽은 하루를 만나다」가 있다. "매일 새벽 다섯 시쯤이면/골목길을 누비는 골판지 실은 수레소리/하루를 채워 갈 노동의 변이다……/생명줄, 리어커 한 대/등 굽은 일흔 살 할머니의 하루가/또다시/어제의 골목길을 누비고 있다."에서 오늘의 시대적인 현상을 보여주고 있다. 일흔 살 할머니에 대한 노동력이 이 사회의 새로운 복지의 화두로 시인은 고발하고 싶은 것일까.

인간의 수명과 삶의 질적 향상을 도모해야 한다는 것은 현대의 과제로 남고 있다. 사회 요소요소에 나타나는 황혼기에 직면한 노년층의 삶의 질을 향상시키는 것은 오늘날 사회적 과제이다. 시인은 '등 굽은 하루'의 일흔 살 할머니에 대한 관심을 모든 사회가 풀어야 할 과제임을 인식시키면서, 노년기 인생에 대한 현실을 고뇌하고 있을 볼 수 있다.

그뿐인가. 작품 「아파트 놀이터에서」의 "아직 잠들지 않은/아기를 등에 업고/이국에서 돈 벌러 온/필리핀 보모가 서성인다."에서 오늘날 다문화 가정에 대한 화두를 느끼게 하는 작품이다. 모든 인류는 하나라는 평등의 원칙에서 오늘날 우리나라의 삶의 질 향상으로 인해 해외에서 입적하는 다문화 가정에 대한 배려와 소통에 대한 관심은 크다. 이러한 몇 작품에서 보여주듯, 오늘날 사회가 안고 있는 현상에 대한 문제의식을 인식시키고 있는 작품이라고 하겠다.

다음 작품 「인사동 거리의 오후」 등에서 시인이 세상을 바라보는 또 다른 안목을 볼 수 있다. 인사동은 오랜 역사의 흔적이 묻어 있고 우리의 역사의 유품이 숨 쉬는 곳으로 정착된 지역이다. 언제부터인가 이곳을 찾는 사람들에게 착각의 역사 속으로 몰아가고 있음을 느끼게 한다. 시인은 이러한 세태를 고발하는 것이다.

화요일 오후가 되면

인사동을 간다.

바람이 쉬었다 간 자리
한국 바람, 중국 바람, 일본 바람
섞여 섞여 헤집고 지나는 흔적들
서로의 언어가 바람으로
흩어지는 오후
Made in China가
푯말로 내놓은 물건마다
가득하다.

아, 우리의 것은 어디로 갔을까
허기진 백자 항아리가
민망한 듯 깊숙이 숨겨진 채
가렸던 속살 열면 그것 역시
Made in Caina.

인사동 거리에서
언제쯤
Made in Korea가
제자리를 찾을까.

그래도 서운함 잊고 거니는 인사동 거리
늘 고향처럼 따뜻하다.

— 「인사동 거리 오후」 전문

　인사동은 오래된 골동품과 서예, 고서적 등 다양한 유품들이 거래되는 곳이고 여러 나라에서 관광차 내방하는 관광객들이 붐비는 곳이다. 이 지역은 신라시대의 각종 질그릇에서부터 조선시대의 백자에 이르기까지 우리의 시대적 골동품이 거래되는 곳으로 널리 알려진 곳이다. 그런데 언제부터인지 인사동의 골동품 중 많은 숫자가 중국산으로 알려지면서 그 진품 여부에 대해서 믿지 못하는 곳으로 전락되고 있는 실정이다.

홍옥경 시인은 이러한 아픈 흔적을 넘겨 볼 수가 없었다. "바람이 쉬었다 간 자리/한국 바람, 중국 바람, 일본 바람/섞여 섞여 헤집고 지나는 흔적들/서로의 언어가 바람으로/흩어지는 오후/Made in China가/푯말로 내놓은 물건마다/가득하다."라고 현실을 자탄한다. 현실에 대한 모순과 이질적인 현상에 대한 변화를 시인은 묵과할 수 없었기 때문일까.

지난날 인사동의 골동품은 조선시대나 신라시대의 유물이 아니고는 찾아볼 수 없었던 시절에 믿음이라는 오랜 신뢰 속에서 서로가 역사의 자태를 자랑하는 곳이다. 그러나 오늘날 인사동에서 "Made in China"의 푯말을 쉽게 접할 수 있는 곳으로 전락되었다는 아픔에 시인은 "허기진 백자 항아리가/민망한 듯 깊숙이 숨겨진 채" "아, 우리의 것은 어디로 갔을까"라고 자탄하면서 "Made in Korea"가 제자리 찾기를 기원한다.

시인의 이러한 사회적 고뇌는 오늘날 시대가 안고 있는 현실적인 고뇌이면서 역사라는 명제를 바로하기 위한 시인의 날카로운 고발이기도 하다.

홍옥경 시인의 시집에서 보듯 시인은 서정적인 연금술에서 새로운 이미지와 본질적인 요인을 찾으면서 때로는 날카로운 현실적인 문제와 사회적인 모순의 문제에 이르기까지 다양한 문제에 접근하고 있다.

홍옥경 시인이 바라보는 사계의 문제나 사회적 현상에 대한 문제의식은 현대라는 시대적 관점에서 시인이 바라보고만 있을 수 없는 현실이 되었다. 모든 문학정신은 언어의 연금술에 의해 작품이 내포하고 있는 비판적 안목과 함께 새로움을 추구하는 정신적 확대가 필요한 시대임을 자각해야 한다.

이러한 점에서 볼 때, 현대시가 접근할 수 있는 다양한 세계와 새로운 서정의 향기를 보여주고 있는 홍옥경 시인의 시적 언어는 오늘날 또 하나의 명제를 제공했다고 할 것이다.

역사와 전통이 깃든 순례 현장

— 허남준, 『천강(天江)에 비친 달』

1

인간이 찾고 싶은 시점은 무엇일까. 문명과 역사의 흔적 속에서 안주하고 싶은 동경의 대상은 무엇일까. 수많은 인간과 자연의 발자국을 더듬어 보면 왜소한 인간의 한계에 부딪쳐 스스로의 또 다른 일면을 보게 된다.

허남준 시인의 『천강(天江)에 비친 달』에서 이러한 문제에 대한 화답을 읽을 수 있다. 시인은 많은 성지와 역사의 현장을 찾아 순례(巡禮)의 고행을 감내하면서 그 현장에 남겨진 실사에서 번뇌와 삶의 이원적인 고뇌를 스스로 공감한다.

시인은 특히 우리나라 도처에 자리 잡은 역사와의 소통 속에서 묵묵히 자리한 역사적인 사실이 공유한 지역의 순례라든가, 부처님이 자리한 여러 사찰의 거대한 흐름의 흔적을 서사적인 영상으로 순례하기도 하고, 많은 스님들의 불심이 이루어지는 수행을 조용한 심상으로 인연을 맺어가고 있다. 그리고 우리 민족의 고통의 현장 DMZ에 대한 순례 역시 빠뜨릴 수 없는 현대 역사의 현장을 시인은 외면하지 않고 있음을 볼 수 있다.

허남준 시인은 동국대 불교학과를 졸업하고 군승으로 전후방 군 불자들에게 부처님 정법을 전하여 왔으며, 여러 곳에서 불교 지도법사로 불교와 깊은 인연을 맺음으로 많은 작품에서 불법의 정신을 읽을 수 있다.

인생과 자신의 관계를 '시인의 말'에서 "인생이란 세월의 강 속에서 살아가고 있는 느낌이 들 때가 가끔 있다. 아침에 힘차게 솟아오른 해는 저녁이면 어김없이 서산을 붉게 물들이며 스러져가지만, 내일이란 약속 날짜가 정해져 있는 것도 사실이다. 그래서 삶을 살아가다 보면 그리움과 외로움에 젖어 하루하루 자기 생활의 앞만 보고 걸어가다 보니 자기 자신을 잊어버리게 되는데 바로 그렇게 살아가는 것이 삶이 아닌가 싶은 생각이 든다. 또한 번뇌 많은 속세에서 살아가다 보면 생각 없이 흘러간 세월에 여러 인연이 엮여 있는 것도 우리의 삶의 일부분일 것이다. 그러나 생각은 있으나 일상생활에 젖어 살아가다 보면 자신을 망각하고 살아가는 것도 사실이다."라는 글에서 고백하고 있듯이 삶의 현장에서 번뇌와 인연, 망각과 자신을 되돌아봄에 대한 솔직한 수행의 행적이었음을 보여주고 있다.

시인의 작품에서 나타난 함축의 요소는 대부분이 위와 같은 시인의 내면에 잠재한 여러 요인을 분출하면서, 그 분출에 대한 자신의 방어적인 언어 감각을 절실하게 보여주고 있다. 이러한 시인의 정신의 일면을 간추리는 작품으로 「오늘 하루」에서 총체적인 시인의 영감을 볼 수 있다.

> 빌딩 사이로 어둠이 찾아오면
> 가로등 불빛 넘어 내일이 밝아온다
> 잎 지는 가지 끝을 맴도는 바람이여
> 나 또한 그 중심에서 벗어나지 못하는구려
>
> 구름 안고 가는 구만리 하늘 아래
> 어둠 오면 해가 뜨는 초록의 이파리들
> 좋아하지만

귀하게 생각하는 이 한 목숨
오늘 하루도 세월에 젖어간다

가슴 안에 서려 있는 한 많은 사연
아픔을 떠올리는 잃어버린 한 세월
어느덧 찾아오는 후미진 오솔길
달빛과 어우러진 푸른 하늘 빚어진
은하강에 띄우고
이 생명 살아온 지난 세월
무량심에 젖어든다

시인의 '무량심'은 스스로를 인지하는 정신에 대한 반성에서 비롯된다. 자신의 일상을 "잎 지는 가지 끝을 맴도는 바람이여/나 또한 그 중심에서 벗어나지 못하는구려" "귀하게 생각하는 이 한 목숨/오늘 하루도 세월에 젖어간다" "이 생명 살아온 지난 세월/무량심에 젖어든다"라고 함으로 세상을 바라보는 평상심은 욕망과 소유의 일상에서 벗어나서 무량심으로 자비의 세상을 향하는 정신의 일면을 보여준다. '시인의 말'에서 "번뇌 많은 속세에서 살아가다 보면 생각 없이 흘러간 세월에 여러 인연이 엮여 있는 것도 우리의 삶의 일부분일 것이다."라는 말에서 속세에 대한 번뇌와 흘러가는 세월 속의 인연들이 삶의 일부분이라는 인간 삶의 일면을 보여주고 있다고 할 것이다.

허남준 시인은 순례시의 많은 요인에서 보여지는 것은 단순한 순례의 목적이 아니라 자신이라는 위상에 대한 공존의 법칙을 되돌아보고 지나온 역사의 흐름 속에 존재하는 새로운 정신의 인식이 인간의 삶의 흔적과 어떤 관계가 성립되며 그 성립에서 오는 인간의 심상적인 측면을 되돌아보고 있음이다.

문학의 미적 담론과 시학

2

　허남준 시인의 작품에 나타난 역사가 깃든 지역에 대한 추억과 그 흔적은 많은 순례 기행에서 암시를 제시하고 있다. 허남준의 시집『창문 밖 달빛은』『누가 가는 이를 멈추게 하나』『달빛마저 비켜간 금호강』『산행』『인연에 얽힌 풍경소리』『천강에 비친 달』 등에서 이러한 역사적 조형물에 대한 관계 설정에서 새로운 역사와의 긴밀한 담론을 나누고 있음을 볼 수 있다. 그러한 역사적 관계 설정을『천강에 비친 달』에서 다음 몇 작품을 찾아볼 수 있다.

- 시「산청 삼매화」/ *정당매 : 고려시대 문인 통정 강희백(1357~1402)이 젊은 날 산속사에 심었다고 함. *원정매 : 고려시대 원정(元正) 하즙(1303~1380)이 남사리 마을에 심었다고 함. 남명매 : 조선시대 1562년 남명(南冥) 조식(1501~1572)이 61세 때 산천재 앞뜰에 심은 홍매.
- 시「청령포」/ 단종 유배지.
- 시「거창 수승대」/ 신라로 가는 백제의 사신을 전별하는 곳으로 돌아오지 못할 것을 근심하였다 하여 수송대(愁送臺)라 하였으나 퇴계 선생이 마리면 명승리에 머물던 중 그 내역을 듣고 이름이 아름답지 못하다 하여 수승대로 고칠 것을 권하는 시를 보내니 신권 선생이 바위에다 새김으로써 붙여진 이름이라 함.
- 시「농다리 농교」/ 고려시대 임연 장군이 음양의 기운을 가진 돌로 하늘의 기본 별자리 28수만큼 교각을 세워 축조하였다고 기록되어 있음.
- 시「만경대」/ 광해군 5년에 김정훈이 첨정(僉正) 벼슬에서 사임하고

고향에 돌아와 세운 정자로, 현종 원년 삼척부사 허미수가 만경대로 이름을 바꾸었다 함.

- 시「죽서루」/ 관동팔경 중 유일하게 강가에 자리잡고 있으며 겸재 정선의 그림이나 이승휴, 정철의 어제시 등 13점의 편액과 현액이 걸려 있음.

- 시「하늘재」/ 한반도 중심의 교통로였으며 남쪽 끝은 경북 문경 관음리, 북쪽 끝은 충북 충주 미륵리다. 신라의 왕자 마의태자가 금강산까지 걸어간 지름길이기도 하다.

- 시「탄금대」/ 신라 진흥왕 때 악성 우륵 선생이 이곳에서 가야금을 탄주했다 하여 붙여진 이름.

- 시「화양구곡」/ *읍궁암 : 우암 송시열 선생이 효종대왕께서 돌아가심을 슬퍼하여 새벽마다 이 바위에서 통곡하였다 함. *암서재 : 우암 송시열 선생이 정자를 세웠다함.

- 시「소금강」/ 강릉 연곡면 청학동에 있는 소금강은 율곡 이이 선생이 금강산에 비해 경치가 조금도 손색이 없다고 하여 소금강이라고 이름 붙였다 함.

- 시「운문사 사리암」/ 보양선사가 창건한 암자로 신파대사가 천태각을 세우고 효원이 중창하였다. 경봉스님은 독성탱화 및 산신탱화를 점안하였고, 금호스님이 중두를 세웠다. 혜은스님은 운문사 선원장 관음전과 삼층 요사채를 신축하였음.

- 시「삼각산 문수암」/ *문수암 : 고려 예종 때 구산선문 중 굴산타 중 흥조인 탄연국사가 개산했다 함. *대웅전 문수보살상 : 조선의 마지막 왕비이자 대한제국 최초의 황후였던 명성황후가 일본 침략으로부터 벗어나기 위해 부처님 지혜를 얻고자 모셨다 함. *천연굴 : 삼성굴(三聖窟) 법당이라 부르며 법당 좌우에는 오백나한전(돌로 조

문학의 미적 담론과 시학

성한 것이 문수보살, 옥으로 조성한 것이 지장보살, 금으로 조성한 것이 관세음보살)이 모셔져 있음.

- 시「관악산 연주암」/ 의상대사가 창건하여 효령대군이 왕위에 대한 그리움으로 이름 지어진 연주암.
- 시「남해 금산 보리암」/ *원음종 : 근대 선승 경봉스님 글씨가 새겨져 있음. *삼층석탑 : 가락국 수로왕비 허태후가 가져온 부처님 사리를 안치하기 위해 인도에서 가져온 석재로 만들었다. *금산 : 지리산과 계룡산에 올렸다는 기도가 답이 없자 태조 이성계가 원이 이루어진다면 비단으로 감싸겠다고 약속하였고, 이후 조선의 왕이 되자 비단 금(錦) 자와 뫼 산(山) 자를 붙여 부르게 되었다는 전설이 전해지는 산.

위에 인용한 것은 시인의 시집에 각주 형식으로 작품 말미에 기술한 것이다. 작품에 나타난 역사적인 관련 사항을 봄으로써 작품 이해에 많은 도움을 주고 있다. 시인은 이러한 작품의 영감을 그 역사물에 대한 강한 인식과 함께 시적 언어 감각을 최대로 살리면서 강한 이미지를 표출하고 있다고 하겠다.

오늘날 현대시가 새롭게 추구해야 할 사항을 허남준 시인은 과거 역사물이 내포하고 있는 오랜 감성과 현재의 위상을 절충하면서 역사적 현장의 절대적인 영감을 언어가 함축할 수 있는 가능의 화폭을 넓히고 있다고 할 것이다. 미국 철학자 수잔 랭거(Susanne K. Langer)는 이러한 문제에 대하여 "역사적 현재란 현재를, 과거와 미래를 함께 소유한 것으로 느끼는 것. 즉 과거, 현재, 미래를 분리 시키지 않고 지속으로 느끼는 것이다. 시간의 흐름 가운데 행위를 마치 현재의 것으로 말함으로써 그 행위의 생생함을 고조하는 문학적인 한 방식이다."라고 했다. 이로부터 하남준 시인의 역사적 관점은 새로운 역사물에 대한 강한 이미지의 현재 시점에서 새롭게 조형하고 있음을 볼 수 있다.

다만 정서적인 함축과 그 역사물이 내포하고 있는 감성적 외형적 절충 속에서 그 내면의 미학을 시인은 자신의 정신적인 정감과 함께 나타내고 있다. 그리고 역사가 숨 쉬고 있는 내면의 세계를 시인은 그 역사물에 내재되어 있는 사실적 측면에서 시대의 변화와 역사의 흐름을 인지하면서 시적 감성 속에 시인의 정신이 깃들게 하고 있다.

> 육지 속의 작은 섬은/삼면이 강물로 둘러싸인 청령포/그대로 벅찬 풍경이라지만/온갖 풀벌레 울음소리 다져/깊은 밤 잠들 수가 없고/울창한 노송들은 세월의 흔적에서/하늘을 향해/깊은 그림자를 드리우고 있는 듯하다
>
> 단종이 유배 생활할 때/소나무에 앉아 쉬었다고 하는/수령 육백 년이 된 관음송은/모진 세파 삼키며/빛 잃은 지난 역사의 중심에 서서/햇볕을 쬐는데/떠나는 나그네 길에/나뭇잎 하나 바위에 앉아 쉬고 있다
>
> — 「청령포」 전문

> 산솔새의 맑은 물소리로 깊어가는/소백산 준령이 흘려 놓은 산새/해는 산머리에 졸고/손끝에 잠시 머문 노을빛/첩첩산중으로 들어가는데/마음 깊이 상처를 품고/날아가는 쇠기러기 소리 가득히/산울림으로 번져가는 듯하다
>
> 신라 비운의 왕자 마의태자/눈물을 머금고 하늘을 바라보며/보이지 않는 바람과 함께 넘었다는 하늘재/구름도 지켜보며 흐르다가/소나기 울음 흘리고 가는구나
>
> — 「하늘재」 전문

위에 인용한 작품에서 유배 생활을 한 단종의 애사가 깃든 청령포는 단

문학의 미적 담론과 시학

종 12세에 아버지 문종의 승하로 왕위에 오르나 숙부인 세조에 의해 왕위를 빼앗기고 영월 청령포로 유배 당하고 자신을 버린 곳이며, 비운의 왕자 마의태자가 망국의 한을 품고 금강산을 향하던 중 넘은 고난의 고갯길로 하늘재에 얽힌 역사 흔적을 나타내고 있다.

비운의 역사의 현장 청령포에서 단종의 모습을 시인은 감지하면서 "울창한 노송들은 세월의 흔적에서/하늘을 향해/깊은 그림자를 드리우고 있는 듯하다" "떠나는 나그네 길에/나뭇잎 하나 바위에 앉아 쉬고 있다" 나뭇잎과 단종의 이미지는 깊은 그림자로 조명되고 있다.

"마음 깊이 상처를 품고/날아가는 쇠기러기 소리 가득히/산울림으로 번져가는 듯하다" "눈물을 머금고 하늘을 바라보며" "구름도 지켜보며 흐르다가/소나기 울음 흘리고 가는구나 " 시인은 소나기 울음 우는 마의태자의 한을 나타낸다. 자연의 현상으로 조형되는 '나뭇잎'과 '소나기 울음'으로 환원함으로 역사의 흔적이 깃든 자연의 조화로움을 자연으로 다시 귀환시키고 있음을 본다.

이러한 역사의 현장을 찾은 시인은 그 현장을 조망하면서 한 시대와 역사의 흐름에 도도히 물결치는 강한 이미지의 영감을 어쩌면 오늘이라는 시대적 감성과 일치시키려는 것이 아닌가 싶다. 역사란 양상만 다를 뿐 반복의 연속이 있을 수 있는데, 이런 관점에서 허남준 시인의 순수한 정서를 들을 수 있는 역사물의 순례기라 할 수 있을 것이다.

3

허남준 시인은 전국의 사찰을 순례하면서 그 사찰에서 수행 중인 스님들과의 인연의 끈을 불심이 깃든 단상으로 시의 행간을 그려주고 있다. 최근 인물시를 작품으로 보여주는 경향이 있으나 수행 중인 스님들의 면모를 작품화하는 경우는 허남준 시인과 스님과의 인연(因緣)의 결과라 할 것이다.

스님의 수행 정신에서 보여진 법도와 화두, 수행 사찰과의 관계를 시인은 정밀한 정서를 조감하면서 조심스럽게 한 편의 법문을 제시하고 있다. 시인의 표출한 법문은 수행 스님으로부터 나타나는 강한 이미지의 자전적인 페르소나일 수도 있다.

> 나만을 위한다는 생각으로/살아가면 불행이요/남을 위한다는 마음으로 살아가면/행복이라는 스님 말씀
>
> ―「고산 스님」부분

> 죽음으로 가는 길 위에는/쓸모없는 천 마디 말보다는/몸과 마음을 지혜롭게 다스려야 한다는 말씀
>
> ―「근일 스님」부분

> 덧없이 변해가는 제행무상(諸行無常) 세월/이치를 깨달은 길을 가려면/절대고독을 향해 걸어가야 한다는 법문
>
> ―「달산 스님」부분

> 마음 가운데 망상을 버리고/시비도 관여치 말고 세상만사 살피며/어떠한 것도 취하지 말라 하신 법문
>
> ―「밀운 스님」부분

> 일체존재(一切存在)의 의미는/마음이 만들어 내는 그림자이니/그림자를 따르지 말고 오직 모를 뿐인/화두(話頭)로 정진하라는 스님
>
> ―「숭산 스님」부분

> 조건 없이 주고 자비심을 보시하며/계율 지키는 것은 행복을 지키는

것이다 하시는 법문

— 「암도 스님」 부분

불법의 실체가 없다(諸行無常)는/이치를 알아야 고뇌를 벗어날 수 있다
는 마음으로/절절하게 들려주는 법문

— 「정광 스님」 부분

몇 분 스님의 법문을 시작품 속에서 인용해보았다. 이러한 법문 속에는
인간이 어떻게 살아야 하는가라는 문제에 대한 화담을 남겨주고 있다. 그
러한 스님의 법문과 함께 스님이 수행하는 승방이 자리한 자연 조망과 자
연이 주는 환경의 목소리까지 시인은 그려주면서 불법이 자리한 모든 영
역이 결국 수행도의 영역이라는 함수를 깨닫게 하여 준다.

시인의 작품에서 "바람 불어 흘러가는 금호강 물길 따라/무심히 떠도는
흰 구름 멀리하며/외로움을 벗 삼아 반짝이는 별빛으로/남아있는 법의 향
기 묻어 흐른다"(「정위 스님」 부분)에서 보듯 스님의 법문이 따르는 환경
요인의 모습을 자연과 일치시킴으로 장엄한 법문의 깨달음과 동일시하면
서 엄숙한 순간을 음미할 수 있다.

허남준 시인은 불법을 깨닫게 하는 지도법사라는 일상적 자아성찰의 모
습을 많은 작품에 보여줌으로 한국 시사의 또 다른 일면을 장식하고 있다.
삶의 행복을 일깨워주고 마음의 다스림을 알게 해주는 불법이 허남준 시인
의 많은 작품의 화두로서 부처님의 깨달음이라는 또 다른 법문을 알려주고
있다.

그리고 또 한 가지 특이한 기법은 시작품 「구인사」, 「운문사 사리암」, 「조
계산 선암사」, 「관악산 연주암」, 「도솔사 도솔암」, 「남해 금산 보리암」 등의
작품에서 사찰의 모든 구성과 기술 방법을 서사적인 기법을 보여줌으로 그
사찰에 대한 모든 면모를 순차적인 형식으로 나타나고 있다. 가령 작품 「구

인사」에서 "크고 작은 산 봉우리 →일주문을 지나 → 천왕문을 지나 → 범
종각 → 설법보전 안 부처님 → 광명전 → 조사전"으로 구인사의 전경을 순
차적으로 보여줌으로 순례 작품의 일품을 감상할 수 있는 계기가 될 수도
있다.

  단순한 이미지의 스케치가 아니라 사찰이 지니는 모든 수행도량의 전반
부에 대한 폭넓은 시인의 감각이 스며 있다. 한 편의 거대한 사찰에 대한
파노라마가 그려지고 있다. 허남준 시인의 시적 감성은 퍽 넓고 큰 운율로
다양한 변모의 모습을 보여주고 있다. 시인이 새롭게 추구하고 있는 순례
나 기행시의 면모를 인식하는 데 도움이 되리라 본다.

4

  허남준 시인은 우리나라 현대사의 한 맺힌 지역 DMZ(비무장지대)를 놓
치지 않고 있다. 작품 「비무장지대」 「을지 전망대」 「월정리」 「백마고지」
「애기봉」 「적근산 DMZ의 철책선을 보며」 「도라산 역」 「휴전선」 「철성 전
망대」 등 작품에서 '아직도 울음을 감추지 못하고' 있는 시인의 마음을 대
변해주고 있다. 이러한 전쟁의 참상을 겪은 땅을 찾은 시인은 '잠시 걸음
을 멈추고 지켜보는 듯'해야 하는 아픔을 생각한다.

  필자는 이러한 비무장지대에 관하여 다음과 같이 기술한 바 있다.

  DMZ, 비무장지대라는 전쟁의 상처가 남겨진 나라, DMZ로 인해 국
  민은 긴 세월 동안 세계사의 흐름 속에서 겪어온 비극의 역사를 견뎌온
  대한민국입니다. 불행을 견뎌내고 있는 시점에서 우리 경제 규모가 세계
  12위가 된 국가가 또 다른 차원으로 무한한 복락을 누릴 수 있는 계기를
  가진 나라가 될 수 있다는 희망적인 메시지를 말씀드리고자 합니다. 오

문학의 미적 담론과 시학

늘날 세계 환경론자들의 지적은 오히려 DMZ라는 운명을 잘 운영한다면 지구의 환경생태 문제를 완화하여 세계적으로 지구온난화로 인한 공포를 이겨 낼 수 있는 곳이 DMZ라는 사실을 지적하고 있습니다. 뿐만 아니라 문학작품 속에 나타난 다양한 상상과 감성이 어느 나라도 겪어 보지 못한 '비극적인 현상을 복락으로 전환'시킬 수 있다는 DMZ에 대한 작가들의 관심과 작품은 또한 놀랄 만합니다.

허남준 시인의 비무장지대에 남겨진 슬픔과 민족의 한이 모든 영역에서 스스로에게 다가오고 있음을 알 수 있다. 이러한 상황에 처하면 누구나 민족의 한과 슬픔과 미래에 대한 사념 속에서 자신을 주체 못하는 상황에 처할 수 있다. 그것은 모든 이 나라 국민이 공감 하는 곳이기 때문이다.

한반도 가슴을 관통한 휴전선 철조망/숨 막히고 녹이 서리는데…/마주 건너다 뵈는 계곡 건너/북녘 하늘엔/보이지 않는 바람소리가/훨씬 많음을 깨우치게 한다

산등성 가로놓인 경계선 따라/밤낮 가리지 않는 철조망/한숨 깊이 몰아쉬는 바람소리에 울고 있다/그 세월을 날이 새도록/이날까지 울음을 감추지 못한다

반백년이 지나도/눈빛 저리게 이글거리는 산야/철조망 보안등 불빛 따라/무거워지는 마음은/답답한 가슴 언저리에/바람도 숨을 멈추고 있는 듯하다

—「휴전선」 전문

시인은 휴전선의 숨 막히는 정적의 순간과 그 순간을 일깨워주는 '바람소리'와 '울음'이 휴전이라는 한의 마음으로 휘몰아가는 것을 인지한다. 앞서 느낀 순례의 정황에서 또다시 되돌아보아야 하는 한민족의 한이 서린 곳임을 시인에게 슬픔으로 다가온다.

허남준 시인의 『천강(天江)에 비친 달』에서 우리 시단의 새로운 기행의 순례시 영역을 보여줌으로 남겨진 역사의 숨길을 느낄 수 있고, 그 순례의 길에서 불법(佛法)의 화두를 풀어보임으로 시가 지니는 이미지와 사고의 폭이 넓어지고 있음을 알 수 있다.

영감의 이미지 중심에서 사물과 현장의 내면을 찾아 그 역사성과 인간의 삶의 문제를 추구하면서 무엇이 인간에게 다가올 수 있는 율법인가를 직접 스님의 수도 행장을 방문함으로 시인이 내세우는 실상이 작품 속에 남겨지고 있음은 허남준 시인의 공이라고 할 것이다.

오늘날 시가 찾아야 할 많은 공간에서 현장을 답습하여 그 현장의 또 다른 사고의 폭을 넓히고 찾는다는 것은 우리 시문학이 찾아야 할 또 다른 영역임을 허남준 시인은 이 시집에서 충분히 보여주고 있다고 하겠다.

문학의 미적 담론과 시학

감성적인 언어 감각과 자연 친화

— 이순희 수필집 『어머니 당신은 누구신지요』

1

오늘날 다양한 문명과 생활의 방식이 달라짐에 따라 우리 삶의 사고나 영역도 달라지고 있다. 특히 문학에 있어서는 정서적인 사고의 폭보다도 인간의 뇌관을 자극하고 황당한 이야기에 몰두하는 경향을 보이고 있다.

수필가 이순희의 작품을 읽는 순간 이러한 염려에서 벗어나도 된다는 안도감을 느낄 수 있다. 체험에서 느끼는 일상의 많은 공감의 정서를 감성적으로 그려 보여줌으로 언어의 함축은 시적 영감의 세계에 도달해 있다.

우리의 문학작품에서 자연에 대한 애착과 애정은 여러 측면으로 다루어지고 있다. 이순희의 많은 작품에서 지은이가 체험한 세계의 가장 핵심적인 소재가 자연이라는 거대한 풍광에 몰입되어 작품의 큰 틀을 조성해주고 있다. 자연은 인간이 공유하는 가장 필요조건이면서 밀접한 삶의 공감대이기도 하다.

흔히들 많은 수필 작품에서 지식의 배열이나 특수한 시각의 방향으로 사물을 보려는 경우도 있지만 이순희의 작품에서는 삶에서 얻어진 일상의 체험과 느낌에서 체득한 정서와 감성적 요소를 자연과 함께 교감시켜 그리고 있다. 그뿐 아니라 삶의 진리에 숨겨진 언어의 미적 감각을 적절히 구사하고 있으며, 묘사와 비유에 의해 개인적인 감정을 솔직하게 표현하고 있다.

수필가 윤모촌은 "수필은 짧게 쓰되, 보고 듣고 행한 일에 느낌과 생각이 붙는 글이다. 개인적이고 고백적인 것의 느낌과 생각을 사상이라 해도 되고 철학이라 해도 될 것이다. 다시 말하면 개인적 얘기를 허구로 쓰는 것이 아니고, 진실을 바탕으로 하는 글이 수필의 본질이다. 이 수필의 본질은 인간의 본질이 바뀌지 않는 한 변할 수가 없다."라고 한『수필을 어떻게 쓸 것인가』에서 보듯이 수필의 본질은 지은이가 말하고자 하는 진실의 고백에 해당하기 때문에 개성이 강한 문학에 속한다. 이순희 수필가의 작품은 이러한 본질을 철저하게 맞추듯 자신이 보고 듣고 느낀 세계에서 체험적인 고백의 문학을 보여주고 있다.

이러한 관점을 보면서 이순희 수필집『어머니 당신은 누구신지요』의 작품에 나타난 몇 가지 특징을 정리하면 첫째 자연 묘사의 시적 감성과 정서적인 아름다움이며, 둘째 매 작품의 결말에서 얻어지는 주제의식의 함축을 들 수 있다.

2

첫째 자연 묘사의 시적 감성과 정서적인 아름다움은 작자의 많은 수필에서 나타난다. 작품「어머니 당신은 누구신지요」「겨울밤의 황토방」「툇마루가 되는 일」「빛으로 가는 길」「가을 부케」「한여름 밤의 풍경화」「지리산 둘레 길을 걸으며」「노란 은행잎에 묻는다」「그리움을 햇살에 묻고」

문학의 미적 담론과 시학

등 작품에서 자연의 순수한 모습은 물론, 자연이 주는 혜택이 어떻게 인간의 감성을 풍만하게 하는가에 대한 작가의 화답을 들을 수 있다.

작품 「툇마루가 되는 일」에서 우리의 자연 속에 안긴 농촌의 풍광을 보여주는 아름다움은 대나무 숲으로부터 툇마루로 이어진다.

앞산에 있는 대나무 숲을 가장 잘 볼 수 있는 곳이 바로 작은집 아래채에 딸린 툇마루였다. 그곳은 누워서도 앞산과 대나무 숲을 볼 수 있어서 좋았다. 툇마루에 누워 있으면 시원한 바람이 막힘없이 통과하였고, 때로는 툇마루에 걸터앉아 집 앞에 펼쳐있는 들판의 곡식들과 이름 모를 꽃들을 보며 지루한 여름의 권태로움에서 벗어날 수 있어 더욱 좋았다. 비록 퇴락하여 삐꺽거리는 볼품없는 툇마루였지만 그곳은 길을 가는 사람들이 잠시 쉬었다 갈 수도 있었고, 어쩌다 입담 좋게 야스락거리며 풀어 놓은 이야기 자락에 넋이 빠져 시간 가는 줄도 모르고 덩달아 새롱거렸던 어린 우리들의 추억이 묻어 있는 곳이기도 하다.

— 「툇마루가 되는 일」 부분

지금은 사라져가는 툇마루의 향수 속에서 느끼는 자연의 풍광은 물론 자연과 툇마루가 공존하는 삶의 방식이 우리의 인정과 소통을 가져다준 추억 속으로 안내한다. 과거 우리의 생활상이기도 한 아래채의 툇마루는 한 세대 집안의 쉼의 공간이기도 하고 대화와 인정을 나누는 소통의 장소이기도 했다. 그 앞에 대나무 숲을 볼 수 있다는 것은 금상첨화요, 들판의 곡식과 이름 모를 꽃들을 볼 수 있는 그러한 툇마루의 전경은 아름다운 자연과의 일체가 되는 곳이기도 했다.

어느 날 환한 빛이 내리쬐는 들판을 바라보며 '참 평화로운 풍경이구나.'하는 생각을 하게 되었다. 어제도 보고, 그제도 보고, 일주일 전에도 본 풍경인데, 여태껏 깨닫지 못했던 느낌이 어느 순간 내 가슴에 꽉 박혀

버렸다.

—「빛으로 가는 길」 부분

　　창조주는 황금 같은 은행잎은 길바닥에 뿌려주시면서 왜 정작 사람들이 목숨 걸고 모으려는 황금은 뿌려주지 않으실까. 그건 아마 황금에 눈이 멀어 당신이 만드신 자연에는 눈길 주지 않을 인간이라는 것을 미리 아시고 교만의 바벨탑을 쌓을 때, 그때 이미 결정하신 거겠지.

—「노란 은행잎에 물들다」 부분

　위 두 편의 수필 작품에서도 지은이가 대면하는 자연에 대한 원천적인 공감이 나타난다. '빛'에서 '평화로운 풍경'를 인지하게 되고 '은행잎'에서 '인간의 교만'을 찾아내는 것은 지은이가 지니는 정직의 표현이며, 진실한 삶의 여유로움이 보여주는 정신이기도 하다.

　이순희의 작품에서 일상적으로 바라보는 사물의 형상에 접근하는 태도와 철학은 자연과 인간의 일체에서 오는 정서의 접근이며, 자연과의 소통을 위한 자신의 정신적인 바탕이기도 하다. 그것은 지은이가 다루고 있는 자연에 대한 기본적인 태도 자체가 모든 작품에서 증명하고 있다.

　또 한 가지 몇몇 작품에서 자연과 어머니와의 관계는 꾸밈없는 순수한 작가의 심성을 그대로 표출하고 있다. 지난날의 어머니에 대한 사랑과 사모는 많은 작품에서 그려지는 대상이기는 하나, 이순희의 작품에서는 단순한 어머니에 대한 흠모의 대상보다는 자연과의 교감 속에서 그려지는 풍요로움이다.

　　진달래꽃이 소복하게 모여 앙글거리는 모습이 눈부시게 아름답다. 야산에 너즈러지게 피워 올라 소박한 아름다움을 자아내는 그 꽃이 가슴 아려 가던 길을 멈추고 한참을 바라보았다. 화려하지 않으면서도 그윽한 그 모습이 누군가를 참 많이 닮았다고 생각하며 가만히 바라보았다. 그

런데 그 연분홍 꽃잎 사이로 팔순이 되신 내 어머니의 풋풋하고 꾸밈없
는 모습이 떠올랐다.

—「어머니, 당신은 누구신지요!」 부분

진달래꽃의 "연분홍 꽃잎 사이로 팔순이 되신 내 어머니의 풋풋한 모습"
을 그리워하는 지은이의 심정은 자연과의 동화되는 일상의 정서이며, 지
은이의 심적 고백이기도 하다. 작품 「얼음—땡」에서 "겨울 바다는 자애로
운 얼굴에 미소를 머금고 있는 어머니의 조용한 모습이라 하겠다." 작품
「객토」에서 "엄마 품을 찾듯 자연과 함께 하는 법을 배우고 있다. 자연은
엄마 품이다. 우리가 힘들고 지칠 때, 고향의 어머니를 찾듯 우리의 지친
삶을 내려놓고 쉴 수 있는 곳은 자연이 아닌가."라는 글에서 보듯 수필가
이순희의 자연과 어머니의 일체는 고정된 자세이기도 하다.

한 편의 수필에서 그리고자 하는 소재와 일치되는 어머니라는 절대자는
지은이에게 와 닿는 영원한 그리움과 일치시키고 있다. 수필의 묘미는 이
러한 발상에서 더욱 품격을 두게 된다.

수필이 지니는 작가의 고백은 진실이면서 삶의 언저리에서 일상으로 삶
의 대상이기도 하다. 다만 그것이 수필 창작에 있어 지은이 스스로 포괄하
는 사고 범위의 철학으로 잠정적인 확신이 있어야 가능하다. 자연과의 소
통의 고리를 인간의 생각과 삶의 근원으로 연결했다는 자체가 지은이의
정신적인 모체가 되어 작품으로 나타나고 있다.

3

둘째 매 작품의 결말에서 얻어지는 주제의식의 함축에서 지은이가 서술
하는 작품 전체를 결말로 이끌면서 자신만의 특수한 언어로 종결하고 있

음을 볼 수 있다. 수필 작품의 구성에서 지은이가 생각하는 하나의 소재를 전개한 것으로 끝나는 경우가 많은데 이순희 수필가의 작품에서는 전체를 함축하는 결말이 뚜렷하다.

명료한 종결에서 오는 주제의식은 작품의 품격을 높이고 지은이의 주장과 의도를 파악할 수 있는 요인이 된다. 다음과 같이 몇 작품의 결말을 예시해 보겠다.

수필 「겨울밤과 황토방」에서 모잠비크의 열두 살 된 소녀의 사진에서 맨발로 걷는 것을 보면서 흙에 대한 강한 인상에 젖어든다. 지은이의 "나이가 들어갈수록 흙냄새를 맡고 싶고, 그 냄새가 그립다. 그런데 시골에 가서 살 형편은 못되고, 흙냄새는 그립고 하여 차선책으로 생각해 낸 것이 황토로 지은 찜질방이다."라는 심정은 역시 자연의 황토와 인간의 삶의 지속되는 관련 양상에서 흙으로 돌아가는 인간의 본향을 찜질방이라는 매체를 통해 그리고 있다.

그 결말에서 "사람은 자연 속에 있을 때 가장 건강하다. 사진 속의 소녀는 비록 맨발이지만 건강미가 넘치는 것은 자연이 그녀를 품고 있다는 증거이다. 그런데 좋은 것으로 몸을 감싸고 사는 우리는 아프다는 말을 입에 달고 산다. 이유는 뭘까. 아마 교만한 인간이 자연을 밀쳐내 버린 후유증일 것이다. 오늘도 나는 부드러운 흙만 보면 맨발로 밟고 싶어 안달이 난다. 조물주가 흙으로 사람을 빚었다고 했다. 그렇다면 인간은 흙에서 왔으니 흙과 가까이 있을 때가 가장 편안하다. 그리고 내가 맨발로 흙을 밟고 싶어하는 것은 당연한 게 아닌가."라는 결말로 묻고 있다.

말하자면 자연의 절대적인 존재로서의 흙과 인간의 생명과의 연관 관계를 모잠비크의 소녀의 맨발에서 자신의 황토방에 대한 관심과 흙을 밟고 싶어 하는 심정으로 주제의식을 설정한다.

이러한 지은이의 결말의 주제 의식은 퍽 신선하고 언어의 미감을 잘 들어내 준다. 다음의 두 작품에서도 역시 그러한 일면을 볼 수 있다.

해가 서쪽으로 기울고 땅거미가 서서히 몰려올 때 장사꾼들은 물건들을 챙긴다. 너절너절하게 흩어진 옷가지며 신발들을 차곡차곡 챙겨 싸늘한 밤공기가 제법 차갑게 느껴지면 서로 아쉬운 듯 작별을 하고 먼지를 일으키며 닳은 버스에 몸을 싣는다. 산 너머 아낙네들은 다소 가벼워진 보따리를 이고, 별이 유난히 맑아 보이는 밤길로 서서히 사라진다. 모두가 떠나버린 빈 장터엔 여기저기 흩어진 잔해들이 소슬바람에 나풀거리면 시커먼 어둠은 금방 이 모든 것들을 감춰버린다. 마치 아무 일도 없었던 것처럼

— 「시골 장날」 부분

뿌리 내리기! 이 작업은 천둥치는 침묵이다. 꺼져 가는 생명을 붙잡기 위해 암흑의 땅 속에서 고통을 인내하는 그 외롭고 처절한 몸부림은 생명의 기쁨을 잉태하는 고귀한 몸짓이며, 사랑의 표징인 것이다. 조용한 가운데 폭풍같이 휘몰아치는 아픔이 있음을 알기에 살아있음이 아름답고, 그 살아있음에 감사하게 되고, 그리하여 우리는 행복하게 되는 것이다.

— 「뿌리 내리기」 부분

위의 두 작품에서 역시 지은이의 철저한 자신의 주장을 명확하게 제시한다. 수필 「시골 장날」에서 시골 장터에서 보여지는 삶의 힘찬 맥박 속에서 그들만의 지속된 형태의 살아감은 우리 인간의 단면으로 나타나는 축소판이기도 하기 때문이다. 지은이는 이러한 삶의 형식인 시골 장터에서 우리의 오랜 고유한 인간관계를 바라보게 되고 그 속에서 '아무 일도 없었던 것처럼' 파장을 맞이하는 그러한 결론에서 인생의 삶의 정감은 물론 또 다른 정의를 제공해주고 있다.

수필 「뿌리 내리기」에서 야트막한 산자락의 타박한 토양에서 끈질기게 살아가는 생명의 왕성한 모습과 자연의 토양 속에서 뿌리를 내린다는 삶

의 모형을 보여준다. 오늘날 이민이라는 이주 방법에 의해 타국으로 가서 살아가는 삼촌의 이야기와 더불어 하나의 인간 토양이라는 것은 오늘날 다양화되어 가는 삶이라는 터전과 함께 심각한 형상이 아닐 수 없다. 지은 이는 이러한 삶의 뿌리 내리기에 대한 철학을 말해주고 있는 것이다. 그래 서 그 결말에서 "폭풍같이 휘몰아치는 아픔이 있음을 알기에 살아있음이 아름답고, 그 살아 있음에 감사하게 되고, 그리하여 우리는 행복하게 되는 것"임을 일깨워준다. 어떠한 생명체든지 삶의 관계는 어떤 지역이나 토양 에서 뿌리내리는 자체가 행복임을 알려준다.

4

이상에서 수필가 이순희의 작품에서 부분적인 특징을 살펴보았다. 지은 이의 관심의 대상이 뚜렷하게 드러나는 이번 작품집에서 큰 주제의식을 자연과 사람에 두고 있는 작품이 많았다는 점이다. 특히 자연이라는 생명 체의 핵심 부분에 서 있는 인간 행위의 측면에서 그 관계 설정은 물론, 지 은이가 내면에서 찾아내려는 공감 의식을 다룬 한 편의 실상의 이야기를 통해 더욱 알찬 정서적인 언어 감각과 미적 언어 표출이 생견하지 않았다 는 점이다. 앞으로 보다 폭넓은 작품 세계를 찾아 자신만의 세계를 향해 노력하기를 바란다.

용어 및 인명

ㄱ

가곡 328

가부장적 120

가요 328

갑오경장 120

강신재 78

강영석 289, 296, 302, 308

강인섭 106

강인한 166

강학중 68

개가종부(慨家從夫) 119

개혁 107, 131

「고들빼기」 379

고병순 32

고향 32, 253, 258

고홍상 32

골계 267

골계소설 55

공숙자 121

공연시 165

곽종원 73

곽학송 79

구상 32, 56

국립국어원 118

국립극장 32

권남희 121

권선권 78

권여선 37

권처세 79

기계문명 374, 376

기행시 360

기호문자 113

김경린 32

김경수 240, 245

김관식 145

김광균 32

김광섭 68, 73

김광식 32
김광주 32
김구용 32
김기림 32
김내성 53
김대규 79
김동리 20, 32, 68, 73, 76, 77, 106
김동애 263
김동호 270
김미월 37
김병욱 32
김상옥 68
김성동 20
김성욱 68
김소운 135
김송 32
김수영 32
김순일 166, 169
김승옥 36
김시철 143
김애란 37
김양수 79
김양춘 32
김연종 166
김열규 62
김용호 32
김우종 47
김우현 309, 315
김원일 106
김윤기 79
김윤성 73
김일경 166

김정한 32
김종윤 32
김준오 148
김중희 32
김지하 105, 323
김진기 32
김진수 32
김창수 32
김철 110
김초향 32
김추연 279, 284, 286
김춘수 106

낙랑 32
난센스 코메디 63
남강 32
남정현 105, 106
내비게이션 186
노능걸 79
녹색문학상 139
농촌운동 240

다문화 가정 234, 395
단시 330
단시조 324
담담 32
담화체 150, 151, 164
대중문학 53, 101

문학의 미적 담론과 시학

돈키호테 40
돌체 32
동순루 32
동인문학상 139
동일성 364
동일성의 원리 312
동해루 32
디지털 문명 374
디지털 미디어 374
디카시 165

ㄹ

라아뿌룸 32
랭거, 수잔(Susanne K. Langer) 403
리처즈, I.A. 390

ㅁ

마광수 105
마돈나 32
마의태자 405
맥베스 40
명동극장 32
명동장 32
명랑소설 54
모나리자 32
모윤숙 75, 76
목적의식 142
무궁원 32
무량심 400
무속시 95

문연 73
문예서림 32
문예싸롱 32
문종 405
문필가협회 73
문학과 환경 99
문학상 138
문화건설본부 72
문화단체총연맹 72
문효치 166
미가종부(未嫁從父) 119
미네르바 32
미술동맹 72
미투 328

ㅂ

바슐라르, 가스통(Gaston Bachelard) 162
박경리 106
박고석 32
박근모 323
박기원 32
박목월 73
박복조 166, 167, 168
박봉우 109
박상지 79
박신오 79
박양 79
박양균 74
박연구 121, 135
박용구 32
박인환 32

박재릉 85
박재삼 79, 121
박종화 32, 73, 123
박청호 110
박태원 27, 31, 36
박희진 140, 141
방언 232, 234, 235
방인근 53
백석 361
백철 51, 69
백화점 32
법정 361
베르그송 312
변영로 58, 61
변혁 107
봉건시대 119
부사종자(夫死從子) 119
불교 13, 399
불교문학 22
불순구고(不順舅姑) 120
비무장지대 108, 109, 110, 171, 173
비엔나 32

ㅅ

사이버 공간 112
사이버 공세 132
사이버 언어 113
사이버코쿤족(cybercocoon) 112
산호장 32
삼종지의(三從之義) 119, 126
생태환경 109

서근배 78
서병진 255
서정주 19, 32, 73
서희진 337
선우휘 32, 106
설창수 68
소셜 네트워크 서비스(SNS) 108
손소희 32
손응성 32
손창섭 78
송문정 329, 332
송영택 79
수필문학 132
순수문학 53, 77, 101
스마트폰 186
승정균 32
시곡(時曲) 324
시여 328
시절가 328
신기철 130
신동엽 106
신변잡기 134
신성 328
신용철 130
신현태 122
심상운 165
심영 32
심재상 160
심청 40, 41
심훈 106

문학의 미적 담론과 시학

ㅇ

아르파넷(Arpanet) 132
아이러니 269, 272, 276
알레고리 156, 276, 315
암시성 251
앱(App, Applications) 108
엄부자친(嚴父慈親) 122
에덴 32
엔터(Enter) 272
역사소설 53
영언 328
오상순 32
오아시스 32
오영수 32
오장환 32
오종식 57, 73
외양 41
용모 41
우주적인 형상 157
우한용 49
우회적 276
워렌, 오스틴 202
웰렉, 르네 202
유동준 69
유머소설 55
유포니(euphony) 202
유혜자 121
육가야 90
윤기일 166, 167
윤동주 106
윤모촌 135, 412

윤영수 127
윤회법칙 20
윤회적 19
은옥진 122
음고(音高) 231
의성어 201
의태어 201
이경순 68
이광수 19, 106
이모티콘(emoticon) 113
이문열 106
이복래 356, 361
이봉구 31, 34, 35, 36
이상규 231
이상로 145
이상필 78
이상화 106
이성교 203
이수복 79
이순희 411, 418
이용악 32
이우돈 365
이운룡 178, 181, 184
이원수 68
이육사 106
이정호 68
이종학 79
이지영 344, 351
이지함 159
이진섭 32
이헌구 73
이형기 143, 145, 146

이혜선 166, 168
이호철 35, 109
이효석 124
이희승 130
익살 274
익살소설 55
인물 41
인터넷 108, 112, 132
인터넷 언어 115
일체유심 284
임광빈 32
임긍재 32
임꺽정 40
임상순 78
임서하 32
임원재 193, 203
임춘식 213, 218
임호권 32
임화 72

ㅈ

장만영 32
장용학 78
장화홍련 40
전경린 37
전국문필가협회 73
전국문학가동맹 72
전국프롤레타리아 예술동맹 72
전숙희 32
정규웅 145
정병우 79

정비석 46, 48, 52, 53
정석아 79
정성수 224
정영수 381, 388
정종여 32
정지삼 78
정태용 68
정한모 32
정한숙 32, 51
조경희 32
조남익 61
조덕송 32
조병화 32
조상기 188
조연현 32, 66, 76, 79, 146
조일규 247, 254
조정래 105, 106
조지훈 20, 32, 73, 106
조진대 68
조흔파 53, 54, 55, 56
주요섭 42
중화루 32
지구온난화 109, 173
지도법사 399, 407
직설적 276
직설적인 화법 309

ㅊ

차경섭 204, 209
채팅언어 113
천상병 79

청년문학가협회 70, 73, 74
청령포 404
최금동 32
최기덕 32
최남선 15, 16, 106
최병욱 32
최봉식 32
최인호 43
최일남 79
최정희 68
최태응 73
최해운 79
춘향 40, 41
칠거지악(七去之惡) 120, 126

ㅋ

코롬방 32
퀼러, 볼프강 233

ㅌ

텔레비전 186
토정비결 159
토플러, 앨빈(Alvin Toffler) 107
통신언어 113, 115
트위터(Twitter) 108

ㅍ

파토스(pathos) 143, 147, 351
패러디 267, 269

페르소나 260, 283, 340
페이스북(Face book) 108
평화공원 173
풍자 269
풍자시 323
프롤레타리아문학동맹 72
피천득 135

ㅎ

하이퍼시 165
한국문인협회 73
한국문학가협회 73
한국 전쟁 171
한분순 230
한성기 79
한용운 17
함혜련 149, 151, 159
해학 269
해학소설 55
핸드폰 108
햄릿 40
허남준 398, 403, 410
혁명 107
현길언 141
현대문학상 138
호영송 166
홍구범 76
홍길동 40, 41
홍옥경 391
홍옥경, 391
홍지은 372

환경생태 173
황금찬 79
황순원 32, 106
회화적인 감각 387
휘가로 32
휴전선 110, 172, 325

기타

CCTV 186
DMZ 108, 173
DMZ(비무장지대) 408
4원소 시인 151, 159

도서 및 작품

ㄱ

「가락국기」 86
『가슴 깊은 샘』 296, 301
『가야의 혼』 85, 93
「각인」 152, 153
「강가에서」 144
『갱스터스 파라다이스』 110
「건망증」 373
「걸어서 갈 수 없는 곳」 241
「겨울 연정」 385
「고성(固城)찬가」 259
「고향꽃」 253
「고향은 어머니 강물」 259
『국어대사전』 130
『그때 그 사람·4』 143
『그리운 이름 따라−명동 20년』 31, 38
『그리운 풍경 하나』 391
『그림자』 365
『그해 겨울의 눈』 145, 148
「기도」 286

「길상사를 찾아가다」 360
「길손이여 발밑을 보라」 197
『김삿갓 풍류기행』 52
『꽃가시』 247, 254
『꽃과 바람』 213
「꽃 무덤」 377
『꽃 진 자리』 279
『꿈꾸는 한발(旱魃)』 145

ㄴ

「나무에게」 217
「나와 광복 30년」 75
『나의 뮤즈에게』 272
「나의 중학시절」 68
「나의 참회록」 46
「난세」 210
「내가 고향에서 살 무렵」 67
「내가 살아온 한국문단」 79, 84
「내가 처음 시를 썼을 때」 70
『너무 좋은 햇살』 329

문학의 미적 담론과 시학

『노을』 106
「노인 1」 220
『녹쓴 경의선』 106
「논개」 59, 60, 61
『누드 크로키』 224
「누렁개」 167, 168
「님의 발걸음」 250
『님의 침묵』 17

ㄷ

「당신은」 366
『대성서』 56
「대추나무 뿔 날 때」 188
『대한백년』 56
「도망 안 갑니다」 233
「도원경(桃源境)」 382
「도회인에게」 46
「돌에 시를 쓰면」 261
「돌의 초상」 43
『동리목월』 166
『동명』 58
「등고자비」 252
「등신불」 20
「등옹도주(登甕盜酒)」 64

ㅁ

「만나고 싶다」 281
『만다라』 20
『만주국』 56
「메밀꽃 필 무렵」 124

『명동백작』 31
『명성황후』 52
『명정사십년』 58, 59, 62, 63, 64
「목련꽃 피는 날」 192
『못다 한 말의 갈림길』 323
「문단 뒤안길 (43)」 145
「문명 트라우마」 184, 186
『문예』 69, 76, 149
「문학과 사회와의 관계」 51
『문학의 이론』 202
『문학작품의 사고와 표현』 272
「문학적 산보」 73
『문학정신』 75
『문화』 76
『문화창조』 75
「물」 339
「물빛의 눈」 181, 183
「물이 되어」 181
『미래의 충격』 107
『미운맛에 산다』 56
『미인별곡』 52

ㅂ

「바람의 눈」 127
『바람이 부는 대로』 337
『바보네 가게』 121
「백목련」 215
『백민』 76
『백팔번뇌』 16
「백합과 공룡의 벼랑길」 37
「벌레들」 37

「벚꽃」 314
「베잠뱅이」 169
「변영로 론―글로써 이루어진 한바탕 호
  쾌한 술자리」 62
「변혁의 시대, 문학의 문제점」 132
『보물섬의 지도』 145
「복망」 92
「봄」 394
「봄비」 359
「봄의 미학」 392
『부라보 청춘』 56
「부러운 엄마」 155
「부령이」 325
「부자대작(父子對酌)」 63
「분지(糞地)」 105
「분지」 106
『불꽃』 106
「비오는 날」 143
『빈 들에 내린 어둠』 188
「빈 찻잔 놓기」 37
「뻥꾸 이야기」 315
『뻥꾸 이야기』 309, 319

ㅅ

「사랑」 287
「사랑법―그 네 번째」 369
「사랑하는 마음」 387
『사랑하라, 희망없이』 127
『사상계』 323
「사진」 265
『산·폭포·정자·소나무』 140

『살아가며 생각하며』 46
「삶이란·1」 222
『삼국유사』 86
『상록수』 106
「새벽 기도」 241, 243
『새 아침이 오기에』 301
『새 우리말 사전』 130
「새첩다」 236
『새첩다』 231, 238
『색지풍경』 46
「서울, 1964년 겨울」 36
『서울, 밤의 산책자들』 36
『서울, 어느 날 소설이 되다』 36
『서울은 만원이다』 35
『성은 늙지 않는다』 218
「성황당(城隍堂)」 46, 47, 48
『세월 속에서 꽃은 핀다』 255
「소곡 5수」 58
「소나무와 단풍나무」 46
『소년』 80
「소부리 연가」 193
「소설가 구보씨의 일일」 27
『소설국사』 56
『소설 민비전』 52
『소설성서』 56
『소설작법』 46
『손자병법』 52
『수리산 연작』 270
『수주 변영로 문선집』 58
『수주시문선』 58
「순례자」 286
『순설록』 56, 57

『숨바꼭질』 372
『숲의 왕국』 141
「승무」 20
「시간의 늪에는」 311
『시 쓰듯 연애하듯』 121
『신생활』 59
『신천지』 77
「실모기 일절(失帽記一節)」 64

ㅇ

『아(芽)』 68
「아들의 편지」 155
『아리랑』 106, 204
「아버님의 술」 121
「아버지와 아들」 123
「아버지와 함께 벌초를 하며」 122
「아버지의 땅 '시지프스의 신화'」 121
「아버지의 풍경소리」 121
「아버지의 향」 122
「알몸의 사랑」 228
「앙코르 디카시」 165
『얄개전』 54, 55
「어린 것을 잃고」 46
『어머니 당신은 누구신지요』 411
『에너지 선생』 56
『에필로그의 독백』 356
「여자」 46
「역사의 교훈」 52, 53
「연륜」 190
「연(蓮)처럼」 257
「영산도 연가」 387

『예술부락』 75
『예술조선』 76
「오적(五賊)」 105, 323
「완행열차를 타고」 331
『완행열차를 타고』 329
「욕 봤다」 234
「우리 문학과 문단을 키워온 주역」 74
『원효대사』 19
「유리창」 265
〈음악동맹〉 72
「이런 일 저런 일」 211
「이상한 가을」 178
『이조여인사』 46
『이조여인사화』 52
「이파리 없는 나무도 숨을 쉰다」 256
「인사동 거리의 오후」 395
『잃어버린 기억 門에 걸려 있다』 381
「임」 389
「임종」 342
「입사적(入社的) 상상력과 꿈의 시학」 148

ㅈ

『자유부인』 46, 48, 49, 50, 51
「자전거」 121
『자타카경(jataka)』 22
「작은 기도」 226
『적막강산(寂寞江山)』 145
『정비석론』 47
「정점(頂點)」 363
「젖이 돌다」 168

「제신제」 48

『조광』 69, 70

『조선교육』 80

『조선불교유신론』 17

「조선의 마음」 61

『조선의 마음』 58, 59

『조흔파 문학 선집』 56

「졸곡제(卒哭祭)」 46, 48

『주유천하』 56

『중앙문화협회』 73

『즐거운 사라』 105

「지렁이일기 · 19」 167

「진원」 327

ㅊ

「처음 그 자리에 다시 와서」 237, 238

『천강(天江)에 비친 달』 398, 410

『천년의 등불』 204

『천변풍경』 27, 31, 38

『천하태평가』 56

「철야 삼천배」 285

「청령포」 404

「청맹들」 326

『청춘유죄』 56

『초원의 별이 되어』 289, 296, 301

『초한지』 52

「추물」 42

ㅋ

「코스모스」 58

ㅌ

「탈선적 시비를 말함」 51

『태백산맥』 105, 106

『토지』 106

『퇴계소전』 46

ㅍ

「판문점」 109

『평촌일기』 121

『풍선심장』 145

「프라자 호텔」 37

ㅎ

「하나의 향락(享樂)」 69

『한강』 106

『한국현대문학사』 51, 66

「함혜련, 영원한 낭만주의자의 노래」 160

『해 넘어가기 전의 기도』 145

『해동공론』 76

「해방문단 20년 개관」 71, 84

『현대문학』 69, 80, 81, 83

『현대시해설』 61

『현부열전』 52

『협도 임꺽정』 56

『화선지에 핀 불입문자』 263
『후일담』 188
『휴전선』 109
『휴전선은 말이 없다』 110

기타

「21세기 젊은시 운동— '하이퍼시'」 165
『Grove of Azalea(진달래 동산)』 58